U0001961

風的十二方位

娥蘇拉・勒瑰恩短篇小說選

The Wind's Twelve Quarters

娥蘇拉・勒瑰恩—著

劉曉樺—譯

來自遠方、來自朝夕晨昏／
來自蒼穹十二方位的風，
吹來生命的氣息／
吹在我身上，織就了我。

此刻——我仍有一息流連／
尚未消散——
趕緊握住我的手，告訴我，
你心所願。

說吧，我必回應；
告訴我，我能如何幫助你；
在風自十二方位吹來／
我踏上無盡長路之前。

豪斯曼（A. E. Housman）／《什羅普郡的少年》（*A Shropshire Lad*）

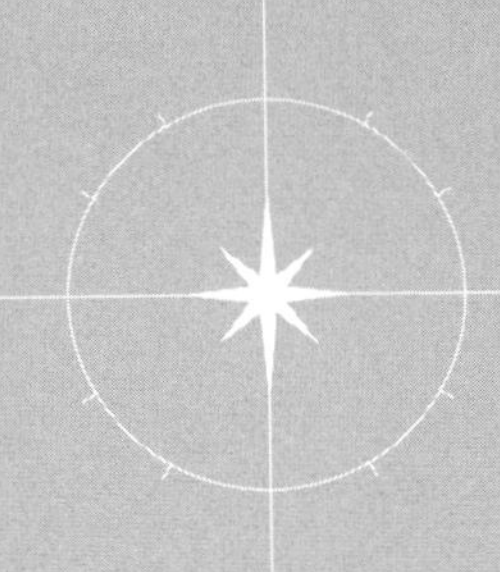

目次

導讀

眾星雲集的氣化宇宙：《風的十二方位》

國立台灣大學外國語文學系教授及外語教學暨資源中心主任
趙恬儀

炎夏時節，酷暑燠熱，加上內憂外患的新聞令人心慌（特別是京都動漫的祝融之災，舉世宅宅震驚哀悼），只能遠離網路人群，遁入奇科幻大師娥蘇拉·勒瑰恩構築的多重平行宇宙療癒身心。

勒瑰恩生於一九二九年十月二十一日，去年（二〇一八年）一月二十二日才剛逝世，為美國著名奇幻及科幻小說家，幼年即對寫作充滿熱情，十一歲開始投稿，三十二歲刊登第一篇作品，著作超過三十部，題材多元，著名作品有奇幻小說「地海」系列（其中《地海孤雛》為一九九〇星雲獎得主），以及科幻小說《黑暗的左手》（一九六九年星雲獎及一九七〇年雨果獎得主）、《一無所有》（一九七四年星雲獎及一九七五年雨果獎），也是第一位兩度以同一部作品獲頒星雲獎及雨果獎的作家，不但於科幻奇幻界締造歷史，更是許多作家景仰崇拜的對象，連村上春樹都表示勒瑰恩為其最喜歡的女作家之一。

值得一提的是，勒瑰恩除了文學創作之外，對於道家思想深感興趣，更與人合譯老子《道德經》（*A Book about the Way & the Power of the Way*，一九九七年出版），而《道德經》「陰中有陽、陽中有陰」的非線性非二元思維，在勒瑰恩的作品當中處處可見，最明顯的就是《黑暗的左手》當中，雌雄同體、性別流動的格森星（冬星）人。此外「地海」系列小說不管是人物或情節的設定，如善惡並非二元對立，而是互補共生，還有「名」的規則，都具有濃厚的道家哲學色彩。如此深厚的跨文化背景，也讓勒瑰恩的作品跳脫西方正統奇幻科幻的框架，呈現獨樹一格的人文素養與社會意識。

上述的非線性跨界思維，在此次導讀的作品《風的十二方位》也清楚呈現。本書為勒瑰恩早期作品的合集，共有十七篇短篇小說，每篇小說都有前言簡介，當中數篇作品為後來《一無所有》、《黑暗的左手》、「地海」系列等長篇小說的前身。國內外關於此書的研究稀少，學者暨小說家洪凌於論文中指出：《風的十二方位》應視為「瀚星故事集」（The Hainish Circle）的一部分，瀚星故事集指的是勒瑰恩發表的「一系列長篇短篇小說，主要在於呈現表述未來時空跨國界、跨民族星際世界當中的性別與階級議題（a non-linear assortment of prominent novels and short story collections, dealing with issues of sex, gender, and class in a supposed trans-national, trans-ethnic far future background of interstellar dynamics）」。❶不過《風的十二方位》當中收集的故事並非都是科幻小說，也有部分是奇幻設定，或者可以說，勒瑰恩是奇／科幻的跨界作家，筆下的異世界也如道家的太極圖一般，奇幻中有科幻、科幻中有奇幻，兩者絕非二元對立、壁壘分明，而是共存相生。

勒瑰恩的道家思想，或可從本書的書名及卷首引用的詩文一窺究竟。本書書名《風的十二方位》，引自英國詩人豪斯曼（A. E. Housman）於一八九六年出版的詩集《什羅普郡的少年》（*A Shropshire Lad*），當中的第三十一首詩〈來自遠方、來自朝夕晨昏〉，書籍一開頭即引用該詩全文。本詩主旨為感嘆生命短暫，成住壞空存乎一息之間，奉勸世人珍惜相遇的緣分，勇於表白求助，以免徒生遺憾。根據網路資料，詩句當中的「十二方位」有四面八方之意，指的是古希臘羅馬的十二方位羅盤，有別於當時及現代航海使用的八方位、十六位或三十二位羅盤❷；另有一說是，十二方位也與黃道十二宮有關，指的是一年十二個月吹來的風❸。

---

❶ 洪凌，〈君王跨性，陰陽同體：以跨性別戰略閱讀娥蘇拉．勒瑰恩的《瀚星故事集》〉，《國際文化研究》，7(1), 2011, 47-70, p.50 and p.50 ft.2. DOI: doi:10.29960/SIC.201106.0003

❷ David, "Dust in the Wind: Housman's 'From Far, from Eve and Morning'," 2015/06/07, https://hokku.wordpress.com/2015/06/07/dust-in-the-wind-housmans-from-far-from-eve-and-morning/ [Accessed 2019/07/20]

❸ mulder，〈1首詩〉，豆瓣 Douban，2009/10/16，https://www.douban.com/note/47542511/ [Accessed 2019/07/20]

此處風的意象，不僅是指外界大宇宙的空氣流動，亦即四大元素之一的「氣」（air），同時也是人體小宇宙的「氣」（breath）。此一微妙的內外動態平衡結構，讓人不禁聯想到道家的氣化宇宙觀，如學者鍾振宇提到：「『氣』總的來說似乎可以統合世界與身體兩種面向，氣是世界身體。」（頁109）❹無論是在詩中，還是在本書的故事當中，都可以感受到外在物質界與內在身心界的共融交錯，而大宇宙的變動固然會影響人身小宇宙的生命生活，人自身的意念言行也同樣影響大宇宙的發展狀態，兩者息息相關、缺一不可。

作者勒瑰恩於前言中表示：「本書內的內容即是我在頭十年間刊載過的短篇故事，並將它們約略依照年代順序安排收錄……書中大部分的直敘故事實際上都與我其他長篇小說有所關連，它們與我之後完成的所有科幻小說或多或少都同屬一個鬆散相關的『未來歷史』。」（頁18）此段簡介除了呼應洪凌在研究中提到「瀚星故事集」的非線性架構，或許也隱含道家更加偏向原始思維的「圓型」時間觀（鄭振偉，二〇〇一，頁113）：「種緣於季節變化的循環觀，在《老子》中至為明顯，故可視作原始思維的痕跡。《莊子》則進而以『變化』擺脫時間的束縛，在周而復始的時間中，追求與天地同壽，達至無始無終的境界」（頁113）❺。書中收錄的十七篇故事，與其說是創作時間軸的串珠，不如說更像是作者意念宇宙的眾星，每一顆星不但擁有各自的行星系統，更交織共構出絢爛的「勒瑰恩星雲」。

選集的第一個故事是科幻小說〈珊麗的項鍊〉（Semley's Necklace），敘述「安齊亞之女」珊麗前往異世界尋找「大海之眼」的藍色寶石項鍊，也是勒瑰恩後來於一九六六年出版之首本長篇小說《羅卡南的世界》（*Rocannon's World*）的序章。雖然本作的設定為科幻小說，情節和文風卻具有相當強烈的奇幻文學色彩，恍若置入英雄冒險傳說的場景：「珊麗跟著嚮導步上玄武岩石階，先是走進一座寬敞的前廳，然後是一座由古老水流或是穴居的土族人自岩石中開鑿而出的更大廳室。陽光從未照耀過此處的黑暗，只由那些冰冷耀眼的神奇火球所點亮。巨大的扇葉在嵌於牆內的格柵後方不停轉動，疏通腐濁的空氣。……當她來到一群黑髮上佩戴著鐵飾環的土族人面前時，嚮導停下腳步，躬身行禮，高聲宣告：『葛丹彌亞的至高統領們！』」（《風的十二方位》，頁37—38）無怪勒瑰恩在本篇故事前言中自述：「從這篇故事開始，到我於一九七二年完成並收錄於本書最後的一則短篇小說中，可以看見我的寫作風格穩定且緩慢地脫離顯而易見的浪漫主義。那是一種進程。」（頁21）由此觀之，勒瑰恩的跨文類科奇幻敘事風格，在創作初期即已逐漸形成，當中又似以奇幻文風做為骨架。

❹ 鍾振宇，〈莊子的氣化現象學〉，《中國文哲研究集刊》，第四十二期，二〇一三年三月，頁109-148。

❺ 鄭振偉，〈道家與原始思維〉，《漢學研究》，第十九卷第二期，民國九〇年十二月，頁113-140。

此外〈解縛之咒（The Word of Unbinding）〉和〈名的規則〉（The Rule of Names）為「地海」系列的前身，也是勒瑰恩於前言所說的「起源故事」（《風的十二方位》，頁18），主要是與龍的設定有關，也是作者「首次嘗試描寫與探索地海系列中的『第二世界』（secondary world），後來也以此題材寫了三本小說」（頁111）。〈冬星之王〉（Winter's King）則發展為後來勒瑰恩於科幻界的扛鼎之作《黑暗的左手》，敘述格森星（又稱「冬星」）卡亥德王國的年輕國王阿格梵．哈吉，由於幼時受到綁架造成人格異常，決定將王位傳給幼子，並在異星人的協助下，前往二十四光年以外的歐盧爾星接受治療與教育，卻沒想到治癒之後接獲消息：自己的兒子竟成為暴君。如今阿格梵因光速旅行之故，外貌年齡比兒子還年輕，必須返回母星反抗親生兒子的暴政。有趣的是，作者勒瑰恩在本作前言自曝：當年《黑暗的左手》雖然設定冬星人是性別可自由轉換的雙性人，出版時卻都用「他」來指稱，「令許多女權主義者感到悲痛或屈辱」（《風的十二方位》，頁137），於是勒瑰恩決定在〈解縛之咒〉當中，一律用「她」作為卡亥德人的代名詞，在閱讀上也更具有性別流動的特質。

本人最喜歡的故事，是帶有煉金奇幻色彩的〈巴黎四月天〉（April in Paris）。初見篇名有種民初浪漫愛情影視作品的既視感，不禁莞爾，細看故事儼然是當今兩岸三地網路影視小說最夯的「穿越劇」，雜揉《浮士德》的召喚橋段，頓時拍案叫絕。情節主要敘述現代美國學者貝瑞．潘尼威德教授，於巴黎休假研究期間，意外被人施法召喚到中古法國，而施術者正是中世紀法國煉金師查漢・雷瓦。兩人惺惺相惜，成了「忘年」之交，之後雷瓦不僅招來羅馬時代的女奴波塔（果然男人的天性就是飽暖思淫慾？）甚至還召喚到來自未來世界牛郎星的美女星際考古學家綺思克，從此正式進入雙CP官配的愛情偶像劇設定。（大誤？）言歸正傳，本作承襲勒瑰恩奇科幻混搭的獨特風格，在看似煉金奇幻的設定中，加入外星人主角，令人耳目一新，而潘尼威德教授的學者心態與慣常思維，也讓同樣身為教研人員的本人感觸良深。此外最發人深省的是，綺思克提到之所以想要研究考古學，是因為在未來所處的時代，人類已經透過基因改造，讓外表變得完美無缺、適應能力優秀，但仍歧視個別差異：「我和他們擁有相同的外表，但骨子裡卻天差地遠。當世上所有一切看起來都沒有兩樣時，什麼地方才是家？」（頁69）類似的議題同樣出現在日本科幻大師伊藤計劃的反烏托邦小說《和諧》，當中經過人工改造而過度完美的世界，究竟是福是禍？也證明了物極必反的原理。

選集的最後一篇故事，是充滿社會意識的〈革命前夕〉（The Day before the Revolution）。勒瑰恩在題末特別註明是為了紀念美國社會批評家、無政府主義哲學家及作家保羅・古德曼（Paul Goodman, 1911-1972），故事也呈現濃厚的政治社會意識。本作曾榮獲一九七五年的星雲獎和軌跡獎，也是獲獎長篇小說《一無所有》的先導作品，主要角色為創建歐多主義的女性領袖歐多，而就勒瑰恩的說法，「歐多主義即為無政府主義」（《風的十二方位》，頁385），「所謂無政府主義，正如早期的道家思想所隱示，以及雪萊、克魯泡特金（Kropotkin）、戈德曼（Goldman）與古德曼所闡述的，它主要要瓦解的是專制國家（無論是遵循資本主義或社會主義），而本身最重要的道德實踐就在於合作（團結與互助）。它是所有政治理論中最理想，對我而言也是最有趣的一個」（頁385）。然而相較於《一無所有》的批判意識，本作反而有種「人生海海」的滄桑感，歐多從以往披荊斬棘的民運領袖，變成逐漸凋零的老婦，看世間的角度也由激情轉為淡定，而結尾的文字「她覺得天旋地轉，但不再恐懼跌落了。就在前頭，就在那兒，乾枯的白花在夜中曠野喁喁低語，輕輕頷首。七十二歲了，她始終不知它們名喚什麼」（頁406），絕美又空茫，不禁令人想到中國文學鉅作《紅樓夢》的最後一回：「好一似食盡鳥投林，落了片白茫茫大地真乾淨」，也讓本選集故事當中的角色與世界，再度回歸「道無終始」的生滅循環。

《風的十二方位》讓讀者瞥見勒瑰恩於寫作生涯初綻的光芒，無論是科幻還是奇幻，書中的每一個故事都像是廣大宇宙當中的群星，各自擁有獨立的生態系統，但又隱約與整個星系（意即其所有作品，特別是瀚星故事集）相生相連。誠如勒瑰恩在評論豪斯曼〈來自遠方、來自朝夕晨昏〉一詩的文章所言：「人生在世，與其說死後昇天，不如說是回歸塵土、化為千風〔來自十二方位的風〕❻（In this world death takes us not to heaven but to earth—to dust, to "the wind's twelve quarters.")」。❼宇宙之大，無奇不有，故事的旅程無窮無盡，但無論是朝向何方，終將回歸道與天地氣運的循環，無始也無終。

❻ 此處「化為千風」借用著名歌曲之歌名典故。https://blog.xuite.net/3go7637/twblog/102539146

❼ Ursula K. Le Guin, on Housman's Classic Poem "From Far," January 24, 2018 (https://www.lionsroar.com/ursula-k-le-guin-on-from-far/).

前言

這本小說集可謂畫家口中的回顧展。儘管遲了些，但在我不屈不撓的堅持下，這些作品終於在我三十二歲時首次獲得出版的機會，而本書的內容即是我在頭十年間刊載過的短篇故事，並將它們約略依照年代順序安排收錄。它們出場的次序大致是依照寫作的時間，因此作者本人的風格進展或許也成了本書的亮點之一。我在時序上的安排並不是非常嚴謹（因為這無非緣木求魚，故事可能在某一年完成，卻一直要到了兩、三年後才出版，之後可能又再次修訂、潤飾，你要採用哪個時間點呢？）不過也沒有太大的誤差就是了。

這絕非一本收錄我所有小說的完整故事集，像是早期有篇小說就被排除於外，因為我自己不是太滿意。並且，不符合科幻或奇幻小說文類的作品我也沒有囊括在內。本書中也不見我晚期大部分的作品，因為首次刊載它們的文選尚未絕版。不過，本書最後的兩篇故事最初分別出版於一九七三年與一九七四年，因此這十七則仍可說涵蓋了我過去十至十二年間的作品。

在作者心中，短篇小說和長篇小說間的關係是非常有趣的。儘管〈珊麗的項鍊〉本身就是一則完整的故事，卻又是另一本長篇小說的開端。完成後，珊麗的故事就結束了，但其中一個配角——一名不是太重要的旁觀者——卻不肯乖乖退場，陰魂不散地糾纏我。「寫出我的故事。」他說，「我是羅卡南，我想要好好探索我的世界……」於是，我就依他所願。你很難跟這些人爭論。

〈冬星之王〉、〈解縛之咒〉和〈名的規則〉也屬於類似的起源故事，只是它們給予我的並非角色，而是後續小說的背景世界。最後一篇的〈革命前夕〉並非靈感的萌芽，而是結果。它出現於長篇小說《一無所有》之後，是它給予我的最後一份禮物，而我滿懷感激地收下了它。

書中大部分的直敘故事實際上都與我其他長篇小說有所關連，它們和我之後完成的每篇科幻小說，或多或少同屬一個相對起來模式不太規律的「未來歷史」。而其他不屬於此類的作品，除了有我早期完成的奇幻小說，還有後來被我稱做「心理神話」的故事。所謂心理神話，是指這些故事就某層面都屬於超現實範疇，和奇幻故事一樣發生在任何歷史與時間之外，而那些生命體的心智——與永不永生無關——似乎完全不受時間或空間的限制。

收藏本書的讀者或許會想知道：書中所用的故事名稱都是我自己的選擇。其中有幾篇和最初出版時採用的篇名並不相同：

〈珊麗的項鍊〉最初名為〈安齊亞人的嫁奩〉（Dowry of the Angyar）（編輯在文法上犯了個錯，因為他的安齊亞語不太流利。）

〈物〉原名〈盡頭〉（The End）。

〈視界〉原名〈視野〉（Field of Vision）。

大部分的故事僅修改過一、兩處字句，或將最初出版時刪減或錯誤的部分修訂回來，唯有下列三篇除外：

〈冬星之王〉（請見故事註記）。

〈比帝國緩慢且遼闊〉（補增刪減的頭幾頁）。

〈死了九次的人〉（請見故事註記）。

珊麗的項鍊

這篇故事完成於一九六三年，一九六四年以〈安齊亞人的嫁奩〉之名發表，並成為我一九六六這年出版之首本長篇小說《羅卡南的世界》（*Rocannon's World*）的開場序，但它實際上是我出版的第八篇故事。選擇用它為本書拉開序幕，是因為我認為它是我早期奇科幻小說中最具特色、也最為浪漫的一部作品。從這篇故事開始，到我於一九七二年完成並收錄於本書的最後一則短篇小說中，可以看見我的寫作風格穩定且緩慢地脫離顯而易見的浪漫主義。那是一種進程。我心中仍懷抱著浪漫——這點無庸置疑——也慶幸自己是如此。但〈珊麗的項鍊〉中的坦率與質樸，後來終究漸漸淬鍊得更加強硬、複雜且堅韌。

關於那些距離我們數年之遙的世界，你要如何分辨什麼是傳說、什麼又是事實？——那些星體連個名稱也沒有，僅僅被它的居民稱之為「世界」。它們沒有歷史，過往的歲月猶如神話，而一名歸來的探索者發現自己數年前的作為竟成了神的旨意。儘管我們的光速星艦在時間的鴻溝上搭起了連結的橋梁，但理性的闕乏卻加深了這道鴻溝。而在這片黑暗之中，不確定性與失衡如野草般蔓延滋長。

嘗試述說這樣一個故事——有關一名男子、一名平凡的聯盟科學家數年前啟程，前往一個僅一知半解的無名世界的故事，感覺就像一名考古學家置身千年前的遺跡，在茂密糾纏的林葉、花朵、枝枒與藤蔓中掙扎穿行，忽然間卻見到一枚輪具鮮明的幾何圖樣，或一塊拋光的基石，然後走進一扇被陽光照亮的尋常門扉，發現在那黑暗之中閃耀著一簇不可思議的火光、寶石的光采，或是瞥見有條女子的臂膀倏忽閃現。

你要如何分辨什麼是事實？什麼是傳說？什麼才是真相？

在羅卡南的故事中，那枚寶石以及那湛藍的光華將短暫回歸。現在，我們先由此開始：

銀河八區六十二號：北落師門Ⅱ。

高智能生命體：接觸物種：

物種一

A. 葛丹彌亞人（*Gdemiar*）（單數型為葛丹人〔*Gdem*〕）：具高等智能，完全人科動物，夜行，穴居，身長一百二十至一百三十五公分，膚色淺淡，髮色深黝。接觸時，發現此穴居居民擁有部分的群體心念感應能力，此能力影響、形塑了其現今所有的嚴格階級制度與寡頭城市社會體系，同時擁有科技導向的早期鋼鐵文化。二五二至二五四號聯盟任務期間，科技促使他們進展至C級工業階段。二五四號任務期間，聯盟曾提供一艘往返於新南喬治亞的自動駕駛船予奇里恩海區之寡頭政治執政者。C級原始狀態。

B. 費亞人（*Fiia*）（單數型為費恩人〔*Fian*〕）：具高等智能，完全人科動物，晝行，平均身長約為一百三十公分。據觀察，普遍具有淺色髮色與膚色。短時期接觸顯示，該生物具有村落與游牧型態之公共社會體系，除了擁有部分的群體心念感應能力外，也顯示具有某種程度之短距心念傳動能力。費亞人貌似不具任何科技技術，喜閃避，擁有極少量且易變之文化模式。目前暫無法對其徵稅。E級不明狀態。

物種二

琉亞人（*Liuar*）（單數型為琉種人〔*Liu*〕）：具高等智能，完全人科動物，晝行，平均身長超過一百七十公分。琉亞人擁有堡壘／村落型態之氏族傳承社

> 會以及封閉科技（銅器技術），崇尚封建—英雄文化。據觀察，發現其社會可橫向切分為兩假性種族：（一）歐齊爾人（*Olgyior*），「平民」，淺膚深髮；（二）安齊亞人（*Angyar*），「領主」，身材十分之高，深膚黃髮——

「就是她了。」羅卡南說完，自《精簡版智能生命體隨身口袋指南》（*Abridged Handy Pocket Guide to Intelligent Life-forms*）中抬起頭，望向佇立於博物館長廊中間的那名深膚黃髮女子。她身形十分高䠷，站得筆直挺立、動也不動，頂著一頭耀眼的髮絲，正凝望著展覽櫃中的某樣物品。在她身旁，還有四名躁動不安又樣貌醜陋的矮人。

「我都不知道原來北落師門II除了穴怪外還有這些人種。」博物館館長凱索說。

「我也不知道。這裡寫著那兒甚至還有些從來沒接觸過、『未經確認』的物種。看來，是時候再對那地方進行一次更全面的勘查了。不過，起碼我們現在知道她是哪類人種了。」

「真希望有辦法知道她是誰……」

她來自一個古老的家族，先祖曾是安齊亞人早期的國王之一。儘管貧困，她的髮絲仍堅定閃耀著那世世代代傳承下來的金黃純淨光澤。嬌小的費亞人見她經過，總會躬身行禮。即便在她仍是個孩子、赤腳奔過原野時亦是如此。那頭如彗星般璀璨熾烈的髮絲為紛擾不息的奇里恩風帶來一絲光明。

來自哈蘭的杜爾哈初識她、追求她，將她帶離童年時熟悉的那些破敗塔樓與穿風廳廊，來到他位於高地的居所時，她仍十分年輕。但山間的哈蘭儘管輝煌依舊，日子卻同樣一點也不好過。窗上缺了玻璃、石板地赤裸光禿。寒年到來時，待早晨醒轉，你可能會在窗下瞧見夜裡吹積而成的長長低矮雪堆。杜爾哈的新娘赤著一雙纖纖細足，站在覆雪的地板上，一面編著她那頭金黃耀眼的髮辮，一面對著倒映在他們房中那面銀質掛鏡中的年輕丈夫笑語晏晏。那面鏡子，以及母親留下的那件以上千片細小水晶縫製而成的嫁衣，是他僅有的財富。有些地位較不如他的哈蘭親族仍擁有一櫃櫃錦緞華服、鍍了金箔的木製家具、銀質馬具、盔甲、銀柄長劍，以及各式各樣的首飾與珠寶——尤其是最後這兩樣，總令杜爾哈的新娘看得臉露欣羨，頻頻回望那些珠寶冠飾或黃金胸針——即便這些飾品的佩戴者見了她都得退避讓步，屈從於她的出身與婚姻階層之下，以示謙恭。

在哈蘭的盛宴上，杜爾哈與他的新娘珊麗端坐在主位下的第四個席位。由於距離哈蘭領主是如此之近，這名長者不時親自替珊麗斟酒，並與他的姪兒與其繼承人杜爾哈聊起狩獵之事，用愀然無望的憐愛眼神望向這對年輕夫婦。自從星主們帶著能將山丘夷為平地的可怕武器到來，將他們的房舍化為一根根火柱後，希望之於哈蘭的安齊亞人與所有西方居民而言，就變得有如虛妄之物。這裡所有傳統生活方式及戰事都遭他們插手干預。儘管稅金的總額並不高，但對安齊亞人而言，必須納稅給他們帶來極大的恥辱。星主們似乎擁有某種來自星辰空洞的奇異敵人，而這些稅賦就是為了他們未來將面臨的末日之戰進貢。「那也將是你們的戰爭。」他們這麼說。但一個世代過去，安齊亞人帶著虛擲的恥辱坐在宴會廳中，看著他們的雙劍爬了鏽、自己的兒子不曾在任何一場征戰中出擊、女兒嫁給窮困的男人——甚至是平民。而且沒有任何英勇劫掠而來的嫁妝可以帶給她尊貴的丈夫。哈蘭領主神色陰鬱，望著這對秀髮如金的夫婦，聽著他們一面談笑、一面暢飲苦酒，在他們這冰冷、破敗又華美的堡壘中打趣著玩笑。

珊麗望向走道另一頭，發現下方遠處的座位上，即使在那些雜種與平民的白膚黑髮間，都能看見寶石的璀璨與光采，臉色不由一沉。她並沒有為自己的丈夫帶來任何嫁妝，甚至連枚銀簪都沒有。那件由無數水晶縫製成的嫁衣，她已收進奩箱之中，留待女兒出嫁之日再行取出——假若她生的是女兒的話。

結果確實是。他們喚她做海卓拉。但當她那小小棕色頭顱上的細髮越來越長、越來越長，開始閃耀著堅定不移的金黃光澤、展現貴族們世代傳承的血脈特質，她唯一能得到的金子卻是……

珊麗並沒有對丈夫表達任何不滿，儘管他對她無比溫柔，卻也自尊自傲，不屑於任何欣羨與虛榮。雖然害怕被他輕蔑，但她還是找了杜爾哈的姊姊杜若莎說出自己的心裡話。

「我的家族曾經擁有過一件稀世珍寶，」她說，「是一條完全由黃金打造而成的項鍊，中央鑲著塊藍色寶石——那叫做什麼？青玉嗎？」

杜若莎微微一笑，搖了搖頭，也不知道那種寶石叫做什麼。此時已是暖年之末——北方的安齊亞人都是如此稱呼這夏季——每到晝夜等長之日，便會重新開始輪替循環、持續長達八百天。珊麗覺得這種曆法很是古怪，像平民在用的。她的家族已走至窮途末路，血脈卻比西北方任何一支邊疆居民還要古老、純正。這些邊疆人與歐齊爾人的混交雜處也太毫無節制了。她和杜若莎一塊兒坐在巨塔高處的窗邊石椅上，沐浴在陽光之中。這名年長的婦人正是居住在此塔樓內。杜若莎年紀輕輕便成了寡婦，膝下無子，又再婚嫁給她父親的兄弟，也就是哈蘭的領主。由於是同族聯姻，雙方又都是第二段婚姻，因此她並沒有承襲哈蘭領主夫人的頭銜，這稱號未來將由珊麗繼承。不過她仍與年邁的領主共享王座，一同統治他的領地。她較弟弟杜爾哈年長，對他這位年輕的妻子很是喜愛，見兩人有了個金髮燦然的小女娃海卓拉，更是欣慰。

「那項鍊是買來的，」珊麗又說，「是我的先祖黎冷征服南方的費孚人後，花盡所有財富買來的——妳想想吶，用盡整個王國的財富，就為了一件珠寶！喔，哈蘭這兒肯定不會有任何一樣東西能和它比美，甚至是您表親伊莎爾身上那些庫普蛋般的水晶寶石。因為那條項鍊是如此之美，他們甚至還替它取了個名字，叫做大海之眼。我曾祖母曾經佩戴過它。」

「妳從未見過它嗎？」老婦懶洋洋地問，垂眼凝望下方青翠蓊鬱的山坡，漫長的夏日在林間吹送著焦躁的熱風，氣流沿著白色的道路迴旋而下，直到抵達遠遠一隅的海岸。

「它在我出生前便已丟失。」

「不，父親說它早在星主到來前便已失竊。他絕口不提項鍊，但有個知曉無數傳聞的平民老婦人總是告訴我，費亞人知道項鍊的下落。」

「啊，我真想見見費亞人！」杜若莎說，「有那麼多關於他們的詩歌與傳說。他們為什麼從不踏足西方的領土呢？」

「地勢太高、冬天又太冷了，我想。他們喜歡南方谷地的陽光。」

「他們長得像土族人嗎？」

「我沒見過土族人，他們總是遠遠躲在南方。這些人不是像平民般膚色蒼白、樣貌畸形嗎？費亞人長得可好看了，像孩童一樣，只是身材更削瘦、也更聰明。喔，不曉得他們知不知道那條項鍊在哪？是給誰偷走的？又被藏去了哪兒？想想啊，杜若莎，假若我頸間能戴著一整個王國的財富，踏進哈蘭的盛宴，與丈夫並肩而坐，讓其他女人相形失色，他也讓其他男人相形失色，那該有多好啊！」

杜若莎垂首望向女娃，她正坐在媽媽與姑姑之間的軟毛地毯上，端詳著自己棕色的腳趾頭。「珊麗真是傻氣，」她對嬰娃喃喃道，「像墜落星辰一般閃耀，還擁有個不愛黃金、只愛她一頭金髮的丈夫的珊麗……」

而珊麗只是遠眺著夏日的青蔥坡地，望向那遙遠的海岸，沉默不語。

然而，又等到一輪寒年過去，星主們再次到來，為了那末日之戰徵收稅賦——這回還找了幾名矮小的土族人充作隨行口譯，安齊亞人難以忍受這羞辱，差點就要起義反叛。接著，又是一輪暖年來了又去，海卓拉也長成了個愛說話的嬌俏女娃。一天早晨，珊麗帶著她來到杜若莎那間位於高塔內、陽光滿室的廳房，身上披著件老舊的藍色斗篷，用兜帽遮掩她的秀髮。

「麻煩替我照顧海卓拉幾天，杜若莎。」她語調沉著，飛快地說，「我要前往南方的奇里恩。」

「去探望令尊嗎？」

「去尋我的傳家寶。您那些來自哈格費孚的表親一直挖苦杜爾哈，就連帕納那個雜種都不讓他好過。那個黑頭髮的麵糰臉只因他妻子能在床上鋪張錦緞床罩，有副鑽石耳環和三套長袍就囂張了！而杜爾哈的妻子呢，卻得自己縫補衣袍——」

「杜爾哈是以他妻子為傲呢？還是以她的衣裳為傲？」

但珊麗絲毫不為所動。「哈蘭的領主眼看就要在自家地盤上變成一文不值的窮人，我要去把我的妝奩找回來，獻給我的王。那是屬於我們家的東西，本該這麼做。」

「珊麗！杜爾哈知道妳要去做什麼嗎？」

「我將光榮而返——只要讓他知道這點就夠了。」年輕的珊麗回答，嫣然欣笑。接著，她俯身親吻女兒，旋即一個轉身，杜若莎還來不及開口，她已如疾風掃過陽光傾灑的石板地，消失無蹤。

安齊亞人的已婚女子從不拿騎馬當消遣，而自從成親，珊麗也從未離開過哈蘭。因此，此刻登上飛馬那高高的馬鞍，她覺得自己彷彿又回到童年，變回婚前那個狂野不羈的女孩，騎著略顯孱弱的駿馬，乘著北風，翺翔在奇里恩的原野上。載著她南下穿越哈蘭山陵的這匹牲口品種較為優秀，具有浮力的中空骨骼上披著油亮光滑的斑紋毛皮。牠瞇著綠眼，抵禦強風，那雙輕盈又強而有力的翅翼在珊麗身側上下搧動，時而遮蔽、時而揭露出她上方的雲朵與下方的山丘。

第三天早晨，她回到奇里恩，再次佇立在那破敗的王宮。她父親喝了整夜的酒，而且一如往常，早晨的陽光穿透頹圮的屋頂，令他著惱，見到女兒他更是不悅。「妳回來做什麼？」他咆哮斥問，浮腫的雙眼在她身上一掃而過。他年輕時的熾烈金髮已黯淡冷卻，一綹綹灰色髮絲在頭顱上纏繞糾結。「那年輕的哈蘭人不是娶了妳嗎？妳又偷偷跑回來做什麼？」

「我是杜爾哈之妻，我是來拿回我的嫁妝的，父親。」

這名醉醺醺的酒鬼發出嫌惡的怒吼，但她對著他笑了起來，那笑聲是如此輕柔，他不由皺起臉，再次向她望去。

「父親，果真是費亞人偷走了大海之眼嗎？」

「我怎麼知道？都是多久以前的傳說了。那玩意兒早在我出生之前就不見了吧，我想，真希望我從沒出生過。想知道的話就去問費亞人啊，去找他們，然後回去妳丈夫那兒，讓我自己一個人留在這裡。奇里恩已經沒有容納女孩、黃金和故事的餘地了。在這裡，故事早已完結。這是個衰敗之地，只有空盪盪的宮廷，黎冷的子孫都已死絕，財寶都已逝去。自尋生路吧，女娃。」

他就像破屋內的絲蟻般灰敗、腫脹。他轉過身，跌跌撞撞地朝地窖走去，躲避白晝的陽光。

珊麗領著哈蘭那匹斑紋飛馬離開過去的家園，徒步走下陡峭的坡地，經過平民的村莊。百姓們沉著臉，恭敬地與她行禮招呼。然後她又穿過田野與牧場，剪了翅、半野半馴的龐大海洛獸在上頭嚼食青草。最後，她來到陽光滿溢、翠綠有如漆缽的谷地。谷地深處就是費亞人的村落，而當她牽著駿馬往下而去時，那些矮小纖瘦的村民紛紛從自家小屋與花園跑出來，笑呵呵地上前迎接她，用他們微弱尖細的聲音喊道：

「歡迎、歡迎，哈蘭的新娘、奇里恩的女君、馭風者、美如天仙的珊麗！」

他們給了她好多好聽的名號，她聽著也心花怒放，毫不介意他們的笑語。因為不管他們說什麼，總是伴隨著笑聲。她也是這般，邊說邊笑。她披著長長的藍色斗篷，高高站在他們渦漩似的迎接隊伍之中。

「你們好，白膚人、太陽的子民、人類的費亞好友！」

他們領她來到村內，帶她走進一間通風的房舍，嬌小的孩子們在屋後你追我跑。費亞人一旦成年，外人就很難分辨他的歲數，要分辨誰是誰更加困難，因為他們迅速移動的身影就像蠟燭旁撲翅的飛蛾，所以珊麗無法確定自己交談的對象是否都是同一位。但看起來應該是他們其中一人和她談了一陣子，其餘人不是去摸摸拍拍、餵她的馬兒，就是端著一盆盆從花園矮小樹木採下來的水果或清水給她喝。「從奇里恩領主那兒偷走項鍊的從來不是費亞人！」那名小個兒男子高聲道，「尊貴的女士，費亞人要金子做什麼呢？我們在暖年裡有陽光，寒年裡心中也有陽光。在季節之末有金黃的樹葉、金黃的果實，還有來自奇里恩的金髮女士，除此之外，再沒別的金子了。」

「所以是某個平民偷走的囉？」

珊麗身旁響起長長的微弱笑聲。「平民哪有這膽子呢？喔，奇里恩的女君，那偉大珠寶的失竊緣由沒有任何凡人知曉。無論是人類、平民、費亞人或七族中任何一人，沒有人知道。只有已逝的靈魂知道它是如何在許久許久以前，當珊麗的曾祖父——傲王奇爾里——獨自行走於海穴旁時丟失的。但或許，妳能在厭日者之間找到。」

「你是說土族人嗎？」

一陣較為響亮的局促笑聲迸發。

「和我們一塊兒坐坐吧，自北方歸來我們身旁的陽光金髮珊麗。」她與他們同座共食，她的親切令他們心花怒放，他們的友善也讓她怡然自得。但等他們聽到她再三重申要去土族人那兒尋回傳家寶——假若項鍊真在那兒——笑語聲便漸漸靜了下來，環繞她身旁的小人兒也越來越少。最後，只剩她與那名大概是在餐前和她說話的男子。「珊麗，別去找土族人。」他說。有那麼一會兒，她的心動搖了。然後，那名費亞男子緩緩將手由上而下掃過眼前，周遭空氣便這麼陷入黑暗，餐盤上的水果變得如灰燼般慘白，一缽缽清水也杳然無蹤。

「好久好久以前，費亞人和葛丹彌亞人在遠方的山間分道揚鑣。」那名動也不動的矮小費亞男子說，「好久好久以前，我們曾為一體。我們所沒有的，他們都有；我們所有的，他們都沒有。想想陽光、想想青草、想想結果的樹木吧，珊麗。想想，不是所有下坡路都將通往上坡。」

「好心的主人，我的路途並非要領我往上或往下，而是筆直通往我的傳家寶。它在哪兒，我就去哪兒，而我也將帶著它歸返。」

費亞人鞠了個躬，輕輕笑了一聲。

村莊外，她再次登上那匹斑紋飛馬，以道別回應費亞人的呼喚，乘著午後的風而起，朝著西南方，往奇里恩海岩石嶙峋的岸邊窟穴飛去。

她擔心自己必須深入那些洞穴地道才能找到她要尋找的人。畢竟，根據傳言，土族人從不離開他們的洞窟，來到陽光之下。但她更擔心巨星和那些月亮。這是趟漫長的旅程，她曾降落過一次，讓馬兒獵食樹鼠，自己則吃了些鞍囊內的麵包。而今麵包已變得又硬又乾，味如嚼蠟，不過仍保存了些許原有食材的風味，因此，有那麼一會兒，當她獨自在這南方森林的空地裡、嘴裡啃食著麵包，她可以聽見一個微弱的聲音，並看見杜爾哈的臉龐在哈蘭的燭光中轉頭望向她。一時間，她就坐在那兒，出神地想著那張既堅毅又鮮明的年輕面孔，以及當她頸間戴著那一整個王國的財富返家時，自己會對他說什麼。「主啊，我想要一份配得上我丈夫的禮物……」然後，她繼續前行。只是，等她抵達海岸，太陽已然隱沒，巨星也在它後方沉落。一道猛烈的強風自西而來，狂暴、凌厲、搖撼，飛馬疲於抵禦，於是她讓牠滑翔降落在沙地上。一落地，牠立刻收起翅膀，將輕盈粗壯的四肢蜷在身體下，發出低沉的呼嚕聲。珊麗佇立原地，緊緊抓著斗篷的領口，輕撫馬兒頸背。馬兒耳朵輕彈，又再度呼嚕了起來。溫暖的毛皮撫慰了她掌心，但她放眼所及，只有覆滿烏雲的灰色天空、灰色汪洋，和黑色的沙粒。然後，沙地上跑過一個身形低矮的黝黑生物——接著又是一個——整整一群，或蹲，或奔，或停駐。

她揚聲呼喊。原先他們像是沒看見她一樣，此刻卻忽然一下全聚集到了她身邊。他們與她的飛馬保持距離。飛馬已不再呼嚕，鬃毛也在珊麗的掌心下微微豎起。她勒住韁繩，儘管看見牠展現保護之情，她很是開心，卻也擔憂牠緊張之下會不會做出什麼凶暴的舉動。那些古怪的人影站在原地，一點聲音也不出，只是瞪著她，粗厚的裸足牢牢踩在沙地之上。錯不了，他們與費亞人同樣身高，除此之外，其他一切就像幽影，宛如那些歡樂小人的黝黑翻版。他們一絲不掛，矮壯、僵硬，髮絲平直，膚色灰白，看起來溼黏黏，就像蛆蟲的外皮，雙眼有如石礫。

「你們是土族人嗎？」

「我們是葛丹彌亞人，夜國諸王的子民。」那聲音意外響亮且低沉，在颳著風、帶有鹹味的暮色裡鏗鏘迴響。然而，就如面對費亞人，珊麗無法確定開口說話的究竟是誰。

「諸位夜王安好，我是來自奇里恩的珊麗，哈蘭的杜爾哈之妻。我來此是為了尋找傳家之寶，一條叫做大海之眼的項鍊，它在許久之前便已不知所蹤。」

「妳為何會來此地尋找呢？安齊亞人？這兒只有沙、鹽粒，與黑夜。」

「因為失物往往藏於深處。」珊麗回答，已準備好隨機應變，「而來自地底的黃金總有辦法返回地底。我還曾聽說，有時候，造物總會回到製作者手裡。」最後一句話純屬揣測，但是正中紅心。

「沒錯，我們確實聽過大海之眼這條項鍊，它是許久許久之前在我們洞窟之中打造的，並被我們賣給了安齊亞人。那枚藍色寶石來自我們東方親族的土礦，可這些都是非常古老的傳說了，安齊亞人。」

「我可以親耳聽聽這些故事嗎？」

這些粗壯的矮人沉默片刻，彷彿心有疑慮。灰風颳過沙地，讓沉落的巨星更顯黯淡。浪潮聲來來去去，時隱時現。那低沉的聲音再次響起：「好吧，安齊亞的女士，妳獲准進入地宮。跟我們來吧。」他的語調改變了，彷彿在哄誘，然而珊麗充耳不聞。她緊緊拉著韁繩，牽著腳爪尖利的飛馬，跟隨土族人穿越沙地。

到了洞口，一股溫暖的臭氣從那宛若敞開的無牙大嘴飄了出來，其中一名土族人開口道：「那頭翼獸不能進去。」

「牠要進去。」珊麗堅持。

「不行。」矮人說。

「牠要進去，我不會把牠留在這裡，牠是我借來的，我不能棄之不顧。只要我牽著牠的韁繩，牠就不會傷害任何人。」

「不行。」低沉的聲音再次重申，但其他人插嘴回答：「那就如妳所願吧。」遲疑片刻後，他們終於又邁開腳步。洞口似乎在他們身後「碰」一聲闔上，巖窟內黑得伸手不見五指。眾人排成一列魚貫前行，珊麗走在最後。

地道內沒那麼黑了，原來是頭頂上的石壁亮著團微弱的白色火光。更遠處還有一團，接著又是一團。在光亮與光亮之間，可以看見壁上如花綵般掛著一條條長長的黑色蠕蟲。越往前走，這些火球的間隔就越近，整條地道都亮著冰冷明亮的光芒。

珊麗的嚮導在岔口前停下腳步。眼前有三條地道，每條地道都有扇像是鐵鑄的門牢牢封住。「我們必須在此等候，安齊亞人。」他們說道。八人留在她身邊，三人打開其中一道門鎖，走了進去，鐵門在他們身後「碰」一聲關上。

安齊亞之女動也不動，昂然佇立在空洞的白色燈光下。飛馬蜷伏於她身旁，啪啪啪地甩著牠的斑紋尾尖，收起的雄偉翅翼不時因強遏住的飛翔衝動而顫抖。地道內，八名土族人蹲在珊麗身後，用低沉的聲音和自己的語言交頭接耳、喃喃嘟噥。

中央的門匡啷打開。「讓安齊亞人進入夜之王國！」一個沒聽過的聲音喊道，宏亮又浮誇。一名粗壯的土族人站在門邊召喚珊麗，他灰色的身軀穿著某種衣飾。「進來吧，見證我們壯觀的王國、我們親手打造的奇蹟、我們夜王的傑作！」

珊麗拉了拉馬兒的轠繩，默默垂下頭，跟著他走進為矮人打造的低矮門口。又是一條亮晃晃的地道在眼前展開，潮溼的牆面在白光下晶瑩閃耀。但這條坑道不是用來行走的，地上鋪著兩條平行的拋光鐵條，一路延伸至她視野盡頭，鐵條上還停著某種裝設有金屬輪的小車。珊麗遵從新嚮導的指示，毫不遲疑地踏進車裡，臉上也未流露任何驚異之色，並吩咐飛馬蜷伏在她身邊。土族人也上了車，在她前方就座，開始擺弄起車輪和鐵條。一陣巨大的摩擦聲響起，傳來金屬與金屬相互輾壓的刺耳尖嘎聲。接著，地道的石牆開始猛然急退，在眼前倏忽而過，越來越快、越來越快，直到頭頂的火球化為一片模糊的光影，汙濁的溫暖空氣也變成惡臭的疾風，將兜帽自她髮絲上吹落。

輪車停止。珊麗跟著嚮導步上玄武岩石階，先是走進一座寬敞的前廳，然後是一座由古老水流或是穴居土族人自岩石中開鑿出的大廳室。陽光從未照入此處的黑暗，只由那些冰冷耀眼的神奇火球所點亮。巨大的扇葉在嵌於牆內的格柵後方不停轉動，疏通腐濁的空氣。這廣闊的密閉空間內迴響著陣陣響亮的嗡鳴，有土族人扯開嗓子的喊叫聲、轉動的扇葉，和輪具傳來的摩擦聲、震動聲與尖銳的轟鳴聲，所有聲響的回音又不停在岩石間反彈迴盪。這兒所有矮壯的土族人都穿著形似星主的衣裝——長褲、軟靴，以及連帽束腰外衣——雖有幾名女性，但全是行色倉促的矮人僕役，而且身上均一絲不掛。男性之中有許多都是士兵，腰間掛著武器，形似星主的那些可怕的死光槍，不過就連珊麗都看得出來，那不過是模塑過的鐵棍。她看著眼前景象，卻視若無睹，只是跟隨嚮導的步伐，沒有左顧右盼，也沒有東張西望。當她來到一群黑髮上佩戴鐵飾環的土族人面前，嚮導停下腳步，躬身行禮，高聲宣告：「葛丹彌亞的至高統領們！」

對方共有七人，全抬起頭向她看來。凹凸不平的灰色面孔上滿滿自命不凡的尊爵神態，珊麗看了不由暗暗發噱。

「黑暗國度的統領啊，我來到您們面前，是為了尋找我失傳的家族珍寶，」她肅穆道，「我要尋找的是黎泠的寶物：大海之眼。」她的聲音在這巨大地穴的嘈雜聲中顯得如此微弱。

「我們的信使也是如此回報，珊麗夫人。」這一次，她看得出發話者是誰——一名個子甚至比其他人還矮的那一位，身高幾乎不到珊麗胸口，有著一張蒼白凌厲的面孔。

「但這兒並無妳要尋找的東西。」

「據說它曾在您們手上。」

「在陽光照耀的地面上有眾多不可勝數的傳言。」

「傳言隨風而至，有風的地方就有傳言。古老的匠工啊，我無意探問項鍊是如何從我們這兒失去，又是如何回到你們手中，那都已是古老的傳聞、古老的恩怨。我只求能尋回它，即便它此刻已不在此地，但或許您們知道它流落何方。」

「它不在這兒。」

「那就是在別的地方了。」

「那不是妳能踏足之地，永遠都不可能，除非有我們協助。」

「那請幫幫我吧，我以客人的身分向您們提出請求。」

「俗話有言：『費亞施，安齊亞受，葛丹彌亞既施也受。』若我們答應妳的請求，妳能回報我們什麼？」

「我的感激之情，夜王大人。」

她面帶微笑、昂然挺立、光采燁然地站在他們之間。所有人都注視著她，眼裡流露一種怨恨沉重的驚嘆，一種陰鬱的渴望。

「聽著，安齊亞人，妳要我們幫這個忙是強人所難。妳不明白那有多難。你們安齊亞人永遠不可能理解，除了乘風飛行、種植莊稼、舞刀弄劍、聚在一起吆喝嚷嚷，你們什麼都不在乎。然而是誰替你們打造那些閃耀的鋼劍？是我們，葛丹彌亞人！你們的領主來到此地、去到那些土礦，買下刀劍後便揚長而去，不聞不問，也不去理解。但妳現在來到這兒，妳將睜大眼睛，見證我們無數的奇蹟：那些永不熄滅的燈火、能自動行駛的車輛，還有那些替我們織衣、煮食、改善空氣與各種不同用途的機器。要知道，這些東西遠遠超出你們的理解範圍。而且記住，我們葛丹彌亞人可是你們口中那些星主的朋友！我們隨他們來到哈蘭、來到瑞歐罕、來到胡歐蘭、來到你們每一座城堡，協助他們與你們交談。而你們那些必須向其進獻納貢的主子啊，驕傲的安齊亞人，可是我們的朋友。我們互利互助，水幫魚、魚幫水！所以，妳的感激之情對我們有何意義？」

「這是必須留待您們自己回答的問題，」珊麗說，「而非我。我已提出我的疑問，還請回答，大人。」

七人商議了一陣，時而透過言語，時而透過無聲的交流。他們的目光會飛快向她掃來，隨即又一閃而逝。時而竊竊私語，時而靜默不動。人群開始在他們身旁聚集，一個接著一個，緩緩地、安靜地，直到珊麗被包圍在上百顆黑壓壓的頭顱之中。除了她四周小一圈的空間外，喧雜的洞窟內沒有一處不是擠滿了人群。她的飛馬打著哆嗦，因為恐懼，也因為壓抑太久的煩躁。牠眼珠不僅瞪得老大，還變得蒼白，彷彿那些被迫在夜裡飛行的馬兒的雙眼。她輕撫牠頭頂上的溫暖毛皮，低聲安慰道：「噓，別著急，勇敢的馬兒、聰明的馬兒、風的號令者……」

「安齊亞人，我們會帶妳去寶藏所在之處。」那名有著灰白面孔、頭戴鐵冠的土族人再次轉向她，「但僅止於此。妳必須和我們一同前往，向那些保管者索討項鍊。那頭翼獸不能同行，妳必須隻身前去。」

「請問路途有多遙遠，大人？」

他咧開嘴。「非常遙遠，夫人。不過僅需漫長的一晚即可到達。」

「感謝您的好意。請問您們今晚能替我照料這匹馬兒嗎？牠萬萬不能受到任何傷害。」

「牠將沉睡至妳歸返。當妳再見到這頭飛馬，將騎乘的是一頭更威猛的巨獸！妳不問我們要帶妳去哪兒嗎？」

「我們可否盡早啟程？我不想離家太久。」

「是，很快就會啟程。」他抬起頭，直視她的面容，那對灰脣再次咧開。

接下來幾個小時發生了什麼事，珊麗無法重述，因為一切都是那麼倉促、那麼混亂、那麼喧鬧，又那麼詭異。她捧著馬兒的頭，一名土族人將一根長長的針頭刺進飛馬斑紋金黃的臀腿之中。珊麗看了差點驚呼出聲，不過馬兒只是抽搐片刻，便呼嚕嚕地陷入昏睡。一群土族人顯然得鼓足勇氣才敢觸碰牠溫暖的皮毛，但他們依舊將馬兒扛了出去。稍後，她又眼睜睜看著另一支針刺進自己胳臂——或許是要考驗她的勇氣吧，她猜，因為她並沒有陷入沉睡，不過她也無法肯定。有時，她會乘坐軌道車，穿過數也數不盡的鐵門和拱頂窟穴。一度，軌道車駛經一座往黑暗中無盡延伸的洞穴，而在那闇黑之中充滿大群大群的海洛獸。她可以聽見牠們的低喃、聽見牠們嘶啞的呼喚，並透過車頭的燈光瞥見前方的獸群。然後，在白色的光芒中，她看得更清楚了：牠們全都沒了翅膀，全都瞎了眼。見了這景象，她不由緊緊闔上眼簾。然而前方還有更多地道，也總有更多洞穴、更多腫疣突起的灰色身軀、更多凶狠的面孔、更多震耳欲聾的吆喝聲。到最後，他們驟然領她來到一處開放空間，周遭淨是黑夜。她開心地抬起頭，望向星辰與一輪皎潔的明月，小小的海力奇在西方閃耀生輝。可是那些土族人的注意力仍集中在她身上，要她爬進某種新式的輪車或洞窟之內，她也不知究竟是什麼。裡頭的空間不大，充滿忽明忽滅的小小光輝，宛若燭光，在經過那些雄偉陰溼的洞窟與星夜後，顯得如此纖細閃亮。又有一根針插進她體內，他們說，必須把她栓在某種平躺的椅子上，頭、手、腳都得箍住。

「我不答應。」珊麗說。

不過當她見到要擔任她嚮導的四名土族人自行接受綁縛後，她也接受了。其餘人離去。先聽見一陣震耳欲聾的聲響，然後是漫長的靜默。一股無形的龐大重量沉甸甸壓在她身上。接著重量消失了，聲音消失了，什麼都沒了。

「我死了嗎？」珊麗問。

「喔，不，夫人。」一個她不太喜歡的聲音回答。

珊麗睜開眼，看見一張白色臉孔躬身俯視她，寬闊的雙唇咧得老大，兩枚眼珠猶如小小的石礫。她身上的桎梏已然鬆脫，立刻一躍而起。她感受不到重量、感受不到形體，好像自己只是風中的一縷懼意。

「我們不會傷害妳。」那陰沉的聲音——或多個聲音——說道，「只要讓我們摸摸妳，夫人，我們想摸摸妳的頭髮，讓我們摸摸妳的頭髮……」

他們所在的圓形車體輕輕顫動了下。車窗外是一片空盪盪的夜幕——還是霧呢？

或是什麼也沒有？只需一個漫長的夜晚，他們說，確實非常漫長。珊麗動也不動端坐原位，忍受他們用沉甸甸的灰手觸碰她的髮絲。之後，他們又摸了她的手、她的腳、她的臂膀，還一度摸上她的喉嚨。她再也忍不住，咬牙起身，土族人向後退開。

「我們沒有傷害妳，夫人。」他們說。她搖了搖頭。

聽見他們命令，她又躺回那張束縛椅上。窗前閃過金色光芒時，她哭了起來。但在那之前，她先暈了過去。

「好吧，」羅卡南說，「起碼我們現在知道她是那類人種了。」

「真希望有辦法可以知道她是誰……」館長嘟噥道，「她想要我們博物館裡的某樣東西。那些醜穴怪是這麼說的嗎？」

「別叫他們醜穴怪，」羅坎南正色道。身為一名狶爾孚❶與高智能生命體的人種學家，他應該要避免使用這種詞彙。「他們外型是不好看，但好歹也是C級的同盟……不曉得委員會為什麼會挑他們來栽培？他們甚至還沒接觸完所有狶爾孚就決定了。我敢打賭，勘察任務一定是半人馬座那邊做的——半人馬座的人就是喜歡夜行生物和穴居人。

---

❶ 狶爾孚（HILF）即高智能生命體（High Intelligence Life-forms）之簡稱。

我覺得她一定是這裡寫的物種二。」

「那些穴居人好像挺敬畏她的。」

「你不會嗎？」

凱索又瞥了那名高眺女子一眼，臉頓時紅了起來，笑道：「好吧，是有一點。我在新南喬治亞這兒十八年了，從沒見過這麼美的外星生物。坦白說，我這輩子壓根沒見過這麼美麗的女人。她簡直就像女神。」那道紅暈此刻已蔓延到他童山濯濯的頭頂。凱索是個害羞的館長，不是會誇大其辭的那種人，但羅卡南只是認真地點了點頭，表示同意。

「真希望我們可以不用透過這些醜——葛丹彌亞人——當翻譯，直接和她交談。但那是不可能的。」羅卡南朝訪客走去，待她轉過身，用那張國色天香的面容直視他，他深深鞠了個躬、右膝跪地、閉目垂首。他將這動作稱為他的跨文化通用屈膝禮，而且姿態還挺優雅莊重。待他起身，那名美貌女子綻開笑顏，開口說了些什麼。

「她說：『您好，星辰的領主。』」珊麗其中一名矮壯的隨行者以不純正的銀河語低吼道。

「您好，來自安齊亞的女士。」羅卡南回答，「有什麼是我們博物館能為這位女士效勞的嗎？」

在那些穴居人低沉的嘶吼聲中，她的聲音聽起來宛如一陣倏忽即逝的銀風。

「她說：『請將她的寶石項鍊還給她，那是她至親先祖的，很久很久以前。』」

「哪條項鍊？」他問。像是明白他的話般，她指向他們面前展示櫃裡最中央的一樣展品。那是個鬼斧神工的藝品，一條黃金項鍊，儘管巨大，做工卻十分精緻，上頭鑲著顆大大的亮藍色寶石。羅卡南挑起雙眉，凱索在他肩旁喃喃道：「她品味真好。那是北落師門頸鍊，很有名。」

她對兩人微微一笑，又在穴居人頭頂上方說了些什麼。

「她說：『喔，星辰之主，寶藏之屋的長者與青年，這寶物是她的，很久很久以前。謝謝。』」

「這東西我們是哪找來的，凱索？」

「等等，讓我查一下目錄，裡頭有寫，這裡。是從這些醜穴怪——山怪——隨便啦，好吧，是從葛丹彌亞人那兒得來的。這裡寫說，他們對交易異常執迷，我們非得讓他們買下搭乘前來的那艘飛船不可，是艘AD-4。這條項鍊是其中一部分的款項，是他們親手打造的藝品。」

「我敢打賭他們現在做不出這樣的東西，畢竟都轉朝工業發展了。」

「但他們似乎覺得那東西屬於她，不是我們，也不是他們。羅卡南，這事一定很重要，否則他們不會願意耗費這麼大的時間跨度跑這一趟。想想，這兒和北落師門之間的時差一定很大。」

「好幾年吧，毫無疑問。」這名早已習慣星際跳躍的猗爾孚回答，「也不是真那麼遠。總之，無論是手冊或指南都沒有提供足夠的資料，讓我能做出適當的評估。這些人種顯然尚未經過仔細的研究。或許，這些小個子只是賣她個人情，也或許跨種戰爭會不會爆發，就取決這枚該死的藍寶石。也或許，他們是受到她的欲望所主宰，因為他們認為自己比她低下。又或者，別看他們這模樣，說不定她其實是他們的囚犯或誘餌。我們怎麼知道？……你可以讓出這條項鍊嗎，凱索？」

「喔，可以啊。嚴格來說，所有異族文物都是借來的，並非我們的所有物，有人前來索討的例子時有所見，我們鮮少與之爭論。和平為上嘛，至少在戰爭到來之前……」

「那不如就給了她吧。」

凱索笑了起來。「榮幸之至。」他說，打開展示櫃，取出那條巧奪天工的黃金項鍊，靦腆地交給羅卡南，說：「你給她吧。」

因此，有那麼片刻，這枚藍色珠寶先是靜靜躺在羅卡南手中。

但他的心思並不在珠寶上頭。他捧著那團藍色火焰與黃金，轉身面對那名美麗的異星女子。她並沒有舉手接過，而是低下了頭。於是，他將金鍊套過她髮絲。項鍊如燃燒的引信般停在她金棕色的頸前。她抬起頭，目光自項鍊上轉開，神色如此欣喜、如此自豪、如此充滿感激，羅卡南無言以對，只能佇立原地，矮小的館長則是用自己的語言匆匆嘟噥：「不客氣，真的不客氣。」她垂下她那金黃耀眼的頭顱，向凱索和羅卡南行禮致意，接著轉過身，朝那些矮壯的護衛——或是捉捕者？——點了點頭，拉起那件破舊的藍色斗篷，沿著長廊飄然遠去。凱索和羅卡南停駐原地，目送她消失的身影。

「我覺得……」羅卡南說。

「覺得什麼？」沉默許久後，凱索終於啞聲問。

「有時候，我覺得……看見這些來自我們幾乎一無所知的世界的人，有時候……感覺就像我跌跌撞撞闖進傳說一隅，或是一段我不明白的悲劇神話，或許……」

「是啊。」館長清了清嗓子，說，「真好奇……不知道她叫什麼名字？」

貌美的珊麗、金黃耀眼的珊麗、得回項鍊的珊麗。不僅土族人屈從於她的意志，就連那些星主也一樣。那是個可怕的地方，那座位於夜之盡頭的城市。他們向她行禮，欣然獻出自己的寶物，交還給她。

但她仍無法甩開那些洞穴帶給她的感受：岩石低壓在頭頂，無法分辨是誰在說話、又是誰做了什麼，到處充斥著轟隆隆的聲響，還有那些伸長的灰手——夠了。她已為那條項鍊付出代價，很好，現在項鍊是她的了，代價已償，過往就讓它留在過往。

飛馬自某種箱中爬出，眼神迷濛，毛皮邊緣結著冰霜。剛離開葛丹彌亞人的洞穴時，牠本不肯飛。如今，牠似乎又恢復正常，乘著輕柔的南風，飛越晴朗的天空，朝哈蘭而去。「快啊，飛快些啊。」她告訴飛馬。風吹散纏繞她心頭的黑暗，她笑了起來，「我想快點兒見到杜爾哈，越快越好……」

他們振翅疾飛，第二天黃昏便回到哈蘭。此刻，當飛馬載著她，奔上哈蘭上千級的石階、穿過淵橋與它下方一千英尺的森林，那些土族人的洞穴彷彿不過是去年的一場夢魘。抵達飛院後，她在傍晚的金黃餘暉中下了馬，走上最後幾級石階，僵立的英雄雕像夾道石級兩旁，兩名守門的護衛躬身行禮，愣愣注視她頸間那條火一般美麗璀璨的金鍊。

她在前廳攔下一名經過的女孩，那女孩貌美如花。從樣貌看來，該是與杜爾哈有相當親近的血緣關係，只是珊麗想不起是誰。「妳認得我嗎？女孩？我是珊麗，杜爾哈的妻子。能不能請妳轉告杜若沙夫人，說我回來了？」

她不敢現在就進去，獨自一人面對杜爾哈，她想要杜若莎陪著她。

女孩直盯著她瞧，神色非常古怪，仍喃喃回答：「好的，夫人。」說完，便飛快走向高塔。

珊麗站在金澤閃耀的破敗前廳內等待，一個人影也不見，他們全在宴席廳嗎？那股靜默令人坐立難安。不一會兒，珊麗朝著通往高塔的階梯走去，此時卻有一名老嫗穿過石板地，伸長雙臂，一面哭泣，一面向她迎來。

「喔，珊麗，珊麗，珊麗！」

珊麗從未見過這名灰髮女子，不由瑟縮了下。

「請問夫人您是？」

「我是杜若莎啊，珊麗。」

珊麗動也不動，一語不發，只是讓杜若莎抱著她，淚流滿面地問。這麼多年來，她是不是真被土族人抓走，囚禁在魔咒之下？或是費亞人用那些古怪的技藝困住了她？然後，她停止哭泣，稍稍退開了些。

「妳還是這麼年輕，珊麗，就像妳離開時那樣年輕。而且妳頸間還戴著那條項鍊……」

「我有禮物要獻給我的丈夫杜爾哈，他在哪兒？」

「杜爾哈死了。」

珊麗動也不動，僵立原地。

「妳的丈夫，我的弟弟，哈蘭的領主杜爾哈，七年前就戰死沙場了。妳離開了九年，星主不再到來，東方的領主與我們開戰，那些來自洛格和胡歐蘭的安齊亞人。杜爾哈出兵迎戰，結果被一名平民的長矛刺死，因為他沒有足夠的盔甲保護軀體，更沒有盔甲保護他的靈魂。他如今安葬在歐蘭沼地上方的原野。」

珊麗轉過身。「我這就去找他。」她說，手按在頸間那條沉甸甸的黃金項鍊上，「我要把禮物獻給他。」

「等等，珊麗！妳得見見杜爾哈的女兒，妳的女兒，美麗的海卓拉！」

原來她就是先前被珊麗攔下、請她去找杜若莎的那名女孩。她年約十九歲，雙眼與杜爾哈十分相似，都是深邃的藍。她站在杜若莎身旁，用沉穩的眼神凝視珊麗，這名本該是她母親，看上去卻又和她年紀相仿的女子。她們的年紀、金黃的髮絲及美貌全都如出一轍。只是珊麗微微高了些，胸前戴著條藍寶石項鍊。

「拿去吧，拿去。我從長夜盡頭將它帶回來，就是要送給杜爾哈和海卓拉！」珊麗呼喊，低下頭一擰，扯下沉重的項鍊，扔在石板地上，碰撞聲冰冷而清脆。「拿去吧，海卓拉！」她又吶喊了聲，然後痛哭失聲地轉過頭，奔離哈蘭，穿過淵橋，跑下長長的寬闊石階，朝東狂奔而去，如竄逃的野獸般躲進山林，消失不見。

巴黎四月天

這是我第一篇領到稿酬、第二篇獲得出版的故事，想來應該也差不多是我寫的第十三或第十四篇小說。自從我哥哥泰德受夠了身邊有個不識字的五歲妹妹、開始教我閱讀後，我便開始寫詩和小說。到了大約二十歲左右，我開始將作品寄給出版社，有些詩是付梓了，但在三十歲前，我並沒有系統性地寄出我的小說，倒是持續有系統地被退稿。

我在一九四二年時替《驚奇科幻雜誌》（*Astounding Science Fiction*）寫了篇有關地球生命起源的故事，但不知為何沒被採用（我和約翰・坎貝爾〔John Cambell〕的電波向來不合），而〈巴黎四月天〉正是我那時開始完成的第一篇「類型」小說——意指明顯是奇幻或科幻小說的作品。二十二歲時，只要能收到一封貨真價實的退稿通知，我就覺得要開心地飛上天了。但等到三十二歲，能收到支票我會更高興。「專業」並非一種美德，而僅僅是業餘者出於興趣而做、但你能得到報酬的一份差事。然而，在以金錢為主的經濟體系中，獲得報酬意謂你的作品將能夠在市面上流通、得到讀者閱讀。它是一種交流溝通的方式，而這正是藝術家的目的。一九六二年，賽莉・高德史密斯・拉里（Cele Goldsmith Lalli）買下了這篇故事。她是科幻雜誌有史以來最力求突破、也最慧眼獨具的一位編輯，我十分感激她替我打開了這扇大門。

貝瑞．潘尼威德教授坐在冰冷陰暗的閣樓裡瞪著眼前的桌子。桌上擱著本書和一塊麵包邊。麵包是他的晚餐，書則是他畢生的心血結晶，而兩者都同樣枯燥乏味。潘尼威德博士嘆了口氣，打了個哆嗦。儘管老屋的低層空間相當雅致，但每年只要到了四月一日，無論氣候是暖是冷，就一定會切斷暖氣，今天已是四月二日，屋外偏又下著凍雨。只要潘尼威德博士稍稍抬起頭，就可以看見巴黎聖母院的兩座方塔朦朧巍峨地矗立於窗外的薄暮之中，近到幾乎伸手可觸。他所居住的聖路易島宛如一艘被拖往下游的小小駁船，漂盪於聖母院所在的西堤島後方。但是他沒有抬起頭。他太冷了。

雄偉的塔樓沒入黑夜，潘尼威德博士陷入沮喪的心情之中。他恨恨地瞪著自己的著作。這本書讓他得以前來巴黎居住一年——要不出版，要不就完蛋，教務長這麼說，而他也確實成功出版了，獎賞就是得到留職停薪一年的機會——蒙森學院負擔不起支薪給無擔任教職的教師。因此，他靠著辛苦攢來的積蓄回到巴黎，再次過起學生般的生活，以閣樓為家，待在圖書館閱讀十五世紀的手稿、欣賞大道兩旁的栗子花。只是日子沒有想像中美好，他四十歲了，年紀已經大到無法再享受閣樓的孤獨。凍雨會打壞正在綻放的栗子花，他也受夠自己的著作。誰在乎他的論點呢？那個有關詩人維庸（Francois Villon）在一四六三年神祕失蹤的潘尼威德理論？沒有人在乎。他關於那個可憐的維庸、史上最偉大的一名青少年罪犯的所有理論，都不過是推測。事情距今已整整五百年，永遠無法被證實。沒有任何論點能被證實。況且，他到底是死在蒙福孔

（Montfaucon）的絞刑臺上或（據潘尼威德推測）在前往義大利途中，死於里昂的妓院，又有什麼重要？沒有人在乎。除了他之外，沒有人會如此在意維庸，也沒有人在意潘尼威德博士，就連潘尼威德博士都不喜歡自己。為什麼要喜歡呢？他不過是個孤僻、獨身、薪水又少的可憐迂腐學究，獨自坐在一間沒有暖氣的破舊閣樓租屋裡，試圖再寫一本不值一讀的著作。「我太天真了。」他說，又嘆了口氣，又打了個哆嗦。他起身，拿起床上的毛毯，裹在自己身上，包得嚴嚴實實地坐回桌前，嘗試點燃一支高盧藍菸。打火機點不起來，他又嘆了口氣，再次起身，拿了罐嗆鼻的法國牌打火機油，重新坐下，裹回自己的繭裡，裝滿燃油，然後「嚓」一聲扳下打火機開關。他方才裝油時灑了不少出來，打火機點燃，潘尼威德博士手腕以下也隨之著火。「該死的！」他驚叫，藍色火焰在他指節上飛躍。他跳了起來，瘋狂拍打自己手臂，大喊：「可惡！」並狠狠詛咒命運。沒有一件事順利，這一切有什麼用？此時正是一九六一年，四月二日，夜晚八點十二分。

一間冰冷挑高的房內，一名男子正弓背坐在桌前。他身後的窗外，聖母院的兩座方塔森然矗立在春日薄暮之間。他面前的桌上擱著塊厚厚的乳酪，以及一本栓著鐵扣的巨大手抄本。那本書叫做《四元素之首——火》（*On the Primacy of the Element Fire over the Other Three Elements*）（書名為拉丁文）。作者悻悻地瞪著它，一只蒸餾瓶在附近的小鐵爐上煨燒著。為了取暖，查漢・雷瓦不時機械式地將椅子拉到爐火邊，然而他的思緒盤桓在更深的問題上。「該死的！」他最後終於出了聲（說的是中世紀晚期的法文），「碰」一下闔上書本，站起身來。若是他的理論錯了怎麼辦？如果水才是主要元素呢？這種事你要怎麼證明？這世上一定有某種方法——某種有條理的方式——能夠確認，而且是萬無一失地確認某件事實！但每樣事實又會引導至另一樣事實，最後變成一團可怕的混亂，權威人士間又會彼此矛盾。況且，反正沒人會讀他的書，就連第四大學裡那些討厭的臭學究都不會，他們覺得這就是異端邪說，有什麼用呢？一輩子耗在貧窮與孤獨裡，除了猜測和建立理論外什麼也沒學到。有什麼好處？他在閣樓裡忿忿地踱著大步，忽然又駐足原地。「好！」他對命運怒吼，「非常好！既然你什麼也不給我，我就自己來拿！」他走到幾乎要覆滿地板的其中一疊書堆前，抽出最底下的一本（上頭的書堆坍塌，不只刮傷了書本的皮面，也撞瘀了他的指節），用力摔在桌上，開始讀起其中一頁。接著，他依舊帶著一臉的冰冷與反叛，將道具準備就緒：硫磺、銀、粉筆……儘管房內滿是灰塵又凌亂不堪，他那張小小的工作臺倒是乾淨整齊，布置得井然有序。他很快準備妥當，但忽又停頓片刻，喃喃道：「這實在太荒謬了。」他望向漆黑的窗外，兩座方塔已隱沒不見。一名巡夜人自下方經過，打更報時。八點了，一個寒冷而清朗的夜。四周是如此靜謐，他可以聽見塞納河輕拍堤岸的聲音。他聳聳肩，皺起眉頭、拿起粉筆，在桌子附近的地板上畫了個工工整整的五芒星，接著拿起書本，開始用清晰卻忸怩的語調念了起來：「啊拉哈，啊拉哈，烏迪，米……」那是串長長的咒語，而且大部分的內容是不知所云。他的聲音越來越低、越來越低，百無聊賴又難為情地站在原地，匆匆念完最後幾個字便闔上書冊。沒有多久，他張口結舌地跌坐牆邊，愣愣看著站在五芒星裡的那個巨大混沌身影，只有閃爍不定的藍色火光照亮它熾烈揮舞的尖爪。

貝瑞・潘尼威德終於冷靜了下來，把手埋進裹在身上的被毯，將火熄滅。他沒有燒傷，只是又惱怒地坐下，望向自己的著作，愣愣地瞪著它。它不再是那本叫做《維庸的最後歲月：探索各種可能性》（*The Last Years of Villon: an Investigation of Possibilities*）的薄薄灰色書冊，而是一本叫做《大咒法》（*Incantatoria Magna*）的厚厚棕色典籍。這東西真在他桌上？那可是冊年代可追溯至一四〇七年的珍貴手稿，世上僅存有一份未受損害的抄本，目前收藏於米蘭的昂布羅修博物館。他緩緩環顧四周，嘴也跟著漸漸張大，望向那只鐵爐、那張化學家的工作桌，還有好幾十堆難以置信的皮裝書，以及那扇窗戶和那扇門：他的窗戶、他的門。但此刻，他門邊正蹲踞著一個矮小身影，漆黑，形體模糊難辨，還發出一種乾啞的喀嚓聲響。

貝瑞・潘尼威德不是什麼大膽的人，但他有理性。他以為自己瘋了，因此只是靜靜地、沉著地問道：「你是惡魔嗎？」

那身影打了個顫，發出喀嚓聲響。

教授試探地朝那隱沒的聖母院瞥了一眼，畫了個十字。

那身影見狀抽搐了下，沒有退縮，只是抽搐。接著它說了些什麼，聲音微弱，但聽得出是清晰流利的英文——不，是清晰流利的法文——不，是種古怪的法文。「Mais vous estes de Dieu.❷」它說。

貝瑞起身，盯著它看。「你是誰？」他質問。它抬起一張與人類無異的面孔，溫言回答：「查漢·雷瓦。」

「你在我房裡做什麼？」

一陣短暫沉默。原本跪蹲在地上的雷瓦站直身，原來他實際上有五英尺二英寸高。「這是我的房間。」他最後終於開口，只是口吻十分禮貌。

貝瑞望向周遭的書本和蒸餾瓶，房內再度陷入靜默。「我是怎麼跑到這裡來的？」

「我帶你來的。」

「你是個博士嗎？」

雷瓦自豪地點點頭，氣勢完全改變。「沒錯，我是個博士。」他說，「是我把你帶來這裡的。若自然不願賜我任何知識，我就征服自然。我可以施展奇蹟！去死吧，科學。我原本是個科學家——」他橫眉豎目地瞪著貝瑞，「但再也不是了！他們笑我是傻瓜，把我當異端分子。是，我呸，我比那還要糟！我是個巫師，黑魔法巫師，我是黑魔士查漢！魔法才管用，不是嗎？科學不過是浪費時間，哈！」他說，但臉上並無多少得意之色。「真希望它沒有成功。」他又低聲道，在書堆間來回踱步。

「我也是。」客人附和。

「你是誰？」儘管兩人身高足足差了快一英尺，雷瓦仍挑釁似地抬頭望向貝瑞。

「貝瑞．A．潘尼威德，我是印地安納州蒙森學院的法文教授，目前正在巴黎休假，研究中世紀晚期的法——」他忽然住口，終於領悟雷瓦操的是哪種口音。「現在是什麼年份？第幾世紀？雷瓦博士，請告訴我——」法國人茫然地看著他。字句的意義改變了，發音也是。「這國家的統治者是誰？」貝瑞大聲問道。

雷瓦聳聳肩，那是一種法國式的聳肩（有些事永遠不會變）。「現在的國王是路易，」他說，「路易十一世，那隻骯髒的老蜘蛛。」

兩人像印地安木雕般大眼瞪小眼了一會兒，最後還是雷瓦先開了口：「所以你是人囉？」

「對。聽著，雷瓦，我認為你——你的魔法——肯定是有哪裡出了錯。」

「顯而易見。」煉金術師回答，「你是法國人嗎？」

「不是。」

---

❷ 法文，「你是上帝的信徒。」之意。

「英國人？」雷瓦惡狠狠地瞪著他，「你是那些卑鄙的下流胚子嗎？」

「不、不，我是美國人，我來自——未來。西元二十世紀。」貝瑞臉紅了起來，這話聽起來好蠢，而他可是個老成持重的人。但是他知道這並非幻覺，他所處的這間房間——他的房間——看起來還很新，並沒有五個世紀那麼舊。儘管髒亂，可是不舊。他膝邊那本大阿爾伯特（Albertus Magnus）的抄本也是新的，以柔軟溫潤的小牛皮裝訂而成，金色字體閃閃發亮。而雷瓦就穿著一襲黑袍（不是道具服，並非變裝）站在那兒，他自個兒的家中……

「請坐，這位先生。」雷瓦說，隨後又補了一句，有如窮困的學者般彬彬有禮，卻又心不在焉，「這旅程是否讓你感到疲累了呢？我有麵包和乳酪，不知有無榮幸與你分享？」

兩人坐在桌邊，嚼著麵包和乳酪。起初，雷瓦試著解釋自己為什麼要使用黑魔法。「我受夠了，」他說，「真的受夠了！打從二十歲開始，我就隱世獨居，埋頭苦幹，為的是什麼？知識，為了學習自然的奧祕。可是它們是無法學習的。」他將刀子猛力一插，沒入桌面半英寸，嚇了貝瑞一大跳。雷瓦身材瘦小，但顯然性情剛烈暴躁。儘管面孔蒼白削瘦，卻五官英俊，看起來聰明、警醒，又有活力。他的模樣讓貝瑞想起某位知名的原子學家，直到一九五三年前都能在報上見過他的照片。不知為何，這相似感促使他脫口而出：「有些知識是可以被學習的，雷瓦。我們學會了不少，這裡一點，那裡一點……」

「例如什麼？」煉金術師半信半疑又好奇地問。

「這個嘛，我不是科學家——」

「你們能製造黃金嗎？」他咧嘴笑問。

「不，我想不行，不過他們能製造鑽石。」

「怎麼做？」

「用碳——還是煤，你知道的——透過極高的壓力和溫度，我想。煤和鑽石都是碳組成的，同樣的元素。」

「元素？」

「就像我剛說的，我不是——」

「哪個才是主要元素？」雷瓦大聲吼問，一雙眼像要噴出火來，刀子在手裡蓄勢待發。

「這世上大約有一百種元素。」貝瑞用冰冷的語氣回答，掩飾自己的驚慌。

兩小時後，雷瓦從貝瑞身上搾光了他在大學化學課學過的一切，旋即衝進夜色，不多久便帶著瓶酒回來。「喔，我的好大師啊，」他嚷嚷道，「我竟然只端出了麵包和乳酪！」那是瓶一四七七年的勃艮地醇酒，極好的年份。在共飲一杯後，雷瓦說：「如果我有辦法回報你就好了……」

「你有辦法。你聽過一個叫維庸的詩人嗎？」

「聽過。」雷瓦有些意外地回答，「不過你知道的，他只寫些法文垃圾，不是用拉丁文寫的。」

「你知道他是怎麼死的嗎？」

「知道啊，六四年還六五年連同一群和他一樣的廢物吊死在蒙福孔。為何問？」

兩個鐘頭後，酒瓶空了，他們的喉嚨也乾了。巡夜人報時，凌晨三點，天氣寒冷而晴朗。「查漢，我累壞了。」貝瑞說，「最好還是送我回去吧。」而這名煉金術師因為太禮貌、太感激，也或許是因為太疲憊，並沒有與之爭論。貝瑞僵立在五芒星中央，高眺削瘦的身影裹在毛毯內，抽著一根高盧藍菸。「Adieu[3]。」雷瓦悵然道。「Au revoir[4]。」貝瑞回答。雷瓦開始倒念咒語。燭火閃爍，他放輕語調：「米，烏迪，啊拉哈，啊拉哈。」他念誦著，嘆了口氣，抬起頭來，五芒星內已空無一人，燭火依舊明滅不定。「可是我學到的還遠遠不夠啊！」雷瓦對著空盪盪的閣樓吶喊，一拳打在攤開的書頁上，又道：「還有，認識一個那樣的朋友——真正的朋友——」他抽著貝瑞留下的菸（他方才一試就愛上），坐在桌前，睡了幾個鐘頭。醒轉後，他沉思片刻，重新點燃蠟燭，又抽了根菸，翻開《大咒法》，念誦了起來：「啊拉哈，啊拉哈……」

「感謝上帝。」貝瑞邊說邊飛快走出五芒星外，緊緊握住雷瓦的手。「聽著，查漢，我回去了——回到這間房間，同樣的房間！但是好老舊，舊的可怕，而且什麼都沒有，你不在那裡。我就想，老天，我做了什麼？如果能回去，回到他身邊，要我出賣靈魂都可以。我能拿我從那兒學到的事做些什麼呢？誰會相信我？我要怎麼證明？而且我又能告訴誰？誰會在乎？我完全無法入睡，只能坐在那兒，哭了一整個鐘頭——」

「你想留下來嗎？」

「對。你看，我帶了這些東西，以防你再次召喚我。」他羞赧地拿出八包高盧菸、好幾本書，還有一只金錶。「它或許可以換些錢。」他解釋，「我知道法郎紙鈔在這兒沒什麼用。」

見到那幾本印刷書，雷瓦眼中立刻亮起好奇的光芒。然而他仍站在原地、動也不動。「我的朋友，」他說，「你說你願意出賣靈魂……你知道嗎……我也是。但是我們沒有。無論如何……這一切是怎麼發生的？我們都不過是普通人啊，不是惡魔，也沒有用鮮血訂定什麼盟約，只是兩個住在同間閣樓的凡夫俗子……」

「我也不曉得。」貝瑞說，「之後再想吧。我可以和你一塊兒住嗎，查漢？」

「就把這兒當自己家吧。」雷瓦回答，手優雅地往閣樓一揮，指向那一疊疊書堆、那些蒸餾器具，以及逐漸黯淡的燭光。窗外，聖母院的兩座雄偉方塔矗立在層層灰影

---

❸ 法文道別語，「別了」之意。

❹ 法文道別語，「再會」之意。

中。此時正是四月三日，黎明時分。

早餐後（他們吃了麵包邊和乳酪皮），兩人出門，登上南側的塔樓。大教堂的外型看起來一如既往，只是比一九六一年乾淨。那景色倒是讓貝瑞大為震撼。他俯瞰下方小小的城鎮，兩座小島上房舍林立。右岸邊，許多屋子櫛比鱗次地塞在堅固的築牆內。左岸上，幾條街道循著學院外圍蜿蜒。僅此而已。石鬼像間，可以聽見鴿子在被太陽晒得暖洋洋的磚石上吱吱喳喳。早已見過這景象的雷瓦在胸牆上刻著日期（他用的是羅馬數字）。「我們來慶祝一下吧。」他說，「去鄉間，我已經兩年沒有離開城市了，就去那兒——」他指向一座霧靄氤氳的青翠丘陵，上頭隱隱可見幾間小屋和一座風車。「——去蒙馬特你覺得怎樣？聽說那兒有些好酒吧。」

生活很快安頓下來，培養出一種輕鬆的步調。起初，要踏進擁擠的街道，貝瑞還有些緊張，但換上雷瓦多出的一件黑袍後，他便不再像異邦人般古怪突出——除了身高之外。他恐怕是十五世紀法國最高的一個人。這年代的生活水準低下，蝨子跳蚤無可避免，不過貝瑞從來也不是講究舒適的人，他真正懷念的只有早餐的咖啡。等買好床和刮鬍刀（貝瑞忘了帶上自己的）並向房東介紹說他叫做M．拜瑞，是雷瓦來自奧弗涅的表親後，家務的安排就算是完成了。貝瑞的手錶替他們換來了大筆財富，足足有四枚金幣，夠用上一整年。兩人宣稱它是來自伊利里亞的一種神奇新式計時器，並賣給了一個正在尋找好禮獻給國王的宮廷大臣。買主看向錶上的刻字——漢米爾頓兄弟，紐哈芬市，一八八一年——睿智地點了點頭。不幸的是，他還來不及獻上禮物，就被路易十一關進圖爾一間為「不乖的」朝臣準備的牢籠，那只手錶或許至今還藏在普萊希廢墟裡的某塊磚頭後。不過，這事並沒有對兩名學者造成任何影響。早晨時分，他們會漫步街頭，遊覽巴士底和教堂，或拜訪許多貝瑞感興趣的小詩人。午餐後，他們會討論電力、原子理論、生理學，以及其他雷瓦感興趣的主題，並進行小小的化學與解剖實驗，結果大多都沒有成功。晚餐後，他們只是這麼聊著天。無止無盡地輕鬆閒談，話題涵蓋數個世紀，但最後總停在這兒結束，在這間對著春夜敞開窗戶的陰暗閣樓，還有他倆的友誼。兩週後，他們就像熟識了一輩子，生活過得再愜意不過。他們知道，兩人都不能拿從彼此身上學到的事情做什麼。若回到一九六一年，貝瑞要怎麼證明自己對古代巴黎的了解？在一四八二年，雷瓦又要怎麼證明科學方法的有效性？不過這並沒有困擾兩人。他們從來也不期望自己的聲音會有人聆聽。他們只想學習。

因此，這是他們有生以來第一次感到快樂。實際上，是快樂到先前被求知欲壓下的其他欲望都不由開始浮現。「我想，」有一晚，坐在桌子對面的貝瑞問道，「你應該從沒想過要結婚吧？」

「嗯，沒想過。」他的朋友回答，語調有些不確定。「我的意思是，我是低階的神職人員……而且那似乎無關緊要……」

「也很花錢。況且，在我那年代，沒有任何一個自尊自重的女性會想過我這種生活。美國女人個個自信滿滿、能幹的要命，又光鮮亮麗，是種可怕的生物……」

「而這兒的女人又矮又黑，像甲蟲一樣，又滿口劣牙。」雷瓦陰沉沉地道。

那晚，有關女人的話題就到此為止。但隔夜，他們又聊起了女人，下一晚亦是如此。再接下來一天，為了慶祝兩人成功解剖了一隻懷孕青蛙的主要神經系統，他們乾了兩瓶七四年的蒙哈榭白酒，喝得酩酊大醉。「我們來召喚個女人吧，查漢。」貝瑞用色瞇瞇的語調低聲道，一張嘴咧得活像石像鬼。

「如果我這次真召來了惡魔呢？」

「那有什麼差別嗎？」

兩人笑得前翻後仰，在地上畫了個五芒星。「啊拉哈，啊拉哈，」雷瓦誦道。聽見他打嗝，貝瑞便要他接著說下去，念出最後幾個字。一股透著沼澤味的冰冷空氣竄過，五芒星內忽然出現個眼神狂亂的人影，一頭黑色長髮，全身上下一絲不掛，而且正在放聲尖叫。

「老天，真是女人。」貝瑞說。

「是嗎？」

的確是。「來，給妳我的斗篷。」貝瑞說。那名可憐的女子正張口結舌地站在原地，簌簌發抖。他將斗篷披在她肩上。女子僵硬地將斗篷拉緊，喃喃道：「Gratias ago, domine❺。」

「是拉丁文！」雷瓦高喊，「說拉丁文的女人？」他比波塔花了更久時間才從震驚中恢復過來。波塔看來是個來自北高盧某次階官員家中的奴隸，住在一個叫做盧泰西亞的泥濘島鎮中的一座小島。她的拉丁文中透著濃濃的凱爾特土腔，甚至不曉得她那時代統治羅馬的君主是誰。還真是個貨真價實的野蠻人，雷瓦嘲諷道。她確實是，一個無知、寡言、卑微，並有著一頭糾結長髮與清澈灰眼的白膚野蠻人。她剛自一場安穩的沉睡中醒來，等兩人說服她，她並沒有在做夢後，女子顯然認定這是她那權力至高無上的異族官員主人設計的一場惡作劇，於是不再多問，就這麼接受了現況。「我是來服侍您們的嗎，主人？」她怯生生地問，目光在兩人之間徘徊，不過不見絲毫愁容。

「我就不用了。」雷瓦粗聲回答，又用法語對貝瑞道，「去吧，我去睡儲物間。」說完便走了。

波塔抬頭望向貝瑞。沒有任何高盧人，也沒有多少羅馬人像他這般高，也沒有任何高盧或羅馬人說話的語調如此親切。「您的燈。」（其實是蠟燭，可是她從未見過蠟燭。）「快熄了。」她說，「要我把它吹熄嗎？」

---

❺拉丁文，「謝謝先生。」之意。

每年只要多付兩蘇爾，房東就把儲物間讓給他們充做第二間臥室使用。現在，雷瓦又自己一人睡在閣樓的那間大房間裡，帶著一種若有所思又毫無妒意的興致，觀察朋友那悠閒自在的生活。教授和那名奴隸女孩溫柔纏綿，兩情相悅。他們的快樂讓雷瓦籠罩在一波波不由想保護兩人的幸福感之中。波塔原本的生活嚴苛殘酷，只被當作女人，從來沒被當成人看待。短短一週內，她便變得神采奕奕、活力十足，顯露出藏在溫柔順服下的開朗伶俐本性。「妳就要變得和巴黎女人一個樣兒了。」雷瓦有晚聽見貝瑞這麼指控她（閣樓的牆可薄的呢）。而她回答：「如果你知道我原本過著什麼樣的日子，永遠不能為自己辯駁、永遠活在恐懼之中、永遠孤獨寂寞……」

雷瓦在他的小床坐了起來，陷入思索。約午夜時分，萬籟俱寂，他悄悄起了身，不發出一絲聲響地準備好硫磺和銀粉，畫了個五芒星，打開書本，用極低極低的聲音念出咒語，臉上寫著憂慮。

五芒星中出現了隻小白狗。牠垂著尾巴，縮在地上，隨後怯生生地走上前，聞了聞雷瓦的手，抬起一雙清澈的眼向他望去，發出謹慎的乞求哀鳴。是隻迷路的小狗啊……雷瓦摸摸牠，小狗舔了舔他的手，安心下來後，便開心地在他身旁跳上跳下。牠白色的項圈上有塊銀牌，上頭刻著：「裘莉。杜邦。巴黎六區塞納街三十六號。」

裘莉啃了塊麵包邊後就蜷在雷瓦椅子下睡著了。煉金術師再次打開書本吟誦，依舊輕聲細語，但這一次，他知道自己即將面對什麼，所以沒有絲毫恐懼與忸怩。

早晨，貝瑞踏出他的那間儲物室兼臥室兼蜜月套房，卻在門口猛然止步。只見雷瓦坐在床上，一面摸著隻小白狗，一面專心地和一名坐在床腳的人交談。對方是名一身銀衣的高挑紅髮女子。小狗吠了起來，雷瓦開口道：「早！」女子嘴角揚起，笑靨如花。

「我的主耶穌啊。」貝瑞（用英文）喃喃道，然後說，「早。妳是哪個時代來的？」

聽見這句話，她又笑了，神韻宛若麗泰．海華絲❻，或說端莊版的麗泰．海華絲——或許可說是海華絲加上蒙娜麗莎？

「我是從牛郎星來的，距今約七千年之後。」她回答，笑得更加燦爛。她的法文發音比領獎學金的大一橄欖球隊新生還要糟。「我是名考古學家，正在挖掘巴黎三區的遺跡。不好意思，我的法文很差。不用說，畢竟我們只在刻文上讀過。」

「妳是從牛郎星來的？那顆恆星？但妳是人類啊——我想——」

「我們的星球大約從四千年前開始受到地球殖民，也就是現在開始算起的三千年後。」她笑了起來，明豔不可方物，然後朝雷瓦瞥了一眼。「查漢全都和我說了，但我

---

❻ Rita Hayworth，美國四〇年代紅極一時的性感女星。

還是不太明白。」

「查漢，你這麼做很危險！」貝瑞斥責他，「我們之前是運氣好，你知道的。」

「不，」法國人回答，「不是運氣好。」

「但你操弄的畢竟是黑魔法啊！聽著，女士，我不知道妳貴姓大名。」

「綺思克。」女子回答。

「聽著，綺思克，」貝瑞說得自然流暢，連點結巴都沒有，「你們的科學想必驚人先進——這世上真的有魔法嗎？魔法真的存在嗎？自然法則是真的可以被打破的嗎？就像我們現在做的這樣？」

「我從未見證或聽聞任何有關魔法的真實案例。」

「那這是怎麼回事？」貝瑞大聲吼問，「為什麼這愚蠢的古老咒語對查漢有用、對我們有用？為什麼在開始有文字記載的這五千——不，八千——不，一萬五千年來，這個咒語，只有在這裡，而不在其他任何地方、對其他任何人起作用？為什麼？為什麼？那隻該死的小狗又是打哪兒來的？」

「牠迷路了，」雷瓦說，黝黑的面孔一臉嚴肅，「在聖路易島上，就在這屋子附近。」

「而我正在整理陶片。」綺思克說，臉色同樣認真，「在二號島第四坑D區的一棟家屋遺址內。那是個美麗的春日，可是我恨死它了，恨得不得了。天氣、工作，還有我身邊的人。」她又望向那名矮小枯瘦的煉金術師。長長地、靜靜地望了一眼，「我昨晚試著和查漢解釋過了。我們改良了人類這支種族，讓所有人都變得非常高、非常健康，而且外型美觀姣好，再也不用補牙。我們在所有早期美國人類的頭骨上都發現了補牙的痕跡……我們有些人擁有棕色的肌膚、有些擁有白色的肌膚、有些擁有金色的肌膚，但都同樣美麗、同樣健康，而且適應力高、積極進取、順利成功。我們的職業和成就都在國家幼兒學園裡預先規畫好了，但偶爾還是會出現基因上的缺陷。拿我來說吧，我會受訓成為考古學家，是因為老師們發現我不喜歡人群、不喜歡活生生的人類。人類讓我厭煩。我和他們擁有相同的外表，骨子裡卻天差地遠。當世上一切看起來都沒有兩樣時，哪裡才是家……？可是現在，我親眼見到一間連暖氣都不夠用的髒房間、一座還未成為廢墟的教堂，還認識了個滿口壞牙、脾氣暴躁、比我還要矮的男人，我終於覺得回到家了。在這裡，我終於可以做我自己，終於不再孤獨！」

「孤獨。」雷瓦輕聲對貝瑞說，「嗯。寂寞是嗎？寂寞就是魔力的來源，寂寞的力量更強大……想想，這真的沒什麼好奇怪的。」

波塔披著一頭糾結的黑髮，紅著臉在門口窺探。她露出羞赧的笑容，彬彬有禮地用拉丁文向新來的訪客道早安。

「綺思克不懂拉丁文。」雷瓦帶著極大的滿足說，「我們非得教波塔些法文不可。畢竟，法文是愛的語言，不是嗎？來吧，我們出門買些麵包。我餓了。」

綺思克將她那身銀衫藏在平凡又實用的斗篷之下，雷瓦則套上他那件被蛾蛀得坑坑疤疤的黑袍。波塔梳好頭，貝瑞若有所思地撓了撓脖子上被蝨子叮咬的地方，四人便出門買早餐。煉金術師和星際考古學家說著法文走在前頭，高盧女奴和印地安納州來的教授說著拉丁語、手牽著手跟在後方。狹窄的街道人潮洶湧，陽光絢爛。頭頂上方，聖母院的兩座方塔高高豎立在天空之下。他們身旁，塞納河的漣漪輕柔盪漾。這是巴黎的四月天，河岸旁，栗子樹花開如畫。

師傅

〈師傅〉是我所有出版作品中第一篇貨真價實、千真萬確、如假包換的科幻故事。這是指，在故事中，科學的存在與實現在某層面來說是不可或缺。起碼我對科幻小說的定義在星期一是如此，到了星期二，可能又會有所不同。

有些科幻小說家是厭惡科學的。厭惡它的精神、它的方法還有成果，有些人則很喜歡。有些作者反科技，也有些作者崇拜科技。我對複雜的科技興趣缺缺，但對生物學、心理學，以及天文學和物理學的推想性很是著迷——只要還在我的理解範圍內。科學家的角色在我的故事裡時有所見，而且往往寂寞、離群索居、充滿冒險精神、勇於求新求變，探索新的可能。

這篇故事的主題後來又再次出現在我的作品中，並且是帶著更好的題材與準備。不過，這篇裡有個很不錯的句子：「他試圖丈量塵世與上帝間的距離。」

一名男子獨自佇立於黑暗之中，全身上下一絲不掛，唯有手裡舉著根冒煙的火炬。紅色的火光僅僅照亮了前方幾英尺的空氣與地面，在那之後，唯有漆黑，無止無盡。時不時會有一陣風颳過，灼亮的目光一閃而逝，嘟噥聲自四面八方響起：「舉高些！」男人遵從了，只是火炬在他顫抖的手裡簌簌哆嗦。他將火把高舉過頂，黑暗在他身旁匆匆流竄，喃喃低語，逐漸收攏逼近。風變得更冷了，紅色火光搖曳不定，他僵硬的手臂開始發起抖，微微抽搐了一下，臉上蒙著一層汗水的油光。他只勉強聽見那輕柔又廣大的模糊低語：「舉高，再高、舉高點……」時間停止流逝，只有低語聲越來越大、越來越響亮，直到化為吼叫，不過還是同樣令人膽顫心驚，沒有任何東西觸碰他，沒有任何東西出現在火光照耀的範圍。「現在，快走！」那雄渾的聲音咆哮，「往前走！」

他將火炬舉在頭頂，朝著看不見的地面跨出腳步。但地面消失了。他發出求救的慘叫，向下墜落，黑暗與雷聲籠罩四周。他不願鬆開手中的火炬，烈焰向後席捲，朝他雙眼燒來。

時間……時間、光芒、痛楚，全都再次襲來。他趴在某種溝穴內，四肢陷在泥濘中，不僅臉上傳來陣陣刺痛，雙眼也因明亮的光芒白霧而迷濛。他將視線轉離自己骯髒赤裸的軀體，望向站在上方、朦朧發光的身影。耀眼的光華灑落在白髮及白袍的長長褶層上，那雙眼凝視著甘尼爾，那聲音開口對他說：「你躺在墳墓裡。你躺在知識的墳墓裡。你的先祖永永遠遠躺在地獄之火的灰燼下。」那聲音變得更加響亮，「喔，墮落的人類，起來吧！」甘尼爾設法站了起來。那白色的人影又指著某樣東西道：「那是人類的理性之光，它引領你來到這座墳墓。扔了它吧。」甘尼爾這才發現自己仍握著一根沾滿泥濘的黑棍，是那支火炬。他鬆開手。「現在，起來吧。」白色人影緩緩欣喜呼喊，「自黑暗中起身，走進共世時代的光芒下！」一雙雙手朝甘尼爾伸來，協助拉他出土坑。幾名男子跪在地上，遞出水盆與海綿，其他人用毛巾裹住他，替他擦乾身軀，直到他全身上下溫暖乾淨。現在，他肩上披了件灰色斗篷，站在一間寬敞明亮的廳堂內，身旁人來人往、笑語連連。一名光頭男子拍了拍他肩膀。「來吧，該宣誓了。」

「我——我表現得還好嗎？」

「很好！只有你能把那根該死的蠢火炬舉那麼久，我還以為你會讓我們在黑暗中吼上一整天咧。來吧。」眾人領著他穿越黝黑的地面，經過一面非常挑高的白桁天花板，來到一幅純白色的垂幕之前。布帷上有幾道筆直的縐褶，從天花板到地板足足有三十英寸長。「是祕學之幕。」有人用一副就事論事、冰冷平淡的口吻對甘尼爾說，笑聲與交談聲都靜了下來。他們全站在他身邊，一聲不響。靜默中，白幕拉開，甘尼爾恍恍惚惚地看著幕後揭露之物：一座高壇、一張長桌，還有一名白衣老者。

「志願者，你願意與我們一同宣誓嗎？」

有人用手肘頂了頂甘尼爾，低聲道：「我願意。」

「我願意。」甘尼爾結結巴巴道。

「那就宣誓吧，儀式師傅們！」老翁舉起一枚銀色的物品，那是個由鐵軸支撐的X型十字架。「以共世時代的十字架之名，吾發誓永不洩露所屬會所之儀式與祕密——」

「以……十字架之名……吾發誓……儀式……」甘尼爾身旁所有人都開始喃喃低語，又有一隻手肘頂了頂他，於是他跟著一起念。

「吾將擁有健全的生活、健全的工作、健全的思想——」甘尼爾複誦完後，又有個聲音在他耳畔低語：「別發誓。」

「吾將效忠教廷學院，阻絕所有異端邪說、斷離所有術士巫覡，並從此刻起遵從會所上師教誨，至死方休——」更多低語聲。有些人似乎跟著念完了冗長的句子，有些人沒有。一頭霧水的甘尼爾喃喃念了幾個字，然後便靜靜站著不動。「吾發誓永不將機械的祕學教授予任何非教徒。吾在太陽之下做此宣誓。」一陣刺耳的隆隆聲幾乎要把他們的聲音淹沒。部分天花板開始緩緩地、顫抖地往後掀開，露出夏季雲層密布的黃灰色天空。「看吶，是共世時代的光芒！」白衣老者發出勝利的呼喊。甘尼爾抬頭仰望，顯然，那機械裝置在天窗完全打開前就卡住了。齒輪的碰撞聲轟然響起，靜默緊接而至。老者上前，親吻甘尼爾雙頰，說：「歡迎，甘尼爾師傅，歡迎來到機械祕學的祕密盛典。」入會儀式結束。甘尼爾現在也是他所屬會所的一名師傅了。

「你被燒得可真慘。」眾人走回大廳時，那名光頭夥伴這麼說。甘尼爾伸手摸了摸，才發現自己的左頰和太陽穴都紅腫灼痛。「幸好沒燒到你眼睛。」

「剛好逃過一劫，沒被理性之光燒瞎了眼，是嗎？」一個輕柔的聲音說。甘尼爾環顧四周，看見一名棕髮藍眼的白膚男子，而且他瞳孔是如假包換的藍，就像得了白化症的貓或瞎眼的馬才有的那種藍。他立刻把目光從對方的殘畸部位上轉開，但這名白膚男子只是用他那輕柔的口音繼續說道。宣誓時低聲警告他「不要發誓」的也是這個聲音。「我是米德．費爾曼。我將在李的作坊和你一同擔任師傅。離開這兒後想不想去喝杯啤酒？」

經過白天那些可怕的體驗和儀式之後，酒館內瀰漫混濁啤酒味的溫暖與潮溼感就像某種奇異的改變。甘尼爾只覺頭暈目眩。米德．費爾曼乾了大半杯啤酒，快活地抹去唇邊的泡沫，問：「你覺得這入會儀式怎麼樣？」

「很——很——」

「很令人敬畏？」

「對。」甘尼爾附和，「真的很令人敬畏。」

「甚至覺得有點羞辱？」藍眼男子試探道。

「對。非常——非常偉大的一個祕密。」甘尼爾茫然地瞪著自己的酒杯。米德微微一笑，用他那輕柔的聲音說：「我懂。喝吧。你該找個藥師治治你的燒傷。」甘尼爾乖乖跟著他走進暮靄之中，踏上窄仄的街道。街上行人摩肩擦踵，馬車、牛車、嚓嚓作響的機動車擠得水洩不通。市集內，工匠們收拾起自己的攤子，準備打烊。主街上，作坊與會所的大門都已牢牢掩上。到處可見櫛比鱗次的突出房舍，被聖堂的黃色牆垣所隔開，空盪的牆上只有一個用閃亮黃銅做的簡單圓形標誌。在夏季沉悶短暫的黃昏與動也不動的雲層下，共世時代古銅色肌膚的黑髮子民或群聚、或無所事事、或推擠、或交談、或咒罵、或說笑。而被疲憊、痛楚與烈酒搞得頭昏眼花的甘尼爾只是緊緊跟在米德身旁，彷彿即便自己升任成為師傅，這名陌生的藍眼男子仍是唯一能指引他的方向。

「XVI加IXX，」甘尼爾不耐煩道，「搞什麼，臭小子，你連加法都不會嗎？」學徒一下子漲紅了臉。「結果不是XXXVI嗎，甘尼爾師傅？」他小聲地問。做為回答，甘尼爾直接拿起男孩為了修理蒸汽引擎製作的桿子，卡進它該放進的位置，結果是長了一英寸。

「師傅，那是因為我做為丈量標準的拇指太長了。」男孩舉起他指節突出的雙手。他拇指第一與第二指節間的距離確實是超乎尋常的長。「看來是這樣沒錯。」甘尼爾說，一張黑臉變得更加陰鬱，「非常有趣。但重點不在於你的一英寸有多長，而在於你必須保持一致性。還有，重要的是，XVI加IXX不會得出XXXVI，你這個蠢材，就算世界末日來臨，也永遠永遠永遠不可能得出這個結果——你這個白痴土包子。」

「是，師傅。這真的很難記住，師傅。」

「它就是故意設計得很難記住，瓦諾學徒。」一個低沉的聲音說道。是李坊主，一名胸膛厚實、黑眼炯炯有神的肥胖男子。「借一步說話，甘尼爾。」他領著甘尼爾來到大作坊一個較為僻靜的角落，用輕快的語調接著道，「你有那麼些沒耐心啊，甘尼爾師傅。」

「瓦諾該背好他的加法表的。」

「你也知道，就連師傅難免也有忘記加法表的時候。」李如慈父般拍拍甘尼爾肩頭。

「方才吶，有那麼瞬間，你好像是要他用算的呢。」他發出低沉悅耳的大笑，眼裡閃耀著愉快的光芒與深不見底的精明與狡詐。「我只是要你放輕鬆點……聽說你下個聖壇日晚上要來一塊兒用餐，對嗎？」

「是我擅作主張——」

「不要緊，不要緊！很好啊，我還希望她能找個像你一樣穩定的好男人呢。但別說我沒警告你，小女可是個任性又放浪的野丫頭啊。」坊主又哈哈大笑，甘尼爾也咧開了嘴，只是笑容中似乎透著那麼點懊悔。坊主的女兒叫做拉妮，不僅坊裡大部分年輕男性都被她操弄於手中，就連父親都對她言聽計從。她聰明慧黠，性子又善變，一開始甘尼爾還挺怕她的。過了段時間，他才發現她只有在和他說話時會帶著那麼點羞怯，有如一抹幾近懇求的暗示。他最後終於鼓起勇氣，向她母親提出晚餐的邀約，這是世人所公認的求愛首要步驟。李離開了，他仍佇立原地，回想拉妮的笑容。

「甘尼爾，你有見過太陽嗎？」

是個低沉的聲音，乾啞又從容。他轉身，迎視朋友的一雙藍眼。

「太陽？我當然見過。」

「上回見到是什麼時候？」

「我想想。我那時二十六歲，是四年前的事了。你那時不在伊敦嗎？太陽是在快傍晚時出現的，那晚天上可見星辰。我記得我數到了八十一個，在天幕又關閉前。」

「我那時剛成為師傅，人在北方的科林。」米德倚在沉重蒸汽引擎的木製護欄上，那雙淺色的眼珠轉離忙碌的作坊，望向窗外晚秋的綿綿細雨。「我剛聽見你罵那個叫瓦諾的小夥子了……『XVI加IXX不會得出XXXVI……』，還有『我那時二十六，那是四年前的事……我數到八十一顆星星……』再說下去，你就是在算術了，甘尼爾。」

甘尼爾皺起眉頭，下意識揉了揉太陽穴上泛白的瘢疤。「見鬼了，米德，就連非教徒都知道XXXI減IV等於多少。」

米德嘴角泛起隱隱的微笑。他手裡拿著他的度量尺，垂下手腕，在布滿灰塵的地上畫了個圓。「這是什麼？」他問。

「太陽。」

「對。但它也是個……數字。是數額。一個代表『無』的數字。」

「代表無的數字？」

「對。舉例來說，你可以把它用在減法表裡。II減I等於I，對嗎？那II減II呢？」

他停頓片刻，用尺點了點地上的圓，「答案就是它。」

「對，當然是，沒錯。」甘尼爾瞪著地上的圓，這個代表太陽、祕光與上帝之臉的神聖圖樣。「這是祭司才知道的知識嗎？」

「不。」米德在圓上又畫了個X型的十字架，「這才是。」

「那——那這是屬於誰的知識？這個代表無的數字？」

「沒有人的。任何人都可擁有它，這並非祕學。」這答案令甘尼爾詫異地皺起眉頭。此時兩人緊挨著彼此低聲交談，彷彿在討論米德度量尺上的刻度。「甘尼爾，你為什麼要數星星？」

「我……我就是想知道。我一直都很喜歡數字、數數，還有各種數學表。所以我才會成為機械工。」

「對，沒錯。你現在三十歲了，對嗎？從你成為名師傅至今已經四個月。甘尼爾，你有沒有想過，成為師傅意謂你已學會營生所需的一切知識？從這刻開始到你死前，你不會再學任何新東西，到此為止了。」

「但坊主——」

「坊主是會再學到些暗號和密碼。」米德用他那輕柔乾啞的聲音道，「而且，對，沒錯，他們還握有權力，但他們並不比你擁有更多的知識……你大概以為他們能算術，對嗎？他們不行。」

甘尼爾無言以對。

「不過這世上還是有其他事可以學習的，甘尼爾。」

「在哪？」

「外頭。」

漫長的沉默。

「我聽不下去了，米德，別再說這種話。我不會出賣你。」甘尼爾轉身離開，鐵青的臉上寫滿了怒火。他用盡所有力氣將那股掙扎困惑的怒火轉移到米德身上，那男人不僅肉體，連心智都殘缺扭曲。他是惡魔的化身、是迷途的朋友。

那是個愉快的夜晚。李眉開眼笑，他豐腴的妻子和藹親切，拉妮嬌羞憨媚、容光煥發。甘尼爾年輕的臉上掛著正經嚴肅的表情，使得拉妮忍不住開口逗他，然而就連出言取笑，她的語調都透著股溫順和懇求，彷彿只要再過一會兒，她所有的熱情與活力就會化為纏綿的繞指柔。傳遞桌上的菜肴時，她的手一度飛快碰了他一下，他到現在還記得是哪個位置。那兒，就在他右手近手腕處，那稍縱即逝的輕柔碰觸。在城市不見絲毫光芒的漆黑夜裡，他躺在作坊上方的臥房床上，發出一聲沉醉的歡嘆。喔，拉妮，那柔軟的觸感，她的手、她的唇——喔，主啊，主啊！求愛是漫長的，尤其對象是名師傅的女兒時，他必須按部就班，起碼得花上八個月。甘尼爾必須驅散這難以忍受的甜蜜念頭。什麼都不要想，他堅定地對自己說，睡吧，快睡吧，什麼都別想……於是他想起了

「無」，那個圓，那個空盪盪的圈。I乘以0等於多少？答案和II乘以0相同。如果把I放在0旁邊呢，那會變成什麼數字？10？

米德．費爾曼在床上坐了起來，一頭棕髮直直披散在惺忪的藍眼前，試圖將視線聚焦在闖進他房裡的人影上。窗邊透進清晨的第一道濁黃曙光。「今天是聖壇日，」他氣沖沖道，「走開，我要睡覺。」那模糊的人影凝聚成甘尼爾，他衝上前低聲呼喚：「米德！」甘尼爾又壓低音量繼續道，「你看！」他將一塊石板塞到米德鼻子前，「你看，你看我們可以拿代表無的數字來做什麼——」

「喔，那個啊。」米德回答。他推開甘尼爾和石板，離開床鋪，把腦袋浸到衣櫃上的一盆冰水裡泡了會兒，再帶著滴滴答答的水珠坐回床上。「我看看。」

「你看，你可以用任何數字當作基數，我因為方便所以先選了XII，XII於是變成了1-0，看到嗎，XIII就變成了I-I。如果再往上換作XXIV——」

「噓。」

米德研究起石板上的數字，最後終於說：「這些你都記住了嗎？」見甘尼爾頷首，他便用衣袖抹去石板上整整齊齊又密密麻麻的數字。「我沒想過可以用基數……但是你看，用X來當基數的話，我等等就告訴你為什麼，這樣會簡單一點。現在，X就變成了10，XI就會變成II。但換作XII的話就可以寫成這樣——」他在石板上寫下12。

甘尼爾愣愣望著那數字。最後，他用一種掙扎的占怪語調問：「這不是黑數字嗎？」

「對，沒錯。甘尼爾，你所做的，就是走後門學會了黑數字。」

甘尼爾在他身旁坐下，啞口無言。

「CXX乘以MCC等於多少？」米德問。

「乘法表沒列到那麼高。」

「看好了。」米德在石板上寫下：

```
 1200
  120
```

甘尼爾看著，米德又寫下：

```
0000
 2400
1200
```

又是良久無語。「三個無……XII乘以本身……石板給我。」甘尼爾喃喃道。房裡一片死寂，只有雨水的滴答聲和粉筆在石板上發出的摩擦聲打破沉默。然後，他問：「VIII的黑數字是什麼？」

待這寒冷的聖壇日步入黃昏，米德已把自己所知的一切傾囊相授。確實，米德已跟不上甘尼爾的思維了。「你得去見殷。」白膚男子道，「他可以教你你需要知道的一切。殷研究的是角度、三角，還有度量。利用他的三角板，可以量出任意兩點之間的距離、人類無法到達的距離。他是個偉大的學習者。數字是這門知識的核心、這門知識的語言。」

「也是我的語言。」

「對，沒錯，是你的，不是我的。我不愛數字，我只想用它們來解釋事物……比方說，如果你扔出一顆球，是什麼造成那顆球移動？」

「因為你丟它啊。」甘尼爾咧嘴一笑，露出白如床單的牙齒——比米德的床單還要白上許多——他的腦袋因連續十六小時不吃不睡地思考數學嗡嗡作響，再也容納不下任何恐懼、任何謙遜。他臉上的笑容宛如方自流放歸來的國王。

「好吧。」米德說，「它為什麼能持續移動？」

「因為……因為空氣讓它浮在空中？」

「那它為什麼最後會掉下來？為什麼它的路徑是一道曲線？哪種曲線？現在明白我為什麼需要你的數字了嗎？」此刻，換米德變得如國王一般，一名帝國龐大到無法隻手掌控的憤怒國王。「虧他們還關在那些小小的密閉作坊裡談什麼祕學呢，」他哼了聲，

「來吧，我們先去吃晚餐，然後就去找殷。」

那棟高大的老屋就建在城牆邊，透過用鉛框固定的窗戶俯瞰站在下方街道的兩名年輕師傅。硫磺般的晚秋霞影低懸在雨水閃耀的陡峭石頂之上。「殷和我們一樣，也是機械師傅。」米德趁兩人等在鐵柵門前時告訴甘尼爾，「他已經退休了，你等等就會知道原因。所有會所的人都會來到這裡，藥師、織工、石匠，甚至是工匠——還有個屠夫。他肢解死貓的屍體。」米德的語調中透著股饒富興味的容忍，就像物理學家說起生物學家時那樣。大門打開，一名僕役領著兩人上樓，來到一間房中。柴薪在巨大的壁爐內熊熊燃燒，一名男子自高背橡木椅中起身，上前迎接兩人。

這人立刻讓甘尼爾聯想到他會所的那名無上尊師，也就是垂首對著墓中的他呼喊「起來吧！」的那人。殷同樣身材高䠷，老態龍鍾，身上穿著件屬於上師的白色斗篷。但他彎腰駝背，臉上皺紋密布，疲憊有如垂垂老矣的獵狗。他伸出左手迎接兩人，右臂齊腕而斷，傷口早已癒合，殘肢表面光澤閃耀。

「這位是甘尼爾，」米德介紹，「他昨晚發明了十二進位。還請您幫我指點他有關曲線計算的數學，殷師傅。」

殷笑了起來。那是一種屬於老人的輕柔、短促笑聲。「歡迎，甘尼爾。從此刻起，無論你何時想過來都可以。這兒的人都是巫覡，全都通曉黑技藝，或起碼試圖這麼做……想來便來吧，早晚不拘，想走也隨時可走。若我們遭人出賣，那也只能如此。我們必須相互信任，祕學並不屬於任何人，我們並非要保守祕密，而是要實行技藝。你明白嗎？」

甘尼爾點了點頭。話語從來不是他的強項，數字才是。然而他發現自己深受感動，這令他困窘不已，因為這並非莊嚴肅穆的象徵入會儀式與宣誓，僅是一名老者的輕聲低語。

「很好。」殷說，彷彿甘尼爾只要那麼點一點頭，便已足夠，「來些葡萄酒吧，年輕的師傅們，還是要麥酒？我的黑麥酒可是今年一等一的佳釀呢。你喜歡數字是吧，甘尼爾？」

清晨，甘尼爾站在作坊內，監督瓦諾將拖車引擎的尺寸記錄在他的度量尺上。甘尼爾一臉陰鬱，過去幾個月來，他變得更加蒼老、更加剛毅，也更加嚴厲。每晚四個小時的睡眠加上還要發明代數，的確是很有可能對一個人造成改變的。

「甘尼爾師傅？」一個怯生生的聲音響起。

「再量一次。」他命令瓦諾，然後遲疑地轉過身，望向女孩。拉妮也變了。她看起來有些惱怒、有些悲傷，和甘尼爾說話時也透著真正的膽怯。他已展開求愛的第二階段，打了三晚的電話給她，可是接下來他便沉浸在與殷的共同研究中，再無任何進一步發展。從來沒有男人追求拉妮到一半就撤手，也從來沒有男人對她視而不見，如此刻的他一般。當他的視線從她身上穿透而過，究竟是看到了什麼？她好想問，好想知道他的祕密，好想了解他。他雖說不上來，但能夠隱隱察覺這一點，也因此為拉妮感到難過，也因此有那麼點怕她。

她正看著瓦諾。「他們……你有修改過那些尺寸嗎？」她問，想要打開話匣。

「擅自修改尺寸是異端邪說，會觸犯發明之罪。」

話題於是結束。「父親要我告訴你們，作坊明日不會開張。」

「不開張？為什麼？」

「學院宣布明日將有西風，或許能看見太陽。」

「太好了！這真是拉開春天序幕的好方法，對吧？謝了。」說完，他便轉身回到度量引擎的工作上。

學院的祭司總算對了一次。儘管他們將清醒的大部分時間都耗費在天候預測上，但這是一份吃力不討好的工作。然而，大約十次之中他們還是能正確預估到一次太陽現身，而這就是那一次。待得正午時，雨勢已然停止，烏雲也逐漸轉白，開始滾滾翻騰，緩緩朝東方飄去。到了下午，伊敦子民紛紛走出門外，不是來到大街、廣場，就是爬上煙囪管帽、屋頂，或攀上牆頭、站在牆後的原野觀看。祭司開始他們的祭舞，在學院開闊的前庭上垂首躬身，穿梭如織。每座聖堂內已有祭司就好定位，準備拉動鐵鍊，打開屋頂，好讓陽光能灑落在聖壇石面。終於，到了近晚時分，天幕終於敞開，灰黃色的天空上，烏雲參差不齊的邊緣綻開一抹湛藍。嘆息與輕柔響亮的低語聲在伊敦城內此起彼落：街巷、廣場、窗邊、屋頂、步道都可聽到有人喃喃說道：「天堂，是天堂……」

天空上的裂隙逐漸擴大，陣雨打溼城市，清新的涼風將水幕吹得歪斜。忽然間，雨滴閃閃發亮了起來，宛如夜裡被火炬照亮的水珠，但此刻，它們閃耀的是太陽的榮光。那金輪孤伶伶佇立於西方天空之上，光芒萬丈。

甘尼爾與其他人一塊兒站在原地，抬起了頭。他能從臉上以及燒傷的瘢疤感到太陽的熱氣。他凝望著太陽，直到淚水盈滿眼眶。那枚火之圓輪、上帝的臉龐……

「太陽是什麼？」

他想起米德輕柔的話語。在仲冬的一個寒夜裡，他、米德、殷和其他人在殷家的壁爐前侃侃而談。「它是個圓呢，還是個球體？它為什麼會橫越天空？它有多大——又有多遠？啊，想想吶，在過去，人們只要抬起頭就能看見太陽……」

遠處，學院內傳來陣陣的笛音與鼓聲，歡欣而微弱。有時候，殘雲會飄過那輪熾烈的金烏，世界又陷入寒冷與陰暗，笛聲也停了下來。但西風吹送、雲朵遠去，太陽再次現身，每一次都再低垂一分。就在將沒入西方沉重的雲幕前，它的光芒轉為橙紅，直視它時，雙眼不再會感到刺痛。在這時候，甘尼爾覺得它看起來確實不像個輪盤，而是一顆巨大無比、霧靄繚繞、緩緩沉沒的圓球。

太陽西落，消失無蹤。

頭頂上仍可瞥見天堂在敞開的天幕上閃耀，清澈、深邃，似藍而綠。接著，在靠近太陽西沉的位置，一抹上升的雲層邊緣，有個璀璨的光點閃閃發亮——是暮星。「快看！」甘尼爾呼喊，但只有寥寥幾人轉頭望。太陽已然西沉，星辰又有什麼要緊呢？昏黃的霾靄逐漸爬升——打從十四個世代前的那場地獄之火，這一大片蜿蜒纏繞的雲層便籠罩大地，帶來無盡的粉塵與雨水——遮蔽了星子，將它隱沒。甘尼爾嘆了口氣，揉揉因仰望而僵硬的頸子，邁開腳步，與共世時代的其他子民一塊兒踏上返家之路。

他當晚就遭到逮捕。從衛兵與其他獄友（除了李坊主外，作坊內所有人都給關進了大牢），他得知自己是因為認識米德．費爾曼而身陷囹圄。米德被指控為異端分子，有人看到他在郊野用某種東西指著太陽，那是一種測量距離的裝備，他們說。他試圖丈量塵世與上帝間的距離。

學徒很快就被釋放。到了第三天，衛兵前來押解甘尼爾，將他帶到學院其中一座封閉的院落。早春綿綿的細雨輕柔落下。祭司幾乎完全生活於室外，而伊敦學院的雄偉建築，實際上不過是由一座座粗劣棚屋圍起的無頂院落，分別用來寢寐、寫字、祈禱、用餐或執法。他們將甘尼爾帶進其中一座院子，強迫他穿過一排排身穿白袍或黃袍的人影之間，直到站在所有人面前。他看見一塊空地、一座聖壇，還有一張雨水閃耀的長桌，而盤據桌後的是一名祭司，身穿代表至高祕學的金袍。長桌另一頭站著另一名男子，他也像甘尼爾一樣，身旁兩側有衛兵包夾。男子望向甘尼爾，臉上沒有絲毫情緒，冰冷而空白，但那雙眼湛藍有如雲層之上的天堂。

「來自伊敦的甘尼爾．卡爾森，你有與米德．費爾曼相識之嫌，這名男子被控犯下發明與計算之罪。你是否是他的朋友？」

「我們是同一間作坊的師傅——」

「對。他是否曾和你提及不使用度量尺而做出的測量？」

「沒有。」

「黑數字呢？」

「沒有。」

「黑技藝呢？」

「沒有。」

「甘尼爾師傅，你至今已回答了三次沒有。你可知律法祕學大祭司教團是如何處理異端嫌犯嗎？」

「我不知道——」

「教團有諭：『若嫌犯做出四次否認，便可對其施行拶手之刑，反覆提問，直到嫌犯回答為止。』所以我將再次提問，除非你有意撤回其中一項否認。」

「不。」甘尼爾說，茫然望向四周的高牆與一張張空白面孔。等到他們搬出一座看起來像是木製機具的低矮裝置，並將他右手固定其上時，他依舊是困惑多過了恐懼。他們到底在胡言亂語些什麼？這就像那場入會儀式，他們竭盡所能地要他害怕，而那一次，他們成功了。

「甘尼爾師傅，做為一名機械工匠，」金袍祭司說，「你應該明白槓桿的運用。你要撤回你的答案嗎？」

「不。」甘尼爾微微皺起了眉回答道，然後發現自己的右手已齊腕而斷，就像殷一樣。

「很好。」其中一名衛兵雙手按在突出於木匣外的槓桿上。金袍祭司又道：「你可是米德．費爾曼的朋友？」

「不是。」甘尼爾回答。即便他已開始對祭司的問題充耳不聞，仍一次又一次地回答「不」，直到聽見自己的聲音中混雜著從庭院高牆傳來的陣陣回音，不，不，不，不。

光亮時隱時現，冰冷的雨水落在他臉上，然後停止。某人不斷試圖扶他起身，他灰色的斗篷發出惡臭，痛到想吐，一念及此，他又幾欲作嘔。「放輕鬆。」一名衛兵低語。那一排排動也不動的白袍、黃袍身影還聚集在原地，臉色木然，雙眼盯視……可是現在他們並沒有望著他。

「異端分子，你可認得這名男人？」

「他和我是同一間作坊的師傅。」

「你是否和他談論過黑技藝？」

「是。」

「你是否曾傳授過他黑技藝？」

「沒，我試過。」那聲音嘶啞了些。即便在院落的死寂中，即便周遭唯有輕柔的雨聲，仍難以聽見米德的話語。「他太笨了。他不敢、也沒有辦法學會。他來日會成為一名優秀坊主的。」那雙冰冷的藍眸筆直望向甘尼爾，眼中沒有一絲同情或乞求。

金袍祭司再次轉身面向教眾。「我們沒有任何證據能將嫌犯甘尼爾定罪。你可以走了，嫌犯。明日午時歸返此地，見證判決的執行。若無現身，我們將以此視為你有罪的證據。」甘尼爾還沒會意，衛兵便將他帶出庭院，留他在學院一扇側門前，「碰」一聲在他身後關上大門。他呆立片刻，然後趴倒在馬路上，將斗篷之下那隻血跡乾涸的焦黑右手緊緊貼在身側。雨絲在他身旁喁喁呢喃。沒有任何人經過。直到黃昏時分，他才逼迫自己起身，邁開腳步，走過一條又一條的街、一棟又一棟的房舍，一步一步穿過城市，來到殷的家屋。

在門邊的陰影中，有個影子動了動，喊道：「甘尼爾！」他停下腳步。「甘尼爾，我不在乎你是否身懷罪嫌，不要緊的，和我一塊兒回家吧，父親會重新接納你的。只要我開口，他不會說不。」

甘尼爾沉默不語。

「和我一塊兒回去吧，我等你好久了，我就知道你會來，我以前就跟蹤過你。」她欣喜而緊張的笑聲逐漸散去。

「讓我進去，拉妮。」

「不，你為什麼要來老殷的屋子？誰住在這兒？她是誰？和我一塊兒回去，你非回去不可。父親不會讓一名嫌犯重回他作坊，除非我——」

殷從不鎖上他的門。甘尼爾與拉妮擦身而過，走進屋內，關上大門。沒有任何僕人上前，房裡一片漆黑，無聲無息。他們全被帶走了，所有的學習者。他們統統會接受審問、刑求，然後死去。

「是誰？」

殷站在樓梯平臺上，燈光照亮他花白的頭髮。他來到甘尼爾面前，攙扶他上樓。甘尼爾飛快道：「我被跟蹤了，是作坊裡的一個女孩，李的女兒。如果她告訴她父親，他知道了你是誰，便會找衛兵來這兒——」

「三天前，我讓其他人都走了。」聽見殷的聲音，甘尼爾頓時住口，望向老人那張皺紋密布的平靜面孔，然後像孩子般傻氣地說，「你看，」他舉起右手，「和你一樣。」

「是啊。過來坐下，甘尼爾。」

「他們判他有罪。但我沒有，他們放我走，他說他無法教我，說我學不會，他為了救我——」

「還有你的數學。過來這兒吧，坐。」

甘尼爾冷靜下來，乖乖遵從。殷讓他躺下，盡可能地替他清理並包紮好傷口。接著，他在甘尼爾與灼熱的火光間坐下，幽幽嘆了口氣。「好吧，」他說，「現在，你有崇尚異端的嫌疑了，二十年前的我也是如此。你會習慣的。不用擔心我們的朋友……但若那女孩把此事告訴李，並把你我的名字連在一起……我們最好是離開伊敦。可以分頭行動，但今晚就得走。」

甘尼爾一語不發。在沒得到無上尊師的允許下離開作坊，是會被逐出教會、喪失師傅資格的。他將不能再繼續自己的營生。少了一隻手，他還能做什麼？又該何去何從？他這輩子從未離開過伊敦。

屋裡的靜默同時在他們上下兩方蔓延。甘尼爾豎起耳朵，努力想聆聽街上有無任何動靜，像是沉重的腳步聲，揭示衛兵又將再度捉他回去。他必須離開，必須遠走高飛，今晚就要——「不行。」他忽然道，「我得——我明天得去學院一趟，正午的時候。」

殷明白他所言何意，沉默再度包圍兩人。待老人終於開口，他的聲音顯得極為乾啞、疲憊。「這是他們釋放你的條件，是嗎？好吧，那你就去吧，你不會想要被他們在四十個城鎮發布通緝，追捕你這個定讞的異端分子。嫌犯不會被通緝，只會被驅逐，這樣比較好。先睡會兒吧，甘尼爾，在我離開前，我會告訴你我們該在哪兒碰面。你也盡快動身，輕裝簡行……」

然而，待甘尼爾於近午時分離開，他還是在身上帶了些東西。他將一綑紙捲藏在斗篷下，每張紙上都寫滿米德．費爾曼密密麻麻的工整字跡。「軌線」、「墜落物體之速度」、「動的本質……」般在破曉前便離開，騎著匹灰驢，從容不迫地顛簸出城。「我在可林等你。」是他唯一的道別語。在學院寬敞的前庭裡，甘尼爾沒見到任何學習者，只有奴隸、僕從、乞丐、蹺課的學童，以及帶著保姆與哀啼嬰孩的婦人，和他一塊兒站在正午黯淡的陽光下。唯有賤民和無所事事的烏合之眾才會前來觀賞異端分子死去。一名祭司命令甘尼爾站在群眾最前方，許多人都好奇地看著這名獨自站立、身穿師傅斗篷的男子。

廣場另一側的前排人群裡，他看見一名紫袍女孩。他不確定是不是拉妮。她為什麼要來看米德被處死？她根本不曉得自己恨的是什麼，或者愛的是什麼。只渴望得到與擁有的愛猶如一頭可怕的怪物。甘尼爾心想。她是愛他的，他倆之間只隔著一個廣場的距離。她永遠也不會想看見自己與他分隔兩地，無論是因為她自身的行為、因為無知、因為放逐，或者因為死亡。

就在正午即將到來前，他們將米德帶進廣場。甘尼爾瞥見了他的臉龐，白如金紙，暴露出他所有殘畸，那如先祖般蒼白的膚色、髮色與眼珠。事情已無轉圜的餘地。一名金袍祭司舉起交叉的雙臂，向那隱而不見的太陽、那隱藏在雲幕之後的正午祈願。他一放下手臂，火炬便點燃木樁周遭的柴薪。黑煙盤捲而上，如雲層般灰黃。斗篷之下，甘尼爾用他吊著的傷臂緊緊貼著那捆紙捲，不停無聲複誦：「讓濃煙先嗆死他……讓濃煙先嗆死他……」但乾燥的柴薪很快就著了火，他感到熱氣迎面撲來，燒灼他也曾遭火吻的太陽穴。在他身旁，一名年輕的祭司想要後退，然而圍觀、推擠、長吁短嘆的群眾讓他進退不得，只能佇立原地，微微搖晃，大口喘息。黑煙已變得濃密，吞沒了火光與烈焰間的人影。可是甘尼爾能夠聽見他的聲音，再也不輕柔了，而是刺耳，非常刺耳。他聽見了，他逼自己一定要聽，但同時間，他又凝神傾聽另一個穩定的聲音，不停輕柔道：「什麼是太陽？它為什麼會橫越天空？……現在明白我為什麼需要你的數字了嗎？……把XII寫成12……這同時也是一個數字，代表無的數字。」

慘叫聲停止，但是那輕柔的話語還在繼續。

甘尼爾抬起頭，群眾逐漸散去。那名年輕祭司跪倒在他身邊，大聲祈禱、啜泣。甘尼爾昂首望向沉甸甸的天空，然後邁開腳步，獨自穿過城市的街道，走出城門，朝著放逐、朝著他的家，往北而去。

黑暗之盒

女兒卡洛琳三歲時，有一天，她小小的手裡捧著個小小的木盒前來找我，說：「妳猜這盒紙裡有什摸？」我猜了毛毛蟲、老鼠、大象等等，但她只是搖搖頭，露出一抹難以形容又高深莫測的笑容，微微打開盒子，讓我能稍稍瞥見裡頭，回答說：「是黑暗。」

於是，就有了這故事。

一名小男孩走在大海邊緣的柔軟沙地上，沒有留下任何足跡。海鷗在不見太陽的明亮天空下啅噪，鱒魚在無鹽的海面上跳躍。遠遠的地平線上，海蛇騰身而起，畫出七道巨大的弧線，隨即又怒吼著沒入水面之下。男孩吹起口哨，但忙著獵食鯨魚的海蛇沒有再浮出水面。男孩繼續漫步而行，地上不見任何影子，峭壁與大海間的沙地也沒留下半點腳印。在他前方，青草叢生的陸岬上矗立著間四腳小屋。見他沿著小徑爬上峭壁，小屋蹦蹦跳跳了起來，還像個律師或蒼蠅般搓著它的兩隻前腳。但屋裡的時鐘指著九點五十分，從來不曾走動過。

「你帶了什麼回來啊，迪奇？」他母親一面往燉著兔肉的缽具內加入香芹和少許黑胡椒，一面問。

「是個盒子，媽咪。」

「在哪裡找到的啊？」

媽咪養的小貓妖從掛著洋蔥的椽梁上跳了下來，把自己當貂皮圍巾般蜷在她頸上，說：「海邊找到的。」

迪奇點點頭。「對，海浪沖上來的。」

「那盒子裡有什麼呢？」

貓妖沒有說話，只是發出呼嚕呼嚕的聲響。女巫轉身，認真望著兒子圓滾滾的臉龐，又問了一遍：「盒子裡有什麼呢？」

「黑暗。」

「是嗎？讓我瞧瞧。」

她彎腰查看，依然呼嚕呼嚕低叫著的貓妖閉上了眼。男孩將盒子捧在胸前，小心翼翼把盒蓋掀開了一小英寸。

「真的是黑暗呢。」母親說，「把它收好吧，別給打翻了。不曉得它的鑰匙跑去哪兒了。快去洗手吧。餐桌，把餐具擺好！」正當男孩在院子裡用力扳著沉重的幫浦打水、洗手洗臉時，小屋傳來陣陣餐盤與叉子現形的乒乓碰撞聲。

吃飽後，迪奇趁著母親睡回籠覺，從他的藏寶架拿下那只被海水漂淡了顏色、表面結著硬沙的盒匣，走出屋外，穿過一墩墩沙丘，朝海岸的反方向遠去。那隻黑色的小貓妖緊緊跟在他腳邊，耐心地踏著輕快的步子踩過沙地、穿過粗糙的青草。它是男孩唯一的影子。

山隘頂峰，里卡德王子在馬鞍上轉過身，目光越過軍隊的羽飾旗幟、越過那長長的下坡路，望向父王所在的王城。矗立於平原之上的城牆在無日的天空下熠熠生輝，如珍珠般脆弱，也沒有投下任何影子。看見它，王子就知道它永遠不可能被奪下，自豪之情滿溢內心。他打了個信號，要將領們迅速領兵前進，自己的靴刺也同時在馬腹上一踢，馬兒直立而起、揚蹄疾奔。他的獅鷲在頭頂上空縱聲啼鳴、展翅高飛。她戲弄白馬，俯衝而下，尖喙猛力一啄，又在千鈞一髮之際迴身而去。沒繫轠轡的馬兒不是狠狠地咬向她蛇一般的彎尾，就是昂起銀色的前蹄向她踹去。而獅鷲會仰天長嘯，尖聲狂笑，繞著沙丘盤旋折返，發出刺耳的咆哮，再次俯衝而下，用同樣的手法捉弄牠。里卡德怕她在戰鬥前就先耗盡了體力，最後終於給她拴上了繫繩，她於是平穩地飛在他身旁，發出愉悅的鳴叫和呼嚕聲。

大海在他眼前開展，兄長率領的敵軍就藏在巖壁下方某處。下坡路蜿蜒曲折，沙粒逐漸取代了泥土與石礫，海面離他越來越近。路面驟然下墜，白馬縱身一躍，跳下十英尺深的陡崖，放蹄在海灘上疾奔。轉出沙丘後，里卡德看見沙地上排著一長列井然有序的士兵，在他們身後，可見三艘黑色的船首。他的軍隊跟著爬下峭壁，沙丘上萬頭攢動，藍色的旗幟在海風中起伏翻飛，所有聲響都在隆隆浪潮聲中化為微弱的呢喃。毫無預警也毫無談判餘地，兩軍就這麼發動攻勢，衝鋒陷陣，刀劍交擊，短兵相接。獅鷲縱聲尖鳴，一飛沖天，緊扯里卡德手裡的拴繩，旋即又如鷹隼般俯衝而下，伸出尖喙與利爪，朝著一名高大的灰衣男子撲去。他就是敵軍的首領。但那名高大男子劍已出鞘，當那鋼鐵般的尖喙啄向肩頭，試圖要直取他咽喉時，他手中鐵劍也同時向上刺出，劃開獅鷲的肚腹。獅鷲又竄飛而起，再次急墜，巨大的翅翼一掃，敵人應聲倒地。高大男子踉蹌起身，舉劍砍向她頭顱與翅膀，沙粒和鮮血遮蔽了他大半視線。就在此時，里卡德欺上前。他什麼也沒說，只是猛然迴身，舉起蒸騰的長劍，擋下里卡德的攻勢。他想攻擊馬腿，但白馬或退、或立、或奔，他苦無機會。里卡德的長劍自上方直劈而下，高大男子開始感到自己雙臂越來越沉重，氣息也越來越急促，里卡德毫不留情。高大男子再次舉起長劍，向前一撲。弟弟的長劍颯然揮落，筆直劃開他昂起的面容。他一個字也沒說，就這麼無聲倒地。里卡德又策馬朝廝殺的戰場奔去，白馬的馬蹄濺起棕色的沙粒，有如一陣小小雨霧，灑落男子屍體。

敵軍頑強抵抗，但人數越來越少，被逼著一步步朝海面退去。剩下約二十人左右時，敵軍終於潰散，倉皇地朝船隻奔去，死命將船推至水深及胸的海域，手腳並用地登船逃命。里卡德高聲呼喚手下的士兵，眾將士穿越沙地，繞過傷痕累累的屍體，回到他面前。就連傷勢嚴重的也努力拖著身子，想要匍匐回去。所有還能走的排成一列列，聚集在里卡德所站的沙丘後一方窪地。在他身後遠處的深海中央，三艘黑船動也不動，槳櫓穩穩停在船身兩側。

里卡德獨自在沙丘頂端的茂密草叢間坐了下來。他垂下頭，雙手掩面。白馬佇立在他身旁不遠處，文風不動，宛若石像。在他下方，士兵悄然靜立。後方的沙灘上，那名高大男子臉上覆滿鮮血，倒在獅鷲的屍首旁。其餘死去的士兵仰躺在地，注視著那沒有陽光閃耀的穹蒼。

一陣輕風吹過。里卡德抬起他那張年輕卻陰鬱的面容，向一干將領打了個信號，翻身上馬，繞過沙丘，朝著王城快步折返，不想留下來等著看那些黑船駛上岸，讓敵軍再度登船，也不想看見自己的士兵再次集結成隊，跟在他身後行軍前進。當獅鷲在頭頂上空長嘯飛掠，他舉起了手臂，對那頭巨獸咧嘴一笑，看著她停在他戴著護套的手腕上，像隻公貓般拍翅尖鳴。「妳這頭沒用的獅鷲。」他說，「跟母雞沒兩樣，回去妳的雞籠待著吧！」受了羞辱的巨獸嘎嘎怪叫，往東朝城市飛去。身後，軍隊蜿蜒登上一座座山丘，沒留下絲毫足跡。他們後方，褐色的沙面平滑如絲，完全不見半點汙疵。那些黑船揚起了帆，昂然矗立於海面之上，領頭的船首上佇立著一名身材高大、神色嚴峻的灰衣男子。

里卡德選了一條較好走的路途返家，陸岬上的那間四腳小屋就在左近。女巫站在門邊招呼他。他疾馳上前，在小小的院子門前勒緊韁繩，望向那名年輕的女巫。她就如同煤炭般漆黑耀眼，黑髮在海風中恣意飛揚。她看著他，白色駿馬上的白色盔甲。

「王子，」她說，「您太常上戰場了。」

他笑了起來。「能怎麼辦呢——眼睜睜看自己兄弟挾兵圍城？」

「是的，讓他這麼做吧，沒有任何人能拿下這座城市。」

「我知道。但我的父親，也就是國王驅逐了他，他永遠不得踏足這片領土之上，就連海岸也不行。我是父王的將士，他要我出征，我就出征。」

女巫遠眺海面，又將視線收回年輕王子身上。她黝黑的面孔陡然銳利了起來，鼻子與下巴變得如醜嫗般尖突，眼裡精光大熾。「服侍或被服侍，」她說，「統治或被統治。你的兄弟選擇放棄了服侍，也放棄了統治……王子，你自己保重吧。」她的面孔又柔和下來，恢復了美貌，「大海今早帶來了一份禮物。風吹颯然，晶石碎裂。保重。」

他鄭重行了個禮，表達謝意，然後便調轉馬頭，揚長而去，潔白的身影猶如海鷗，沿著沙丘邐迤的弧線遠去。

女巫回到小屋，環顧沒有任何隔間的房內，查看東西是否都仍在原位：蝙蝠、洋蔥、大釜、地毯、掃帚、蟾蜍石、水晶球（但裂了）、掛在煙囪上那輪纖細弦月、書本、小貓妖——她又看了一眼，隨即匆匆跑出屋外，大喊：「迪奇！」

西風變得冷冽，將粗糙的青草都吹彎了腰。

「迪奇！……貓咪、貓咪，你在哪兒，小貓咪！」

風攫住了從她脣間逸出的話語，撕成萬千碎片，吹散不見。

她彈了下手指，掃帚立刻竄出門外，平平飄浮在離地兩英尺高的空中。小屋興奮地顫抖起來、蹦蹦跳跳。「安靜！」女巫厲聲斥責，屋門便乖乖關上。她爬上掃帚，一鼓作氣循著海灘往南飛掠，不時高喊：「迪奇！……貓咪、貓咪，快出來啊，小貓咪！」

年輕的王子重新歸隊，下了馬，與士兵一同徒步前進。抵達隘口，下方平原的城市映入眼簾，就在此時，他感到斗篷上傳來一陣拉扯。

「王子——」

是個小男孩，年紀小到身材還圓滾滾，臉頰也圓滾滾。他戰戰兢兢地佇立原地，手裡捧著個破破爛爛、結著沙塊的盒匣。一隻黑貓坐在他身旁，嘴角揚著大大的笑容。

「大海送了這個來。是要獻給陸地王子的，我知道一定是——請你收下！」

「裡頭有什麼？」

「是黑暗，王子殿下。」

里卡德接過盒子，微微遲疑後稍稍掀起盒蓋，打開一道小縫。「裡頭都漆成了黑色。」他說，露出鐵青的笑容。

「不，王子殿下，真的不是，你再打開一點！」

里卡德小心翼翼地將盒蓋又掀高了一、兩英寸，往內看去。男孩又開口：「王子小心，別讓風把它吹散了！」話才出口，里卡德便已飛快將蓋子闔上。

「我得把它交給國王。」

「但這是給你的啊，王子殿下——」

「所有來自大海的禮物都屬於國王，不過還是謝謝你，小男孩。」這名圓臉小男孩和神色嚴峻、風華正盛的年輕人又彼此對望了會兒，然後里卡德便轉過身，繼續大步前行，迪奇則快快不樂、默默無語地走下山去。他聽見母親的呼喚自遠遠的南方傳來，他想要回應，但風將他的話語朝內陸吹去，那隻小貓妖也消失得無蹤無影。

軍隊抵達王城，青銅大門隨之而開，看門犬低聲吠狺，哨兵站得筆挺，城內的子民垂首行禮，目送里卡德王子在大理石街道上快馬加鞭，朝王宮疾馳而去。進入宮門，他抬眼往鐘塔上的雄偉銅鐘一瞥，那是王宮的九座白塔中最高的一座，動也不動的指針標示著九點五十分。

父王在謁見廳中等著他。國王是名神色凌厲的灰髮男子，頭上戴著鐵王冠，雙手緊握著王座兩側用鋼鐵打造而成的奇美拉[7]顱形扶手。里卡德低下頭，下跪行禮，回報他們的勝利，自始至終不曾抬眼。「流放者已遭誅殺，大部分敵軍也已殲滅，僅存的殘兵敗將都逃回了船上。」

「做得好，王子。」那回應聲有如久未使用的鐵門，扯動絞鍊開啟。

「父王，我有一份來自大海的禮物要獻給您。」里卡德依舊低垂著頭，舉起那枚木盒。

王座上的其中一隻雕獸發出低沉的怒吼。

「這是屬於我的。」老國王的聲音如此嚴厲，里卡德不由抬頭瞥了一眼，只見奇美拉露出森然利齒，國王則目露精光。

「因此我要將它獻給您，父王。」

「這是我的東西——我把它送給了大海，我親手給的！大海卻將我的禮物吐了回來。」一陣漫長的沉默，然後，國王再次開口，語調軟化了下來，「算了，你留著吧，

[7] Chimera，希臘神話中一種獅頭、羊身、蛇尾的噴火妖獸。

王子。大海不想要它，我也不想要，它現在是你的了，好好收著吧——把它鎖起來。記住，王子，鎖好它，永遠不要打開！」

依然跪地的王子又將頭垂得更低，以表謝意與同意，然後起身穿過長廊，自始至終不曾抬頭張望。他離開謁見廳，一走進金碧輝煌的前廳，王公貴族便圍上前，一如往常想要探問戰情、閒談、說笑、飲酒，但他看也沒看他們一眼，一語不發地穿過人群，雙手小心翼翼捧著木盒，獨自走回他的寢宮。

在他那座耀眼明亮、不見絲毫影子的無窗寢宮內，每一面牆上都裝飾著鑲有黃玉、蛋白石、水晶的黃金昆蟲，而其中最耀眼的，就是那黃金燭臺上動也不動的火光。他將木盒放在玻璃桌上，褪去斗篷，解開劍帶，一面嘆息一面坐了下來。獅鷲從他的寢房大步奔進，尖爪在馬賽克地磚上發出刺耳摩擦，她將頭埋進王子膝間，等待他搔撓她的羽鬃。還有一隻貓兒也悄悄徘徊房內，毛色油亮漆黑，只是里卡德絲毫沒有察覺。王宮內本就充滿各種大大小小的動物：貓、獵犬、猩猩、松鼠、幼小的鷹馬❽、白鼠、老虎。每名仕女都有自己的一頭獨角獸，每位朝臣都養了十幾隻寵畜。而王子只有一頭，那總是為了他英勇奮戰的獅鷲、從未對他有過任何質疑的朋友。他搔搔獅鷲的羽鬃，不時低下頭來，迎視她那圓亮的雙眼，以及她深情款款的金黃目光。他的視線偶爾也會投向桌上的那只木盒。他找不到鑰匙可將它鎖上。

輕柔的樂聲自遠處的宮殿傳來，連綿無盡的音符錯然交織，有如噴泉淙淙。

他轉頭望向壁爐架上的時鐘。那是只華美精緻、用黃金與藍瓷打造而成的方形鐘。指針指著九點五十分：又該是起身繫劍，集結將士，前進沙場的時候。流放的罪人即將回歸，決心要拿下城池，奪回本該屬於他的王座、他的繼承之物。他必須將他的黑船驅趕回海上，兄弟必得刀劍相向，直到其中一人倒下，而王城也將得到救贖。里卡德起身，獅鷲立刻一躍而起，甩動曲尾，一心要上戰場。「好吧，來吧！」里卡德告訴她，但語氣寒冷如冰。他拿起收在珍珠劍鞘裡的長劍，繫上劍帶，獅鷲發出興奮的低鳴，尖喙抵著他手心撓搔，然而他沒有回應。他好累，又好哀傷。他渴望著些什麼——但那是什麼呢？聽見樂聲停止、在自相殘殺前再和哥哥說上一次話……？他不知道。他是王位的繼承人，是王城的守衛者，他必須聽話。他戴上銀盔，轉身抄起披在椅背上的斗篷。繫在劍帶上的珍珠劍鞘撞著了後方某樣東西。王子轉身，看見那枚木盒倒在地上，敞開著。當他佇立原地，用同樣一副冰冷漠然的神情望著木盒，一縷如煙的小小黑影開始在地上凝聚。他俯身將木盒撿了起來，黑暗在他雙手盤旋纏繞。

獅鷲後退，發出陣陣哀鳴。

高大威武、身披白鎧、頭頂銀盔、金髮燦然的里卡德站在耀眼明亮的無影寢宮內，

❽ Hippogriff，神話中一種長著翅膀、鷹首馬身的怪獸。

手裡捧著敞開的木盒，看著濃密的闇黑緩緩流淌而出，昏幽將他全身上下籠罩其中，在他雙手之下盤桓繚繞。他站在原地，動也不動，接著緩緩將木盒高舉過頂，倒轉盒身。

黑暗流瀉過他的面頰。王子環顧四周，遠方的樂音已然止歇，萬籟俱寂，一絲聲響也沒有。燭火依舊燃燒，點點暈芒在牆上與天花板映出金黃的光斑與閃爍的紫光。但是所有角落已變得漆黑，每張椅後都棲息著黑暗。里卡德轉過頭，他的影子也在牆上躍動。這時他飛快鬆了手，木盒落地，因為他在漆黑的角落中瞥見一雙閃耀紅光的巨眼——不用說，當然是那隻獅鷲。他舉起手，對她開口。她沒有動，只是發出了聲古怪的金屬呼號。

「來啊！妳怕黑嗎？」他說。話才出口，他就感到恐懼將自己緊緊攫獲。他拔出劍，四周沒有任何動靜。他朝門口倒退一步，怪獸也縱身一躍。他看見黑色的翅膀在天花板上展開，看見那鋼喙與利爪。他的長劍還來不及上挑，她的身軀已迎面撲來。他奮力搏鬥，獅鷲巨大的尖喙咬向他咽喉、利爪撕向他胸膛及胳膊。終於，他的持劍之手掙脫開，狠狠揮下，接著抽開，再次斬落。第二擊幾乎要將獅鷲的脖頸斫斷。她倒地不起，躺在玻璃碎片間的陰影中痛苦掙扎，最後終於動也不動。

里卡德的長劍匡然落地，雙手被自己的鮮血染得黏稠，雙眼也幾乎目不視物。獅鷲掀動翅膀時不知是搧滅或撞翻了房內所有蠟燭，只有一根依然完好。他摸索前進，找到張椅子，坐了下來。片刻後，儘管氣息依然粗重，他還是像在征戰後坐在沙丘頂端那樣垂下頭，用雙手掩住了面孔。一點聲音也沒有。僅存的一根蠟燭在燭臺上閃耀，後方牆上的黃玉暈散著朦朧的微光。里卡德抬起了頭。

獅鷲仍躺在原地，動也不動，鮮血匯流成池，黝黑有如自盒中逸出的第一縷闇墨。牠張著鐵喙，張著眼，猶若紅石兩枚。

「牠死了。」一個小小的輕柔聲音響起。女巫的貓兒輕巧繞過碎裂的桌子殘骸，又道，「不會再復活了。聽著，王子！」小貓坐了下來，尾巴端端正正地蜷在腳掌旁。里卡德站在原地，動也不動，一臉茫然，直到一陣突如其來的聲響嚇了他一跳——不遠處傳來小小「叮」一聲。接著，宏亮又沉悶的鐘聲也自頭頂上的鐘塔響起，在石板地上、在他耳畔、在他血液裡陣陣迴盪。時針指向了十點。

門上傳來沉重的敲擊，叫嚷聲在王宮的長廊上迴盪，其中還夾雜著最後一聲巨大鐘響、動物的恐懼尖鳴，以及人們的指揮與呼號。

「你要趕不及上戰場了，王子。」貓兒說。

里卡德在血泊與黑影間摸索他的兵器，將長劍收回劍鞘，披上斗篷，朝門口走去。

「今日，下午將會到來，」貓兒說，「黃昏與夜晚也將來臨。夜幕籠罩時，你們其中將有一人回到這座城市，你，或你的兄長。但只有一人會回來，王子。」

里卡德靜立片刻。「外頭升起太陽了嗎？」

「是的，沒錯。升起了。」

「好，那就值得了。」年輕人回答，打開門，大步走進陽光滿室的驚惶與騷亂，漆黑的影子落在他身後。

解縛之咒

接下來的兩篇故事是我首次嘗試描寫與探索地海系列中的「第二世界」，後來也以此題材寫了三本小說。起初，我對這世界同樣所知不多，熟悉這三部曲的讀者會發現，山怪後來在地海系列就消失了，而有關耶瓦德這頭老龍的歷史也隱晦不明。（在格得找到他、並將他束縛在蟠多島前，他必定在撒丁島上待了好幾十年，甚至幾世紀。）但對龍來說，這再自然不過。做為傳說中的生物，他們既不遵循時間規則，也不受時間束縛，因此無須屈從於歷史的單向性與因果連結。

〈名的規則〉率先探索了魔法在地海世界中的一項重要元素；至於〈解縛之咒〉，它不僅預示了在三部曲完結篇章《地海彼岸》中最後描述的那個亡者世界，也揭露了我對樹木的迷戀。若你曾留意，就會發現這一點在我作品中反覆可見。我相信我絕對是世上最戀樹的一名科幻作家。你們可以下樹、發展出對牛拇指、進化為直立姿態，等等之類，但依舊會有我們這些少數人在樹上高高盪著鞦韆。

他在哪兒？身下的地板又硬又黏，漆黑的空氣中透著股惡臭。除此之外什麼也沒有，唯有頭上傳來的疼痛。費斯汀平躺在溼黏的地板上，呻吟了聲，喊道：「巫杖！」但他那根以赤楊木製成的巫法杖並沒有回到手中，於是他明白自己有危險了。他坐起身。沒有巫杖，他就無法召喚適當的光亮，只能喃喃念個咒語，手指一彈，製造個火花。一小團藍色光球自火花中迸然躍現，有氣無力地在空中翻滾，忽明忽滅。「上！」費斯汀喝令。火球搖搖晃晃地往上飄去，直到照亮地窖遠遠上方的活板門。那距離之高，一時間，將自己投射在火球內的費斯汀甚至能看見，自己位於下方四十英尺處的面孔變成了黑暗中的一個慘白小點。光線並沒有在陰溼的牆上映照出任何倒影，它們是以黑夜織就而成，是巫術。他回到自己肉身內，喊道：「熄滅！」火球消散。費斯汀坐在黑暗中，將指節捏得劈啪作響。

一定是有人出其不意地從背後下咒、制伏了他。他記得的最後一件事，就是傍晚隻身在他的林子裡漫步，和樹木談天。在近幾年的獨居日子裡，他感到自己的力量都浪費了，有種虛擲感沉甸甸地壓在心上。因此，為了培養耐性，他離開村落，進入森林，與樹木談話，尤其是橡樹、栗子樹，以及根部能與流水深談的灰色赤楊。他已經六個月沒和任何人說過話了，只是忙著維持生活所需，沒施過任何咒，也沒打擾任何人。所以，會是誰對他施法、將他關在這個惡臭難聞的井底之下？「是誰？」他質問井壁，牆上緩緩出現了個名字，猶如菌類的孢子，又像從石塊氣孔溢出的黑色汗珠，朝著他流淌而下。「弗珥。」

一時間，費斯汀也不禁冷汗直淌。

第一次聽聞邪巫弗珥這個名字是很久很久以前的事了。據說他的力量比巫師強大，但人性泯滅，往來穿梭於外陲區的諸島之間，破壞先祖的心血、奴役人類、砍伐林地、蹂躪田野，並將任何膽敢挑戰他的巫師（Wizard）與法師（Mage）統統囚禁在地底之墳。從那些殘破島嶼逃出來的人們總是述說同一個故事，說他乘著黑風，飄洋過海，在夜色中到來，之後，他的奴隸緊接乘船而至。他們見到的就只有這些了，沒有一個人親眼見過弗珥……島上充滿許許多多為邪惡意志所掌控的人類與生物，而當時的費斯汀只是個全心專注於自己訓練的年輕術士，並沒有將這些有關邪巫弗珥的傳說太放在心上。「我可以保護這座島。」儘管未經試煉，但他清楚自己的力量，於是這麼忖道，並將心思收回到眼前的橡木與赤楊木，還有風兒穿過葉隙的呢喃、渾圓樹幹與枝枒生長的節奏，以及陽光灑落樹葉的滋味，與在樹根四周流動的黝黑地下泉水——它們現在都在哪兒呢？那些樹木，他的老夥伴呢？弗珥是否摧毀了那座森林？

最後，他終於回過神、站起身，用僵硬的雙手大大比畫了兩個動作，高喊了聲能破壞所有鎖扣、打開任何人造之門的名咒。但是這些牆裡注滿了黑夜，它們的建造者沒有察覺，也沒有聽見。那名咒反彈回來，撞進費斯汀耳中，聲聲迴盪。他不由雙手抱頭，跪倒在地，直到回音消散在上方的穹窿之間。接著，餘悸猶存的他坐了下來，開始思索。

他們說的沒錯，弗珥的力量確實強大。這兒是他的地盤、是他以咒語打造的地牢。他的巫法能抵禦所有直接的攻擊，而失了巫杖的費斯汀就像失了一條臂膀。然而，就連他的捉捕者也無法奪去屬於他自身的投射與變換能力。因此，揉了揉更加疼痛的腦袋後，他變換形體，身軀悄悄消融成一縷細緻的水霧。

霧氣懶洋洋地拖著尾巴貼地而起，循著溼黏的牆面往上飄，直到找到拱頂與井壁的交會處，那兒有道髮絲般的狹小隙縫。水珠一滴一滴滲出裂隙，就在幾乎要完全穿透而出時，一道爐火般熾烈的熱風迎面襲來，吹散水珠，要將它們蒸發殆盡。水霧匆匆鑽回地窖之內，盤旋落地，恢復成費斯汀的形體，倒在井底氣喘吁吁。對於費斯汀這種內向的術士來說，變換咒是極耗損心力的一種術法。這分壓力，再加上險些要以改變後的形體面臨慘死的恐懼，更是令他魂飛魄散。費斯汀在原地躺了會兒，只是喘息。他好氣自己，不管怎麼說，想變成水霧脫逃也太愚蠢了，任何一個笨蛋都知道這把戲，弗珥大概就留了道熱風在外頭守株待兔吧。費斯汀又將自己變成一隻小小的黑色蝙蝠，飛到天花板上，再次化為道裊裊的普通氣流，悄悄鑽出牆隙。

這一次，他全身而退，被風輕輕吹送在廊道。就在他發現自己朝著窗邊飄去時，費斯汀忽然感到一股強烈的危險，於是立刻凝神聚志，把自己變換成第一個出現腦中的小型具體形物——一枚金戒指。這再恰好不過，要不然猛烈的寒風定會將他的空氣形體吹散成一團無法復原的混亂，此時則只會讓他的戒指形體微微一寒。狂風止息，他躺在大理石面上，思索要變換成哪種形體才能用最快的速度逃出窗外。

太遲了，他正要滾開，一個面無表情的巨大山怪卻如洪水般大步走來，停在他面前，擋下迅速滾動的戒指，並用一隻岩石般的巨手將它撿了起來。山怪闊步走向活板門，抓住鐵柄，喃喃念了道咒語，將門打開，把費斯汀又扔回黑暗之中。他筆直墜落了整整四十英尺——「匡」一聲落在石地之上。

費斯汀恢復原狀，坐了起來，懊惱地揉了揉瘀青的肘臂。他受夠空著肚子變形了。他多想要他的巫杖啊。有了巫杖，他想變出多少食物都可以。但失去巫杖，儘管仍可改變自己形體和施展部分的咒語及力量，卻無法改變或召喚任何一種具體的事物——無論是雷電或一塊羊排都不行。

「耐心。」費斯汀告訴自己。待呼吸平緩下來，他將軀體消融成無數易揮發的細小油脂，讓自己變成一股煎羊排的香味。他再次自縫隙鑽滲而出，守在外頭的山怪猜疑地嗅了嗅，但費斯汀已重新將自己凝聚成一頭老鷹，筆直朝窗口飛去。山怪撲上前，卻已落後數碼之遙。它用石頭般的洪亮聲音咆哮：「老鷹，捉住那隻老鷹！」費斯汀急急掠過施了法術的城堡，朝他幽然矗立於西方的森林飛去。陽光與海面上的眩光亮得他兩眼昏花，他如箭矢般乘風飛翔，但有支更快的箭追上了他。費斯汀痛呼出聲，往下墜跌。太陽、大海、塔樓在他身邊不停旋轉，黑暗籠罩。

他又一次在地牢陰冷的地板上醒來，雙手、髮絲和脣上都溼濡著自己的鮮血。那根箭射中了他老鷹型態時的前翼，也就是變回人形後的肩膀。他躺在地上，動也不動，喃喃念了個咒語，癒合傷口。此刻，他尚能坐起身、施展一個更深也更長的療傷咒語，但他失去極大量的血，也連帶失去大量法力。一股寒意滲進了他骨髓，就連癒療術都無法讓他溫暖起來。他眼裡蒙了一層黑暗，即便召喚出火球、點亮惡臭的空氣，那黑影仍徘徊不去。在他飛翔時，也曾見到同樣一股黑霧，繚繞在他的森林與那片陸地的小小城鎮之上。

他必須保護那片土地。

他不能再嘗試直接逃脫，他太虛弱也太疲倦了。因為過於信任自己的力量，他喪失了大量的法力。現在，無論他化為何種形體，都將同樣虛弱，無法逃脫。

他冷到發起抖，趴伏原地，任由火球劈啪熄滅，噴出最後一縷瓦斯——是沼氣。這氣味將他的心靈之眼帶回那片自森林邊緣延伸至海岸的沼地，他所鍾愛的那片杳無人跡的沼地。秋天時，天鵝會悠遠綿長地平飛而過，而在靜止的沼澤與蘆葦叢生的陸島間，涓涓溪水無聲而迅速地往大海奔流。喔，他多想成為那些溪中的魚兒啊，若能徜徉在更上游接近泉水之處、籠罩在森林的樹蔭下、藏身棲息在赤楊樹根下那清澈隱蔽的褐水中，那就更好了……

這是個宏偉的法術。與其說是費斯汀施展它，不如說就像任何被放逐或置身險境的人們渴望家鄉的土地與泉水，回憶、思念著家裡的那道門檻、那張餐桌，還有睡房窗外的那些枝枒。唯有在夢境之中，一名偉大的法師才能施展這個返家的術法。但是，寒意已從骨髓又滲進了神經與血脈的費斯汀在黑牆間站起了身，集中意志力，直到它如燭光般在他軀體內的黑暗閃耀，開始施行這偉大而無聲的魔法。

牢牆不見了。他在土裡，岩石與花崗石脈成了他的骨幹，地下泉水是他的血脈，萬物的枝根交織成了他的神經。他如一隻盲眼蠕蟲在土裡攢動，緩緩向西而去，四面八方都是黑暗。接著，倏然間，涼意竄過他背腹，那是一種輕飄飄的、順服的、永不止息的輕撫。他身側嘗到了清水，感受到了潺潺的水流。他用沒有眼瞼的雙眼看見了那池棲息在赤楊木巨大根柱間的棕色深潭，他猶如一道銀影，往前急掠，竄進了陰影之中。他自由了。他回家了。

水流不停自那清澈的源泉湧出。他躺在潭底的沙地，任由比任何癒療咒都強大的流水撫慰傷口，體內的冰寒也被清涼的水流沖走。但就在他休養時，不只感覺到、也聽到從土裡傳來的搖撼與踐踏。是誰在他的森林裡行走？他過於疲憊，無法變形，只是將那閃閃發亮的鱒魚形體藏進了赤楊木的根穴之下，等待著。

粗大的灰色手指伸進水中摸索，攪亂沙石。在水面上方的昏暗中，隱隱可見模糊的面孔和空洞的眼神逐漸逼近、消失，然後又再度出現。繩網與手指摸索著，一次次錯過，最後還是捉住了他，將不住扭動的魚身撈至空中。他掙扎著想要變回自己的形體，卻怎麼也變不回去。他施展的返家咒束縛了他，他在網中痛苦打滾，大口吸進那乾燥、明亮又可怕的空氣，覺得自己就要溺斃。苦難持續，除此之外，他再也無法思考。

良久之後，他終於一點一滴地察覺到自己又恢復了人類形體，某種帶有酸味的嗆喉液體硬灌進了他喉中。時間再次流逝，他發現自己俯面趴倒在地牢那陰冷潮溼的地上，他又成了敵人的俎上魚肉。而儘管他能再次正常呼吸，卻也離死不遠矣。

此刻，他全身上下都能感受到那徹骨的寒意。那名山怪，也就是弗珥的僕人，肯定捏碎了他變換成鱒魚形體時的那副脆弱身軀，因為現在他只要一動，就能感到胸廓和其中一隻前臂傳來劇痛。他虛脫無力，又拖著殘破的軀體，只能躺在這黑夜交織而成的井底深處。他已不剩絲毫法力，無法變換形體。無計可施了，只剩一條路。

費斯汀動也不動，躺在原地，幾乎——但並非完全——感受不到任何痛苦。他思索著：他為什麼不殺了我？為什麼還留著我一條命？

為什麼從來沒有人見過他？什麼樣的眼才能令他現形？他究竟行走於何方？

他怕我，儘管我已無半分力量。

據說所有被他打敗的巫師和權貴都被關在這樣的密閉墳墓中，年復一年持續活著，試圖逃脫……

可是，若他放棄生命呢？

費斯汀下定決心。他的最後一個念頭是：如果我錯了，人們會把我當成懦夫。但他並沒有多想。他微微側過頭，閉上眼，吸進最後一口氣，喃喃念出解縛之咒。這咒語只能說一次。

這並非變換咒，他沒有改變形體。他的身軀、纖長的四肢、靈巧的雙手、那雙曾經喜愛凝望樹木與溪流的瞳眸，都沒有絲毫變化，只是靜止了，動也不動，冰冷如霜。但井壁不見了、以巫法打造而成的牢籠消失了，還有那些房間、那些塔樓、那座森林、那片大海，以及傍晚的天空，全都消失了。費斯汀在嶄新的星辰下，緩緩走下那屬於生者之丘的遠坡。

他生前曾擁有強大的法力，來到這兒後也沒有遺忘。他如燭焰般在這片更寬廣的黑暗土地上移動，想起了敵人的名字，於是高喊：「弗珥！」

無法拒絕召喚的弗珥來到他面前，星光下出現了個濃濁的蒼白形體。費斯汀上前，其餘人驚叫退縮，有如遭火焚炙。他逃開，費斯汀跟上前去，緊追在後。兩人的追趕持續許久，越過乾涸的熔岩，死火山高大雄偉的錐頂在無名星辰下挺立高聳。他們又越過沉默的山陵支脈、穿過長著短短黑草的幽谷、一座座城鎮與屋舍間的無光街道，窗邊不見任何窺探的面孔。星辰高懸空中，無起也無落。這裡沒有變化，沒有白晝。兩人腳步不停，費斯汀總是緊追在後，直到他們來到很久很久以前曾有溪水奔流之處。那是一條來自生者國度的川流。有具屍體躺在乾枯河床的巨石間：是名老翁的屍體。全身赤裸，死板的雙眼凝望著不知死亡的星空。

「進去吧。」費斯汀說。弗珥的影子低聲嗚咽，但費斯汀又逼前幾步。弗珥縮身退開，彎下腰桿，鑽進他屍體敞開的嘴中。

屍骸轉眼消失，不留絲毫痕跡與影蹤，唯有乾涸的巨石在星光下光燦閃耀。費斯汀靜立片刻，然後緩緩坐在岩上歇息。只是歇息，而非入睡，因為他必須守在這兒，直到被送回墓地的弗珥屍體化為塵土，直到所有邪惡的力量吹散風中、被雨水沖往大海。他必須守在這兒，這片死亡曾一度找到法子回歸其他土地的國度。費斯汀現在有耐心了，他有無比的耐心，守候在這再也不會有溪水奔流的岩石間、在這不見海岸的荒野深處。頭頂上的星辰動也不動。他凝望繁星，緩緩地、慢慢地，忘了淙淙的水流聲，也忘了生命之林裡雨水打在枝葉上的窸窣。

名的規則

山下先生自他的山丘下方轉出，笑容滿面，氣喘吁吁。每一縷自他鼻中噴出的吐息都如濃密的蒸氣，在晨光下瑩白似雪。山下先生昂首望向明媚的十二月天空，笑容又漾得更開，露出雪白的牙齒，朝山下的村子走去。

「早啊，山下先生。」走在狹仄的街道上時，與他錯身而過的村民這麼招呼。街道兩旁的房舍有著高懸的錐形屋頂，就像是傘菌肥厚的紅色蕈帽。「早！早！」他一一回應。（不用說，在撒丁島這樣充滿各種力量、隨意說出口的形容詞就可能改變一整週天氣的地方，向他人道早安是會招來壞運的，只要簡單說明時辰，就已足夠。）所有人見著他都會與他攀談，有些帶著熱情，有些則帶著熱情的鄙夷。他是這座小島上唯一稱得上巫師的人，理應尊重——但你要怎麼尊重一個身材矮小肥胖、年約五十、走路時總搖搖擺擺、踩著內八步、鼻子噴白煙又笑容可掬的男子？他也不是什麼厲害的工匠，他的煙火精巧是精巧，靈藥的效力卻很弱。他會用巫法去除腫疣，但往往在三天後又重新出現，施過咒語的番茄也長得不比甜瓜大，而在少數時候，偶有陌生船隻停泊在撒丁港時，山下先生總是躲在他的山底下——因為害怕邪惡之眼，他這麼說。換言之，他被當成巫師，就像凸眼岡恩被當成木匠：因為沒有其他木匠了。這一代村民湊合著接受那些歪歪斜斜、搖搖欲墜的門板，還有不怎麼管用的魔咒，並把山下先生當作普通村民般輕鬆以待，好排解他們心中的惱怒。他們甚至會邀請他來家裡共進晚餐。有一回，他也請了些村民到他家用餐，端出了豪華的饗宴款待，有銀器、水晶、錦緞、烤鵝肉、安卓群嶼六三九年的氣泡酒，以及配上甜乳酪醬的梅子布丁。但他從頭到尾太緊張，氣氛都被他打壞了。而且，用完餐的半小時後大家又都餓了。他不喜歡讓人造訪他的窟穴，就算只是前室都不行——實際上，從來沒有任何人踏進裡面過。每當看見有人朝山丘走來，他總會快步上前迎接他們。「我們去坐在外頭的松樹下吧！」他會這麼說，笑容可掬，朝樅木林揮一揮手。若是下雨，他就會說：「咱們去館子喝點小酒，好不？」但大家都知道，他從不喝比泉水還烈的東西。

村裡有些孩童耐不住那門戶緊閉的窟穴誘惑，會趁著山下先生不在時前去打探、偵查、搜刮。但通往內室的那扇小門是用巫法給鎖上的，而且看來還是個難得有效的咒法。有一回，幾個男孩以為巫師去了西岸給露烏娜太太的驢子治病，就帶了根鐵橇和短柄小斧頭上山去。可是小斧頭才往門上一砍，裡頭就傳來憤怒的狂吼，還飄出團紫色的熱氣。原來是山下先生提早回來。男孩們抱頭鼠竄，他也沒有追出來。幾個小鬼沒有受到任何傷害，卻說要不是親耳聽到，否則絕不可能相信那矮小的胖男人能發出那麼響亮又可怕的嘶吼咆哮。

他今兒個進城是要買三打新鮮雞蛋和一磅的肝臟，順便也去佛甘諾船長的小屋一趟，替老人的雙眼重新施展一次視物咒（儘管對剝落的視網膜沒什麼用，但山下先生還是一試再試），最後又和古德老太太聊了聊。她是製作六角手風琴的工匠的寡婦。山下先生的朋友大多上了年紀，因為村裡身強體壯的年輕男性總是令他膽怯，女孩兒見了他也總是害羞。「他臉上老掛著那笑容，我看了就緊張。」她們莫不一面噘著嘴，一面扭著指頭上的小戒環這麼說。「緊張」是小島上新風尚的字眼，她們的母親聽了總是沉著臉回答：「緊張個頭，是犯蠢才對。山下先生是個非常值得敬重的巫師！」

與古德老太太告別後，山下先生經過了正在上課的學校。今兒個的課堂在公地上舉行。由於撒丁島沒有人識字，所以也沒有課本可讀、沒有書桌可刻上名字，沒有黑板可擦拭。實際上呢，是根本連個校舍都沒有。下雨天時，孩子們會聚集在公有穀倉的閣樓上，褲子裡竄進乾草。出太陽時，潘拉妮老師會隨興所至，想在哪兒上課就帶學生去哪兒上課。今兒個，她身旁環繞著三十名十二歲以下興致勃勃的孩子，和四十頭五歲以下的綿羊。她正在教導一項重要的課程：名的規則。山下先生帶著羞赧的笑容，駐足觀看聆聽。潘拉妮是個二十多歲、身材豐腴的漂亮女孩，綿羊與孩子包圍身旁，頂上矗立著一株光禿禿的橡木，身後沙丘綿延，大海與明朗清澈的晴空無邊無際。這景象在冬陽下猶如一幅美麗的畫。她熱切地說著，因為教學，因為風颸，暈紅了她面頰。「孩子們，你們現在已經知道名的規則了，共有兩條，而且在全世界每一座島上都一樣。誰能說說其中一條規則是什麼嗎？」

「問別人叫什麼名字是不禮貌的。」一名機靈的胖男孩大聲回答，隨即被另一名小女孩的尖叫聲打斷。「我媽媽說絕對不可以告訴別人你叫什麼名字！」

「沒錯，蘇跋。妳說得也沒錯，波比，但親愛的，別用尖叫的。對，你們絕對不可以問別人叫什麼名字，也永遠不能透露自己的名字。現在，好好想想，為什麼我們要稱我們的巫師為山下先生？」她眼神越過一顆顆頂著鬈髮的小腦袋瓜兒和毛茸茸的綿羊背，朝山下先生微微一笑。山下先生臉色一亮，局促地找牢手中那袋雞蛋。

「因為他住在山丘下！」半數孩子異口同聲地回答。

「但這是他的真名嗎？」

「不是！」胖男孩說。小波比的尖叫聲繼之而起：「不是！」

「你們怎麼知道不是呢？」

「因為他是自己一個人來到島上的，沒有人知道他的真名是什麼，所以也沒有人可以告訴我們，而且他不行——」

「非常好，蘇跋——波比，不要用吼的。沒錯，就連巫師也不能告訴別人他的真名。等你們這些小鬼頭完成學業、舉行過成人禮，就不會再繼續使用孩童時期的名字，只會保留你們的真名。而且記住，真名是永遠不能問、也不能透露的。為什麼會有這樣的規則呢？」

孩子們陷入沉默。羊群輕聲咩叫了起來，回答的是山下先生。「因為名即是物，」他用他那羞怯、輕柔又嘶啞的聲音說，「而真名就是事物的真實本質，只要說出名字就能操控對方。老師，我說得對嗎？」

她微微一笑，屈膝行了個禮，顯然他的參與令她有些困窘。之後，他將雞蛋摟在懷中，快步朝著自己的山丘走去。不知為何，看著潘拉妮和那些孩子，讓他不由飢腸轆轆了起來。他匆匆念了個咒語，在身後鎖上內門，但咒文中一定是漏了些什麼，因為不多久，洞穴光禿禿的前室就瀰漫起濃濃的炒蛋味和煎肝的香氣。

那日的風自西而來，輕盈而涼爽。午時，一艘小船也乘風掠過耀眼的浪濤，駛進撒丁港。船才剛轉進，一名目光銳利的男孩就看見了，而且正如島上每一個孩童，他認得這兒四十艘漁船的每一張船帆和每一根桅桿，所以他跑下街頭，大聲嚷嚷道：「外地船，有艘外地船來了！」在這座偏僻的小島上，難得會有其他同樣偏僻的東陲小島船隻前來，也少有來自地海諸島的大膽貿易商造訪。等船停泊在碼頭旁，已有半個村子的人跑來迎接，漁人跟著進港返家，牧牛的農夫、挖蛤蠣的漁民、採草藥的獵人也喘吁吁地爬過岩石嶙峋的丘陵，朝港口而來。

唯有山下先生門戶緊閉。

船上只有一個人。當人們把這事告訴佛甘諾老船長時，他把手伸到那雙看不見的眼睛上，拔下了根短硬的白眉毛。「世上只有一種人會獨自駕船航越外陲區。」他這麼說道，「那就是巫師、術士，或是法師……」

因此，村民們都屏息以待，希望這輩子終有那麼一次，能親眼見到名法師。一名來自那繁榮富庶、塔樓林立、熱鬧擁擠的地海諸島內島的偉大白袍法師。但他們都失望了，因為那名航海人是個年紀相當輕、樣貌英俊，而且蓄著黑鬍的小夥子。他在船上與高采烈地和大家打招呼，然後便像任何一名開心進港的水手般跳上岸來，立刻自我介紹說他是個船販。但是，等大家告訴佛甘諾老船長說這男子身邊帶著根橡木手杖後，老人點點頭，道：「一鎮兩巫，壞了！壞了！」之後，他的嘴就像老鯉魚般緊緊閉了起來。

陌生人不能透露自己的名字，所以村民們立刻替他取了一個，喊他作黑鬍子。除了名字外，他們還給了他莫大的關注。他帶來一小口裝著各種商貨的箱子，裡頭有布料、涼鞋、用來裝飾斗篷的皮絲維羽毛、廉價薰香、浮石、上好的藥草，和產自芬園的巨大玻璃珠——也就是一般販子常有的貨品。撒丁島上所有人都來看，並與這名航海人談天說地，或許還會買些東西——「就當個紀念品！」古德老太太咯咯怪笑。她就像村裡所有女孩和婦人一樣，都被黑鬍子陽剛的帥氣外表迷得神魂顛倒。男孩也都圍在他身旁團團轉，聽他描述航行到陲區遠方那些陌生島嶼的探險經歷，或是地海諸島那些雄偉富有的島嶼、內陸水道、停滿白色船隻的碇泊口，以及黑弗諾的金色屋頂。男人興致勃勃地聽著他的故事，有些人也不禁揣想，一名商人為何會獨自航行，目光於是若有所思地停留在他那根橡木手杖上。

然而自始至終，山下先生都藏在他那山丘底下，不曾現身。

「這是我第一次來到一座沒有巫師的島嶼。」有天傍晚，黑鬍子這麼對古德老太太說。她邀了他、她姪兒以及潘拉妮來家中喝匆促茶。「那你們牙痛或母牛沒奶水時怎麼辦呢？」

「我們有山下先生啊！」老婦人回答。

「有差嗎？」她姪兒伯特喃喃道，一張臉隨即漲得又青又紅，還把茶給打翻了。伯特是個漁夫，年紀輕輕，塊頭高大，個性勇敢，又沉默寡言。他對潘拉妮老師情有獨鍾，唯一敢表達自己心跡的舉動，就是給她父親的廚子送籃新鮮的青花魚。

「喔，所以你們還是有巫師的啊？」黑鬍子問，「他是隱形人嗎？」

「不是不是，他只是很害羞，」潘拉妮說，「你才剛來一個禮拜，而我們這兒呢，很少有陌生人造訪……」她的臉也微微一紅，但沒有把茶給打翻。

黑鬍子對她微微一笑。「所以他是撒丁人囉？」

「不，」古德老太太回答，「他跟你一樣，都是外地來的。還要再來杯茶嗎？小乖姪兒？這回別再打翻了。不，親愛的，他是搭艘小船來的，大概是四年前吧？鮹魚產卵季結束後一天到的，我記得，因為他們正在東河那兒收網，牧牛人龐迪那天早上還摔斷了腿——啊，那肯定是五年了……不對，是四年、不，五年沒錯，那年大蒜連芽都抽不出呢。他駕著艘小小的單桅帆船抵達，船上裝滿各口巨大的箱櫃和盒匣，告訴那時尚未瞎眼、但也老得足以瞎上兩遍的佛甘納船長說：『聽說你們這兒一個巫師或術士都沒有，想要一個嗎？』『如果是白魔法的話，當然想要啊！』船長回答。然後呢，你還沒來得及回神，山下先生就在山下的窟穴住下來，還用巫術把貝托老太太的貓身上的癩痢病治好了。只是牠本來是隻橘貓，後來卻長了身灰毛，看起來可怪著，去年寒冬時死了。貓死後貝托老太婆可難過的，可憐的傢伙，比她家那口子淹死在長堤時還傷心呢。那年鯡魚產卵季特別長，我這伯特乖姪兒還只是個套布袋穿的小娃娃呢。」聽到這話，伯特又打翻了茶。黑鬍子咧嘴一笑，可是古德老太太仍舊滔滔不絕地說下去，一路說到天都黑了。

翌日，黑鬍子回到碼頭，察看他船上翹起的木板，花了好長時間修理，並照例哄騙那些惜字如金的撒丁男人開口和他說話。「這兒哪艘是你們巫師的船啊？」他問，「還是不用的時候就找個法師，把船縮小成個胡桃殼？」

「不咧，」一名冷淡的漁夫回答，「船在他洞窟裡，就在山腳下。」

「他把他的船拖進山洞裡？」

「是啊，一路拖上去咧。我也幫了忙。比鉛塊還沉呢，那艘船。上頭滿滿的大箱子咧。箱子裡裝著滿滿的魔法書咧，他說，比鉛還要沉咧。」說完，這名冷冰冰的漁夫便轉過身去，冷冰冰地嘆了口氣。古德老太太的姪兒也在附近修補漁網，聽了他們的談話便抬起頭來，用同樣冷淡的態度問：「你想見山下先生嗎？」

黑鬍子轉頭望向伯特，狡黠的黑眼與坦率的藍眼相視良久，最後，黑鬍子微微一笑，說：「是的，你能帶我上山嗎？伯特？」

「可啊，等我修完。」漁夫回答。漁網補好後，他便領著這名來自地海諸島的人踏上村裡的街道，朝巍然矗立於上方的青丘走去。正當兩人穿越公地，黑鬍子開口了：「等一等，我的朋友。在我們見你那位巫師前，我有個故事要告訴你。」

「說吧。」伯特回答，在一株冬青櫟的樹蔭下坐了下來。

「故事開始於一百年前，至今仍未結束——但很快就會了，非常快……地海諸島中央的島群非常密集，好似蜂蜜上的蒼蠅，而其中有座小島叫做蟠多。蟠多島上的海爺勢力強大，那時聯盟尚未出現，還處於戰爭的舊時期。戰利品、贖金、貢品源源不絕地湧進蟠多，所以他們在許久許久以前便收集到了大量的財富。然後，有一天，從西陲那些群龍棲息的火山島某處，來了隻非常、非常厲害的龍。不是那種被你們外陲區人稱作龍的特大號蜥蜴，而是隻龐大、黝黑、長著翅膀，又聰明狡猾的怪物。力量強大、細心敏銳，而且就和所有的龍一樣，他熱愛黃金與珠寶。他殺了海爺和他手下的士兵，蟠多的人民連夜乘船潛逃。他們全都跑了，留下巨龍盤蜷在蟠多塔中。他在那兒住了一百年，拖著披鱗帶甲的腹部在翡翠、藍玉、金幣上遊走，一年只有需要進食時才會離開塔樓一、兩次。他會飛到附近的島嶼劫掠獵食。你知道龍都吃什麼嗎？」

伯特點點頭，小小聲回答：「少女。」

「對。」黑鬍子說，「這事總不能一直持續下去，人們也無法忍受他獨占那所有珍寶。因此，在聯盟壯大起來、地海諸島不再只忙著打仗和抵禦海盜後，他們就決定進攻蟠多、趕走巨龍，為聯盟奪回屬於他們的黃金和珠寶。錢永遠不嫌多——我是指對聯盟而言。於是，他們從五十座島上集結了大批艦隊，七名法師站在七艘最強大的戰艦船首，駛向蟠多……他們抵達了，也登陸了，但島上沒有半分動靜，屋舍全都空盪盪，桌上的餐盤積滿了足足一百年厚的灰塵。老海爺和士兵的屍骨散落在城堡的王廷與階梯之上，塔樓的房間內瀰漫著巨龍的濃濃惡臭，可是到處都不見巨龍的影蹤，也找不到任何珍寶，連顆罌粟籽大小的鑽石或半粒銀珠都沒有……巨龍知道自己無法打贏七名巫師，便早早開溜。他們追蹤他，發現他飛到北方一座叫做烏札次的荒涼島嶼。他們循著蹤跡追上去，你知道他們找到什麼嗎？又是骨骸——他的骨骸——那頭巨龍的，但是一點寶藏都沒有。肯定是某個巫師，某個不知打哪兒來的無名巫師隻身一人對抗他，還把他打敗了——然後就在聯盟眼皮子底下把所有寶藏統統帶走！」

漁夫聽著，面無表情，全神貫注。

「這巫師肯定非常狡黠，法力又強大，先是殺了巨龍，然後消失得無影無蹤。地海諸島的諸王與法師完全追查不到有關他的任何線索，無論他是來自何方，又逃往何處，所以就這麼打算要放棄。那是去年春天的事，我在北陲航行了三年，大約在那時歸返。他們要我幫忙找出那名無名巫師。這是個聰明的法子，因為我本人不只是個巫師——你們這兒有些傻子大概已經猜到了——還是蟠多領主的子嗣。那寶藏是屬於我的——我的！它們也很清楚自己屬於我。聯盟的那些笨蛋找不到，因為它並不屬於他們，它屬於蟠多家族，那顆珍貴的翡翠、祕藏的星辰、綠寶石伊納奇爾，知道誰才是它的主人。看吶！」黑鬍子舉起他的橡木巫杖，高喊，「伊納奇爾！」巫杖前端綠光迸發，青碧的輝芒熾烈如火，暈散搖曳，就如四月的茵草耀眼閃亮。同時間，巫杖也開始在巫師手中傾斜倚倒，筆直指向上方的山腰。

「在黑弗諾時距離還太遠了，光芒沒有那麼明亮。」黑鬍子喃喃道，「但巫杖沒有指錯方向，伊納奇爾一定會回應我的召喚。那寶石知道誰才是它的主人。我也知道那小偷是誰，我會打敗他。沒錯，他的確是個能夠戰勝巨龍的強大巫師，但我的力量更強大。知道為什麼嗎，傻子？因為我知道他的真名！」

黑鬍子的語調越來越高傲，伯特臉上的神情卻是越來越呆滯、越來越空白茫。聽到此處，伯特抽搐了下，緊閉雙脣，愣愣地瞪著這名來自地海諸島的人。「你……你是怎麼知道的？」他用非常、非常緩慢的語調問。

黑鬍子咧嘴一笑，沒有回答。

「因為黑魔法？」

「要不然呢？」

伯特面色如土，不再開口說話。

「傻子，我是蟠多的海爺，我將奪回父親贏回的黃金、母親穿戴的珠寶，還有那顆綠寶石！它們都是我的。等我打敗這巫師、遠走高飛，你就可以把來龍去脈全盤告訴你們村裡那些蠢貨。在這兒等著，有種的話，也可以跟著一塊兒去看。你再也不會有第二次機會，親眼見證一名偉大巫師施展他畢生之能。」說完，黑鬍子轉身，一眼也沒回望，就這麼大步朝著山上的洞窟入口走去。

伯特踩著緩緩、緩緩的步伐跟上，在離山洞還有遠遠一段距離時便打住不前，坐在一棵山楂木下遙望。那名來自地海諸島的人也停下腳步，他那僵直、幽暗的身影獨自佇立在青翠的丘巒上，面對敞開的洞口，動也不動。忽然間，他將巫杖高舉過頭，翠綠的光芒籠罩全身，高吼道：「賊人，蟠多珍寶的盜匪，還不快速速現身！」

洞窟內傳來一陣匡啷聲響，像是瓦器摔破的聲音。還有大量塵灰湧了出來，伯特害怕地縮了縮身子。等他再次睜眼，只見黑鬍子依舊動也不動、靜立原地。而在洞口之前，則是狼狽不堪、滿身是灰的山下先生。他看起來既弱小又可憐，兩腳一如往常地踩著內八，短短的弓形腿上套著件黑色緊身褲，手裡沒有巫杖——伯特忽然想到，大家從來就沒見他拿過。山下先生開口了：「來者何人？」他用他那嘶啞微弱的聲音問。

「我是蟠多的海爺，你這賊人，我是來討回屬於我的寶藏的！」

聽聞此言，山下先生臉色緩緩漲紅，就像每次有人對他無禮時那樣。然而他立刻換了模樣，臉孔轉為黃色，毛髮根根直豎，並咳出一聲怒吼。一頭黃色雄獅應聲朝著黑鬍子飛撲而去，白色獠牙森然生光。

但黑鬍子已消失影蹤。一頭色如黑夜、迅如閃電的巨虎高高跳起，迎向猛獅的攻擊……

獅子不見了。忽然間，洞窟下立起一大片高大的樹林，在冬日的陽光下顯得陰森黝暗。就在要落入樹蔭之下時，躍到半空中的老虎低頭一望，身上隨即竄起火焰，化為一道猛烈的火舌，朝乾燥漆黑的枝枒鞭笞而去……

然而，在樹林矗立之處驀然湧出一道自山腰疾沖而下的洪流，銀色的飛瀑畫出弧線，雷霆萬鈞地朝烈焰捲去，可是火舌已消失無蹤……

轉瞬間，看得兩眼發直的漁夫面前矗立起兩座山峰——他認得綠色那座，但還有一座光禿禿、從沒見過的棕色山丘正準備要吞噬那道猛烈的洪流。事情發生得如此之快，伯特不由眨了眨眼，然後又眨了一下，呻吟出聲，因為眼前的景象又變得更可怕了——而且可怕太多。原本洪水所在之處此刻盤旋著頭巨龍，用他那雙黑色翅膀籠罩住整座山丘，並伸出鋼鐵般的爪子，從那披鱗帶甲的敞開黑脣中噴出炙熱的煙霧與熊熊的烈火。

黑鬍子站在那駭人的怪物身下，哈哈大笑。

「你愛怎麼變就怎麼變吧，小小山下先生！」他譏諷，「我隨時奉陪。但是這遊戲開始變無聊了，我只想要我的寶藏，我的伊納奇爾。現在，你這頭巨龍、你這小小的巫師，我以你的真名命令你，現出真面目吧——耶瓦德（Yevaud）！」

伯特動彈不得，連眨眼都做不到。他縮成一團，無論想或不想，都只能睜眼瞧著。他看見黑龍盤旋在黑鬍子上方、看見火焰如無數根舌頭自那覆鱗的嘴裡吐出，猩紅的鼻裡噴出熾熱的煙霧。他看見黑鬍子臉色刷白，面如死灰，鬍鬚環繞的雙脣簌簌顫抖。

「你的名字明明是耶瓦德！」

「沒錯。」一陣宏亮、沙啞的嘶語聲響起，「我的真名是耶瓦德，而這，就是我的真面目。」

「但那頭龍被殺死了啊──他們在烏札次上找到龍的骨骸──」

「那是另一頭龍。」巨龍說，然後如老鷹般弓起身子、伸出利爪。伯特緊閉雙眼。

等他睜開，天空已是一片清澈，山坡上空盪盪的，唯有一大片又紅又黑、看起來像被踩過的坑洞，以及草地上的幾道爪痕。

漁夫伯特拔腿就奔。他跑過公地，綿羊被他嚇得左閃右竄。他筆直跑過村裡的街道，來到潘拉妮父親的家屋。潘拉妮正在花園裡替旱金蓮除草。「跟我走！」伯特喘吁吁道，她愣愣看著他，而伯特只是一把抓住潘拉妮手腕，拽了就走。她小小尖叫了聲，不過沒有抗拒。他拉著她，一路直奔碼頭，然後將她推進他的小漁船奎妮號，解開船繩，抄起槳櫓，著了魔般瘋狂划動。撒丁島最後一次看見他與潘拉妮兩人，就是奎妮號朝著西方最近的一座小島消失無蹤。

村民以為自己永遠不會停止談論這話題，說在黑鬍子商人留下他所有羽毛、珠飾，消失地無影無蹤當天，古德老太太的姪兒伯特也發了瘋，帶著女老師一塊兒駕船遁走。但三天後，他們還是停止了。因為他們有了新話題，就在山下先生終於離開他洞穴的時候。

山下先生做了決定，既然他的真名不再是祕密，那何苦還要費心偽裝？走路要比用飛的辛苦得多。況且，他已經好久好久，沒有飽餐一頓。

冬星之王

我大約是在著手撰寫《黑暗的左手》的一年前開始寫這篇故事。那時，我並不知道冬星或格森的居民為雙性同體。雖然待這則故事付梓時我就知道，卻已來不及修改諸如「兒子」或「母親」之類的用語。

《黑暗的左手》令許多女權主義者感到悲痛或屈辱，因為在該書中，所有的雙性同體者都以「他」來稱呼。一般而言，在英語之中，第三人稱單數型往往與男性代名詞通用。這點不僅值得深思，也是個進退維谷的陷阱，因為若將女性（她）與中性（它）的代名詞排除於通用／男性（他）一般的代名詞之外，只會使前兩者在使用上比「他」顯得更為突出，也更不公平。但我也認為另外創造的寫法，如「他／她」或「te」，既有礙閱讀，看起來又惱人。

為了這本小說集而修訂這則故事時，我抓緊機會，想稍稍扭轉這不公之處。在這版本中，我採用了女性代名詞來稱呼所有的格森星人。不過依舊保留了些如「國王」或「領主」的男性稱謂，不管僅是為了提醒讀者格森星人性別上的曖昧性。這或許會讓一些非女權主義者看不順眼，然而唯有此途，才不失公允。

雙性同體這個特點其實與故事中的情節關連並不大，可是代名詞經過改變後，確實更凸顯了雙親與孩子間那種核心且矛盾的關係，並非如其他版本中顯現的那樣，是一種反轉的伊底帕斯情結，而是顯得更陌生，也更曖昧不明。顯然，我的潛意識早在這些格森星人告知我之前便了解到這一點。創作總是如此。

當不停向前流逝的時光中出現了漩渦，歷史彷彿繞著根斷枝打轉——就像卡亥德國王繼任時發生的那件怪事——這種時候，圖片就顯現出了它的方便性。這些照片不僅在拍攝後可以拿來比較親子或年輕國王與老國王間的異同，也可以在多年後重新整理、排列。因為無論星際間的即時通訊與近光速的星際旅行如何進步，時間（如艾克斯特仝權使所說）並無法倒轉，死亡也不可欺瞞。

因此，儘管最知名的一張照片是那幅陰森不祥的畫面——幽暗的長廊中，年輕國王站在倒地死亡的老國王面前，鏡中所反射的燃燒城市是周遭唯一的光源——我們還是暫且將它擱置一旁，先來看看這名年輕的國王、國家的榮耀：二十二歲，本該前程似錦，耀眼明亮，可是照片中的年輕國王背抵著牆，一身髒汗，不住顫抖，臉上神情空洞而瘋狂，因為她業已失去被世人稱為理智的最後一點信心，正如好多年或好幾個鐘頭以來一樣，她腦中不斷重複同樣一句話：「我要退位、我要退位、我要退位。」在她眼裡看見了王宮內的紅牆、看見塔樓、看見珥恆朗城落雪的街道、看見西瀑美麗的平原、看見卡葛夫白雪皚皚的峰頂，而她將放棄這一切，她的國家。「我要退位。」她原沒說出口，不過後來仍出了聲，並在一名穿著紅白兩色衣裝的人靠近時又尖聲喊了一次。那人道：「國王陛下！我們查知工藝學校內有人意欲謀害您性命。」然後，輕柔的嗡嗚聲響起，她雙臂抱頭，摀住耳朵，低聲道：「停止，快停止。」但那嗚嗚的嗡嗚越來越響亮、越來越刺耳、越來越接近，沒完沒了，毫無停止的跡象，直到那震耳欲聾的尖鳴刺穿體內，撕裂她的神經，讓她全身骨骸喀啦傾軋，隨著那節奏搖晃。她彈跳、抽搐，赤裸裸的骨架吊在細細的白線上，流著乾涸的淚水，高喊：「叫他們——叫他們——他們必須——處決——停止——快停止！」

停止了。

她全身格格作響，頹然倒落在地。什麼樣的地板？不是紅色的磁磚、不是拼花地板，也不是沾染著尿漬的水泥地，而是塔樓房內的木板地。在塔樓這小小的寢房內，她是安全的，不用害怕她那怪物般的肉身親代，那名冷酷、冷漠又瘋狂的國王，能夠安安心心和派瑞一塊兒玩花繩，或是坐在火邊，讓柏哈摟在她溫暖的膝上，那感覺就如酣睡般暖和而香甜。但是她無處可躲，沒有安全可言，更無法入睡。那黑衣人甚至會來到這裡，拎起她的頭，拉扯她亟欲閉闔的眼皮上的白線。

「我是誰？」

那張空白的黑色面具垂首俯視她。年輕國王掙扎、哭泣，因為知道自己就要窒息，除非她說出那個名字，正確的名字——「格珥！」——說出後，她才能夠呼吸，她才被允許呼吸。她及時認出了那名黑衣人。

「我是誰？」另一個聲音輕柔道。年輕國王摸索著那總是帶給她安睡、平和與慰藉的強烈存在。「里貝德，」她喃喃道，「告訴我，我該怎麼做……」

「睡吧。」

她照做了，陷入深沉的無夢酣睡，真正的睡眠。如今，夢境唯有在清醒時才會出現。那虛幻的、可怕的、乾涸的紅色夕陽燒灼眼簾，使她睜開了眼。她再次佇立於王宮的露臺上，俯瞰那五萬座開開闔闔的黑坑。坑內湧出陣陣聲響，一種尖銳、規律的吟誦聲喊著她的名字。那名字在她耳邊咆哮，猶如一種嘲弄、一種辱罵。她雙手用力拍向窄窄的黃銅護欄，大吼：「全都給我閉嘴！」她聽不見自己的聲音，只有他們的，那一張張對她恨之入骨的暴民毒舌，聲嘶力竭地喊著她的名字。「來吧，吾王。」一個溫柔的聲音說，里貝德拉著她離開露臺，走進謁見廳內寬敞安靜的紅牆中。吼叫聲「喀」一下靜止。里貝德的神態永遠是那麼從容、那麼愛憐。「您現在有何打算？」她用那輕柔的語調道。

「我要——我要退位——」

「不，」里貝德淡然道，「不對。您現在有何打算？」

年輕國王無言佇立，不住顫抖。里貝德攙扶她在一張鐵床上坐下。牆面一如往常地暗了下來，在她四面八方收攏，猶如小小的囚牢。「您將召集……」

「召集珥恆朗城的侍衛，要他們射殺那些群眾。當場格殺，殺雞儆猴。」年輕國王一字一字飛快地說，聲音尖銳而響亮。里貝德回答：「很好，吾王，非常睿智的決定！沒錯，一切都會沒事的，您做得很好，相信我。」

「我相信妳。帶我離開這裡。」年輕國王抓住里貝德的臂膀，輕聲低語，但她的朋友卻皺起了眉。錯了。她又再次將里貝德和希望推出門外。里貝德要離開了，鎮定而懊悔地。儘管年輕國王要她停步、要她回頭，因為那聲音又悄悄響起，那將她心神撕成碎片的嗚嗚嗡嗚。而那名身穿紅白衣裝的人影又走上前來，穿過那無止無盡的紅色地磚。

「國王陛下！我們查知工藝學校內有人意欲謀害您性命——」

從老海港街直至海濱，街燈森幽幽地燃燒著。值班侍衛派潘納珥望向斜斜的光弧，本預期這將是風平浪靜的一夜，卻見有個影子跌跌撞撞地朝前逼近。派潘納珥並不相信世上有海怪，如今卻親眼見識。那怪物一身溼淋淋的海水，踩著一雙長了蹼的瘦腳蹣跚走來，一面低聲嗚咽，一面大口呼吸乾燥的空氣……老水手的傳說自派潘納珥腦中消散，她在那陰溼的倉庫灰牆間看見的是個腳步踉蹌的醉漢、瘋子或遇難者。「站住！別走！」她大吼著快跑上前。那名衣不蔽體、眼神瘋狂的醉漢發出驚恐的慘叫，想要躲開，卻在結了霜的溼滑街上跌了個跤，癱倒在石子路上。派潘納珥拔出槍，發射半秒鐘的電擊，以防醉漢生事，然後在對方身旁蹲了下來，扭開她的無線電，要西區的守衛派輛車來。

那人疲軟癱垂在冰冷石子路上的兩條手臂都布滿了針孔：所以不是喝醉，是毒品。派潘納珥嗅了嗅，但沒聞到奧格維那種化學藥劑的樹脂味。所以她是被人下藥了。不是碰上盜匪，就是氏族間的復仇。但竊賊不可能留下她食指上那枚巨大無比、幾乎有一整個指節寬的黃金雕刻戒指。派潘納珥彎下腰，湊前查看，然後又轉過頭，望向倒在石子路上的那張面孔，街燈強烈的光芒照亮對方鼻青臉腫的空洞側臉。她從錢袋中取出枚嶄新的硬幣，先是望向印在那閃亮錫幣上的左臉，然後是地上那張由光影與冰冷石塊勾勒出的右臉。聽見電力車自長街轉進老海港街後，她將硬幣收回錢袋，喃喃咒罵了聲：「該死的蠢蛋。」

阿格梵國王上山狩獵，已離宮兩週有餘，所有公告上寫得清清楚楚。

「好，」霍格醫師說，「我們可以假設她心智受到改造，但即便如此，這依舊是死路一條。卡亥德有太多心智改造的專家，奧爾戈更是如此。而且我說的可不是警方握有線報的罪犯，而是受人尊敬、可合法取得藥物的預言師或醫師。至於想從她身上問出任何情報，只要對方有點技巧，就會封鎖自己所做的一切，阻斷回憶的可能，所有的線索都將被掩蓋，暗示的指令也將受到隱藏，我們完全不曉得該從何問起。想要在不損傷大腦的情況下探究她腦中一切，絕無可能。即便採用催眠或深層藥物來誘導，我們也無從辨別哪些想法是屬於她的，哪些又是植入的意念或情緒。那些異星人或許有辦法，但我懷疑，他們口中所說的心念科學都不過是吹牛皮。無論如何，我們是束手無策了，只剩唯一的希望。」

「什麼希望？」格珥大人面無表情地問。

「國王心思敏捷，意志又堅定。在改造之初、對方尚未瓦解她之前，她或許察覺到了她們的意圖，因此在腦中設立了某種阻礙或抵抗，給自己留了條逃生路線……」

只是霍格越說越沒信心，話語逐漸消散在這挑高、陰暗紅色房間的死寂裡。老格珥沒有回應，只是這樣一身黑衣，佇立於火光之前。

此房間位於珥恆朗城王宮內，格珥大人站立之處的氣溫為攝氏十二度，兩座大壁爐間的溫度則為攝氏五度。屋外飄著細雪，並不嚴寒，氣溫只在零下幾度，春日已降臨冬星。房間兩側盡頭的火光金紅熾烈，啃噬著足有大腿般粗細的柴薪，輝煌絢爛，那是一種嚴苛的奢侈，一種倏忽的壯麗。壁爐、煙火、閃電、流星、火山，這些事物都令這個叫做冬星世界的卡亥德居民欣喜滿足，除了緯度三十五度以上的北極殖民區外。邁入科技時代的好幾世紀後，她們仍未在任何建物內裝設過任何中央暖氣。舒適鮮少造訪她們家門，只能等它不請自來，欣然迎接。那是一份珍禮，就像喜悅。

國王的貼身僕役坐在床邊，轉身望向醫師與議長，但並未開口。兩人立刻穿過寢殿。國王躺在她那張寬闊的硬床上，床上鋪滿沉甸甸的華美紅綢與被褥，高高架在金柱上，幾乎與她們視線齊平。對格珥來說，它看起來就如護船樁般動也不動，一股黑暗的無邊激流將年輕國王送進陰影、送進恐懼、送進年歲之中。隨即，恐懼也在老議長心內湧現，因為她看見阿格梵睜開眼，望向那半掩著簾帷的窗外，凝視星空。

格珥害怕瘋狂，或愚蠢，她也不曉得自己究竟害怕什麼。霍格警告過她：「格珥大人，國王的舉止將不再『正常』。她在淩虐、恫嚇、疲憊與心智操控中度過了十三天，腦部或許已受損傷。可以肯定的是，藥物必定會為她帶來副作用與後遺症。」無論是恐懼或警告都無法將那分震驚驅之於外。阿格梵那對明亮而困頓的雙眼轉向格珥，茫茫然在她身上停駐片刻。然後，她看見她了。儘管格珥無法在她眼中看見那張黑色面具的倒影，卻能看見憎恨、看見恐懼，看見她那名備受愛戴的年輕國王呆滯驚駭地大口喘息，掙扎著想要擺脫僕從、擺脫霍格、擺脫自身的孱弱，竭力想要逃離、逃離格珥。

格珥站在冰冷的房中。船首般的床架掩藏了她的身影，避開國王的視線，但她能聽見她們安撫阿格梵，讓她平穩下來。阿格梵的聲音聽起來好纖細，像孩子般哀愁而憂鬱。安蘭老國王在最後那段瘋狂的日子裡也是用這孩童般的語調說話。沉默緊接而至，兩座巨大的火爐熊熊燃熾。

國王的貼身僕役珂格里打了個呵欠，揉揉眼。霍格用皮下注射器從藥水瓶中汲取了些許液體，格珥頹然站在一旁。我的孩子，我的國王，她們都對您做了些什麼？如此龐大的信任、如此重要的承諾，全都失去了、失去了……這名看上去宛如雕鑿到一半的黑色岩石；這名陰沉、審慎又無禮的老朝臣，滿心悲傷又為熱忱所苦地站在那兒。她對年輕國王的愛與效忠，是在這世上唯一的價值。

阿格梵開口道：「我的孩子——」

格珥神色一縮，這四個字彷彿狠狠撕裂了她的心。但不為情感所動搖的霍格明白她要說什麼，柔聲勸慰阿格梵：「王上，安蘭王子很好，她和她的隨侍此刻都在瓦威芙堡。我們一直都有保持聯繫，一切都平安無虞。」

格珥聽見國王粗重的喘息，上前走近幾分，但身影仍藏在高大的床頭板後。

「我病了嗎？」

「您身子尚未康復。」醫師溫言道。

「這裡是──」

「珥恆朗城的王宮，您的寢殿。」

格珥又上前了一步，儘管仍未出現在國王視線範圍，卻開口說道：「您前段時間的行蹤依舊成謎。」

霍格蹙起眉頭，平滑的面孔微微一皺。按理說，身為醫師，所有人都該聽從她的囑咐，但她仍不敢直接對議長大人擺露臉色。然而，格珥的聲音似乎沒有驚擾到國王，她又問了一、兩個問題，條理分明、言簡意賅，隨即又恢復沉默。不多久，自從被帶進王宮後（昨晚的事，悄悄地從側門進入，就像前任國王可恥的自戕，只是那時是悄悄送出宮外）就一直待在她身旁的僕從珂格里，做出了個大不敬的舉動：她在她的高腳凳上縮起身子，任由腦袋垂落床側，就這麼睡著了。門口的侍衛讓位給前來接班的新人，兩人忍不住交頭接耳，竊竊私語。前來領取國王健康狀態最新公告的官員也小聲交談著。她們告知民眾，國王在卡葛夫高地度假時染上高熱，因此匆匆送返珥恆朗城，如今已對治療產生良好的反應云云。霍格．倫－耶．霍格倫恩醫師在王宮發表了以下宣言，等等之類。「願好運與國王同在。」村舍裡的村民一面點燃祭壇爐火，一面莊嚴念誦。坐在火邊的長者說：「都是因為她夜裡還在城中四處走動，還跑上山去，淨做些這樣的傻事。」但是她們仍開著收音機，好接收最新的訊息。大量民眾聚集在王宮前的廣場，人潮來來去去，徘徊遊盪，閒聊攀談，看著人影在王宮進進出出，和那空盪盪的露臺。王宮之下仍聚集著數百名群眾，耐心地站在雪地裡。阿格梵十七世深受人民愛戴。在經過安蘭國王那陰沉殘酷的統治，以及她最後的瘋狂與國家財政的破產後，她出現了。如此突然，如此英勇，如此年輕，一掃過往所有陰霾。她理智、聰穎又寬容大度，擁有她子民所需的熱情與輝煌。她是新時代的核心與力量。終於有這麼一次，卡亥德王國內有了她們真正需要的國王。

「格珥。」

是國王的聲音。格珥僵硬而匆忙地穿過偌大寢殿內的炎熱與寒冷、火光與黑暗。

阿格梵正要坐起，雙臂簌簌顫抖，一口氣鯁在喉中。她燒灼的目光越過陰暗，朝格珥直射而來。她左手上戴著屬於哈吉王朝的徽紋印戒，而僕人沉睡的面孔就枕在她手邊，儘管殆忽職守，卻又恬靜安詳。「格珥。」國王費力地說，但語調清晰，「召集議會，告訴她們，我要退位。」

就這樣，如此簡單？如此粗陋？在霍格解釋了那些威嚇、催眠、睡眠失調、神經元刺激、突觸配對、脈穴刺激後，換來的就是這樣一個魯莽的結果？可是現在也非講理之時，她們必須先拖延應付。「國王陛下，待您體力恢復——」

「現在就去辦，格珥，立刻召集議會。」

然後，她就像斷了弦般崩潰了，毫無理智或力量的猛烈恐懼緊緊攫獲她，她語無倫次地支吾低語，而那名忠誠的僕人依舊安睡身旁，對周遭一切充耳不聞。

在下一張照片中，事情似乎有了起色。阿格梵十七世裝扮得體，氣色良好，正要結束一頓豐盛的早餐。殿內共有四、五十人，有些人是與她共進早餐的賓客，有些是負責服侍的僕役（獨享是國王的特權，但鮮少是隱私），她和身旁附近的十幾人交談對話，並用那慷慨的好意款待其餘人。大家都說，她又是從前那個她了。不過，也或許並非全然如此，有什麼不見了，原本那分年輕的從容與自信，被一種相似但較令人不安的特質所取代，像是輕忽。她會帶著智慧與溫暖現身，卻總會再次沉沒，回到那吞噬她、令她變得輕忽的黑暗中：是恐懼、痛苦，還是決心？

過去六天來，從已知世界伊庫盟來到冬星的艾克斯特全權機動使都試著駕駛那輛時速超過五十公里的電力車，自奧爾戈的密許諾利城趕至卡亥德的珥恆朗城。他睡過頭，錯過了早餐。因此，即使及時抵達了謁見廳，卻仍空著肚子，飢腸轆轆。議會的老議長，也就是國王的表親格珥・倫－耶・弗翰帶著卡亥德特有的嘮叨禮儀在大廳門口迎接這名異星人。全權使盡力回應，他聽得出在格珥滔滔不絕的如簧巧舌下，是有什麼事想要告訴他。

「聽聞國王已完全康復了，」他說，「我由衷希望此消息不假。」

「不，消息是假的。」老議長回答。她的聲音忽然變得呆板、駑鈍。「艾克斯特先生，我是信任你，所以才告訴你。卡亥德內知悉真相的人不超過十個，但她並未康復，也沒生病。」

艾克斯特點點頭。不用說，外頭各種謠言自是傳得沸沸揚揚。

「她有時會在夜裡換上便衣，獨自進城，四處走動，與陌生人攀談。身為國王的壓力……她實在太年輕了。」格珥沉默片刻，奮力抗拒某些壓抑的情緒。「六週前的一晚，她沒有返回宮內。我與副議長在清晨時分收到了個信息，說我們若公開她失蹤的事，她就會沒命。但若我們守口如瓶，等上半個月，她就會毫髮無傷地回來。於是我們保持沉默，隱瞞議會，發布不實消息。到了第十三天晚上，有人發現她獨自在城裡遊盪。她被下了藥，心智也遭到改造。我們尚未查清是哪方敵人或黨派下的手，但必須祕密行事，任何風聲都不得走漏。我們不能摧毀人民對她的信任，或她對自己的信心。這極其困難，因為她什麼也記不得了。可是她們所做的一切再清楚不過。她們瓦解她的意志、扭曲她的心靈，只為了一個目標。如今，她相信自己必須下臺退位。」

她的語調依舊低沉單調，唯有眼神洩露內心痛苦。全權使忽然能看見：那是與年輕國王眼裡如出一轍的苦楚。

「是您扣著我的貴客嗎，表親？」

阿格梵揚起脣角，卻是笑裡藏刀。老議長面無表情地行禮告退，離開大廳，包容笨拙的身影逐漸消失在長廊之中。

阿格梵對全權使伸出雙手，那是招呼平等同輩的行禮方式。因為在卡亥德內，儘管沒有任何人親眼見過伊庫盟，它仍被視為姊妹盟國。然而，她的話語卻不若艾克斯特預期中客套有禮。她只是激動地吐出一句：「終於！」

「一收到您的訊息，我就立刻動身了。東奧爾戈與西瀑那兒的路面依舊冰滑，我無法趕得更快。但我非常高興能來到此地，也非常高興自己能夠離開。」艾克斯特帶著笑回答，他與年輕國王都欣賞彼此的直率。他帶著些許興奮，望著阿格梵那張靈動、美麗、雙性同體的面孔，等她揭露自己的款待中究竟隱藏著什麼。

「先祖曾言，奧爾戈是偏執者的溫床，就像屍體生蛆。很高興你覺得卡亥德這兒的空氣更為清新。來吧，格珥跟你說了我遭人綁架一事，對吧？沒錯，這一切都是舊習了，綁架是門相當正規的藝術。對方若是那些認為你們伊庫盟打算奴役冬星的反異星人團體，或許會無視這些習俗。所以我想，他們應是那些舊有氏族的黨派之一，冀望能透過我奪回權力——她們曾在前朝握有的權力——但我們尚未查清。這感覺很詭異，明明知道自己親眼見過她們，卻又認不得對方是誰。誰知道呢，或許我天天都能瞧見那些面孔？好吧，多想無益，她們掩蓋了所有形跡，我只有一件事能確定，那就是她們沒有要求我非退位不可。」

她與全權使並肩而行，穿過極盡挑高之能事的長形王廳，朝遠遠另一頭的高臺與椅座走去。在這寒冷的世界裡，窗戶往往只有縫隙寬，王宮內也不例外。黃褐色的狹長陽光自窗孔斜斜滲進，落在紅地磚上，映在艾克斯特眼裡，顯得幽微而迷眩。他抬起頭，望向浸浴在那黯淡流光中的年輕國王面孔。「那麼是誰要您這麼做的？」

「是我自己。」

「吾王陛下，那是何時之事？又是為了什麼？」

「當她們帶走我、改造我，把我塑造成她們的棋子，成為她們的傀儡。原因呢？自然是為了不再受她們指使，任憑她們擺布！聽著，艾克斯特大人，若她們要我死，大可要了我的命。但她們要我活著，繼續統治，繼續當卡亥德的王。只要我還坐在王位上，就會遵從她們烙印在我腦中的指令，讓她們得償所願。我不過是她們的工具、機器，等著被人操控。想要防止這一點，只有一個方法，就是……就是扔了這臺機器。」

艾克斯特立刻明白國王之意。做為伊庫盟的機動使，擁有敏捷的心思是最基本的條件。此外，卡亥德的民風、情勢，以及這喧鬧國家而臨的壓力與叛亂，他都再清楚不過。儘管相較於其他人類物種，冬星不僅地處偏遠，居民的生理構造也極其不同，但是，做為這星球上最強大的一個國家，卡亥德已證明自己是伊庫盟的忠實盟友。艾克斯特的報告在八光年遠外的中央委員會中接受討論。小節失則大局失，小節衡則大局衡。兩人走至壁爐前，在高臺旁的硬挺大椅中入座。艾克斯特說：「但是，若您退位，她們甚至連操控您都免了。」

「那就留下我的孩子做為王位繼承人，我會親自為她挑選一名攝政大臣。」

「或許，」艾克斯特小心翼翼地開口，「攝政大臣的人選會由她們來決定。」

國王皺起眉頭。「我不這麼認為。」她說。

「您想任命誰為攝政大臣？」

一陣漫長的沉默。艾克斯特可以看見阿格梵喉頭的肌肉蠕動，掙扎著想要衝破障礙、掙脫那猛烈的束縛，擠出個話語或名字。最後，她勉為其難、如鯁在喉地低聲道：

「格珥。」

艾克斯特點了點頭，大感意外。在安蘭死後與阿格梵繼位前，格珥曾擔任了一年的攝政大臣，他很清楚她對年輕國王的忠誠與那分全然的奉獻。「格珥不屬於任何派系！」他說。

阿格梵搖了搖頭，看起來筋疲力竭。一會兒後，她說：「你們的科學有辦法治癒我嗎，艾克斯特大人？」

「有可能。歐盧爾星上的機構或許有辦法。不過，就算我今晚要求他們派名專家過來，他也要在二十四年後方能抵達……您確定您退位的決定——」不過這時，一名僕人自身後的側門步進，在全權使椅旁布置好一張小几，並端上水果、切片麵包蘋果，以及一只用銀杯裝盛的麥酒。阿格梵留意到她的賓客錯過了早餐。儘管冬星上的飲食以蔬果為主，且大多未經烹飪，艾克斯特嘗來索然無味，但他依舊滿心感激地享用。也由於嚴肅的話題不適合出現在餐桌上，阿格梵轉而閒話家常。「艾克斯特大人，你曾說過你我並不相同，我的子民也與你們的人民不同，不過仍同源自相同的血脈。請問這是道德上的事實，亦或物質上的事實？」

艾克斯特對卡亥德特有的區分法微微一哂。「兩者皆是，吾王。儘管我們至今所知不過是浩瀚宇宙間的滄海一粟，但吾等在星際間遭逢的智慧種族實際上全是源自於人類。然而，這其中的血脈可追溯至百萬年前太古時代的瀚星。古時的瀚星人曾建立了一百個世界。」

「在這裡，所謂的『古代』是指我哈吉王朝統治卡亥德前的時期，而那不過是七百年前的事！」

「我們也將敵對時代稱為『古代』，而那不過是六百年前不到的事呢。時光伸展、收縮，物換星移，在眼前、在世代間改變。一切皆然，除了倒轉——或是重演。」

「那麼，伊庫盟的願景是要重建太古時期的同源之初，將所有世界的所有人民重新納為同一部爐？」

艾克斯特一面咀嚼麵包蘋果，一面頷首。「起碼希望能在彼此間織就些和諧。生命渴求了解自身、探索自身的極限，擁抱複雜就是生命的喜悅。吾等之歧異即為吾等之美。宇宙間所有的世界及其互異的思維、生活方式與生理構造——只要團結一體，便能形成壯麗的和諧。」

「世上沒有永久的和諧。」年輕國王說。

「因為和諧尚未實現。」全權使回答：「只要嘗試，便已是喜悅。」他喝乾麥酒，指頭在草織餐巾上揩了揩。

「那是我做為國王的榮幸。」阿格梵說，「但現在已經結束了。」

「可是——」

「結束了，相信我。艾克斯特大使，我會把你留在這兒，直到你相信我為止。我需要你的幫忙，你是那些棋手遺忘的一枚棋子！你一定要幫我。我無法違抗議會，逕自退位。她們會拒絕我的要求，逼我繼續統治。但若我繼續坐在這王位上，就是為敵人效忠！若你不幫我，我就會了結自己的性命。」她說得坦然、理智，但是艾克斯特很清楚，對卡亥德人來說，即便只是提及自戕這個最為人所不齒的行為，都要付出什麼樣的代價。

「我只有這兩條路可走。」年輕國王說。

全權使拉緊身上那件沉重的斗篷。他覺得好冷。在這座星球上，他已經冷了整整七年。「吾王，」他說，「在這裡，我僅是一介異星人士，擁有的只是少量的資源，以及一具可用來與其他遙遠世界的異星人連絡溝通的小小裝置。沒錯，我是代表了權力，但自身毫無力量。我能如何協助？」

「你在霍登島上有艘星船。」

「啊，我就怕您這麼說。」全權使嘆了口氣，回答，「阿格梵陛下，那艘星船的目的地是二十四光年外的歐盧爾星。您知道那代表什麼意思嗎？」

「我將逃離這個年代，以免成為惡魔的工具。」

「逃不了的。」艾克斯特說，聲調驀然一緊，「不，吾王，請原諒我，這是不可能的，我無法贊同——」

冷冽的春雨淅瀝瀝落在石塔上，寒風在尖頂與突角間嗚咽。房內陰暗、靜悄，一盞遮了罩的小小燈火在門邊燃燒。奶娘在床上輕聲打鼾，小娃兒屁股翹高高地趴在搖籃之中。阿格梵佇立搖籃邊，環顧四周，但就算不看她心裡也再熟悉不過。幼年時，這兒也曾是她的寢房，是她擁有的第一個王國。她就是在這兒哺育她的孩子，她的第一個孩子坐在火爐邊，用那小小的嘴吸吮著她的乳房，而她會對著小娃兒輕聲哼著柏哈對她哼過的曲調。就是這裡，一切的中心。

她極其謹慎又極其溫柔地將手枕進小娃兒溫暖溼濡又毛茸茸的腦袋下，在她頸間套上條鍊子，鍊上垂掛著一枚刻有哈吉王朝徽飾的巨大戒指。鍊子太長了，阿格梵打了個結，縮短長度，怕它會一個絞扭就勒死了孩子。為了緩解這小小的擔憂，她試著撫平那盈滿體內的巨大恐懼與痛苦。她彎下身，直到自己的面頰與小娃兒的輕觸，細不可聞地喃喃低語：「安蘭，安蘭，我不得不離開妳，我無法帶妳一塊兒走。妳必須留下來，統治這個王國。乖，安蘭，願妳長命百歲，做個賢明的君主。乖呵，安蘭……」

她直起腰，轉身跑出塔室，這座失落的王國。

她知道幾個不知不覺離開王宮的方法，並選了條最安全的路線，獨自穿過珥恆朗城燈火通明、凍雨鞭笞的街道，朝新港而去。

如今，沒有照片了，再也瞧不見她了。要用什麼樣的眼，才能看見比光速還要慢上百億分之一的過程？她已非國王，亦非人類。她轉化了。妳很難將一個時間比妳慢上七萬倍的人稱做同類。她已超脫孤獨，僅僅是一個無法交流的念頭，無處可去，就像思緒。然而，在近光速又永遠無法等同光速的旅程中，她航行前進。她即是旅程，迅如思緒，疾若念頭。抵達時，她的年紀已翻倍，但只老了一天，因為時空在那名為歐盧爾星的塵埃芥子、那澄黃太陽系的第四座星球四周彎折曲扭。而這一切，都在全然的寂靜中度過。

現在，有了聲音、有了足以滿足卡亥德人對輝煌之渴望的火光與絢爛流星，這艘靈巧的星船朝著地面登陸，在火焰中精準降落於它五十五年前離開之處。不久後，身影微小、遲疑又清晰可見的年輕國王自船內走出，在艙門前駐足片刻，舉手擋在眼前，遮蔽那陌生、熾熱的陽光。

艾克斯特自然在二十四年前——或該說十七個小時前，取決妳看的角度——便先用即時通訊儀通報了她的到來，因此，伊庫盟的隨從與代表都已在場迎接。在一場盛大的棋賽中，即便只是移動了顆小小的卒子，都無法逃過棋手的法眼。更何況，這名格森星人還是一國之主。其中一名代表已在這二十四年間花費一年學習卡亥德語，好讓阿格梵有可交談溝通的對象。她立刻開口詢問：「我國可有消息傳來？」

「艾克斯特機動使與他的繼任者對卡亥德的情勢均有定期回報，此外還有要交予妳的私人訊息。資料都在妳的寢室中，哈吉先生。簡言之，格珥大人攝政期間風平浪靜，頭兩年因放棄北極殖民區的關係，經濟上出現衰退，但目前已相當穩定。妳的繼承人在十八歲時登基，至今已統治七年。」

「好的，我明白了。」昨晚才和自己一歲大的繼承人吻別的阿格梵說。

「哈吉先生，只要妳準備好，我們在貝爾錫克的專科醫師——」

「沒問題。」哈吉先生回答。

他們極其輕柔、極其小心地打開一扇扇門扉，探究她的心智。對於上了鎖的門，他們擁有精巧的工具，總是能找到正確的密碼組合。門開後，他們退開一旁，讓她走進。他們找到了那名黑衣人：並非格珥，而是慈祥的里貝德，原來她一點也不慈祥。他們與她並肩站在王宮的露臺上，一同爬過噩夢的裂隙，來到塔樓中的房室。最後，首先出現的那個人，那名身穿紅白衣裝的人影走上前來，對她說：「國王陛下！我們查知有人意欲謀害您性命——」哈吉先生發出淒厲的驚叫，清醒過來。

「找到了！這就是誘發的指令。這暗號會開啟其他指令，並決定妳恐懼的內容與進程。這是一種誘發性的妄想症，我必須承認手法十分細膩。來吧，把這給喝了，哈吉先生。不，這只是水而已！妳很有可能成為一名專橫無道的君王，越來越沉溺在陰謀與顛覆的恐懼之中、越來越背離人心。自然，那不會是一夕之間，這就是他們高明之處，妳會花上好幾年才變成一名真正的暴君。不過毫無疑問，她們肯定也在那期間安排了各種催化劑，一旦里貝德神不知鬼不覺、一點一滴贏得妳的信任……好吧，我明白卡亥德在情報交易所的名頭為何會如此響亮了。無意冒犯，但這般技術與耐心確實十分罕見……」這名毛髮濃密、膚色灰白、只有單一性別、來自某個叫做賽提星的醫師與心智修補師趁病患平復時如此喋喋不休。

「所以，我做了正確的決定。」哈吉先生最後終於開口。

「沒錯。退位、自盡或逃脫是妳唯一能憑自身意志採取的行動。她們就指望妳的道德觀會屏除自殺這選項，而議長將投票決定妳能否退位。但她們為野心所蒙蔽，忘了妳還有自我放棄這選擇，因此留下了一扇門。而這扇門，唯有意志堅強的人——恕我直言——方可走進。我真的必須來好好研究妳們的這門心念科學了……妳們是怎麼稱呼來著？預言是嗎？雖然感覺像什麼江湖郎中的騙術，但很顯然……好吧，既然我們已解決了妳過去的問題，現在，他們應該會希望妳能盡快造訪交易所，討論妳未來的安排，對吧？」

「就照你的意思吧。」哈吉先生回答。

她在屬於西方世界的伊庫盟交易所內與形形色色的人商議交談。當他們建議她不妨先入學學習，她立刻同意了。因為身處於這些性情溫昫的人群中時——難以分辨他們的主要特質究竟是冷淡而深切的悲傷，亦或溫暖而深切的開朗——這名卡亥德的前任國王很清楚，在他們之間，自己就是一個未開化的蠻族，缺乏智慧與教養。

她進入伊庫盟學院，與其他兩百多名來自其他星球的異星人住在瓦克希特交易所附近的宿舍。他們之中沒有任何一個人是雙性同體，也沒有一人曾是一國之王。她從未擁有太多屬於自己的東西，也從未有過多少隱私，因此並不介意宿舍的生活。與單一性別的人同住一個屋簷下也沒有她想像中那麼糟糕，只是他們永遠處於卡瑪期的狀態不免令她厭煩。她介意的事不多，日日精神奕奕、勝任有餘地完成她的工作，只是總有那麼些魂不守舍，彷彿心思飄到了別的東西上頭。唯一的不適是這裡的高溫。在歐盧爾星上，炎熱的酷暑彷彿永無止境，有時甚至會飆高至攝氏三十五度，整整兩百天內見不到半縷雪花飄落。即便冬日終於到來，她依舊大汗淋漓，因為室外氣溫鮮少降至零下十度，宿舍內也往往熱得像座火爐，可是其他異星人身上總是穿著厚厚的毛衣。她睡在被褥之上，一絲不掛，翻來覆去，夢見卡葛夫的白雪、老海港的冰霜，還有涼爽早晨時漂浮在王宮麥酒裡的冰塊；她夢見寒冷，夢見冬星那親愛又殘酷的嚴寒。

她學到很多事。她學到在這裡，地球被稱為冬星，而歐盧爾星被稱為地球：這事實將她的宇宙觀像只襪子般徹底內外翻轉。她還學到，肉食會讓水土不服的腸胃上吐下瀉。那些單一性別的人——她努力不將他們視為怪胎——也非常努力不將她視為怪胎。她還學到，當她把「歐盧爾」念成「歐奴爾」時，有些人會訕笑。她也嘗試忘記自己曾是國王。進入學院學習後，她又學到了更多，也遺忘了更多。在伊庫盟各種機器、設備、經驗以及（最簡單也最困難的）語言的引領下，她開始了解這個存在超過百萬年之久、領地綿延數萬億英里之大的王國的本質與歷史。當她開始思量這個人類王國的廣大，以及它歷史上持續不斷的苦難與一成不變的虛擲，也逐漸明白在它的時空疆界之外還存在著些什麼，並在那赤裸的岩石、熔爐般的太陽與綿延無盡的閃耀荒野間，瞥見了那歡悅與祥和的源頭、那源源不絕的泉流。她學到了許多事實、數字、神話、史詩、平衡、關係，也在這些習得的智識之外再次看見了那分未知，那壯麗的浩淼與無窮。身心靈的啟蒙帶給她無比滿足，但她仍不知饜。在某些領域，他們並不總是讓她盡情探索，像是數學，或賽提的物理。「妳起步得晚，哈吉先生，」他們說，「我們得就妳現有的基礎開始教導。此外，我們希望妳將來能學以致用。」

「什麼意思？」

他們——此時代表他們的人，正是圖書館書桌對面的人種誌學者，機動使吉斯特先生。他譏諷地看著她。「妳不認為妳將來會有所用處嗎，哈吉先生？」

向來矜莊自持的哈吉先生驀然動了怒，說：「沒錯。」

「一個失去國家的君主，」吉斯特用他那平板單調的地球腔接著說，「自我放逐、在世人心中已死之人，或許只是個不足掛齒的小人物。但是，妳以為我們為何要花心思在妳身上？」

「出於好意。」

「喔，好意啊……無論我們有多好心，也無法帶給妳快樂，這點妳也很清楚。除了……好吧。浪費是件憾事，毫無疑問，無論是對冬星、卡亥德，或是我們伊庫盟的目的，妳都是最合適的一名君王。妳懂得均衡之道，甚或能統一妳們的星球，更不用說絕不會像現任國王般實行恐怖統治，將國家撕扯得四分五裂。多浪費啊！哈吉先生，就在妳灰心喪志，決定虛擲自己人生前，請先想想我們的希望與需求，以及妳自身的能力與資格，畢竟，妳還有四、五十多年的光陰等在前頭……」

最後一張在異星陽光下拍攝的照片：一名昂首挺立、身上披著瀚星人風格的灰色斗篷、難以辨識性別的俊俏人影佇立在青青草地上，汗如雨下。她身旁是西方伊庫盟的主席代表，來自亞爾巴的常駐使霍蘭斯先生。只要他想，四十個世界的命運都操之在他。

「阿格梵，我沒有那權力命令妳去，」常駐使說，「這是妳自己的決定——」

「十二年前，我決定放棄自己的王國。但該是時候了，夠了。」阿格梵．哈吉說，驀地笑了起來，常駐使也跟著綻露笑顏，兩人便在伊庫盟高層所冀求的天下大同中分道揚鑣。

阿格梵十五世在位時，便以卡亥德王國的名義，將位於卡亥德南岸的霍登島賜予伊庫盟。雖然島上無人居住，但年復一年，海獸會爬上荒蕪的石岩，在那兒產卵孵蛋，養育後代，最後再領著長長一列的幼崽回歸大海。每十年或二十年，火焰會在岩石上蔓延，臨岸的海水沸騰，那時若島上有任何海獸存在，則必死無疑。

待海水停止沸騰，可見全權使搭乘的小型電力船已然抵達。星船內伸出一塊極其輕薄的鐵梯板至船艦甲板上，一人走下梯板，另一人上前迎接，兩人於是在中點的半空相會，停滯於海與陸之間，一場曖昧的晤面。

「霍斯德大使嗎？在下哈吉。」自星船登陸的人影道。但來自電力船的人影已屈膝下跪，用卡亥德語說：「歡迎，來自卡亥德的阿格梵。」

起身後，大使又迅速低語：「妳以個人身分而來——待時機適當我再解釋——」他身後下方的船艦甲板上佇立著大批群眾，每雙眼都熱切地望著這名新客。從樣貌看來，應該都是卡亥德人。好幾人年紀都相當大了。

阿格梵・哈吉佇立原地，一分鐘、兩分鐘、三分鐘過去，她依舊抬頭挺胸，動也不動，唯有灰色斗篷在凜冽的海風中翻飛起伏。她向西方的黯淡太陽望了一眼，然後是北岸的灰濛大地，最後又將目光收回下方甲板的靜默群眾。她驀然邁步，霍斯德大使毫無準備，只得匆匆退避一旁。她筆直走至甲板上一名長者面前。「妳是凱珥・倫－耶・凱希德爾嗎？」

「是的。」

「一見到那條癱垂的手臂我就認出妳了，凱珥。」她說得字字清晰，內心感受表露無遺，「面孔我是認不出的，都過了六十年啊。還有誰是我認識的嗎？我是阿格梵。」

沒有回答，所有人只是牢牢注視著她。

忽然間，其中一人上前一步，風霜與歲月在她身上留下深刻的痕跡，猶如曾遭烈火淬鍊的柴薪。「吾王，我乃宮廷守衛班利斯。在我仍是教官，而您年紀尚幼、還是孩子時，我曾教導過您一段時日。」語畢，她倏然垂下灰髮蒼蒼的頭顱，或許是行禮致意，也或許是想掩飾淚水。人影陸續上前，低垂的頭顱上可見灰髮、白髮，亦或童山濯濯，每個人均用顫抖的聲音歡迎國王歸來。那名廢了一條臂膀的凱珥——阿格梵認識她時，她還不過是個害羞的十三歲侍從——激動地對其他仍動也不動的人影說：「這是我們的國王，我認得出她，絕不會錯。她就是我們的國王！」

阿格梵望向一張又一張的面孔，無論對方是垂下了頭，或依舊抬頭挺胸。

「我是阿格梵。」她說，「過去的國王。現在是誰在治理卡亥德？」

「是安蘭。」其中一人回答。

「我的孩子安蘭？」

「是的，吾王。」老班利斯回答。多數人都神色茫然，但凱珥用她那激動顫抖的聲音道：「阿格梵，統治卡亥德的是阿格梵！我有幸能在有生之年見證榮耀回歸。吾王萬歲萬萬歲！」

其中一名較為年輕的面孔望向其他人，也毅然高呼：「沒錯，吾王萬歲萬萬歲！」於是所有人皆垂首致意。

阿格梵面不改色地接受了眾人的行禮，可是，一旦能與霍斯德全權使私下交談，她立刻質問：「這是怎麼回事？出了什麼事？為什麼我接受到的是錯誤的資訊？他們說我是來協助你的，是伊庫盟派來的副手——」

「那是二十四年前的事了。」大使歉然道，「大人，我來到這裡只有五年的時間。卡亥德的情勢非常不妙。安蘭國王去年便與伊庫盟終止了友好關係。我不清楚常駐使當初為何要遣妳前來，但現在，我們隨時都有可能失去冬星。因此，瀚星上的代表建議我不妨推翻現任國王，另立新主。」

「但我已經死了啊。」阿格梵怒道，「我已經死了整整六十年！」

「舊王是已經死了，」霍斯德說，「新王萬歲。」

部分的卡亥德人上前，阿格梵轉身離開全權使，走至護欄邊。灰色的海水波浪起伏，在船身兩側輕掠而過。如今，海岸在她們左方開展，灰茫的陸地上白影斑斑。天寒料峭，是冰河期的初冬時分。船艦引擎發出輕柔的嗡鳴。阿格梵已經十多年不曾聽過這樣的電動引擎聲了，它是卡亥德那緩慢而穩定的科技年代唯一採用的引擎。這聲音是如此悅耳。

她沒有轉身便倏然開口，就像打從幼年時期便知道，只要自己開口，身旁一定有所回應。「我們為何朝東而去？」

「我們要去坷姆地。」

「為何要去坷姆地？」

回答的是那名曾上前致意的年輕人。「因為那一區目前正起義反抗——反抗安蘭國王。我便是來自坷姆地，名叫派瑞斯．諾爾．索德。」

「安蘭還在珥恆朗城嗎？」

「珥恆朗城六年前就被奧爾戈拿下了。國王現居於新首都，在東邊的山間——實際上，是舊都芮耳。」

「安蘭丟了西瀑？」阿格梵問，終於轉過身，面對這名粗壯結實的年輕人，「卡亥德失去了西瀑？失去了珥恆朗城？」

派瑞斯退了一步，但仍立刻回答：「我們已在山裡躲了六年。」

「珥恆朗城被奧爾戈人占領了？」

「安蘭國王在五年前與奧爾戈簽署了份條約，將西方各省都割讓給了他們。」

「一份喪權辱國的條約，國王陛下。」老凱珥插口，語氣比先前更為凌厲、更為顫抖，「愚蠢的條約！奧爾戈人說什麼，安蘭就乖乖做什麼。我們所有人都是叛軍、都是流放的罪人。那位使節也一樣，都是躲躲藏藏的流放者。」

「西瀑，」阿格梵說，「阿格梵一世在七百年前為卡亥德拿下了西瀑——」她再次用她那雙生疏、熱切但又淡漠的眼神環顧眾人，「安蘭——」但才開口又遲疑了，「妳們在坷姆地的軍力如何？岸區也和妳們同一陣線嗎？」

「東、南兩方的多數部爐都支持我們。」

阿格梵沉默片刻。「安蘭可曾誕下任何繼承人？」

「回稟吾王，她未曾誕下任何肉身之子，」班利斯說，「但為六名子嗣的父親。」

「她已立格孚里．哈吉．倫—耶．歐瑞克為繼任的王儲。」派瑞斯道。

「格孚里？這是哪門子名字？卡亥德歷屆君主都取名為安蘭，」阿格梵說，「或是阿格梵。」

現在，輪到那幅陰森的照片上場，那是在火光旁拍攝的一張照片——有火光，是因為芮耳的發電廠都已遭到破壞，電纜被剪斷，半座城市陷入火海。烈焰之上，大雪漫天飛舞，輝映出短暫的紅芒後，發出細不可聞的嘶嘶輕響，在半空中消融湮滅。

大雪、冰霜與游擊部隊將奧爾戈軍隊阻擋在卡葛夫山脈西側。當她的國家起身反抗她，沒有任何人對這位安蘭老國王伸出援手。侍衛叛逃，城市付之一炬，而如今，她終究與她的篡位者面對面相會。但是，到得這終了之際，她同樣展現出家族所擁有的那分漠然自傲，對那些叛軍毫不理會。她望著她們，卻視而不見，只是躺在陰暗的廊道上，唯一的光源是映照在鏡子裡的遙遠火光。她用來自我了結的槍就躺在手邊。

俯身佇立於屍體前的阿格梵抬起那隻冰冷的手，本要從年邁扭曲的食指上摘下那枚巨大的雕刻金戒，卻終究沒有那麼做。「留著吧。」她低聲道，「妳留著吧。」一時間，她又將腰彎得更低，彷彿是要在屍首耳畔悄聲低語，或是將自己的面頰貼在那皺紋密布的冰冷臉上。然後，她站直身，佇立了會兒，不多久，便穿過陰暗的迴廊，遠處的危城將窗子照耀得光采明亮。她，將重振秩序與榮耀。她是阿格梵，冬星之王。

美好的旅程

本篇故事出版時正值毒品議題在媒體上炒得沸沸揚揚之際，而其中一項迴響呢，就是我也試圖利用這炙手可熱的話題賺上一筆。我也覺得自己這反應很有意思，因為我從來沒趕上流行過，一次也沒有，毫無例外。另一個有趣的點在於，這則小故事到了最後，講的其實是路易斯並非仰賴迷幻藥而踏上那幻覺之旅，而是靠他自己……還有他朋友的小小幫助。

但這也不是一則反管制藥品的故事。對於管制藥品（這裡指的是大麻、迷幻藥、酒精），我唯一想強調的，只有反禁止與教育的重要。我得承認，透過生活而非化學藥品來拓展自身感知與意念的人，往往能得到更多、更有趣的經歷。但我自己也是個成癮者（菸草），所以要我去讚揚或譴責其他擁有相似依賴症的人，實在是太無聊也太蠢了。

一吞下那玩意兒，他就知道自己不該那麼做，清清楚楚，毫無疑問，就像一名駕駛明白有輛卡車正以時速七十英里的高速筆直朝自己撞來，那麼忽然、那麼貼近、那麼毫無轉圜餘地。他只覺得喉頭緊鎖，腹部神經像海葵般揪成一塊兒，但太遲了，已經吞下肚了，那一小塊糖果、白板、紅豆[9]，那包能帶給你權力感的興奮劑。它一面下滑，一面在食道磨蝕出一道小小的驚恐鑿痕，宛如生吞下一隻有毒的蝸牛。讓他渾身不對勁的是那分恐懼。他在害怕，他原先並不曉得，如今為時已晚。你不能害怕，恐懼會把一切搞砸、會把那非常非常小比例的不快樂少數送進瘋人院，縮在角落，一句話也不說……

你沒什麼好恐懼的，除了恐懼本身。

是的，大人。是的，羅斯福總統大人。

他現在該做的是放鬆，想些快樂的念頭。如果注定要被姦——

他看著瑞克·海林傑打開手中小小的包裝（由幾名正與化學學位艱苦奮戰的研究生以精準成分與劑量研製而成，並且包裝得十分衛生。這是自由市場許可的美國方式。但不用說，肯定違法。不過這在美國並非罕事，畢竟這裡鮮少有什麼東西合法，就連嬰兒都有可能是不合法的），帶著認真、審慎的愉快心情，吞下那隻小酸蝸牛。如果注定要被姦，不如放鬆心情，好好享受。一週一次。

但除了死亡外，這世上真有什麼是早已注定、無可避免的嗎？為什麼要放鬆？為什麼要享受？他要挺身而戰，才不要踏上一段差勁的旅程。他要清醒地、堅定地抵抗那藥丸，不帶驚恐，而是懷抱明確的意圖，看最後鹿死誰手。在這角落，我們有的選手是迷幻藥／alpha，一百微克，素面包裝，大名西藏旋風；而在另一個角落呢，各位野蠻人與女士，是我們的L.S.D.⑩／學士、碩士，一百六十八磅來自索諾瑪的小孬孬，身穿白色短褲、手拎紅色提箱、口咬藍色護齒。放我走，放我走！碰。

什麼也沒發生。

路易斯．席尼．大衛——沒有姓氏的男子、猶太裔凱爾特人——被逼至角落，小心翼翼地環顧四周。他的三個同伴看起來都相當正常，全神貫注在自己的世界裡，沒什麼特別。吉姆躺在長了蝨子的沙發床上讀著《堡壘》（*Ramparts*）政治文學雜誌，神遊他一直想去的越南，大概吧，或是沙加緬度。瑞克看起來恍恍惚惚，不過他向來如此，就連在公園發放免費午餐也一樣。艾力克斯則有一搭沒一搭地撥弄著吉他弦。那無止無盡的和弦苦行，那條連結自我精神的能量線，以心仰同天國。如果他總是隨身帶著把吉他，為什麼就不能好好彈首曲子呢？不，易怒是喪失自我控制的徵兆。壓抑它，把所有一切都壓下去。壓抑、壓抑。抵抗、團結、抵抗！

路易斯起身，志得意滿地觀察著自己從容不迫的反應，與完美無瑕的平衡感，在

---

⑨ bitter candy, acid-drop, sourball。皆是毒品的俗稱。

⑩ 主角的名字路易斯．席尼．大衛（Lewis Sidney David），縮寫與迷幻藥（LSD）相同。

髒兮兮的洗手臺前裝滿了杯水。鬍鬚、吐出來的高露潔牙膏、鐵鏽、蘿蔔渣，骯髒噁心的水槽。小歸小，但總歸是我的。他為什麼會住在這樣一個垃圾堆裡呢？他為什麼要找吉姆、瑞克和艾力克斯來分享他們的糖藥？這裡還沒變成毒窟前就已經夠糟了。不用多久，家裡就會到處散著動也不動的軀體，眼珠子像彈珠般彈出來，滾進床底下，和藏在那兒的灰塵與廢物為伍。路易斯端著水杯，走到窗前，喝乾了一半，然後將剩下的輕輕倒在一株橄欖樹幼苗根部周圍。樹種在一只補過的十分錢花盆裡。「我請客。」他說，仔細端詳樹苗。

它只有五英寸高，但看起來已經很有橄欖樹的樣子，樹身粗糙多瘤，堅韌挺立。是盆景藝術！盆景！但頓悟呢？頓悟在哪兒？那分覺醒、敏銳度的提升、所有該看見的形體、色彩、意義以及對現實認知的強化，統統跑去哪兒了？這該死的玩意兒到底要多久才會生效？他的橄欖樹依舊在那兒，不多不少，沒有任何改變，還是那樣平凡無奇，微不足道。人們疾呼著要和平、和平，但世上沒有和平，沒有足夠的橄欖枝可以分送，因為人口爆炸。這就是我的頓悟嗎？不，任何沒嗑藥的笨蛋都能體認到這一點。快啊，毒藥，快毒害我啊。快啊，幻覺，快來啊，好讓我反抗你、拒絕你、推開你，然後默默吞下敗仗，發瘋發狂。

就像伊索貝兒。

所以他才會住在這個垃圾堆裡，所以他才會找吉姆、瑞克和艾力克斯過來，所以他才會和他們一起嗑藥，踏上一段愉快的旅程，在如詩如畫的《老烏有鄉》（*Erewhon*）⓫裡度過愉快的假期。他想要趕上妻子的腳步。眼睜睜看著自己妻子發瘋最困難的一點，就是你無法追隨她的腳步。她走得越來越遠、越來越遠，一眼也不曾回望，那條通往無聲與沉默的路是如此漫長。里爾琴靜了下來，那些精神科醫生統統都是騙子。你站在理智這道玻璃牆後，彷彿站在機場內看著飛機墜落。你大喊：「伊索貝兒！」但她什麼都聽不見。飛機無聲墜跌。她聽不見他的呼喚，也無法與他交談。如今，分隔兩人的那面牆已成磚砌，堅實牢固，而他想對自己那棟理智玻璃屋做什麼都可以。扔石頭、扔迷幻藥。匡啷。碰。

當然了，迷幻藥／alpha不會讓你發瘋，甚至不會瓦解你的染色體，只會替你打開通往更高現實的那扇門。思覺失調症也會，他想。麻煩的地方在於你無法開口，不能溝通，什麼都無法說。

吉姆放下《堡壘》雜誌，用一種引人注目的姿勢坐著，吸氣。他將以正確的方式接納現實，像喇嘛一樣。他是個真正的信徒。他現在的生活就環繞著迷幻藥打轉，如同虔誠的神祕主義者謹守神祕主義的戒律。但你真有辦法維持好幾年一週一次的習慣嗎？就

⓫ 英國作家塞繆爾・巴特勒（Samuel Bulter）一八七二年所著之諷刺小說。

算到了三十歲、四十二歲、六十三歲都一樣？生活是單調的、可怕的、不幸的。你需要修道院。晨禱、午禱、晚禱、禁語、圍牆。龐大牢靠的磚牆，好把低階的現實阻絕於外。

來吧，迷幻藥，快生效吧。快迷幻起來，產生迷幻，打爛那道玻璃牆，帶我踏上妻子踏上的那段旅程。失蹤人口，年齡二十二歲，身高五英尺三英寸，體重一百零五磅，棕髮，人類，女性。她走得一向不快，我一腳綁在背後也追得上。帶我去她去的地方……不。

我要自己走去，路易斯．席尼．大衛說。他輕輕緩緩地將剩下的水倒完在橄欖樹根部四周，抬起頭，望向窗外。胡德山就矗立在髒兮兮的玻璃窗外，距離他家四十英里遠，高一萬一千英尺，它的火山錐頂擁有火山獨有的那分寧靜對稱美感，休眠中，尚未真正死去，體內盈滿蟄眠的火焰，環繞在它獨有的大氣與天候之中，不同於低處的白雪皚皚與晴朗明澈。所以他才住在這個垃圾堆裡，因為當你眺望窗外，你能看見更高的現實，高了整整一萬一千英尺。

「該死的。」路易斯大聲喊道，感覺醍醐就要灌頂，自己就要接收到什麼重要的訊息。但是就算沒有藥物的幫助，他也常有這種感覺。同時間，山就矗立在那兒。

他與山之間隔著好多垃圾，高速公路、臨時性的辦公建築、摩天高樓、城市裡更新改建的轟炸廢墟，還有霓虹大象用霓虹光點秀沖洗著霓虹車。山腳與山麓藏在蒼白的煙霾裡，峰頂宛若漂浮空中。

路易斯感到一股強烈的衝動，他想要哭，想要大喊妻子的名字。可是他強壓下了這股衝動，就像過去三個月來一樣。五月時，在過了好幾個月不言不語的日子後，他把她送進了療養院。沉默尚未開始的一月裡，她很常哭，有時一哭就是一整天，他因此變得非常恐懼淚水。先是淚水，然後是靜默。沒有用。天啊，讓我擺脫這一切！路易斯放棄了，不再抵抗那無形無體的敵人，只是乞求解脫。他哀求血液裡的藥物生效，做些什麼都好，讓他哭、讓他看見色彩、讓他發瘋，什麼都好。

還是什麼都沒有。

他輕輕緩緩地將剩下的水倒完在橄欖樹根部四周，抬起頭，望向房內。這就是個不折不扣的垃圾堆，但空間大，窗外有胡德山的美景，天氣晴朗時還能看見亞當斯山智齒般的頂峰。可是在這兒什麼也不會發生。這裡只是等候室。他從壞掉的椅子上拎起外套，揚長而出。

那是件好外套，羔羊毛襯裡、帽兜，該有的一應俱全，是他姊姊和母親聖誕節時合送他的禮物，讓他覺得自己好像R．R．拉斯柯尼科夫⓬一樣，但他今天並不打算殺死任何一個老當鋪老闆，就連假裝殺死都不會。他在樓梯間碰見了帶著梯子和水桶的油

⓬ 俄國文學家杜斯妥也夫斯基所著之《罪與罰》的主角。

漆工和泥水匠，總共三人，準備上去整修他的房子。他們看起來神清氣爽、面色平靜，年約四十歲或五十歲左右。可憐的王八蛋，他們要拿那水槽怎麼辦？還有瑞克、吉姆和艾力克斯，那三個灌了天國奶與蜜的毒蟲。除此之外，還有他那些有關勒諾特、奧姆斯德、馬克拉倫⑬的筆記、他那整整十四磅有關日式住宅建築的照片、繪圖板、釣魚用具、那套封面驚悚的史鐸金⑭盒裝全集、一幅八乘十英寸的未完成油畫，畫中主角是個裸體的失調症患者，是他畫家朋友的作品，他其他的畫都被汽車貸款公司扣押了。還有艾力克斯的吉他、那棵橄欖樹，以及床底下的灰塵和眼珠？反正是他們的問題。他繼續走下聞起來像老公貓的公寓樓梯，聽著他的登山靴發出痛快而沉重的腳步聲。他覺得這一切以前都曾發生過。

他花了很久時間才離開城市。不用說，像他這種情況的人是禁止搭乘大眾交通運輸工具的，所以他不能搭格雷沙姆市的公車，穿越郊區，好省下他一半路程和大把時間。不過他有的是時間。夏日的傍晚依舊明亮，這是可以保證的。位於赤道與北極中央，這兒的黃昏寬容甜美，不若熱帶地區的千篇一律，也不若極區的絕對；在這裡，冬季裡會拖著長長影子、夏日裡會有長長的薄暮，明亮漸轉黯淡，光采漸轉幽微，清晰也逐漸變得朦朧。光影遊走，細微而泰然。稚童在波特蘭青翠的公園和長長的小街上奔跑，全城市都玩著同一個盛大的遊戲，青春的遊戲。唯可見三兩零星的孤獨孩童玩的是寂寞，為了更高的賭注。有些孩子天生就是賭徒。垃圾不時被暖風吹得在水溝裡滾動。城市遠處傳來一陣激越而悲傷的聲響，猶如獅子在獸籠裡怒吼，來回踱步，甩動牠們金黃的身軀與金黃的尾穗，嚎聲此起彼落。日落了，漸漸沒入屋頂上方的西方某處，但山間依舊燃燒著沖天的白色烈焰。待路易斯終於離開城市，穿過一片丘陵起伏、良田處處的宜人郊野，風裡開始有了溼土的涼爽複雜氣味，正如每當夜幕降臨時會有的那樣。過了山迪市後，地勢開始上升，綿延壯闊的森林下方黑暗籠罩。但他還有大把的時間。白色的頂峰矗立於前方高處，淡淡染著夕陽餘暉的澄黃。他循著陡峭的長路往上爬，一遍又一遍走出幽暗的森林，踏進一道道金黃的明亮。他不曾停下腳步，直到抵達森林與黑夜之上。在這高處，只有白雪、石礫、空氣，以及那廣袤、澄澈而不朽的光。

但除了他外，再無旁人。

不對啊，開始時不只他一人啊。他得和某個人碰面——他一直和某人在一起——在哪？

沒有任何滑雪板、雪橇或雪鞋的痕跡，連個輪胎痕都沒有。老天，如果是交給我來造景，我會在這兒開條小路。為了便利而犧牲美景是嗎？但只是一條小小的徑道啊，不會造成任何損傷，就像自由鐘上的一道小小裂縫、水壩上的一個小小缺口、炸彈上的一

⓭ LeNotre、Olmsted、McLaren均為建築師或景觀設計師。

⓮ Theodore Strugeon，美國科幻暨恐怖小說家與評論家。

條導火線、腦子裡的一隻小蛆。喔，我的瘋女孩，我那緘默的摯愛，被我賣進瘋人院的妻子，因為妳不肯聽我說，伊索貝兒，救救我吧，別再讓我為妳受折磨！我跟著妳，登上如此漫漫長路，如今，卻獨自站在這兒，前方再也無路可走。

天光消逝，潔白的雪花變得黯淡。東方，在那無止無盡的黝暗林野與山巒環繞的白湖之上，只見土星閃耀，皎潔而悽愴。

路易斯不知道小屋在哪兒。森林邊緣某處吧，大概。但他已在林線上方。他不會下山的。往高處爬，往高處爬，節節向上！一名年輕人在冰雪中拉著面橫旗，還有個奇怪的裝置喊叫著：**救救我，救救我，我被囚禁在更高的現實**。他繼續往上爬，登上杳無人跡的亂坡，一面爬，一面哭。淚水滑落面頰，而他循著山的面孔往上爬。

獨自一人在暮靄籠罩的高山頂巔好可怕。

天光不再為他徘徊，再也沒有大把的時間了。光陰耗盡。他繼續往上。每當目光轉離那霜白的上升原野，就能看見星子探出頭來，自黑暗的裂口與他四目相望。他身旁兩側都橫亙著深淵，淵裡繁星點點，但白雪仍閃耀著它清冷的寒光，他也繼續往上爬。看見山徑時他想起來了，不管是上帝、政府或是他自己，總歸有人在這兒鋪了條路。他往右拐，錯了，他再往左轉，動也不動，佇立在那兒。他不知道該往哪兒走，因寒冷，也因恐懼簌簌顫抖，對著上方死白的頂峰與星子間的漆黑高喊妻子的名字：「伊索貝兒！」

她自黑暗的山道浮現。「我都要開始擔心你了，路易斯。」

「我走太遠了。」路易斯回答。

「這兒天暗得晚，你會以為黑夜永遠不會到來……」

「是啊，抱歉讓妳擔心了。」

「喔，我不擔心啊。你知道的，只是寂寞。我還以為你是走不動了。上來的路途好玩嗎？」

「非常好玩。」

「明天帶我一塊兒去。」

「妳不是喜歡滑雪嗎？」

她搖了搖頭。「有你在才喜歡。」她喃喃道，一臉羞慚。兩人沿著左方的小徑下山，步履不是太快。路易斯因為肌肉拉傷，腳仍有些跛，過去兩天無法滑雪，而且天色已晚，也不急著趕路。他們手牽著手。白雪，星芒，靜謐。腳下有火，漆黑四面八方。前頭有火光、有啤酒，有床。萬物自有其時機。有些人天生就是賭徒，永遠都會選擇生活在火山旁。

「我在療養院的時候，」伊索貝兒說，腳步微頓，他也跟著駐足。現在，就連踩在乾燥的積雪上也聽不見靴子的聲響。除了她輕柔的語音外，萬籟俱寂。「我做過這樣一般的夢，非常的像。那是……那是我做過最重要的一場夢，如今卻無法清楚回想了——一直想不起來，就連接受治療時也一樣。可是感覺就像現在這樣，這分靜謐，在這高高山上，尤其是這分寧靜……高高在上的寧靜。靜到如果我開口說了些什麼，你會聽見的。我知道你會，我很肯定。我想，在夢中，我喊了你的名字，你聽得見我——你回應了我——」

「喊吧。」他輕聲道。

她轉過身，凝視他。山林裡，星辰間，無聲無息，唯有靜默。她喊了他的名字。

他也呼喚回應，將她擁進懷裡，兩人都簌簌打著哆嗦。

「好冷啊，太冷了，我們得下山了。」

兩人又邁開腳步，走在火光內外夾擊的狹道上。

「看，那個星星好大。」

「那是顆星球。土星——時間之父。」

「他吃了自己的孩子，對不對？」她喃喃道，緊抓住他臂膀。

「除了其中一個。」路易斯回答。此刻，在前方清晰的長坡下，藉著灰濛的星光，他們可以看見小屋上半部的輪廓，纜車塔的形影朦朧而蒼涼，綿延的纜線陡峭下降。

他的手好冰，不久前他才脫下手套拍了拍，但要這麼做並不容易，因為他手上還拿著水杯。他輕輕緩緩地將剩下的水倒完在橄欖樹根部四周，然後將玻璃杯放在修補過的花盆旁。但他手中還握著什麼，就像高中法文期末考時掌心裡緊捏著小抄那樣，que je fusse、que tu fusses、qu'il fut⑮，小巧而汗溼。他打開手心，端詳了那玩意兒好一會兒。

是個訊息。誰寫的？要給誰？是墳墓寫給子宮的。一個小小的密封包裝，裡頭裝著一百毫克的糖粒迷幻藥。

密封？

他記得，清楚精準地記得自己打開了它，吞下裡頭的東西，嘗到了它的滋味，然而也同樣清楚精準地記得從那之後他置身何方，明白自己尚未踏上旅程。

他走到吉姆面前。他正吐出路易斯開始替橄欖樹澆水時吸進的那口氣。路易斯輕柔又輕巧地將那小小的包裝塞進吉姆外套口袋。

「你不來嗎？」吉姆問，嘴角勾起一抹溫和的微笑。

路易斯搖搖頭。「膽小鬼。」他喃喃道。很難解釋他已自那未曾踏上的旅程歸返，反正吉姆也聽不進去。他已置身在一個聽不見也無法回答的地方，囚禁。

「旅途愉快。」路易斯說。

他拿起雨衣（一塊髒兮兮的府綢，沒有刷毛襯裡。等等，等一下），走下樓梯，來到大街之上。夏天就要結束了，季節就要遞嬗。外頭下著雨，而天色尚未昏暗，城市裡的風帶來涼爽的寒意，以及溼土、森林與黑夜的氣息。

⓯ 法文，你、我、他三者的be動詞過去式型態。

死了九次的人

儘管本人並不知情，但會有這篇故事，都是因為生物學家高登・拉特瑞・泰勒（Gordon Rattray Taylor）的緣故。他有一本傑出的著作《生物時間炸彈》（*The Biological Time Bomb*），其中一章的主題即在探討複製生物。我讀了，然後就寫了這篇故事。

這是我最接近「硬派」或科學原理的一篇科幻小說。意指我直接從當代的量化科學中汲取出一個主題而寫下的故事——一則假設性的故事。然而，此主題的發展是著重在質與心理層面之上。基本上，我並非將科學元素當作目的，而是一種隱喻、象徵、手段，用它來表達一些除此之外無法表達的想法。

〈死了九次的人〉這篇故事是在一九六八年刊載於《花花公子》雜誌，我在當時用了我這輩子唯一用過的一個筆名：U・K・勒瑰恩。編輯很有禮貌地詢問我可否用第一個縮寫字母就好，而我也同意了。性別意識當時尚未在《花花公子》雜誌內抬頭，這點並不令人意外。意外的是，我自己竟如此草率就應允了他們的要求。這是我第一次（也是唯一一次）因女性作家的身分，在編輯或出版社方遭遇到性別歧視的狀況。也因為這

情況是如此愚蠢、如此可笑，我竟未察覺這問題的嚴重性。

《花花公子》在這篇故事中做了許多微小的更動，在他們名下再版時也都保留了這些更改。但我比較喜歡自己的版本，因此，只要是在我能掌控的情況，我就會用我完整的全名，發表你下面所看到的版本。

她內在仍有生命，但外在已是一片死寂，表面漆黑黯淡，滿是密密麻麻的皺紋、瘤疣和裂隙。她既禿且盲，所有出現在這天秤星表面的震顫都不過是朽化的哆嗦。在這表皮之下的漆黑狹道與空間內，是在那黑暗、醞釀與化學噩夢中持續了數世紀的爆裂。「喔，這座該死的脹氣星球。」普格喃喃咒罵，看著圓頂搖撼，西南方一公里外噴出一道熱液，在夕陽餘暉下灑落銀色的膿汁。太陽已下沉兩天了，仍未完全沉落。「真希望能看到張人類面孔。」

「還真是謝啦。」馬汀回答。

「你是人類沒錯啦。」普格回答，「但我已經看慣了，有跟沒有一樣。」

紛雜的無線電影像訊號自馬汀操作中的通訊儀傳來，淡去後，聲音與面孔開始浮現。那張臉占據了整個螢幕，有著亞述王般的鼻子、日本武士般的雙眼，古銅色的肌膚，鋼灰色的瞳孔，年紀既輕，又高貴威嚴。「人類原來是長這樣嗎？」普格敬畏地說，「我都忘了。」

「閉嘴，歐文，我們接通了。」

「天秤星勘察任務基地，這裡是燕雀號，收到請回答。」

「這裡是天秤星基地，光束已校準，可以降落了，發射。」

「地球時間七秒後開始下降，等等。」螢幕變得一片空白，火花滋滋作響。

「他們看起來都像那樣嗎，馬汀？我們還真比我想像中醜啊。」

「閉嘴啦，歐文……」

接下來的二十二分鐘，馬汀跟著訊號等待降落船下降。不多久，透過透明的圓頂，他們看到了，在血紅東方上，一顆小小的星子正在下沉。它俐落無聲地降落，天秤星上稀薄的大氣只能傳送微弱的音波。普格和馬汀扣上太空衣的密閉式頭盔，拉開圓艙的氣閘，如尼金斯基和紐瑞耶夫[16]般朝著降落船彈躍而去。每隔四分鐘，就有一座裝備艙飄降至降落船東方，總共有三座，每座相隔一百公尺。「出來吧，」馬汀透過太空衣上的無線電通訊儀說，「我們在門邊等著。」

「請，這裡的甲烷指數沒問題。」普格說。

艙門打開。先前在螢幕上看到的那名年輕男性敏捷地一擰身，便落在天秤星表面搖顫的塵灰與熔渣上。馬汀和對方握了握手，但普格兩眼仍緊盯艙門。又有一名年輕男子同樣以矯健的身手一擰一躍，在他之後是一名年輕女性，身子同樣靈活一擰，但又花俏地扭了一下才落在地上。他們個個身材頎長，擁有古銅色的膚色、高挺的鼻子、漆黑的頭髮，以及一雙帶有蒙古褶的黑色眼睛。一模一樣的五官，一模一樣的面孔。第四人同樣俐落地一擰一躍，出現在艙門口。「馬汀老弟，我們這兒來了複製人了。」普格說。

「沒錯，」其中一人說，「我們叫做周約翰，是一體十式的複製人。你是馬汀中尉嗎？」

「不，我是歐文·普格。」

「我是艾爾法羅・吉蘭・馬汀。」馬汀鄭重地自我介紹，微微欠身，行了個禮。又一名女子現身，仍是同一張美麗面孔。馬汀愣愣看著她，有如一頭緊張的小馬般眼神閃爍。很顯然，他從未想過複製人這回事，此刻出現嚴重的當機。「冷靜。」普格用阿根廷方言安撫他，「把他們當多胞胎就好了嘛。」他緊挨在馬汀身旁，對自己的表現很是滿意。

認識陌生人並不是件容易的事，就連要個開朗外向的人認識溫順害羞的陌生人，心裡也難免恐懼——即便他自己不曾察覺。對方會不會害我出醜、害我打壞自己形象，或是侵犯我、摧毀我、改變我？他和我有什麼不同嗎？喔有的，一定有。這是最可怕的一件事：陌生人身上的那分陌生。

在一顆死去行星待上兩年，加上在過去的半年來，都只和另一名隊友過著與世隔絕的日子，除了他外只有自己。在經歷這樣的生活後，要認識其他陌生人就顯得更為困難，無論對方的態度有多和善。你已不再習慣改變，也失去調適的能力。於是恐懼復甦，那分原始的焦慮，古老的忌憚。

那些複製人（共五男五女）花了不過幾分鐘時間就完成了平常人二十分鐘才能做完

⓰ Nijinsky和Nureyev均為知名的芭蕾舞者。

的事，包括與普格和馬汀寒暄、大略觀察了下天秤星的情況、卸下船上的物資、準備啟程。眾人前行，圓頂基地內一下子人滿為患，變得像座金黃蜜蜂熙來攘往的蜂巢。他們靜悄悄地東奔西走，忙著幹活，用那蜂蜜色的人類軀體填滿所有空間與所有沉默。馬汀不知所措地看著那幾個四肢纖長的女孩，三人同時對他微微一笑。女孩的笑容比男孩親切，但是同樣神采奕奕、自信從容。

「從容。」歐文．普格低聲對朋友道，「沒錯，就是從容。你想想，一個人有十個分身，每個動作都多出九秒時間，每一票都可多出九票贊同。那不是很爽嗎？」不過馬汀已經睡著了，所有的周約翰也同時上床就寢，整座圓頂基地內充滿他們沉靜的氣息。他們都還很年輕，不會打呼。馬汀嘆了口氣，打起呼來，那張賀喜巧克力色的面孔在昏暗的餘暉中放鬆，天秤星的主星終於沉落。普格已將圓頂擦了個乾淨，星子探進頭來，太陽也在其中。它是光明的好夥伴，是輝煌的複製體。普格也睡了，夢見一名獨眼巨人追趕著他，跑過地獄劇烈搖撼的甬道。

普格在睡袋中看著複製人醒轉。所有人都在一分鐘內起身，除了兩個人之外。那雙男女親暱地摟在一塊兒，依舊在同一只睡袋內沉睡。普格看到了，心底大為震撼。那種感覺就像天秤星上的地震，一種來自地心深處的搖撼。他並沒有察覺這點。實際上，他還以為湧現的那股心情是愉快。在這空洞死寂的國度裡，你找不到其他的慰藉，擁有能做愛的對象是很幸運的。其中一名複製人踩在兩人身上。兩人醒轉，女孩坐了起來，依舊睡眼惺忪，滿臉通紅，袒露著一雙金黃色的乳房。其中一名姊妹輕聲對她說了些什麼，她朝普格覷了一眼，又消失在睡袋中。凌厲的目光自另一個方向射來，又有一個聲音從別的地方響起，說：「老天，我們已經習慣有自己的房間了。你不介意的話，麻煩迴避一下，普格上尉。」

「沒問題。」普格回答，有那麼些不情願。於是，他不得不穿著先前入睡時身上唯一的短褲起身，覺得自己活像被拔了毛的公雞，慘白的肌膚上滿是疙瘩，身子骨又乾癟如柴。難得一次，他強烈羨慕起馬汀那身精壯結實的褐色胴體。英國當初安然度過了大饑荒時期，只損失不到一半的人口——而能達成這項成就，都是因為實行嚴格的食物控管，黑市商人和私貯者全數遭到處決，再少的食糧都需共享。那段期間，其他更為富裕的國家都損失了絕大多數的人口，唯有少數人因此發財竄起。而在英國，儘管沒有人大發利市，但死亡人數也沒有那麼慘重。他們一個個全都瘦成皮包骨，下一代也瘦得皮包骨，再下一代還是瘦得皮包骨；體格弱小，骨骼易折，又容易受到感染。當文明變成排隊的同義詞，英國人就井然有序地排起隊，適者生存這項法則也被大公無私者方可生存取代。歐文．普格是個矮小瘦弱的男人，但他總歸是活了下來。

但在那時，他希望自己沒有。

早餐時，其中一名約翰說：「普格上尉，若你能向我們做個簡短的匯報——」

「叫我歐文就好了。」

「歐文，若你能做個簡短的匯報，我們就能把工作時程安排好。從你最後一次向基地回報後，礦坑那兒是否有任何新情況？我們在燕雀號環行五號星球時——他們現在仍在那兒——讀過你們的報告。」

儘管礦坑是馬汀的發現，計畫主持人也是他，可是他並沒有回答，普格得自己應付。要和他們交談很困難，每個人都擁有同樣的面孔，每張臉上都帶著同樣一副智慧聰明、興致盎然的表情，每個軀體幾乎都以同樣的角度在桌子對面探身向他傾來。所有人在同時點了點頭。

他們每個人的制服外衣上都有面名牌，就在開採公司標誌的下方。不用說，每個人都是姓周名約翰，但中間名就不同。男性分別叫做亞列夫、凱夫、約德、吉莫、沙米德；女性則是莎蒂、達勒絲、莎茵、貝絲和蕾許。普格試著稱呼他們的中間名，但立刻放棄。因為他們十個人的聲音都一樣，有時他連是誰在說話都分不出來。

馬汀在吐司上抹了奶油，啃了起來，最後終於插口：「你們是一個小隊，對嗎？」

「對。」兩名約翰異口同聲回答。

「老天，多有效率的一支隊伍，我原本還不懂為什麼要這麼安排呢。你們對彼此腦中的想法知道多少？」

「真要說的話，其實是完全不知道。」其中一個女孩（莎茵）回答。其餘人都用一種所有權人似的認可表情看著她。「我們不會心電感應，沒什麼特別能力，但我們的思考模式極其相似，也具備一模一樣的才能與素養。只要接收相同的刺激、相同的問題，有極高的可能會在同時間內做出同樣的反應，或提出同樣的解答。要向彼此解釋事情很容易——大多時間，我們甚至不需那麼做，也鮮少誤會彼此。這確實對我們的工作效率大有助益。」

「老天，一點也沒錯。」馬汀說，「整整六個月的時間，我和普格十個鐘頭就有七個鐘頭在誤會彼此，大部分人都是這樣。那緊急事件呢？在遇到意料之外的問題時，你們的應變能力也像正常……彼此無關聯的小組成員一樣優秀嗎？」

「目前的統計證據顯示我們是這樣。」莎茵回答，似乎有備而來。普格心想，複製人一定受過訓練，知道要怎麼回答他人的提問，提供理性的論述和保證。他們說的話都隱隱透著股應付大眾的安撫感和打高空感。「我們不像獨立個體那樣可以跟彼此腦力激盪。做為一個小隊，我們無法從不同心智間的互動得益，但有其他的補償優勢。複製人是由最優秀的人類母體製造，具有前百分之九十九的高智商、最高等的基因組成等等。我們比多數人擁有更多的資源和條件。」

「而且還多出整整十倍。周約翰——本來的那個周約翰是誰？」

「不用說，肯定是個天才。」普格禮貌回答。他不像馬汀對複製人那麼好奇、感興趣。

「他是有達文西情結的那種人，」約德說，「專長生物數學，但同時也是個大提琴家和深海獵人，喜好研究結構工程問題之類。在完成他的主要理論前就過世了。」

「所以你們每個人都分別代表他心智與天賦中的其中一個面向囉？」

「不。」莎茵回答，其他幾人同時搖了搖頭，「不用說，我們統統具備同樣的基本智識與喜好，也同樣是星際開發這領域的工程師。晚進的複製人可以透過訓練，從基本智識中開發出其他的才能。基因本體都是相同的，一切關乎於訓練。我們都是周約翰，但受到的訓練各有不同。」

馬汀大為震驚。「你們幾歲了？」

「二十三。」

「妳說他英年早逝——他們是之前就抽取了他的生殖細胞還是什麼的嗎？」

這次換吉莫回答。「他二十四歲時就在一場空中汽車意外中死亡。他們無法保住他的大腦，所以就取了些腸細胞進行培養，製作複製人。生殖細胞因為只有一半的染色體，所以無法用於複製技術。此外，腸細胞很容易去除專門功能、重新編程，發育成完全個體。」

「所以統統都是一個模子刻出來的，」馬汀大起膽子說，「但為什麼……你們其中有些人會是女的……？」

貝絲接手答道：「要將半數的基因組改回女性是很容易的。只要將細胞內的半數男性基因改回原初值，意即女性，這就可以了。但是，要將女性改為男性就比較困難，必須加入人工製造的Y染色體。因此他們主要都是以男性個體來進行複製，畢竟複製人若兩性都有，才能發揮最大功效。」

吉莫又說：「他們極其謹慎地在研究這方面的技術與效能。納稅人希望自己付的稅金能發揮最大效益，而複製技術自然是相當昂貴。先是細胞操控，然後放進納加瑪胎盤孵育，還有領養家庭的維持與培訓，加一加，我們一個複製人所需的成本大約是三百萬元。」

「那關於你們的下一代，」馬丁說，腦筋依舊有些打結，「我想……你們是有生育能力的？」

「我們女性沒有生育能力。」貝絲回答，語調平穩沉靜，「記得嗎？我們原始細胞內的Y染色體被摘除了。男性可以與受到認可的個體生育後代，如果他們想的話。不過，如果想隨時製造周約翰，只需從現有的複製人身上再重新複製細胞就好。」

馬汀放棄掙扎，點點頭，啃起冷掉的吐司。「好了。」其中一名約翰說，其他人的態度也同時改變，如同一群椋鳥同時振翅，跟著領袖改變飛行路線，只是動作快到肉眼看不出領袖是誰。他們已準備好要開工。「我們不如先去礦坑看一看，再把裝備從船上搬過來。自動船上有些很棒的新模組，你們會想看看的，對嗎？」就算普格和馬汀不同意，也很難說不。那些周約翰們儘管客氣有禮，但立場一致，他們說了算。身為天秤星二號基地的指揮官，普格不由有些擔心，他有辦法指揮這十體一心的超人和女超人嗎？

更何況他們又智慧過人。著裝時，他緊挨在馬汀身邊，兩人都沒有開口說話。

他們分成四人一組，駕駛三艘大型噴射艇離開圓頂基地，往北出發，在星光下飛掠過天秤星皺褶密布的黝暗表面。

「好荒涼。」其中一人說。

和普格與馬汀同坐一艘噴射艇的各是一名男孩與女孩。普格猜想他們是不是昨晚共享一個睡袋的兩人。不用說，就算他問，他們也不會介意。性愛對他們來說一定就像呼吸一樣自然。你們倆昨天晚上有呼吸嗎？

「是啊，」他說，「很荒涼。」

「這是我們第一次出任務，在月球上受訓那次不算的話。」女孩的聲音毫無疑問高了點，也輕柔了點。

「航程遙遠，你們是怎麼來的？」

「他們給我們下藥。我倒是很想體驗看看。」男孩回答，聽起來很是惋惜。只剩兩人在同一空間時，他們似乎才比較有個性。個體的重製是否忽略了每個人不同的個體性呢？

「別擔心，」馬汀一面駕駛橇艇一面說，「你無法體驗無時間是什麼感覺，因為它根本不存在。」

「我只是想試試，一次也好。」他們其中一人說，「只是想知道。」

星光下，東方的梅里歐斯山脈顯得坑坑疤疤，一團冰凍氣體自風孔逸出，銀色煙霧朝著西方裊裊而去。橇艇傾斜機身，朝地面降落。那對雙胞胎做好停船的準備，對彼此做出小小的保護動作。你的肌膚就是我的肌膚，普格心想，只是依他們情況來說真是如此，並非什麼隱喻。有一個與你如此相似相近的人是什麼感覺？說話時一定有人回應，永遠不會獨自一人承受痛苦。愛你的鄰人猶如愛自己……這古老的難題得到了解答。鄰人就是你自己，這樣的愛再完美不過。

地獄入口到了。也就是礦坑。

普格是開採任務的異星地質學家，馬汀則是他的技術人員與製圖師。但在此地勘查時，是馬汀發現了此處的鈾礦，普格也將功勞全數歸給了他，還連帶送上探勘礦脈與規劃開採小組工作的責任。這些小鬼頭在馬汀的報告送回基地的好幾地球年前便已被送出來，因此在抵達前對自己的任務一無所知。開採公司向來只是定期且盲目地送出小隊，就像蒲公英播種，反正他們知道天秤星或下一個星球——甚至是一個他們連聽都沒聽過的地方，一定會有工作等在那兒。政府太需要鈾礦，無法坐等報告在太空中飄呀飄地晃盪好幾光年才送回家。那東西就像黃金，老派，又很重要，值得前往外星開採，並航越星際，運送回去。就像人命一樣值錢，普格酸溜溜地想，看著這些高䠷的年輕男女在星光下熠熠生光，一個個進入礦坑，鑽進那個被馬汀稱為地獄入口的黑洞。

進去後，他們的恆定頭燈亮了起來。十二道上下搖曳的光柱打在皺褶潮溼的穴壁上。普格聽見馬汀的輻射計數器在前方飛快嗶嗶響。「下陷處就在這兒。」太空衣的對講機中傳來馬汀的聲音，淹沒計數器的嗶嗶聲及四面八方的死寂。「我們現在置身於側面的裂隙，前方就是主要的垂直通口。」漆黑的洞口裂敞，頭燈的光芒照不到另一側的盡頭。「據觀測，最後一次的火山活動應該是在兩千多年前，最近的斷層位於東方二十八公里處的大深溝。就地震活動而言，這一區應該相當安全。頭頂上方的巨大玄武岩脈有助於穩定下方的底層結構，只要它本身也保持穩定的話。中央礦脈位於下方三十六公尺，在東北隅呈五個連續的泡型洞窟。藏量非常豐富，是非常高等級的礦脈。你們看過百分比了，對吧？開採不是問題，你們要做的就是想辦法把那些泡泡挪到表層。」

「打開蓋子，讓它們漂上去。」一陣輕笑。討論聲窸窸窣窣響起，但是他們聲音全都一模一樣，又無法從防護衣的無線電辨識他們的位置。「直接打開它——那樣比較安全——不過頂部是堅硬的玄武岩，這裡有多厚？十公尺？三到二十公尺厚，報告裡是這麼說。乾脆一股腦兒把這些高級礦脈都給炸了，用我們進來的通道，把它截直一點，搭個滑軌讓機械車通行。進口些驢子過來，我們有足夠的材料做支撐嗎？——馬汀，你估計總量大概會有多少？」

「五百萬到八百萬公斤之間。」

「運輸機會在地球時間十個月後抵達，得以純鈾的形式送出去——不，他們現在應該已經克服了近光速運送的質量問題，記得距離我們上週四離開地球已經過了十六年嗎？也對，他們會把整個岩礦送回去，再在地球軌道上提煉——我們可以下去看看嗎？

馬汀？」

「去吧，我下去過了。」

當先的第一人——亞列夫？（希伯來人、領頭牛、領袖），他攀上梯子，往下爬去，其餘人緊接而下。普格和馬汀站在裂口邊緣。普格將通話裝置設定成只能與馬汀的頻道溝通，並發現馬汀也這麼做了。要聽一個人用十個聲音說出他們的想法，實在有那麼點累人。或該說，是用一個聲音說出十個腦袋產生的想法？

「還真大一個洞。」普格說，望向底下漆黑的深淵，遠遠下方的頭燈遊走，照亮岩壁上的紋理與結疣。「就像母牛的腸子一樣，一條巨大的天殺便祕腸道。」

馬汀的計數器像隻迷路的母雞般嗶嗶亂叫。他們站在這座已死但又像患有癲癇症的星球內部，利用氧氣筒呼吸氧氣，身上穿著能抵擋具有腐蝕性的有害輻射、並能承受兩百度溫差的太空衣，材質不僅防裂，還盡可能防震，以保護裝備內柔軟脆弱的軀體。

「下個任務，」馬汀說，「我會找個沒有任何東西可開採的星球。」

「這礦脈可是你找到的。」

「下次別派我出去。」

普格很開心。他本就希望馬汀會想繼續和他合作，但兩人都不是習慣掏心掏肺的個性，所以他也一直猶豫著沒問。「我盡力。」他說。

「我恨死這地方了。你知道，我可是很喜歡洞穴，所以才會來這，只要有洞穴可以探勘就好。可是這地方爛透了，環境險惡，一刻都不能鬆懈，不過我想這幫小夥子有辦法應付，他們知道自己在做什麼。」

「他們是未來的潮流，大概吧。」普格說。

這群未來潮流接連爬上梯子，將馬汀擠至入口，團團圍在他身邊七嘴八舌地說：「我們有足夠的支撐材料嗎？——只要將其中一個開採用的伺服機改造成退火用就夠了——如果我們做小型爆破也撐得住嗎？凱夫可以計算壓力。」普格已將通訊裝置設回成可接收他們的頻道。他看著他們，那麼多想法同時在一個急切的心智中奔竄，然後又望向無言靜立於他們之間的馬汀，最後將目光轉向地獄入口與皺褶密布的荒野。「靜一靜！馬汀，你預估初步時程需要多久？」

「指揮官可是你啊，普格。」馬汀說。

在五個地球日內，那些周約翰便將他們所有的材料與裝備從船上卸了下來，做好操作準備，開始要打開礦坑。他們工作效率奇高，無論是那分能力、自信或獨立都讓普格看得既著迷、又恐懼。他在他們面前完全派不上用場。或許，複製人果真是有史以來第一個真正能自立自足的人種，他想。成年後，就再也無須他人幫助，無論是在生理上、性愛上、情感上、智能上，都能自給自足。無論做什麼，任何成員一定都能從同伴和其他自我間得到支持與贊同，再也不需旁人。

兩名複製人留在圓頂基地內執行計算與文書處理的工作，但也時常駕駛橇艇前往礦場測量與測試。他們是複製人中的數學家，莎茵與凱夫。莎茵解釋，他們十個人在三歲至二十一歲之間都曾接受完整的數學教育，但從二十一歲開始至二十三歲間，只有她與凱夫繼續鑽研數學，其他人則進入不同的專業領域深造，像是地質學、礦業、工程、電子工程、裝備機器人、應用原子學等等之類。「凱夫和我覺得我們是最接近周約翰本人在世時的複製人。」她說，「不過當然，他最主要的研究還是在生物數學上，只是他們沒有讓我們深入研究這部分。」

「他們需要我們投入這領域。」凱夫說，語調中透著一股他們有時會不禁流露的忠誠與高傲。

普格和馬汀很快就能分辨這兩人與其他複製人的不同。莎茵的話，是根據她整體的言行舉止，凱夫則是僅僅根據他左手無名指上的變色指甲，那是他六歲時沒瞄準好榔頭留下的傷疤。毫無疑問，他們所有人無論在生理或心理上都存在更多的差異，先天的本質或許相同，但後天的養育就不一定了。只是那些差異很難為他人所發現，部分是因為他們從來不曾真正好好跟普格與馬汀說話。沒錯，他們是會和兩人開玩笑，也一直很有禮貌，大家都處得很好，可是除此之外，什麼端倪也瞧不出。這沒什麼好抱怨，畢竟他們非常隨和，有那種標準的美國式友善。「你是愛爾蘭人嗎，歐文？」

「莎茵，這世上沒有愛爾蘭人。」

「有很多愛爾蘭裔的美國人啊。」

「沒錯，但已經沒有愛爾蘭人了。就我最後所知，整座島上大概有幾千人，他們沒有控制生育，最後食物沒了，等到第三次大饑荒時期，就一個愛爾蘭人也不剩，除了教士之外——但是他們都謹守禁欲的戒律，幾乎啦。」

莎茵和凱夫露出僵硬的笑容。他們從沒領教過偏狹或嘲諷。「那你是屬於哪個人種？」凱夫問。普格回答：「威爾斯。」

「你和馬汀說話時說的就是威爾斯語嗎？」

關你屁事，普格心想，但還是回答：「不，是他老家的方言，不是我的。是阿根廷語，西班牙語的一個旁支後代。」

「你是透過私人談話學會的嗎？」

「在這裡有什麼好私人不私人的？人嘛，有時就是會想說說自己的家鄉話。」

「我們的是英語。」凱夫毫無同理心地說。他們有什麼好同理？你會同理別人，是因為也需要別人同理你。

「魏爾斯是個古色古香的地方嗎？」莎茵問。

「魏爾斯？喔，那地方是叫『威』爾斯。對，威爾斯是個古色古香的地方。」普格打開鋸石機，用能破壞神經突觸的隆隆聲切斷繼續談話的可能。他趁著機器運轉時背過身，用威爾斯語喃喃罵了聲髒話。

那晚，他用阿根廷語和馬汀說悄悄話。「你認為他們是有固定的伴侶，還是每晚會交換？」

馬汀露出詫異的神色，臉上閃過一種和他不相襯的正經八百表情。但是那表情很快就褪去，他自己對這事也很好奇。「我想是不固定的，想跟誰就跟誰。」

「不要用氣音說，聽起來好猥褻。我想他們是用輪流的。」

「按班輪流？」

「這樣才不會有人被漏掉。」

馬汀發出下流的笑聲，隨即又壓抑了下來。「那我們呢？我們不就被漏了？」

「他們壓根沒想到我們的存在。」

「如果我跟其中一個女的提議呢？」

「她會告訴其他人，大家集體決定。」

「我可不是種馬。」馬汀說，那張黝黑沉重的面孔熱了起來，「我才不要被當——」

「好，好，你這猛男，冷靜點，」普格說，「你打算找個女孩提提看嗎？」

馬汀繃著臉，聳聳肩。「他們要近親通姦，就讓他們自己去好了。」

「這是算近親通姦還是自慰？」

「誰在乎啊，只要做的時候不要讓我聽見就好！」

複製人一開始的禮貌客套很快消退，無論是對任何的深層自我防衛機制或他人的存在，都無動於衷。日復一日，普格和馬汀越來越覺得自己被包圍在他們那分無論是在心理／情感／性愛上無時無刻不停互動、交換的親暱感裡。被包圍著，但又被排除在外。

「再兩個月。」馬汀有晚這麼說。

「再兩個月就怎樣？」普格沒好氣地反問。他這段日子來情緒暴躁又緊繃，馬汀那副悶悶不樂的樣子更讓他看了就不爽。

「就可以解脫了。」

六十天後，所有開採任務的隊員就要自其他星球的探勘工作返航，普格很清楚這一點。

「開始在月曆上打叉了嗎？」他譏諷。

「振作點吧，歐文。」

「你什麼意思？」

「就那意思。」

兩人對彼此的不屑之情溢於言表，氣呼呼地分道揚鑣。

普格獨自在龐巴斯過了一天後才返回基地。龐巴斯是片廣袤的熔岩平原，最近的邊境位於基地南方，駕駛噴射艇也要兩小時才能抵達。儘管疲累，獨處卻讓他覺得神清氣爽，煥然一新。按理說，他們本不該隻身一人長途旅行，他近來卻常這麼做。馬汀在明亮的光線下彎著腰，嫻熟地畫著他那工整精細的地形圖：是天秤星的全貌圖，繪出它那凹凸不平的醜陋地表。除了此處外，圓頂基地內空盪寂靜，就像複製人抵達前那般，顯得既碩大又昏暗。「那群黃金貴族呢？」

馬汀置若罔聞地嘀咕了聲，畫出交叉的陰影線。他挺直背脊，望向如紅色大蟾蜍般疲弱蹲踞在東方平原上的太陽，然後又瞟向時鐘，上頭顯示晚上六點四十五分。「今天發生了幾次大地震。」他回答，又將視線收回到他的地圖上。「你在外頭有感覺到嗎？很多箱子都倒了。你自己去看地震儀。」

針頭在捲筒上顫抖跳動，它在這裡沒有一刻靜止過。捲筒上記錄了午後發生的五起強烈地震，有兩次針頭甚至跳出了捲筒之外，連結的電腦因此啟動，發出警示聲，通知有讀數遺漏。「震央：東經四十二點四度，北緯六十一度。」

「這次的震央不是在大深溝。」

「我覺得這次跟往常的地震不太一樣，比較猛烈。」

「在一號基地的時候，我會整晚不睡，感覺地面搖撼。後來就習慣了，也真妙。」

「沒習慣的話就等著發瘋吧。晚餐吃什麼？」

「我還以為你煮了。」

「在等複製人啊。」

普格覺得自己像被使喚的傻子般拿出十二個餐盒，再把其中兩個塞進自動烤箱，熱好後取出來。「好了，晚餐。」

「我在想，」馬汀來到桌前，說，「如果有複製人又自我複製呢？我是指非法複製，私下造上千個——甚至萬個複製體，打造一整支軍隊。這樣一來，他們就可以輕輕鬆鬆把權力攬在手中，不是嗎？」

「但養這群軍隊得花上多少錢啊？包括人工胎盤之類。而且要保密也很困難，除非他們有座星球可藏……大饑荒發生前，地球上還有國家政府的時候他們就談過這事兒了：複製最精良的士兵，打造一整支軍團。但他們還來不及實行，糧食就沒了。」

兩人交談的氣氛融洽，就和過去一樣。

「真怪，」馬汀一面吃一面說，「他們今早就出去了，不是嗎？」

「除了凱夫和莎茵外，對。他們想今天就把第一批礦送至地表。怎麼了？」

「他們沒回來吃午餐。」

「他們又不會餓死，有什麼好擔心。」

「他們七點就離開了。」

「那又怎樣。」話才說完，普格就明白：他們的氣瓶只能用八小時。

「凱夫和莎茵離開時大概又帶了備用的，要不就是他們在那兒囤了一堆。」

「本來是沒錯，可是他們把所有氣瓶都帶回來重新填裝了。」馬汀起身，指向那一堆堆將圓頂基地分割成許多大小空間和窄道的玩意兒。

「反正每件太空衣上都有警示裝置啊。」

「但不會自動偵測。」

普格累了，而且肚子還是很餓。「坐下來吃吧。那夥人可以自己照顧自己的。」

馬汀又坐了下來，卻沒有繼續用餐。「歐文，今天發生了場大地震，這裡的第一場大地震，大到連我都怕。」

沉默片刻後，普格嘆了口氣，說：「好吧。」

兩人無精打采地鑽進為了他們一直特意留在基地的雙人橇艇，朝北方駛去。漫長的晨曦將一切都籠罩在不祥的緋紅曙光中。地平線上的光影模糊了視線，彷彿在眼前豎立起一面面鐵牆的幻影。兩人穿牆而過，轉向地獄入口後的凸起弧面，駛進盈滿血色液體的巨大凹洞。地道入口周遭散落一地狼藉的機具：起重機、電纜、伺服機、輪具、挖掘機、自動車、滑具、控制臺，全都亂七八糟地傾倒在紅光之中。馬汀跳下橇艇，跑進礦場，沒多久又衝了出來，大喊：「天啊，歐文，礦坑塌了。」他說。普格跟著鑽入，他看到了：在距離入口五公尺處擋著一面潮溼閃亮的黑牆，終結了坑道的去路。由於才暴露於空氣中不久，牆面看起來就像有生命，彷彿某種內臟組織。先前經由爆破拓寬且裝設了自動車所需的雙軌軌道的地道入口，乍看沒什麼不同，但他後來發現，岩壁上布滿無數蜘蛛網般的裂縫，地上浸著某種黏滯的液體。

「他們在裡頭。」馬汀說。

「現在也可能還在。他們一定有備用的氣瓶。」

「歐文，你自己睜大眼睛瞧瞧這些玄武岩還有這洞頂，難道你看不出來地震造成了什麼影響嗎？你給我好好看清楚啊。」

頂著洞穴的低凸地面看起來仍有種恍若視錯覺般的不真實感，它上下顛倒了過來，凹沉陷落，留下一個巨大的窟窿或坑洞。普格走在坍方處時，看見表面也布滿許多細小的裂縫，灰白色的氣體自孔隙中滲透而出。映照在氣團表面的陽光折射扭曲，彷彿一汪森幽的紅色湖水。

「這礦場不在斷層上啊，這裡沒有任何斷層！」

普格迅速回到他身邊。「對，馬汀，這裡沒有斷層——我相信他們不是所有人都困在裡頭。」

馬汀跟著普格在毀壞的機具間搜索，起初還六神無主，後來就振奮了起來。他發現一具朝南航行的飛行艇斜斜插在膠狀塵灰所形成的坑洞中，機上有兩名乘客，一人半埋在塵灰裡，但太空衣上的儀表顯示功能一切正常；另一人被繫帶吊在傾斜的橇艇上，她的太空衣在雙腿骨折處爆裂開，屍體已凍的如巖石般僵硬。這是他們唯一的發現。根據習慣與章程，兩人拿依規定必須隨身攜帶、但從未使用過的雷射槍當場將遺體火化。普格知道自己等等一定會吐出來，但仍費力將生還者搬上雙人機艇，並讓馬汀將傷者送回圓頂基地。兩人離去後，他便吐了，吐完後將穢物排出太空裝外，找了輛未受損傷的四人橇艇，跟著馬汀折返。他不住發抖，彷彿天秤星上的冰寒滲進了他骨髓之中。

那名生還者是凱夫，他嚴重休克。兩人在他枕骨上發現一個腫塊，代表有腦震盪的可能，然而無可見的骨折或骨裂情況。

普格端來兩杯濃縮食物和兩小杯烈酒。「來吧。」他說。馬汀乖乖照做，吞下營養劑，兩人坐在小床邊的板條箱上啜飲烈酒。

凱夫動也不動躺在床上，臉色白如蜂蠟，一頭耀眼的黑髮披垂在肩，雙脣僵硬敞開，氣若游絲地喘息著。

「絕對是第一波地震造成的，最劇烈那次。」馬汀說，「一定是把整個結構都震歪了，直到最後再也承受不了而坍塌。橫向的岩脈中大概有瓦斯層的存在，就像三十一象限區那兒一樣。但我們沒發現任何徵兆啊——」就在他說話同時，腳底下的地面又搖撼了起來。基地內所有物品彈跳碰撞、哆嗦顫抖，像是大喊著哈！哈！哈！「下午兩點時也是這樣。」理智讓馬汀還有辦法在這東搖西晃的殘破世界中顫抖著說話，但待混亂逐漸平息，晃動的物品也靜止下來後，慌亂便竄出頭，放聲大叫。

普格跳過灑落地上的烈酒，壓住凱夫。複製人結實強壯的軀體將他揮到一旁。馬汀趕上前，用力按住他肩膀。凱夫發出淒厲的慘叫，死命掙扎，並開始呼吸困難，臉色發黑。「氧氣。」普格說，一手像是藉著返巢本能般在醫療箱中摸索到正確的針頭。馬汀扶著氧氣面罩，普格將針頭對準迷走神經，扎了進去，把凱夫救了回來。

「原來你還懂這把戲。」馬汀喘吁吁地說。

「這叫拉撒路[17]之刺，我爸是醫生。這招其實不常奏效。」普格說，「真可惜酒打翻了，還沒喝夠咧。地震結束了嗎？我分不出來。」

「是餘震，不只是你在發抖。」

「他為什麼會突然窒息？」

「我也不知，歐文。去查書啊。」

凱夫已恢復正常呼吸，血色也重回臉上，只是雙脣依舊發青。他們又重新倒了杯勇氣之液，捧著醫療指南，在凱夫身旁坐下。「在『休克』或『腦震盪』底下都沒找到發紺或窒息的條目。他之前穿著太空衣，不可能吸進任何東西。我不曉得。這本指南的管用程度就跟《瑪格媽媽的居家藥草師》沒兩樣……還『痔瘡』咧，呿！」普格將書扔到條板箱桌上，只是沒丟好，掉在地上，因為不管是他或桌子仍在搖搖晃晃。

「他為什麼不傳訊息？」

「你說什麼？」

「礦場裡的八人來不及求救，但他和那女孩一定是在礦坑外。或許她那時人在入口，被第一波坍塌的岩石所擊中，可是他一定在外頭，說不定還是在控制臺內。他跑了進去，把女孩拉出來，綁到橇艇上，想折回基地。但是在這整期間完全沒按下太空衣上的呼救鈕，為什麼？」

「呃，他頭被砸中了不是嗎？我猜他大概是從頭到尾都沒意識到女孩已經死了。他神智不清。不過，就算他依舊清醒，我也不確定他會想到要向我們呼救。需要求援時，他們只會想到彼此。」

馬汀的臉如印地安面具一般，嘴角溝紋凹陷，雙眼黯淡如炭。「大概吧。如果是這樣，地震來襲時，只有他一人在礦坑外，他一定覺得——」

彷彿回應般，凱夫尖叫了起來。

他又像無法呼吸似地身體開始抽搐，從床上摔了下來，揮舞的手臂將普格打倒在地，自己踉蹌倒進一堆條板箱中，最後兩眼翻白、嘴唇發青地癱跌在地。馬汀將他拖回床上，給他吸了口氧氣，然後跪在已坐起身的普格旁邊，替他擦拭顴骨上的傷口。「還好嗎，歐文？沒怎樣吧？」

「沒大礙。」普格回答，「你幹麼用那個擦我的臉？」

那是一小截電腦磁帶，現在已沾上了普格的血跡。馬汀扔開磁帶。「我還以為是毛巾。你臉頰被箱子割傷了。」

「他穩定下來了嗎？」

「應該是。」

⓱ Lazarus，曾受耶穌拯救、死而復生的門徒。

他們低頭望向僵直躺在床上的凱夫，在敞開的發黑雙脣間，那牙齒猶如一道白線。

「像是癲癇發作。可能是腦部受傷？」

「給他打滿一整劑的鎮定劑你覺得怎樣？」

普格搖搖頭。「我不知道我剛為了治療休克給他打的針劑裡頭有什麼。我可不想害他用藥過量。」

「說不定他現在睡睡就好了。」

「我也想睡。被他和這場地震折騰得我都快站不直了。」

「你那個傷口很嚴重。去吧，我再看著他一會兒。」

普格清理好臉頰上的傷口，褪去上衣，忽又停頓下來。

「我們真的能做的都做了嗎——我們盡力了嗎——」

「他們全死了。」馬汀沉痛地說，輕聲回答。

普格躺在睡袋上，不多久就被一陣可怕的掙扎吸氣聲吵醒。他蹣跚起身，找到針頭，試了三次想把它扎進正確的位置，全數宣告失敗，於是決定來按摩凱夫的心臟。

「口對口人工呼吸。」他指示，馬汀照他的話做了。不一會兒，凱夫猛然吸了口氣，心跳穩定了下來，僵硬的肌肉也開始放鬆。

「我睡了多久？」

「半個小時。」

兩人滿身是汗，佇立原地。地面搖撼，圓頂基地的帳篷塌垂晃動。天秤星又開始跳起她那駭人的波爾卡舞，她的死亡之舞。儘管太陽尚未爬至最高點，卻顯得越來越人、越來越紅。一定是有天然氣和塵灰竄進了稀薄的大氣層中。

「他是怎麼了，歐文？」

「我想他正和他們一同死去。」

「他們——但他們都死了啊，我說過了啊。」

「他們九個人，全死了，被壓死或是窒息而亡。他是他們，他們也全是他。他們死了，現在，換他逐一重複他們的死亡。」

「喔，我的老天。」馬汀說。

下一回也沒什麼兩樣。到了第五次，情況惡化。凱夫猛烈掙扎、瘋狂咆哮，想要開口，卻一個字也說不出，彷彿嘴巴給石頭或黏土堵住。之後，攻擊疲軟下來，他也變得更為虛弱。第八次發作大約是在四點三十分，普格和馬汀一直替他急救到五點半，竭盡全力想拯救他這副正認命地走向死亡的軀體。他們的確是保住了他，馬汀卻說：「下一次就會要了他的命。」確實。但普格將自己的氣息灌進凱夫那動也不動的肺裡，直到自己昏過去。

他悠悠醒轉，基地內一片昏暗，半點光線也無。他豎耳聆聽，聽見了兩個沉睡中的呼吸聲。他再次睡去，直到飢餓喚醒他前，沒有任何事能令他睜眼。

太陽高掛在闇黑的平原上方，這顆星球終於停止搖撼。凱夫躺在床上沉睡，普格和馬汀一面啜茶，一面像看著戰利品般看著他，眼裡寫著得意。

凱夫醒轉後，馬汀走上前，問：「覺得怎樣，老頭子？」沒有回答。換普格上前，低頭注視那雙看著上方、卻沒望進他眼裡的呆滯棕眸。像馬汀一樣，他也迅速轉身離開，去加熱濃縮飲品端到凱夫面前，說：「來吧，喝吧。」

他可以看見凱夫喉頭的肌肉一緊。「讓我死吧。」年輕人說。

「你不會死的。」

凱夫一字字清晰而明確地道：「我十條命中已有九條死去，剩下的不足讓我存活。」這分斬釘截鐵說服了普格，但他駁斥這番念頭。「不，」他斷然道，「他們死了，其他九個人，你的兄弟與姊妹。可是你不是他們，你還活著。你是周約翰，你的性命掌握在自己手裡。」

年輕人動也不動，躺在原地，睇望著那片並不存在的漆黑。

馬汀和普格輪流將開採運輸機和一組備用的自動裝置載至地獄入口，打撈裝備，以免它們被天秤星上有害的大氣破壞，畢竟這些裝備的價值可是貨真價實的天文數字。儘管一次一個人作業速度緩慢，但他們不希望凱夫一個人留在基地。留守的人就負責做些文書工作，凱夫則或坐或躺，只是望著那片闃黑，從來沒開口說過一句話。日子一天天過去，只有沉默。

無線電啪滋作響，話語聲傳來：是指揮中心從船上發的訊息。「歐文，我們將於五週後抵達天秤星，距離此刻為地球時間三十四天又九個小時。老圓頂那兒情況如何？」

「不怎麼好，頭兒。開採隊不幸在礦場內罹難，僅有一人存活。是因為地震，事情發生在六天之前。」

無線電發出細碎的雜訊聲，傳出星際之歌。雙方的訊息都有十六秒的延遲，星船此刻正在二號星球附近。「除了一人之外全數罹難？你和馬汀有受傷嗎？」

「我們都沒事，頭兒。」

三十二秒。

「燕雀號在我們這兒留給了一組開採小隊，我可能就不派他們去執行七區計畫，改留在地獄入口，實際細節等我們降落後再安排。無論如何，你和馬汀在圓頂二號的任務都將解除。再撐一會兒。還有什麼事嗎？」

「沒有了。」

三十二秒。

「好，那就晚點見了，歐文。」

這一切凱夫都聽在耳裡。稍後，普格對他說：「頭兒可能會要你和另一組開採小隊留在這裡，你對這兒已經熟門熟路了。」普格很清楚生活在這種世界盡頭的窘迫，所以想要警告這名年輕人。凱夫沒有回答。自從說完「剩下的不足讓我存活」後，他就再也沒有開過口。

「歐文，」馬汀透過太空衣的通訊裝置說，「他瘋了，腦袋不正常，心理有問題。」

「以一個死了九次的人來說，他表現得非常好了。」

「是嗎？變成像個關機的機器人叫很好？他唯一剩下的情感是憎恨，你自己看看他的眼神。」

「那不是恨，馬汀。沒錯，就某種層面而言，他是死了。我無法想像那是什麼感覺，但那不是恨。他連看都看不到我們，那黑暗太深沉。」

「在黑暗中有被割喉的危險的。他恨我們，因為我們不是亞列夫、約德或莎茵。」

「或許吧，但是我想他只是很孤獨。沒錯，他是看不見我們、聽不見我們。過去，他眼裡從來沒有其他人，也從來沒有一人獨處過。他有其他的自己可以看、可以說話、可以一起生活，他終其一生都有另外九個自己相伴身邊。他不知道要怎麼獨處。他必須學習，給他點時間。」

馬汀搖了搖沉重的腦袋。「他瘋了，」他說，「記住這點就好。單獨和他在一起時，他可是有能力一手扭斷你脖子的。」

「他是有那能力沒錯。」身材矮小、語音輕柔、顴骨上還留著一道結痂傷口的普格微微一笑。他們兩人正在圓頂基地的氣閘外設定伺服機，好修復損壞的運輸機。他們可以看見凱夫坐在那巨大的半卵形基地內，宛若琥珀中的蒼蠅。

「把那個嵌入器給我——你為什麼覺得他會好轉？」

「他生性堅韌，毫無疑問。」

「堅韌？是成個廢人了吧。十條命中死了九條，他自己說的。」

「但他沒死，他還活著：約翰．凱夫．周。他的成長背景是古怪了點，但每個男孩有天都要掙脫家人的束縛，他也會這麼做的。」

「我不認為。」

「你自己想想，馬汀老弟，為什麼需要複製人？因為要修補人類這個物種。我們的情況並不樂觀。看我就好，我的智商和健康狀況都只有這個周約翰的一半，但他們還是需要我參與遠地探勘任務，而且是迫切到我自願加入時他們立刻就同意，還替我換了個人工肺，矯正了我的近視。假若現在有足夠的健康備選者，他們還會接納一個只有一片肺葉外加視力不良的威爾斯人嗎？」

「我不知道你的肺是人工肺。」

「我是。不是錫製的，是人類的，從其他人身體取出一小塊樣本、在培養槽中培育出來那種。要的話，你要說那是複製出來的也可以。替換器官都是這麼做出來的，和複製是同樣概念，但只有局部，而非完整的個體。現在可以算是我自己的肺了，隨你怎麼說。我的重點是，當今時代，有太多像我這樣的人，太少周約翰那樣的人。他們想提高人類基因庫的水準，因為打從人口崩解後，人類基因庫就變得像一灘小小的爛泥坑。所以，如果一個人能被複製，就代表他一定既強韌又聰明，這樣才合理，我跟你保證絕對是這樣。」

馬汀嘟噥了聲。伺服機開始隆隆作響。

凱夫吃得很少。他吞嚥有困難，容易噎到，所以嘗試幾口後就放棄，至今瘦了八到十公斤。然而，大約三週後，他的食欲開始有起色，有一天還翻起其他複製人的私有物、睡袋、工具，以及普格整整齊齊疊放在用條板箱堆出來的巷道深處的文件。整理完後，他銷毀了一大疊文件與零碎的物品，留下來的東西裝成小小一袋，接著又恢復成先前那具行屍走肉。

兩天後，他開口了。那時，錄音機出了點問題，普格試著要修理，卻怎樣也修不好。馬汀已駕駛噴射艇離開，出外檢查龐巴斯的地圖有無錯誤或遺漏。「去死吧，可惡！」普格咒罵。凱夫用呆板的語調回答：「要我來修嗎？」

普格嚇了一大跳，隨即冷靜下來，將機器交給凱夫。年輕人先將錄音機拆開，然後又組裝回去，放在桌上。

「放片帶子進去。」普格在另外一張桌前忙著，用一種精心斟酌過的尋常語氣說。

凱夫拿了最上方的一塊錄音帶，是聖歌樂曲。他躺回床上。百人合唱的歌聲充滿整座基地。他動也不動躺在床上，面無表情。

接下來的幾天，凱夫自動自發地接下了幾樁例行工作，但都只是接手。如果要求他做任何事，他完全不會給你任何回應。

「他恢復得很好。」普格用阿根廷方言說。

「他才沒有。他只是把自己當成了機器，盡他自己的本分，對其他一切毫無反應。他這樣比先前只是躺在那兒時還要糟，他已經不是人了。」

普格嘆了口氣。「算了，晚安。」他用英文說，「晚安，凱夫。」

「晚安。」馬丁回答，但凱夫只有沉默。

翌晨，吃早餐時，凱夫伸手越過馬汀的餐盤要拿吐司。「你可以開口問啊。」馬汀強壓下怒氣，和善地說，「我可以幫你拿。」

「我拿得到。」凱夫用他那毫無抑揚頓挫的語調回答。

「對，但是聽好，請人幫忙遞東西、道晚安、打招呼，這些確實都是微不足道的小事，可是別人既然開口了，你就該有所回應……」

年輕人漠然地朝馬汀望去，他似乎仍無法清楚地將視線對焦在要看的對象身上。

「我為什麼要回應？」

「因為別人在和你說話。」

「所以？」

馬汀聳聳肩，笑了幾聲。普格一個勁兒跳起，啟動鋸石機的開關。

稍後，他對馬汀說：「拜託你，馬汀，別再煩他了。」

「在與世隔絕的小型群體中，禮儀是很重要的。一定程度的禮儀，只要是大家的共識都好。他不是不知道這點，遠地任務裡的人都受過這方面的教育。他為什麼要刻意藐視這規矩？」

「你會跟自己說晚安嗎？」

「那跟這有什麼關係？」

「你還不明白嗎，除了自己之外，凱夫從沒認識過其他人。」

馬汀思索片刻，忽然激動地說：「看在老天的分上，若是如此，就表示複製人這件事根本就是大錯特錯。沒有用，不會成功的。如果連意識到我們的存在都做不到，那擁有這麼一大堆複製天才又有什麼好處？」

普格頷首。「或許把這些複製人分開，和其他人一起撫養長大是比較明智的做法。他們現在這樣真的能組成一支非常強大的小隊。」

「有嗎？我看不出來。如果他們只是十名效率不高的普通異星工程師，他們還會全數罹難嗎？假設來說吧，當地震發生、礦坑開始坍方時，這些孩子會不會為了救出位於洞穴最深處的人，所以全都朝著同一個方向、往礦穴更深的地方跑去？就連人在外頭的凱夫都衝了進去……這只是假設，但我一直在想，如果是十個手足無措的一般人，或許逃出來的生還者就不會那麼少。」

「我不知道。沒錯，同卵雙胞胎是容易在相近的時間內死亡，即便他們從未見過彼此也一樣。身分認同與死亡，這確實很奇怪……」

日子一天天過去，殷紅的太陽爬過黝黑的穹蒼。凱夫聽見別人和他說話，仍舊沒有回答，普格和馬汀也越來越常對對方發脾氣。普格抱怨馬汀打呼打得太大聲，覺得受到羞辱的馬汀於是將床鋪搬到基地遠遠另一側，好一陣子不和普格說話。普格吹起威爾斯輓歌的口哨，直到馬汀抗議。之後，換普格好一陣子不和馬汀說話。

任務指揮船抵達前一天，馬汀說他要去梅里歐斯。

「我以為你起碼會幫我用電腦一起完成岩石分析的工作。」普格不滿地說。

「凱夫可以幫你，我想再去大深溝那兒看一眼。祝你玩得愉快。」馬汀用方言補了最後一句，然後笑著離開。

「那是什麼語言？」

「阿根廷語。我以前告訴過你，不是嗎？」

「我不曉得。」一會兒後，年輕人又補充一句，「我很多事都忘了，我想。」

「反正不是什麼要緊事。」普格柔聲說，立刻察覺這段談話有多重要，「電腦這邊你能幫我一下嗎，凱夫？」

他點了點頭。

普格先前留了許多未收尾的工作，他們花了一整天才處理完畢。凱夫是個優秀的夥伴，做事迅速又有系統，比普格自己強上太多。只是，他現在又開始說話，平板的語調反而令普格煩躁難安。無所謂，再撐一天就好，之後任務船就會抵達，還有那些老同事、老夥伴、老朋友。

休息時間，凱夫問：「如果勘查船墜毀了怎麼辦？」

「他們都會死。」

「我是指你。」

「我們嗎？我們會用無線電發出求救訊號，將每日的糧食減半，直到三區基地的救援船抵達，那大概需要地球曆四年半的時間。這裡的維生配備可以讓三個人用上——我想想——大約四到五年。雖然是會有些吃緊。」

「他們會為了三個人派救援船過來嗎？」

「會。」

凱夫不再說話。

「這些推測很有趣，但是夠了。」普格輕快道，起身準備要回去工作，然而身子忽然一歪，椅子從他手下滑開。他像是跳芭蕾舞般轉了半圈，重重撞在圓頂帳篷上。「我的老天爺，」他說，家鄉話脫口而出，「怎麼回事？」

「地震。」凱夫回答。

茶杯在桌上跳動，發出塑膠的碰撞聲，一疊紙從箱子內滑出。基地的圓帳膨脹又塌落，腳底下傳來巨大的聲響，半是聲音，半是搖撼，恍若某種次音速的隆隆聲。

凱夫坐在原位，動也不動。地震是嚇不了一個已死於地震的人的。

普格面如金紙，鋼絲般的黑髮根根豎起，嚇得魂飛魄散。他說：「馬汀在大深溝那兒。」

「什麼深溝？」

「那個大斷層，地震的震央。你去看看地震圖就知道了。」普格掙扎著想要打開置物櫃卡住的門板，櫃子仍因地震不斷搖晃。

「你要去哪？」

「找他。」

「馬汀把噴射艇開走了，橇艇在地震時並不安全，容易失控。」

「看在老天的分上，閉嘴。」

凱夫起身，用一如往常的平板語調道：「沒必要現在出去找他，沒必要冒這個險。」

「如果他的警報器響了，通知我。」普格說，扣上太空裝的頭盔，跑向門鎖。衝出門外時，天秤星撩起了她破破爛爛的裙襬，在他腳下跳起肚皮舞，一直到遠方的紅色地平線都可見地表波浪起伏。

基地內的凱夫看著橇艇啟程，顫顫巍巍，彷彿暗紅天光中的一抹流星，最終消失在東北一隅。圓頂帳篷不住簌簌顫抖，地表翻湧震盪。基地南側的氣孔噴出一道黑煙，緩緩流動。

忽然間，鈴聲大作，中央控制臺上的一枚紅燈開始閃爍。紅燈下方的標牌註明是

「二號裝備」，在那之下又草草寫著「A.G.M.」三個字母。凱夫沒有關掉警報器，他先嘗試用無線電連絡馬汀，然後是普格，但兩人都沒有回應。

餘震平緩後，他回到電腦前，完成普格的工作。這大約花了他兩個鐘頭。每半小時他就試著連絡一號裝備一次，依舊毫無回應，二號裝備也一樣。一小時後，紅燈便停止了閃爍。

晚餐時間，凱夫準備了一人份的料理，自個兒吃了起來，之後又躺回他的床鋪。餘震已然停止，現在只有久久才會感到一陣微弱的顛簸震動。太陽懸垂西方，又扁又圓，蒼白暈紅，雄偉壯碩。看不出它正在下沉，天地間悄無聲息。

凱夫起身，在收拾一半、凌亂擁擠又空盪盪的圓頂基地內遊盪踱步。死寂持續。他走到錄音機前，把他看到的第一片錄音帶放了進去。是純音樂，電子音樂，沒有和音，沒有人聲。音樂結束，沉默再度蔓延。

普格少了一顆鈕扣的制服上衣蓋在一堆岩石樣本上，凱夫愣愣瞧了會兒。

死寂持續。

彷彿孩童的夢境：除了我以外，世上再無其他活人。全世界、全宇宙，只剩我。

基地北方，一顆流星低空劃過。

凱夫張開了嘴，彷彿想說些什麼，可是半點聲音也擠不出。他匆匆趕到北牆前，望向凝滯的紅光。

小小的星子逼近、墜落，兩道人影模糊了氣匣窗門。兩人步進時，凱夫就貼站在匣鎖旁，馬汀的太空裝上覆滿某種塵沙，讓他看起來就像天秤星地表一樣，紅通通又凹凸不平。普格攙扶著他的臂膀。

「他受傷了嗎？」

普格脫下身上的太空裝，也幫馬汀扒下他的。「只是嚇到了。」他粗魯地說。

「噴射艇被落石砸中，」馬汀坐在桌前，揮舞著雙手說，「但我那時不在機艙內。我已經停好橇艇，正在碳塵區一帶察看，就在這時候，我感到地面開始隆起。先前在上空，我曾見到一片堅硬的早期火成岩，看起來很穩固，突出在崖壁之下，我趕緊跑過去，然後就看到一塊落石砸在飛行艇上，還真是壯觀呢！過了一會兒，我才想起備用的氣瓶還在飛行艇內，所以就按下了緊急求救鈕，但收不到任何無線電訊號。這裡只要一發生地震就會這樣，所以我也不知道訊息到底有沒有傳出去。天搖地撼，越來越多石塊從崖壁上掉下來，碎石濺得到處都是，眼前一片灰濛，連一公尺外的景色都看不到。我那時已經開始在認真思考自己要怎麼撐過午夜，就在這時，我看到歐文從大深溝那兒竄了出來，一身的沙塵和殘渣，活像隻醜陋的大蝙蝠——」

「要吃點什麼嗎？」普格問。

「當然啊。這裡有怎樣嗎，凱夫？有沒有任何損傷？這次地震其實沒有很大，對吧？地震儀怎麼說？倒楣的是我人就在核心區域，那個老艾法羅震央。感覺芮氏規模有十五級——完全能毀了這座星球——」

「坐下，」普格說，「吃吧。」

塞了點東西下肚後，馬汀的滔滔不絕終於停了。他很快回到自己床位。那張床依舊擺在遠遠的角落，自從普格抱怨他打呼的事後就移去那兒，沒有動過。「晚安，你這個只有一片肺葉的威爾斯佬。」他在基地另一側說。

「晚安。」

馬汀安靜了下來。普格關上基地的遮罩，將燈光調成比燭火還微弱的黃光，坐了下來，什麼也沒說、什麼也沒做，只是沉默。

死寂再度蔓延。

「我完成電腦計算了。」

普格點點頭，表達謝意。

「中央控制臺收到了馬汀的求救訊號，但我連絡不上你們兩人。」

普格費力地擠出話語。「我不該去的。就算只剩一枚氣瓶，他也還剩兩小時的空氣。我離開時，他很有可能已經踏上回程了。這樣一來，我們三人就完全連絡不上彼此。我嚇壞了。」

死寂回歸，只有馬汀長長的輕柔鼾聲打破沉默。

「你愛馬汀嗎？」

普格氣沖沖地抬起頭。「馬汀是我朋友，我們共事很久了，他是個好人。」他頓了會兒，片刻後又說，「對，我愛他。為什麼問？」

凱夫不發一語，只是望向另一名男子。他臉上的神情改變了，彷彿瞥見了什麼前所未見的事物，語調也不同了。「你是怎麼……你為什麼……」

但是普格無法回答。「我不知道。」他說，「部分是練習吧，我也說不上。我們每個人都是孤獨的。在黑暗中，除了伸出手，你還能怎麼做？」

凱夫那奇特的目光黯淡了下來，彷彿被它自身的熾熱燃燒殆盡。

「我累了。」普格說，「在那片漆黑的塵灰和泥沙中尋找他的下落可是驚險萬分，地面上的裂隙開了又闔……我要去睡了。任務船大約會在六點傳送信號過來。」他起身，伸了個懶腰。

「複製人。」凱夫說，「他們船上的另一支開採小隊也是複製人。」

「是嗎？」

「總共十二人。他們是和我們一起搭乘燕雀號離開的。」

凱夫坐在小小的黃色光暈下，目光怔忡，彷彿望著他恐懼之物：新的複製人、更多的自我，但他卻不屬於其中。他是殘骸中一枚缺塊、一片碎屑，從來不知孤獨為何物，甚至不知要如何去愛他人。現在卻必須面對那十二名複製人所擁有那封閉而絕對的自給自足。想也知道，這件事對那名可憐人來說是多麼殘酷。經過他身邊時，普格一手按上他肩頭。「頭兒不會要求你和那些複製人一起留下來。你可以回家。又或者，反正你已經在這了，不如就跟我們一起去更遠的地方，我們用得上你。不用急著決定，你會沒事的。」

普格輕柔的話語逐漸消散。他站在那兒，解開外套上的鈕扣，因疲憊微微佝僂。凱夫望著他，發現自己看見了一個以往從沒見過的景象：他看見了他，歐文·普格，他自身之外的另一個人，那個在黑暗中伸出手的陌生人。

「晚安。」普格喃喃道，爬進睡袋。睡意已然襲來，所以他沒有聽見凱夫在一陣短暫沉默後的回答，在黑暗中重複那聲輕柔的祝禱。

物

當戴蒙·奈特（Damon Knight）這名極其優秀傑出的編輯首次將這篇故事刊載於《軌道》（*Orbit*）雜誌上，本是將它取名為〈盡頭〉（*The End*）。我已經忘了我們為何會決定採用這篇名，但猜想是因為他覺得〈物〉聽起來太像是會出現什麼紫色觸手怪物的深夜電視節目名稱。不過我後來還是沿用了原名，因為——起碼在讀了這則心理神話後——覺得這名字才能凸顯出這篇故事的正確重點，也就是那些我們拿來使用、擁有也反被其擁有，並被我們拿來建造其他東西的器物——像是磚頭與文字。你用它們來打造房屋、城鎮或道路，但是建築會崩塌，道路無法綿延無盡，前方總會有一道深淵，一條鴻溝，你總歸要跨出最後一步。

他站在海岸旁，目光越過綿長的白浪，遠方島影幢幢，似真似假。那兒，他對大海說，我的王國就在那兒。而大海的回答，就如同它對所有人的回答。暮色自他後方悄悄蔓延，爬上海面，白沫黯淡，風勢漸歇，西方遠處閃耀著一縷光，或許是星子，也或許是燈芒。他所渴求的燈芒。

他在昏暗的暮靄中回到城鎮的街道，鄰人的屋舍與店鋪現已一片空盪，家家戶戶收拾得乾乾淨淨、一塵不染，為了末日做好最後準備。大部分的居民現在不是待在高地會堂做悲禱，就是和暴走黨一塊兒待在山下的田野。但李夫就是無法收拾他的住所，他的器具和家當都太沉重，無法丟棄。又太堅硬，難以毀壞。另外也太滯鈍，無法焚燒，唯有上百年的光陰能抹滅它們。無論將它們堆在哪兒、丟在哪兒、扔在哪兒，它們過去、未來、現在，只可能組成一樣東西，那就是城市。所以他並沒有嘗試丟棄自己的家當，院子裡依舊堆著一墩墩的磚頭，成千上萬，難以算計，那都是他自己燒煉的磚頭。還有那座現已冷卻但仍蓄勢待發的磚窯，一桶桶的陶土、乾灰泥、石灰。他營生所需的磚斗、推車、泥刀，統統還擱在那兒。書記巷那兒有個人曾譏諷地問：兄弟，你是打算砌面磚牆，好等末日來臨時躲在後頭嗎？

另一名正要上高地會堂的街坊也曾注視那一疊疊、一堆堆、一座座、一墩墩方方正正、燒製完美，在午後金黃陽光下閃耀著澄紅光澤的磚頭好一會兒，最後終於有如心上壓了沉甸甸的重擔般嘆息道：不過都是些普通東西！放下這些身外之物吧，李夫，它們只會拖垮你！和我們一塊兒走吧，離開這即將終了的世界！

李夫只是從磚堆中揀起塊磚頭，放在另一疊整整齊齊的磚堆上，困窘一笑。待眾人離開後，他沒有前往高地的會堂，也沒有跟著一塊兒去毀壞田野、獵殺動物，而是來到下方的海灘，這個即將終了的世界的盡頭。在這盡頭之後，除了大海什麼也沒有。如今，回到他磚坊的小屋，衣襟上沾染著鹹鹹的鹽味，面孔上滾燙著炙熱的海風，他依舊感受不到暴走黨那分譏笑與狂暴的絕望，或是會堂信徒那分激越與悲觀的頹喪，只覺得內心空盪盪，而且好餓。他是個矮小結實的男人，世界盡頭的海風吹了他一整晚，但也無法動搖他半分。

嗨，李夫！織工巷的寡婦招呼道，她就住在幾棟房外的對街上——我瞧你經過。日落後，街上就再沒半個人影了。這兒可是越來越昏暗、越來越安靜，不像……她沒有說不像什麼，只是又接著道：你吃過晚飯了嗎？我才正準備把烤肉端出爐，不消說，小娃兒和我兩個人是絕不可能在末日來臨前把那些肉給吃完的，而我可不想看著美味的佳肴白白浪費。

喔，謝謝，那我就恭敬不如從命了，李夫說，再次披上他的外套，兩人一塊兒在黑暗中穿過石匠巷，走進織工巷。晚風自海上而來，颳過陡峭的街。李夫在寡婦點了燈的屋內與小娃兒玩耍。他是鎮上最後一個出生的嬰兒，小小的、胖胖的，剛學會站。李夫扶著小男孩站起，他又咯咯笑著摔落。寡婦將麵包與熱騰騰的烤肉端上沉重扎實的藤編桌，三人全都坐下用餐，就連小男娃也不例外，他用四顆牙齒與一塊硬梆梆的麵包奮戰。妳怎麼沒待在田野或山上呢？李夫問。寡婦回答：喔，因為我有這小奶娃呀。彷彿這答案對她來說便已足夠。

李夫環顧這間由她丈夫親手建造的小小屋舍，他原來也是李夫手下的泥水匠。很美味，李夫說，我打去年開始就沒再嘗過肉了。

我懂！這兒也沒再蓋過任何新房子。

完全沒有，他說，一面牆或一間雞舍也好，但統統沒有，就連修繕也沒在做了。可是妳還在織布，還有人要買布嗎？

有啊，有些人就算末日來了也要新衣裳。這肉是我和暴走黨買回來的，他們殺光了我領主所有的牲口，而錢呢，就是我替領主千金織了匹上好亞麻布掙來的，她想再做件新袍子，好在末日穿！寡婦同情又譏諷地輕哼了聲，又道：但是現在找不到任何亞麻了，連羊毛都快沒了。沒有東西好紡、沒有東西可織。田地都已付之一炬，牲口也全死光了。

是啊，李夫一面吃著香噴噴的烤肉一面回答。時機歹歹啊，他說，差到不能再差。

如今啊，寡婦又道，田地都給燒燬了，哪還有麥子給人做麵包呢？更別說水了，他們現在是在井水裡下毒了嗎？我聽起來可像上頭那些悲教徒了，是不是？自己來吧，李夫。春天的羔羊肉是全世界最美味的佳肴了，我家那口子總這麼說，直到秋天來了，就又改口說烤豬肉是全世界最美味的佳肴。來吧，給自己好好切上一大塊……

那晚，在磚坊的小屋裡，李夫做了個夢。通常他一入睡，就會沉得像磚頭，但這晚，卻一整夜都夢到自己漂浮遊盪在島嶼之上。醒來後，它們再也不僅僅是個盼望或揣想——就像星辰，一旦天光黯淡，就變得如此明確，他知道它們確實存在的。但在夢裡，他是如何遠渡那片汪洋？不是用飛的，也不是用走的，也不像魚兒一般在水下泅泳。然而，他卻橫越了大海那一望無際的灰綠色曠野與隨風起伏的浪丘，來到那些島嶼之上。他聽見聲音的呼喊，也看見鎮上的燈芒。

他下定決心要想出渡海的方法。他想起在溪上漂流的青草，或許可以用藤條編成某種蓆子之類，趴在上頭，用手划動。但溪邊那一大片藤叢仍在悶燒，編籃工那兒的柳枝也燒得半點不剩。他曾夢到的那些島能看見足足有五十英尺高的野草或竹籐，褐色的莖幹粗到他手臂也無法環抱，茂密的綠葉自無數伸展的枝枒上朝著太陽攀爬。若用那些草桿，或許便能橫渡汪洋。但他家鄉沒有這樣的植物，從來不曾有過。高地會堂那兒有把刀柄，是用某種鈍棕色東西做成的，據說是來自其他土地上某種叫做木頭的植物。然而他無法搭乘刀柄橫越那一大片驚滔駭浪。

上了油脂的獸皮或許能夠漂浮於水面，但皮匠已無所事事了好幾週，因為已經沒有獸皮可買賣。他還是死了這條心，別再想找人幫忙。就在那個多風的白濛早晨，李夫推著車，帶上最大的磚斗來到海岸旁，將它們放在潟湖靜止不動的海水中。它們確實是浮了起來，在水中深處，可是他只是將一隻手壓了上去，推車和磚斗就翻了，灌滿水，沉進湖底。太輕了，他這麼思索。

他回到崖上，穿過街道，裝滿一車做工精良卻無用武之地的沉重磚頭，推下山去。由於過去幾年來沒有太多嬰兒出生，因此街上沒有任何好奇的孩童問他在做什麼。倒是有一、兩名還因前晚的破壞慶典醉醺醺的暴走黨，在光天化日下藏在陰暗的門口斜睨他。那一整天，他只是不斷將磚頭運下山、製作灰泥。翌日，儘管沒再做夢，他還是開始將磚頭鋪在三月那狂風大作的海邊，雨水和大量的砂石都有助他製作水泥。他用磚塊造了個上下顛倒的小小圓頂，而且橢圓形兩端尖尖，就像隻魚。所有磚頭如螺旋般排成一列，十分精巧。假若一杯或一車空氣能夠浮在水面上，那一磚缽的空氣為什麼不行？更何況，這磚缽會很牢固的。但是，等灰泥固定後，他用盡寬闊後背所能使出的最大力氣，將那磚缽翻倒過來，推進平滑的白浪之中，卻只見它在溼沙中越沉越深、越沉越深，就像個蛤蜊或沙蚤般不斷往地底鑽去。海水湧進，他倒光又湧進，最後，一波綠潮攫住了它，白浪往後一拉，磚缽傾覆碎裂，被打回成一塊塊磚頭，沉沒在翻湧的溼沙之中。李夫頸子以下全溼。他站在原地，抹去眼中鹹鹹的海沫。除了烏雲與被浪打碎的殘骸外，西方什麼也沒有。但它們就在那兒，他知道。那兒的巨草足有十個人那麼高，海風耙過金黃色的荒野，還有那些白色的城鎮，海面上白頂皚皚的山丘，牧羊人在丘陵上呼喊。

我只懂建造，不懂漂浮。在全盤考量自己的愚蠢後，李夫這麼說。然後他頑強地走出瀉湖，爬上崖間小徑，穿過雨溼的街道，又推了車磚頭回來。

這是他這一週以來頭一回自那漂浮的蠢夢中解脫。清醒後，他才發現皮革街已變得荒蕪冷清。空盪盪的鞣皮坊內遍地垃圾，工坊有如一排敞開的小小黑嘴，上方的睡房窗內也什麼都沒了。巷子盡頭，有名鞋匠正燒著一堆從沒穿過的新鞋，發出刺鼻的惡臭。一頭套了鞍具的驢子在旁等著，對著難聞的煙霧搧動牠的耳朵。

李夫繼續前進，在推車上裝滿磚頭。這一回，當他繃緊背心、卯足全力抵抗下滑的重力，推著推車走下陡峭的街道，並用盡肩膀的力氣，努力在通往海邊的崖間小徑上保持平衡，有兩名鎮上的居民跟在他後頭。之後，又有兩、三名來自書記巷的街坊尾隨，到了市集附近又有更多人跟上。因此，待他挺直腰桿，海沫潑濺他赤裸的黑足，汗水冰冷地淌落面頰時，已經有一小群人站在被車輪深深碾出的單軌轍跡旁。他們身上散發著暴走黨那種無精打采的懶散氣息。李夫沒將他們放在心上，儘管他也發現了織工巷的寡婦帶著一臉驚恐站在崖上眺望。

他推著推車走進海中，直到海水淹沒胸口，然後將磚塊倒了出來。一陣大浪打來，乒乓作響的推車裡灌滿了白沫。

有部分暴走黨已沿著海灘散去。一名來自書記巷的高個兒在他身旁逗留，露出個小小的笑容，問：老兄，你為什麼不直接從崖頂倒下來就好？

這樣磚塊只會落在沙地上。李夫回答。

而你想讓這些磚塊泡在水中。好吧，你知道，我們有些人還以為你要在這蓋些什麼呢！他們都打算要拿你來做水泥了。就繼續讓這些磚頭保持涼爽潮溼吧，老兄。

書記咧嘴一笑，慢悠悠地離去。李夫又爬上山崖，準備再送車磚頭下來。

來我這兒吃晚餐吧，李夫。崖頂上的寡婦擔憂道，將孩子緊緊摟在胸前，以免海風侵擾。

我會的，他說，我會帶條麵包過去，烘培師傅離開前我放了幾條進去烤。他微微一笑，但她沒有。兩人一塊兒走上街道時，她問：你是在把磚頭倒進海裡嗎，李夫？

他發出真誠的笑聲，回答說：對。

寡婦聽了後，臉上流露的表情可能是鬆了口氣，也可能是哀愁。但在她點了燈的屋內用餐時，她只是一如往常地安靜與自在，他們便帶著愉快的心情享用乳酪與不新鮮的麵包。

隔天，他又將一車車的磚頭送下山去。假若有暴走黨看見他，也只是以為他在忙自己的事。從海岸直到深水區的下坡很平緩，所以他可以一直藏在水下鋪磚。他從退潮時開始動工，這樣一來，磚路就永遠不會顯露於海面之上。可是漲潮時就費力了，要將磚頭倒進海裡，並試著在滔天大浪中鋪好磚頭，不只整座汪洋都在他面前翻騰，頭頂上也同樣波濤洶湧。那並不是件容易的工作，但他仍舊堅持不懈。近傍晚時，他帶了些長長的鐵棍下山，固定好目前鋪好的進度，否則橫流常會打散最初八英尺後的步道，並確保鐵杖的頂端即便退潮也不會顯露在水面上，以免有任何暴走黨懷疑他在做什麼。幾名悲教的長者自高地會堂下山來，看見他在暮靄中乒乒乓乓地將空盪盪的推車推上石子街道，便對他露出莊嚴的笑容。擺脫身外之物是好事，其中一人柔聲說，其餘人紛紛點頭附和。

翌日，儘管沒再夢到那些島嶼，李夫仍繼續鋪造他的步道。他越深入海裡，沙地下沉的坡度也變得更加陡峭。他現在必須停在最後砌好的磚塊上，再把小心裝滿的推車傾倒，再自己潛入水中開工，跌跌撞撞、氣喘吁吁，一下浮出水面，一下又沉進海中，努力把磚頭牢牢平鋪在預先插好的鐵杖之間，然後再度離開，穿越灰色的沙灘，爬上懸崖，推著匡啷作響的推車走過寂靜的街道，繼續送另一批磚頭下山。

那週某天，寡婦到了磚坊來找他，說：讓我幫你把磚頭扔下崖吧，你就不用來來回回走得這麼辛苦了。

搬磚可是件苦力活兒啊，他說。

無所謂，她說。

好吧，既然妳願意的話。但是磚塊可是很沉的，一次別搬太多，我會給妳輛小點的推車，小鬼頭可以坐在上面，順道兜個風。

於是，在接著幾天的明媚日子裡，她便斷斷續續地幫著李夫幹活兒。早晨會漫起朦朧的白霧，到了午後，天空與海面又會放晴，崖縫上的野草也開起了花。除了野草外，這兒再也沒有任何植物會開花。如今，步道已自海岸延伸有數碼之遠，李夫也學會了一項（就他所知）除了魚兒之外再也沒有任何人學會過的技巧。現在，他已經懂得要如何在海中漂浮，以及如何在手腳都不接觸到實地的情況下於水面或水中移動。

他從沒聽說過有人懂得這麼做，但也沒有多想，只是忙著鋪造自己的磚道，一整天在空氣與海水中進進出出、上上下下，四面八方只有海沫，以及被海水環繞的氣泡，或被空氣環繞的水泡。除此之外，還有白霧、四月的雨水，各種交雜湧現的自然元素。有時候，他樂於待在那無法呼吸的混濁綠色世界，在魚群的目光下與那些異常任性又輕若鴻毛的磚頭拚搏奮鬥，只有在需要空氣時才會探出頭來，在水霧瀰漫的風中大口喘息。

他忙了一整天，匆匆爬上沙灘撿拾那名可靠幫手從崖頂扔下的磚頭，裝進自己的推車，然後再運到磚道上。這條磚道在退潮時大約位於海面下一到兩英尺、漲潮時則是四到五英尺——一股腦兒地將磚頭倒在盡頭處，接著自己再潛進水中，開始築砌。鋪完後，再回到岸上收集下一車磚頭。一直要到傍晚，他才會拖著疲憊的身軀返回鎮上，鹽粒令他視線模糊、全身發癢，還餓得活像頭鯊魚，寡婦與小男孩吃什麼，他就跟著吃什麼。近來，儘管春日的夜晚益顯輕柔悠長，也越來越是暖和。然而，鎮上依舊陰沉昏暗，動靜全無。

有一晚，他沒那麼疲憊，總算留意到了這一點，便問了一問。寡婦回答：喔，他們全走光了，我想。

所有人嗎？頓了會兒後，他又問：他們都去哪兒了？寡婦聳聳肩，抬起那雙深色的眼眸，望向桌子另一頭，在燈火閃耀的靜謐中注視了他好一會兒。哪兒呢？她說，你那條海路又通往哪兒，李夫？

他沉默片刻，最後終於回答：島嶼。然後笑了幾聲，迎視她的目光。

但她沒有笑，只是說：是嗎？所以島嶼真的存在嗎？她望向睡夢中的孩子，然後是敞開的屋門。門外，晚春的夜晚溫暖籠罩著無人行走的街巷、無人居住的房屋。終於，她又將視線轉回李夫身上，說：你知道的，李夫，磚頭已所剩不多，大概還有上百塊吧，你得再多燒些。說完，她便輕聲哭了起來。

老天！李夫低嘆，想起他那條已有一百二十英尺長的水下巷道，但在盡頭之外，還有綿延上萬英里的大海——我會游過去的！別哭了，親愛的。妳覺得我會扔下妳和小鬼頭不顧嗎？在妳扔了那麼多差點砸中我腦袋的磚頭下來之後？還有近來妳採回來當晚餐的那些古怪野草和貝類、妳的餐桌、妳的壁爐、妳的床、妳的笑語，在妳和我分享了那麼多之後，我會在妳哭泣時棄妳不顧嗎？好了，別哭了，讓我想想有什麼法子，我們三人可以一同前往那些島嶼。

但他心裡很清楚，沒有辦法的。做為一個磚匠，他無計可施，這已是他所能做的全部，造一條距離岸上一百二十英尺長的道路。

許久後……這段期間內，寡婦收拾好了餐桌，也用井水洗好了餐盤。如今暴走黨已離去多日，井水又恢復了清澈。他問：妳認為……現在這樣……他發現自己難以啟齒，但她只是動也不動地站在原地，等待著。他必須說出口：這會不會就是末日？

靜默。在這間亮著燈的房裡、在外頭所有昏暗的屋舍、街道、燒燬的田野與荒地上，唯有靜默。在山上那漆黑的會堂裡，也是靜默。無聲的空氣、無聲的天空，所有完好之地都沉默不語，沒有答覆。唯有遠方大海傳來的陣陣浪濤，以及身旁沉睡奶娃的輕柔氣息。

不，寡婦回答。她在他對面坐下，雙手擱在桌上。那是雙手背黝黑如泥，掌心白如象牙的纖纖素手。不，她說，末日是末日，現在依然只是等待。

那我們為什麼還在這兒？只剩下我們？

喔，她說，因為你有你的家當，那些磚頭，而我有這個奶娃……

我們明天就得走，一會兒後他說。她點了點頭。

天尚未亮，他們便醒了。已經沒有任何食物可吃，所以她只是將幾件男娃的衣物收進行囊內，披上她溫暖的皮斗篷。李夫則將他的刀子與泥刀插在腰帶上，套上她丈夫留下的溫暖披風，三人一塊兒離開這小小的屋子，踏入荒街上那冰冷蒼白的幽光之中。

他們朝山下去，他領頭，她將熟睡的嬰孩裹在斗篷內尾隨於後。李夫沒有轉向北方通往海岸的道路，也沒有朝南前去，而是經過市集，來到懸崖，走下通往海灘的石徑。

一路上，寡婦只是默默跟隨，兩人都沒有開口。到了人海邊緣，他轉過身來。

我會盡我所能讓你們保持在水面之上，能撐多遠是多遠，他說。

她點了點頭，輕聲道：我們就走你鋪的那條路，一直走到它的盡頭。

他握住她空著的那隻手，領她走進水中。海水冰冷，奇寒刺骨。身後，東方清冷的寒光照亮在沙上嘶響的海沫。踏上步道起點時，腳下的磚頭扎實穩固，小男孩又在她肩上的斗篷內睡著了。

越往前行，波濤就越是洶湧。漲潮了，外浪打溼他們的衣襟，寒意在身軀蔓延，臉孔、髮絲也都溼透。他們來到李夫那漫長工程的盡頭，海灘就在身後不遠處。天空沉靜，透出了魚肚白，懸崖下的沙粒黝黑黯黮，四面八方淨是激盪的海水與白沫。前頭，浪潮翻騰，是廣闊的深淵，是難以跨越的鴻溝。

一陣往岸上打去的浪頭撞上了他們，李夫與寡婦踉蹌搖晃。海水重重襲來，小男娃驚醒，哭了起來，嚶嚶啜泣迴盪在大海冰冷悠長的嘶語低喃中，它永遠訴說著同一句話。

喔，我做不到！母親哭喊，但只是更加堅定握住男人的手，來到他身側。

李夫抬起頭，向著他朝無岸之濱鋪築的磚道跨出最後一步。他看見西方的海面上有個形體，燈光躍動，那忽隱忽現的白影有如晨曦映照的燕雀胸腹。海潮聲上似乎還迴盪著其他聲音。那是什麼？他問，但她正垂首凝望嬰孩，想要安撫那挑戰大海隆隆潮聲的嚶嚶啼哭。他站著，動也不動，看見白色的船帆，看見在浪濤上跳動的燈火，起起伏伏，朝著他們，也朝著身後越來越明亮的天光而來。

等等，呼喊聲自乘著灰浪靠近並在海沫上晃動的形體傳來。等等！那聲音是如此悅耳。而當白色船帆斜斜矗立在他上方時，他看見了，是一張張面孔與一雙雙伸出的胳膊，並聽見他們對他說：來吧，上船吧，跟我們一塊兒去島上。

來吧，他輕聲對女子說。兩人跨出最後一步。

腦內之旅

世上許多人都是「默然過著絕望的生活」，有些故事也是由此開始。那時，我們人在英國，十一月的午後兩點天色昏暗，又下著雨，而裝著我所有手稿的手提箱不幸在南安普敦的碼頭被偷。我已經好幾個月沒寫任何東西，聽不懂菜販在說什麼，他也聽不懂我在說什麼。日子是很絕望——但還挺靜默——咬緊牙關，不動聲色，你懂的。於是我坐了下來，想到什麼就寫什麼，全然的絕望，只是寫、寫、寫，直至寫到：「『試試看把自己當成亞曼達。』另一人酸溜溜地說。」便停了筆。大約一年後（感恩英國鐵路公司，他們找回了我失竊的手提箱。我們那時已回到奧勒岡，也是個雨天。），我找到了這份潦草的手稿，繼續寫下去，直到寫完結局。我一直沒想到這篇故事該叫什麼——慶幸的是，我的經紀人維吉妮亞·基德想到了。

有種故事會被我稱作「拔塞器」。作者因為某種原因遇上瓶頸，什麼也寫不出來，但忽然間又「啵」一聲開始動筆，彷彿啤酒源源不絕湧出酒桶，泡沫瀉了一地，而這個故事毫無疑問絕對就是一枚拔塞器。

「這裡是地球嗎？」眼前景物驟然一變，他不由驚呼。

「對，這裡是地球。」他身旁那人回答，「你人也在地球上。尚比亞的男人正蜷在桶子內，滾下山坡，當作太空飛行的訓練。以色列和埃及互相剷除了對方的沙漠。《讀者文摘》買下了美國通用磨坊的控股權。地球每星期四就會增加三百億人。為了安全與保障，賈桂琳·甘迺迪·歐納西斯女士週六將與毛澤東結婚。還有，俄羅斯用麵包上的黴菌汙染了火星。」

「這樣啊，」他說，「那什麼都沒變啊。」

「是沒什麼改變。」身旁那人接腔，「就像沙特那句可愛的說法：『他人即地獄』。」

「去他的沙特。我想知道這裡是哪裡。」

「好吧，」另一人說，「先告訴我你是誰。」

「我是……」

「嗯？」

「我叫做……」

「你叫做什麼？」

他站了起來，眼裡盈滿淚水，雙膝癱軟麻木，意識到自己並不知道自己的名字。他是一片虛無的空白，是零，是未知數。他是有軀體沒錯，一個人該有的他都有，但他不曉得自己是誰。

他們站在森林邊境，他和另一個人。這片森林瞧著眼熟，只是在枝葉籠罩下顯得陰沉昏幽，林地邊緣也因除草劑變得枯黃萎縮。一頭小鹿經過，鑽進林內。隨著牠逐漸遠去，牠的名字也漸次消散。陰暗的樹林內，有種東西用溫和的眼神回望兩人，隨後又消失無蹤。「這裡是英國！」空白男子像在水中抓到根救命稻草般高聲嚷嚷，可是另一人說：「英國幾年前就沉了。」

「沉了？」

「對，沉到水底下了。現在除了斯諾登山頂峰的十四英尺外，什麼也不剩了。斯諾登山現在被稱作新威爾斯礁。」

聽到這話，空白男子身子也跟著一沉，他再也承受不住。「喔。」他跪地哭喊，想要尋求其他人的幫助，又想不起來可以找誰幫忙。名字是T開頭吧，他幾乎可以確定。淚水滑落。

另一人在他身旁的草地上坐下。不一會兒，一手按上他肩頭，勸慰道：「好了，好了，別這麼激動。」

親切的話語給了空白男子一些勇氣。他冷靜下來，用袖子抹去臉上淚水，望向對方。那人有點像他，另一個他，但也沒有名字。有什麼用？

地球轉動，陰影映入眼簾，然後往上朝東掠去，籠罩另一人雙眼。

「我想，」空白男子謹慎道，「我們應該要離開，呃，這裡，這個東西的陰影。」

他指向周遭的形體，高大且巍峨，下方森幽黝暗，上方是濃淡不一的綠。可是這些東西叫做什麼？他怎樣也記不起來了。不曉得它們是各有各的名字，還是統統叫做同一個名字？他和另一個人呢？他們也共用同一個名字嗎？還是各有各的名？「我有預感，只要遠離它、遠離它們，我的記憶就會比較清晰。」

「沒問題。」另一人說，「只是不比從前了，不會有太大差別。」

待兩人遠遠離開那兒，走進陽光底下，他立刻想起那地方叫做森林，而那些東西叫做樹。然而，他還是想不起是不是每棵樹都有自己的名字。如果有，他仍舊一個也想不起來。或許他並不認識這些樹。

「怎麼辦呢，」他說，「我該怎麼做呢？」

「好吧，要不這樣，你給自己起個喜歡的名字。有何不可？」

「但我想知道自己的真實姓名。」

「這可不是件容易的事。在此同時，你不妨先給自己個標籤，這樣一來不僅比較好指稱，我倆也比較好交談。挑個名字吧，什麼都好！」另一人說，並遞出個寫著「拋棄式」的藍色盒子。

「不，」空白男子傲然回答，「我要自己想。」

「好，但你不想抽張面紙嗎？」

空白男子接過面紙，擤了擤鼻涕，說：「我要叫……」他驚恐地住了口。

另一人看著他，眼神溫柔。

「如果我連自己是什麼都不曉得，又要怎麼替自己取名字？」

「你要怎麼知道自己是什麼？」

「如果我有些什麼——如果我做了什麼——」

「你就會知道？」

「我當然就會知道。」

「我從沒想過這點。好吧，你叫什麼名字並不重要，怎樣都好，重要的是你的行為。」

空白男子站起身。「我將會存在。」他堅定地說，「我要把自己叫做芮夫。」

斜紋馬褲貼著他粗壯的大腿，頸間圍著高高的領巾，濃密的鬈髮上汗水緊攣。他用短馬鞭點了點靴子，背對亞曼達。她坐在胡桃木陰影深處，身上穿著件灰色的舊洋裝。他站在豔陽下，毫無遮蔽，怒火高張。「妳這個蠢蛋。」他說。

「怎麼啦，芮夫先生，」一個溫柔輕快的南方口音回答，「我只是有那麼點頑固。」

「妳知道我是北方來的，對吧，從這兒一路到威爾鎮的土地都歸我所有，整個郡都是我的！妳的田連我手下黑奴的一塊菜圃都比不上！」

「是比不上。您何不來樹蔭下坐坐呢，芮夫先生？日頭下可熱著。」

「這隻心高氣傲的狐狸精。」他喃喃嘀咕，轉身看見了她，潔白猶若百合，穿著一襲磨損的舊洋裝，在那參天古木的林蔭下，如花園裡的白百合。忽然間，他就這麼來到她腳邊，握著她的手。她在他強而有力的掌心中不安顫抖。「喔，芮夫先生，」她怯聲低呼，「這是做什麼？」

「我是男人，亞曼達，而妳是女人，我要的從來都不是妳的田地，我什麼都不要，我要的一直是妳，我的百合花，我的小反叛軍！我要妳，我要的是妳！亞曼達！說妳願意成為我的妻！」

「我願意。」她氣若游絲地回答，如同一朵折彎了腰的白花兒，向男子懷裡倚去。兩人四唇相接，親吻良久良久，但似乎半點幫助也沒有。

或許還需要再快轉個二十或三十年。

「妳這蕩婦。」他喃喃嘟噥，轉身看見樹蔭下赤裸裸、一絲不掛的她，背心倚著胡桃木，屈起了膝。他朝著她大步走近，拉下褲頭的拉鍊，兩人就這麼在爬滿蜈蚣的雜草間歡好。他如野馬般弓背衝刺，她高聲呻吟著：喔！喔！我要到了我要到了我要到了，啊啊啊啊，我到了！

然後呢？

空白男子站在林外不遠處，怏怏不樂地望著另一人。

「我是男人嗎？」他問，「你是女人嗎？」

「別問我。」另一人板著臉回答。

「我以為這是最重要、最需要釐清的一個事實！」

「也沒那麼他媽的重要。」

「你的意思是我是男是女都無關緊要？」

「不，當然重要，對我也是，但我們是什麼樣的人也同等重要。或者就這例子來說，我們『不是』什麼樣的人。比方說，如果亞曼達是黑人呢？」

「可是我們做了愛啊。」

「拜託，那又怎樣，」另一人火冒三丈地回答，「剛毛蟲會交媾，樹懶會交媾，連沙特也會交媾——那又能證明什麼？」

「那性愛是真實的。我的意思是真真確確、如假包換——那是最極致強烈的一種形式與表現。當一個男人占有一個女人，他就證明了自己的存在！」

「好，我懂了。但如果『他』是個女人呢？」

「我是芮夫。」

「試試看把自己當成亞曼達。」另一人酸溜溜地說。

短暫的沉默。森林的幽影向著東方，逐漸朝草地圍攏而來，小鳥兒鳴唱啾啾。空白男子蜷起身子，抱膝而坐，另一人直身躺下，松針紛落，排出一個個輪廓，幽暗而哀愁。

「對不起。」空白男子說。

「不要緊。」另一人說，「反正不是真的。」

「聽著，」空白男子跳了起來，道，「我知道怎麼回事了！我一定是嗑藥了。我吃了什麼，現在嗨了，絕對是！」

沒錯，他嗑藥嗑嗨了，踏上了段獨木舟之旅。他在一條又長、又窄、漆黑閃耀的河面上，划著一艘小小的獨木舟。頭頂上的天花板和左右兩側的牆壁都是水泥。光線很暗，但可以看見這條長長的湖道、溪澗或水溝往上傾斜。他逆流而行，朝著上方划去。很辛苦，然而獨木舟不停朝著上游前行，靜謐有如往後流逝的黝黑水面。他無聲擺渡，船槳如刀切奶油般靜靜劃開水面。他那把黑白色大電吉他就擱在前方的座位上。他知道自己後方有人，不過什麼也沒說，他不能開口說任何一句話，連左右張望都禁止。所以，若他們沒跟上，那是他們自己的問題，不能怪他。他當然不能放慢速度，水流或許傾覆小船，若是如此，他又該何去何從？他閉上眼，繼續划槳，悄然插入水中，用力擺盪。身後沒有絲毫聲響，水流無聲，水泥牆垣也無聲。他不知道自己是否真的有在前進，或只是停留原地，唯有漆黑的流水在身下義無反顧地奔騰不息。他永遠不可能再見到天光了。離開這裡，離開——

離開。另一人似乎壓根沒發現空白男子在恍神，只是躺在那兒，任由松針排出一個個圖案。不一會兒後，他說：「想起來了嗎？」

空白男子搜索記憶，想知道自己方才神遊時是否又想起了什麼，卻發現記得的反而比先前更少。櫥櫃裡空盪盪的，地窖與閣樓裡滿是垃圾：舊玩具、童謠、神話、無稽之談，沒有任何對成人有用的東西，什麼都沒有，毫無半點成功。他找了又找、找了又找，彷彿一隻有條不紊又飢腸轆轆的餓鼠。最後，他支支吾吾地說：「我記得英國。」

「當然啦，我想你應該連奧馬哈都記得。」

「可是，我的意思是，我記得我人在英國。」

「是嗎？」另一人坐了起來，松葉散落，「所以你是記得自己的存在的！太可惜，英國沉了。」

又是沉默。

「我什麼都沒了。」

另一人的眼裡陰影湧現。東方的地平線上，夜色驟然籠罩。

「我誰也不是。」

「起碼，」另一人說，「你知道自己是人類。」

「那又怎樣？我沒有名字、沒有性別，什麼都沒有，這跟當隻剛毛蟲或樹懶有什麼兩樣！」

「或是沙特。」另一人附和。

「我嗎？」空白男子受辱似地反問。這念頭太令人作嘔了，他有股想要強烈否認的衝動，於是站起身，說：「我當然不是沙特，我是我自己。」話一出口，他就發現他確實是他自己。他叫做路易斯．D．查爾斯。他知道自己是誰，就像他清楚知道自己的名字。他就在這兒。

森林也在，那些樹根與枝枒。

然而，另一人消失了。

路易斯・D・查爾斯望向西方的紅眸，然後是東方的黑眼，大聲呼喊：「回來啊！求求你回來！」

他錯了，完全搞錯了。他想起的是錯誤的名字。他轉身，不顧自身安危地衝進荒蕪人跡的樹林，放逐自己，或許，這麼一來，他就能找到被他所放逐的。

重回樹蔭下，他立刻又忘了自己姓名，也忘了自己在找尋什麼。他失去了什麼？他步步走進林蔭深處，枝葉當空，朝森林東方而去，在那無名老虎焚燒之處。

比帝國緩慢且遼闊

又是樹木。

就我記憶，當這篇故事首次刊載於《新維度》科幻文選第一期（*New Dimensions* 一）時，勞勃・席維柏格曾非常和善地問過我能不能把故事篇名改一下。我能想像讀者讀到一半時或許會覺得這名字太直述。但它是如此之美、又美的如此貼切，令我不捨更動，席維柏格先生也同意讓我保留了。此篇名是出自馬韋爾（Andrew Marvell）的〈致羞赧的情人〉（*To his Coy Mistress*）一詩——

我們植物般的愛將不斷增長，
比帝國還要緩慢，還要遼闊。

如同〈死了九次的人〉，這並非一則心理神話，而是一篇普通的科幻小說，不過主軸並非環繞在動作／冒險上，而是心理層面。除非實際的行為能反映心靈上的活動，或角色的作為能傳達其性格想法，否則我很容易對冒險故事感到厭煩，常常動作場面越

多，故事的推進反而越少。顯然地，令我感興趣的是內在的發展，像是心理或思想等等之類。我們腦中都存在著一座森林。一座未經探索的、無窮無盡的森林。我們每一個人、每個夜晚，都會迷失在那森林之中，孑然無依。

而在這片林葉之中，藏著我小小的一點敬意。羅傑・齊拉尼（Roger Zelazny）的《塑形者》（*He Who Shapes*）是我讀過最精采的科幻小說之一，其中的主角叫做查爾斯・蘭德（Charles Render），故事中的病症便是以他為名。

唯有在聯盟成立之初的幾十年內，地球才會派出極長程艦隊，航越銀河，遠征星辰與蒼茫的太空。他們想要尋找尚未有瀚星元老開發或定居的國度，真正陌生新奇的異世界。所有已知世界的起源都可追溯至瀚星，而受到瀚星人營救、援助的地球人痛恨這一點。他們想要擺脫這個家族，尋找新的盟友。而瀚星人就像通情達理到令人厭煩的大家長般，不僅支持他們的探索計畫，還提供了船艦與自願者，聯盟中其他幾個星球亦如是。

極限勘查隊伍中所有自願者都有一個共通的特點，就是他們心智都不健全。

畢竟，有哪個頭腦清醒的正常人會願意離鄉背井，出發前往收集要等五個甚至十個世紀才會有人收到的資料與資訊？安射波尚無法排除宇宙質能的干擾，因此共時通訊的有效距離唯有一百二十光年。這些探索者將與世隔絕。不用說，他們也無法想像自己歸來後將面對什麼樣的世界——假若他們回得來的話。沒有任何一個在聯盟世界中經歷過時間滑移的正常人（就算只有短短數十年）自願踏上一段來回需耗費數百年的旅程。這些調查員都是想要逃避現實、不適應社會的人。他們都是瘋子。

十人在史邁明港登船，並在前往他們的太空船（岡姆號）的三天內試遍各種不同笨拙的方式想彼此認識。岡姆是賽提星人取的綽號，像是某種嬰兒或寵物名。隊上有兩名賽提星人、兩名瀚星人、一名貝爾汀星人以及五名地球人。太空船是由賽提星人所打造，地球政府發出航行許可。這群龍蛇混雜的組員一個接一個費力爬過聯結管，宛如戰戰兢兢的精子試圖要在宇宙內播種。接駁船離去，領航員啟動岡姆號，船艦在距離史邁明港好幾億英里遠的太空邊緣慢慢移動了幾個小時，忽然消失不見。

十小時二十九分鐘——或該說兩百五十六年後，岡姆號再次正常出現於太空。照理說，他們應該是要在KG-E-96651號星體附近。沒錯，他們是看見了個細如針頭的金色明星，而在四億公里的範圍內應該還有一顆綠色的星球，賽提星的製圖師將其標誌為四四七〇號世界。現在，岡姆號必須找到這顆星球，聽起來或許容易，但做起來並不簡單，畢竟他們得在四億公里的範圍內大海撈針，岡姆號又無法使用近光速航行，否則它、KG-E-96651號星體和四四七〇號世界都可能爆炸湮滅。它必須用火箭推進器，以一小時幾十萬英里的速度緩緩潛近。船上的數學家兼領航員亞斯南弗伊爾對該星球的位置大致有個底，預計應能在地球時間十天內抵達。同時間，勘查隊的成員仍需更進一步熟悉彼此。

「我實在受不了他。」波洛克說。他是船上的硬科學家之一（包括化學、物理、天文、地質學等領域），鬍間沾上了些說話時噴出的唾沫。「那人是個瘋子，我實在不知道他是怎麼通過考核加入勘查隊的。除非是上頭刻意安排，把我們當天竺鼠，打算進行什麼不適性實驗。」

「我們通常是用倉鼠或瀚星鼠，而非天竺鼠。」曼儂彬彬有禮地接口。他屬於軟科學家的一員（如心理學、精神病學、人類學、生態學等等），來自瀚星。「不過，你也曉得，歐思登先生是個非常、非常罕見的特例。實際上，他是首名完全根除蘭德症

（Render's Syndrome）的病患——蘭德症是幼兒自閉症的一種，本來認為是無法治癒。地球上的一名偉大分析師漢姆吉爾德推斷，歐思登的自閉症是起因於他異乎尋常的共感能力，並據此研發出合適的療法。歐思登先生是首位接受此療法的患者。其實，他在十八歲前一直和漢姆吉爾德醫生同住。那療法可說是百分之百成功。」

「成功？」

「是啊。他顯然沒有自閉症了。」

「對，可是他根本就無法相處！」

「你要明白，」曼儂說，和善地望著波洛克鬍鬚上的唾沫，「大部分人鮮少留意，陌生人與陌生人接觸時——比方你與歐思登先生——會展現的正常防衛攻擊反應。習慣、舉止態度與疏忽，都會讓你渾然不察，你已經學會要對這種反應視而不見，甚或是否認它的存在。然而，歐思登先生的共感力是如此強大，他能感受到這種反應。他感覺得到自己與他人的情緒，而且難以分辨何者是自己的、何者是來自他人。這麼說吧，當你看見他時，你的情緒之中會摻雜一般人遇見陌生人時產生的敵意，外加不由自主對他的樣貌、衣著或握手方式心生厭惡——無論是什麼都不重要——總之，他能感受到那分嫌惡。而由於他自閉傾向的防衛機制已被移除，便只能轉為攻擊性的防衛機制，來回應你不知不覺中投射在他身上的敵意。」曼儂解釋良久。

「不管怎麼說，那傢伙都沒那權力表現地這麼混蛋。」波洛克說。

「所以他無法將我們的感受拒於門外嗎？」船上的生物學家哈爾費克斯問。他也是瀚星人。

「就像聽覺一樣。」硬科學家助理歐樂蘿說，俯身往腳趾頭擦上螢光色的指甲油，「耳朵上沒有眼皮，你無法關掉共感力。不管他願不願意，都會聽見我們的情緒。」

「那他知道我們在想什麼嗎？」工程師伊斯克瓦納問，東張西望，向其他人看去，臉上寫滿真誠的恐懼。

「不，」波洛克氣呼呼地說，「共感能力又不是心電感應！心電感應是不存在的。」

「那可不見得，」曼儂回答，嘴角勾起微微的笑意，「就在我離開瀚星前，有一份來自其他世界的晚近新調查報告，內容十分有趣。有名叫做羅卡南的高智能生命體回報說，在突變人種間似乎存在著一種可傳授的心電感應能力。我只在猞爾孚期刊上讀到梗概，但——」他接著說下去，不過其他人早就發現他們可以在曼儂說話時自顧自的聊其他事，他似乎並不介意，甚至還能跟上他們談話的內容。

「那他為什麼這麼痛恨我們？」伊斯克瓦納問。

「才沒有人恨你呢，安德寶貝。」歐樂蘿說，在伊斯克瓦納左腳大拇趾塗上螢光粉紅色的指甲油。工程師頓時滿臉通紅，露出微微的笑。

「他表現得好像痛恨我們一樣。」船上的協調官葉系說。她是個長相清秀的女子，具有純正的亞洲血統，若不開口，難以想像她聲音如此輕柔、嘶啞、低沉，猶如年幼的牛蛙。「倘若我們的敵意真造成他的痛苦，那他持續不斷的攻擊與侮辱難道不是火上加油嗎？我實在不認為漢姆吉爾德醫生的治療稱得上成功，曼儂，自閉症可能還好一點……」

她停了口。歐思登走進主艙。

他臉色鐵青，膚色異樣蒼白且薄透，透出底下又紅又青的血管，彷彿一張褪色的地圖。他的喉結、嘴脣四周的肌肉、雙手與手腕的骨骼與韌帶都如此突出，好似解剖課上的人體模型。髮色則是種淡淡的鏽色，宛如乾涸已久的血跡。他是有眉毛與睫毛，但唯有在特定的光線下才能顯見，大多時候能看到的只有眼窩的骨廓、眼皮上的血管、以及那雙蒼白的瞳孔。他的眼珠並非紅色，並不真的患有白化症，可是也不是藍色或灰色。色彩在歐思登眼中消褪，僅留下水一般的冰冷澄澈，彷彿能無止境穿透。他從不直視任何人，也總是面無表情，宛若一幅人體解剖圖，或是被剝了皮的面孔。

「我同意。」他用那刺耳的尖銳音調道，「跟你們這群散發出二手劣質情緒的人相比，自閉症的自我封閉還比較好受。你現在為什麼又感到強烈的厭惡呢？波洛克？看到我就這麼痛苦？你不如手淫去吧，就像昨晚那樣，你的心情會好些。哪個該死的傢伙動了我的膠片？你們誰也別碰我的東西，誰敢動，我就要他好看。」

「歐思登，」亞斯南弗伊爾用他那宏亮的聲音緩緩道，「你為什麼非得這麼討人厭不可？」

安德・伊斯克瓦納蜷起身子，兩手遮在臉前。爭執總是令他恐懼。歐樂蘿抬起頭來，面色茫然卻又寫著亢奮，永遠的旁觀者。

「為什麼不呢？」歐思登回答。他並沒有看向亞斯南弗伊爾，而是盡可能在擁擠的船艙中與其他人保持距離，越遠越好。「你們沒有一個人讓我有理由改變自己的行為。」

向來寡言持重又極具耐心的哈爾費克斯開口：「因為我們還要共處好幾年的時間。日子會好過一點，假如我們所有人——」

「你還不明白嗎？我根本他媽的不在乎你們。」歐思登說，拿起他的微縮膠片，走了出去。伊斯克瓦納忽然陷入昏睡，亞斯南弗伊爾用手指在空中比畫，嘴裡喃喃念誦著禱詞。「肯定是地球政府高層的陰謀詭計，除此之外，再也沒有任何理由能解釋他為什麼會在這船上。我立刻就察覺了。這任務注定要失敗。」哈爾費克斯回頭瞥了一眼，低聲對協調官道。波洛克慌忙檢查褲頭鈕扣，眼裡有淚。我說過了，他們全是瘋子，但你以為我只是誇大其辭。

然而，他們的態度也是情有可原。極限勘查員預期隊上的組員應該會是頭腦聰明、接受過良好訓練，雖然情緒不穩定，但懂得體諒扶持。他們必須在狹仄的船艙與惡劣的環境中共事，能夠理解對方可能會出現多疑、憂鬱、瘋狂、恐懼或強迫症的情況，但症狀不會太嚴重，彼此之間尚能維持友好的關係，起碼多數時候是如此。歐思登或許聰明，但他接受的訓練相當馬虎，個性更是場災難。他會被送上船，只因為那分獨特的天賦，也就是共感能力——準確來說，他能接收非常大範圍的生物情緒，並不局限於特定物種。只要是具有知覺的生物，他都能接收到對方的感覺或情緒。無論是白老鼠的欲望、一隻被踩扁的蟑螂的痛苦，或是一隻蛾的向光性，他能都感同身受。高層認定，在異星世界裡，能知悉周遭是否具有任何知覺生物，以及對方對自己是抱持何種態度，會帶來極大助益。他們給了歐思登一個前所未有的頭銜：他是船上的感應員。

「情感是什麼，歐思登？」有一天葉系富子在主艙內這麼問，嘗試與他示好、拉近關係。「你的共感力究竟讓你感受到了什麼？」

「一坨髒屎。」他用尖銳又著惱的語調回答，「動物所排泄出的心靈糞便。我就整天泡在你們的大便中。」

「我只是想試著了解。」她說，覺得自己語調出奇平靜。

「妳才不是想了解，妳只是想來騷擾我，心裡同時伴隨著些許恐懼、好奇，以及強烈的厭惡，就像拿根棒子戳弄死狗的屍體，一心想看白蛆鑽動。妳不明白我根本不想有人來煩我嗎？我只想自己一個人靜靜就好。」他臉色變得又青又紅，提高音量尖聲道，「吃屎去吧，妳這頭黃猴子！」他衝著她的沉默大聲咆哮。

「別激動。」她說，依舊心平氣和，不過立刻離開主艙回到自己艙房。對，他說得沒錯，她的動機確是如此。那個問題不過是藉口，只是想挑起他的興趣。可是有何不可？會想要嘗試，不就意味著對對方的一種尊重嗎？問題一問出口，她心裡最多最多只是感到一股隱隱的不信任。多數時候，她是為他感到難過，那個可憐又自大的混帳王八蛋。歐樂蘿私下都叫他沒皮人。從他的言行舉止看來，他又期望從他人身上獲得什麼？愛嗎？

「我猜他是無法忍受別人的同情。」歐樂蘿躺在下鋪說。她正把自己的乳頭塗成金色。

「那他就無法發展任何人際關係。那位漢姆吉爾德醫生所做的，不過是把他的自閉症弄得更加外顯……」

「可憐的娘砲。」歐樂蘿說，「富子，妳不介意今晚哈爾費克斯過來待一下吧？」

「妳不能去他那兒嗎？我已經受夠了老是要和那顆扒了皮的該死蕪菁一起待在主艙。」

「所以妳是討厭他的，對吧？我猜他感覺得到。不過我昨晚就和哈爾費克斯一起睡了，亞斯南弗伊爾可能會忌妒，畢竟他倆是室友。讓哈爾費克斯過來會好些。」

「那妳就兩個一起睡啊。」富子軟中帶刺，粗魯說道。她來自地球東亞，那兒的次文化將性視為洪水猛獸，她從小到大都被灌輸貞潔的重要。

「我喜歡一晚只和一人睡。」歐樂蘿泰然回答，語調無辜。她來自花園星球貝爾汀，那兒的人從不知貞潔為何物——噢，還有輪子。

「那試試歐思登啊。」富子說。她鮮少流露自己情緒不穩定的一面：那分強烈的自我懷疑總是以毀滅的形式呈現。她會自願加入這隊伍，正是因為這任務極有可能是徒勞無功。

那嬌小的貝爾汀星人抬起頭來，手裡握著刷具，兩眼睜得大大的。「富子，這話也太過分了。」

「為什麼？」

「因為那太噁心了！我又不喜歡歐思登！」

「我不知道原來妳還在乎這個啊。」富子冷冷地說。不過她是知道的。她收拾了些文件，離開艙房，又扔下一句：「不管妳是要跟哈爾費克斯還是誰胡搞，我希望你們能在最後一聲鐘響前完事。我累了。」

歐樂蘿哭了起來，淚水落在她嬌小的金色乳頭上。她很愛哭。富子打從十歲後就沒掉過眼淚。

這並非一艘和樂融融的船艦，但等亞斯南弗伊爾和他的電腦找到四四七〇號世界時，情況有了轉機。它就在那兒，一顆黝綠的寶石，猶如潛藏在重力井底的真理。他們望著那翠綠的圓碟越來越大、越來越大，一股親近感也油然而生。歐思登的自私、他那一針見血的殘酷，現在都將他們緊緊相繫。「或許，」曼儂說，「他是被派來背鍋的，地球人管那叫做替罪羊。說不定，到頭來，他帶來的是正面的影響。」如今，大家都小心翼翼地表現出自己友好的一面，沒一個人反對他的話。

船艦進入軌道，星球陰暗那面不見絲毫光芒，陸地上也沒發現任何動物打造的線條或區塊。

「上頭沒有人。」哈爾費克斯喃喃道。

「當然沒有。」歐思登用惡劣的口氣回答。他自己有面視窗，腦袋包在一只塑膠袋中，說塑料能減弱他從外界接收到的情緒雜訊。「我們已超出瀚星人擴張範圍兩個光世紀外，過了那疆界之後就沒有任何人類——哪裡都沒有。你該不會認為造物者會犯上兩次這麼可怕的錯誤吧？」

沒有人搭理他。所有人都著迷地望著下方那顆巨大的青石。上頭是有生命的，只是不是人類。他們與其他人格格不入，因此，他們看見的並非荒蕪，而是寧靜。就連歐思登臉上都比平時多了點表情：他蹙起了眉心。

點火。朝海面下降。空中勘查。降落。太空船四周是一片彷彿長著青草的平原，濃密、翠綠，一株株彎著腰桿，擦拂著伸出船外的相機，細緻的花粉朦朧了鏡頭。

「看起來像個只有植物生長的星球。」哈爾費克斯說，「歐思登，你有接收到任何知覺或情緒嗎？」

所有人都轉身望向感應員。他已離開視窗前，給自己倒了杯茶，沒有回答。歐思登鮮少回答他人的問話。

鐵甲般的嚴格軍紀並不適用於這群瘋狂科學家。他們的指揮系統大致就像介於國會程序與動物的啄序之間，換作任何一名普通的士兵，恐怕都會被逼瘋。然而，為了某種不明所以的原因，上頭決定賦予葉系富子博士協調官的頭銜，而此刻，也是她首次執行自己的權力。「感應員歐思登先生，」她說，「請回答哈爾費克斯先生的問題。」

「我在外頭是要怎麼『接收』任何東西。」歐思登頭也不回地說，「更不用說身旁還有九個神經病，活像罐子裡的蟲一樣汙染我思緒。如果我有訊息可以告訴你，我就會告訴你，我很清楚自己身為感應員的職責。不過，葉糸協調官，如果妳以後再對我下令，我就會自動解除這份職務。」

「很好，感應員先生。我相信今後我不會需要再下令。」富子那牛蛙般的語調從容而平靜，但是背對她而立的歐思登似乎微微瑟縮了些，彷彿她那分強自壓抑的嫌惡狠狠擊中了他的軀體。

事實證明，生物學家的直覺是正確的。展開田野調查後，他們半點動物的蹤跡都沒發現，就連微生物都付之闕如。在這裡，沒有任何生物會吃任何生物，所有生命不是進行光合作用，就是以腐物為食。它們賴以維生的是光或死亡，而非生命。植物，只有無窮無盡的植物，沒有一個物種知曉於人類之間。綿延無盡的蔭影，濃淡不一的色彩，有綠、有紫、有紺、有棕、有紅。無止無休的寂靜，唯有風兒陣陣吹動，搖晃樹葉與藤蕨。颯颯的暖風之中挾帶著孢子與花粉，將那甜美的淡綠色粉塵吹送至蓊鬱的草原，那荒涼的綠野、那杳無人跡、從來無人見識過的無花林間。這是一個溫煦而悲傷的世界，悲傷而又恬靜。勘查隊員如踏青般在長滿紫色絲狀植物的晴朗原野上徐徐漫遊，輕聲交談。他們知道，自己的聲音打破了幾十億年的沉寂，那屬於風與葉、葉與風的寂靜。吹拂，停止，然後又再次吹拂。儘管輕聲細語，但做為人類，他們無法不交談。

「可憐的歐思登。」生物學家兼技術人員莊珍妮說，一面駕駛直升艇在極北區進行塊狀勘查，「腦袋裡空有一堆厲害的音響設備，卻什麼都接收不到。多令人失望。」

「他跟我說過他討厭植物。」歐樂蘿輕笑一聲。

「還以為他會喜歡植物咧，畢竟植物不像我們一樣會煩他。」

「我也不喜歡這裡的植物。」波洛克插口，低頭望向在北極森林間波浪起伏的紫色曠野。「全都一模一樣，沒有心智，沒有變化。若是一個人獨自在這，一定會當場發瘋。」

「但它們都有生命。」莊珍妮說，「只要有生命，歐思登就討厭。」

「他也沒那麼糟啦，」歐樂蘿寬容大度道。波洛克斜睨了她一眼，問：「妳和他睡過嗎？歐樂蘿？」

涙水自歐樂蘿眼中奪眶而出。她哭哭啼啼地說：「你們地球人真的都很過分耶！」

「不，她沒有。」莊珍妮立刻護著她，「你有嗎？波洛克？」

化學家發出尷尬的笑聲：哈，哈，哈。鬍子上沾染點點唾沫。

「歐思登才不讓人碰他。」歐樂蘿顫聲道，「我有一次才不小心輕輕擦過他，他就大力把我撞開，好像我是什麼……髒東西一樣。對他來說，我們都不過是物品。」

「他居心叵測。」波洛克語調緊繃，兩名女同伴都吃了一驚，「他遲早會毀了這支隊伍，暗中破壞，不管是用什麼方法。記住我的話。他是無法與其他人共存的！」

三人降落在北極。午夜陽光在低緩的丘陵上鬱鬱悶燒。又乾又短、綿延無盡的綠粉色蘚草籠罩四方，而所謂的四方其實就只有一個方向，就是南方。那寂靜是如此鋪天蓋地，三名勘查員也不由震懾噤聲，默默架設起器材與設備，準備動工，宛如三株在靜止巨人身上不停蠕動的病毒。

沒有任何人邀請歐思登一同外出勘查，無論是幫忙駕駛機具、攝影或記錄，他從沒自告奮勇過，因此鮮少離開基地。他用船上的電腦分析哈爾費克斯收集回來的植物分類資料，並充作伊斯克瓦納的助手。伊斯克瓦納在船上主要負責維護與修繕的工作，近來開始花費大量時間在睡眠上，一天三十二小時中，有二十五小時以上都在睡覺，而且是在無線電修理到一半，或直升艇的引導電路檢查到一半時忽然陷入昏睡。協調官在基地留守一天，以便觀察。除了鮑絲葳·杜之外，基地內再無他人。她癲癇發作，曼儂今日將她連上醫療系統，讓她進入預防性昏迷。富子以口述的方式將報告存入儲存庫中，同時留神觀察歐思登與伊斯克瓦納的狀況。兩個小時就這麼過去。

「要焊接那個接合器，可能用八百六十微瓦度比較好喔。」伊斯克瓦納用他那輕柔又遲疑的語調提醒。

「還用說嗎！」

「對不起，只是我看到你剛拿的是八百四十——」

「等等我就會拿八百六十的出來替換了。如果我不知道要怎麼做，自然會請教你，工程大師。」

片刻後，富子瞄了一眼。果然，伊斯克瓦納已趴在桌上，嘴裡含著大拇指，陷入酣睡。

「歐思登。」

那張蒼白的面孔並沒有轉頭望向她，也沒有開口，只是不耐煩地表達出他正洗耳恭聽。

「你又不是不知道伊斯克瓦納的情況。」

「他的精神官能症與我何干。」

「但你總能管好自己吧。伊斯克瓦納對我們的勘查工作很重要，可是你並非不可或缺。如果你無法克制自己的敵意，就不要和他同處一個屋簷下。」

歐思登放下手中的工具起身。「樂意之至！」他用那刺耳的聲音恨恨道，「妳怎麼可能理解、感受到伊斯克瓦納那種非理性的驚恐是什麼感覺？我必須和他一起承擔那分可怕的怯懦、一起對所有事都提心弔膽、戰戰兢兢！」

「你這是在為自己的殘酷開脫嗎？我還以為你沒那麼低劣呢。」富子發現自己著惱地發起抖來，「假若你的共感能力真的讓你感受到了安德的痛苦，為什麼就從沒激起過你半點同情心？」

「同情心？」歐思登說，「同情心？妳又懂得什麼叫同情心了？」

她狠狠瞪著他，可是他並沒有迎視她的目光。

「妳要我說出妳目前的情緒對我造成什麼影響嗎？」他說，「我可以描述得比妳還要精準。我受過訓練，知道要怎麼分析我接收到的反應，而我確實能接收到他人的情緒。」

「但你這種態度又怎能期望我對你有絲毫善意？」

「我的態度又有什麼要緊？那真會造成什麼差別嗎，妳這頭蠢豬。妳以為一般正常人內心都是充滿仁慈與善意的嗎？我只有兩條路，要不被人憎恨，要不就是被人看不起。而我既不是女人，也不是懦夫，情願被人懷恨於心。」

「胡說八道，你不過是在自憐自艾罷了。每一個人——」

「但我不是一般人，」歐思登說，「你們是你們，我是我。我是獨一無二的。」

富子被他一時脫口而出的極端唯我論宣言震懾在當場，好一會兒沉默無語。最後，她終於開口，但是並不透著惡意或同情，只是就事論事。「你會害死你自己的，歐思登。」

「那是妳，葉系。」他譏諷道，「我又沒有憂鬱傾向，切腹也不是我的作風。妳到底要我做什麼？」

「離開。為了你好，也為了我們好。找輛飛艇和資料收集器去記錄物種數量，森林裡的物種數量。哈爾費克斯還沒開始勘查森林。找塊一百平方公尺的林地，哪裡都行，只要是在無線電能接收的範圍內就好，可是必須超過你共感力能感應的範圍，每日八點與零點整準時回報。」

於是，歐思登離開基地。接下來的五天，除了每日兩次一切安好的簡短回報，沒有他任何消息。基地內的氣氛好似舞臺布景，一下子脫胎換骨。伊斯克瓦納現在每日最多可保持十八小時的清醒。鮑絲葳·杜拿出她的星琴，吟唱起動人的歌謠（音樂會讓歐思登抓狂）。曼儂、哈爾費克斯、莊珍妮和富子全都停用了鎮定劑。波洛克在他的實驗室裡釀了某種東西，自己喝得一乾二淨，隔天還宿醉。亞斯南弗伊爾和鮑絲葳·杜舉辦了一場通宵達旦的數字顯靈會，這種神祕的高等數學祭神儀式是虔誠的賽提星人最重要的歡樂泉源。歐樂蘿和所有人睡過了一輪。勘查工作非常順利。

硬科學家波洛克費力穿過莖桿高大肥厚的草原，匆匆跑回基地。「森林那——有東西——」他雙眼突出，氣喘吁吁，鬍鬚和十指都抖個不停。「很大。在動。在我身後。我那時彎著腰，正在設定標準檢查程式，它接近我，像從樹上盪下來一樣，從我後面。」他瞪大眼，望著其他人，混濁的眼裡寫滿驚恐與疲憊。

「坐下，波洛克，放輕鬆，冷靜點，再說一遍。你看見——」

「我沒看清楚，只是個一閃而過的影子。可它是有意圖的。一個——一個——我也不知道是什麼，某種自己會動的東西。在樹上——那些木本植物——隨你們怎麼稱呼，就在樹林邊緣。」

哈爾費克斯臉色鐵青。「這裡沒有任何東西會攻擊你，波洛克。這地方連個微生物都沒有，更不可能有大型動物。」

「你會不會是看到什麼附生植物忽然從樹上掉下來？突然有根藤蔓從你後方鬆脫之類？」

「不可能。」波洛克說，「那東西是朝我而來，穿過樹枝，而且速度很快。我一轉身，它就不見了，消失在上方，發出了點聲音，像是碰撞聲。如果不是動物，天曉得那是什麼！它很大——起碼有一個男人那麼大，可能是紅色的，我沒看清楚。我不確定。」

「是歐思登。」莊珍妮說，「他在學泰山鬧你。」她緊張地輕笑幾聲。富子強壓下失禮大笑的衝動，可是哈爾費克斯臉上笑意全無。

「我注意到，在這裡，置身木本植物下容易讓人緊張不安。」他用那溫文有禮又壓抑的語調說，「或許這就是我一直拖著不進入森林執行勘查工作的原因。那些樹幹與枝枒的顏色與間距彷彿有種催眠的能力，尤其是螺旋狀的那些。還有，孢類植物的植株間距也規律到看起來一點也不自然。我個人覺得那非常不對勁。我在想，是不是有什麼更強烈的作用引發了幻覺……？」

波洛克搖了搖頭，舔脣道：「不是幻覺，」他說，「那裡真的有東西，而且它的動作是有目的的，它試圖從後方偷襲我。」

當晚，歐思登一如往常於零點準時回報，哈爾費克斯告知他波洛克的經歷。「歐思登先生，你在森林內有看見任何東西嗎？任何能佐證波洛克先生認為樹林裡有會移動的知覺生物？」

滋——無線電吐出譏諷的回應。「沒有。他在胡言亂語。」歐思登那令人不愉快的聲音響起。

「你在森林裡的時間比我們任何人都長。」哈爾費克斯一板一眼，禮貌地說道，「我認為森林內有種令人不安的氛圍，可能在感官上導致幻覺。你是否同意我的看法？」

滋——「我只同意波洛克疑神疑鬼，容易受到操弄。讓他留在實驗室吧，以免捅出什麼婁子。還有其他事嗎？」

「目前沒有。」哈爾費克斯回答。歐思登切斷通訊。

沒有人能夠證實波洛克的說辭，但也沒有人可以否定。他確信有東西——某種大型的東西——試圖偷襲他。而在這異星世界上，很難否定這種可能性。況且，只要進入過森林，都能在「樹」下感到一種不祥的寒意。（「沒錯，是可以把它們稱作樹木，」哈爾費克斯說，「它們確實是同一種東西，只是不用說，實際上又截然不同。」）所有人都同意他們在森林裡會心生不安，或有種背後有東西在監視的感覺。

「我們非把這事查清楚不可。」波洛克說，並要求充當生物學家的臨時助手，像歐思登那樣，進入森林勘查觀測。歐樂蘿和莊珍妮也自告奮勇，只要兩人能一同執行任務。哈爾費克斯派三人進入營地附近的森林，這一大片土地涵蓋了D大陸五分之四的面積。他禁止他們攜帶隨身武器，並且只能待在直徑五十英里的半圓區塊內，歐思登目前所在之處也在此範圍中。他們每日回報兩次，持續了三天。波洛克回報說他在河岸對面瞥見一具半直立的大型形體在樹林間一閃而逝，歐樂蘿確定自己第二晚聽見有東西在帳篷附近移動。

「這座星球上沒有任何動物。」哈爾費克斯堅持。

然後，歐思登錯過了他的晨間回報。

等不到一小時，富子就與哈爾費克斯一同飛往歐思登前晚發送訊息的區域。但是，正當直升艇盤旋在那無邊無際、濃郁茂密的紫色葉海上時，她忽然感到一陣驚恐的絕望。「我們要怎麼找到他？」

「他說他降落在河岸邊。先找飛艇，他會在附近紮營，而且不可能離開營地太遠，因為計算物種數量很花時間。河在那兒。」

「他的飛艇。」富子說，在翠綠的色彩與陰影間瞥見那耀眼的異樣閃光。「我們下去吧。」

她將直升艇維持在盤旋模式，降下階梯，與哈爾費克斯爬下船。葉海隨即淹沒他們頭頂。

一踩上林地，她立刻打開槍套的掀蓋，然後望向毫無武裝的哈爾費斯克。她沒有拔槍，但手不時摸向武器。離開那緩緩流動的棕色河水沒有幾尺，四周就陷入一片死寂，半點聲音也沒有。光線昏暗，樹身雄偉，每棵樹都隔得遠遠的，而且整整齊齊，間距幾乎一模一樣。它們的表皮柔軟，有些平滑，有些多孔。有些呈灰色，有些呈棕色，有些又是綠棕色，上頭交纏著纜線般的藤蔓，懸垂著花綵般的附生植物，堅硬的枝枒縱橫交錯，大片大片的圓碟形深色樹葉組成一面足足有二十至三十公尺厚的樹冠。腳底下的地面如床墊般富有彈性，每寸土地上都有樹根盤繞，間或點綴著葉片小而肥厚的植被。

「他的帳篷。」富子說。在這廣袤無邊的寂靜中聽見自己的聲音，她不由瑟縮。帳篷裡擱著歐思登的睡袋、幾本書，以及一箱配給。我們應該要大聲喊他、呼叫他，她想，可是卻連提都沒提。哈爾費克斯也是。兩人繞著帳篷外緣逡巡，小心不要在這濃密的草木與擁擠的陰鬱中失了彼此蹤影。距離帳篷不到三十公尺處，她先是瞥見掉落在地的筆記型電腦發出的白色反光，然後被歐思登的軀體絆了一跤。他趴倒在兩棵樹根粗大的樹木間，頭上和手上都血跡斑斑，有些已然乾涸，有些依然滲著殷紅。

哈爾費克斯出現在她身邊。暮色中，他那蒼白的瀚星膚色顯得相當黝綠。「他死了嗎？」

「還沒。他背後受到襲擊，被打傷了。」富子伸手觸探他鮮血淋漓的頭顱、太陽穴與頸背。「可能是某種武器或工具……沒有骨折的情況。」

她將歐思登翻了個面，好讓兩人抬他起來。這時候，他睜開了眼。她握著他的手，俯身湊在他面前。他掀動毫無血色的嘴脣，一股死亡般的恐懼朝她直撲而來。她驚叫了兩、三聲，想要逃竄，跌跌撞撞、搖搖晃晃地奔進那陰森的暮色之中，哈爾費克斯拉住她。一聽見他的聲音、感受到他的觸碰，她的恐懼立刻平緩下來。「怎麼了？怎麼回事？」他問。

「我也不曉得。」她哽咽地回答，心跳依然猛烈，只覺頭昏眼花，什麼也看不清。

「那分恐懼——那……看見他雙眼的時候，我慌了。」

「我們都一樣不安。我不明白——」

「我沒事了。來吧，我們得送他回去治療。」

兩人機械般匆匆將歐思登扛回河邊，找了條繩子繞過他腋下，將他抬了起來。他如布袋般在濃密的黝綠葉海上懸垂擺盪，身子微微扭動了一下。他們將他搬進直升艇內，啟程返航。不多久，他們便盤旋在開闊的草原上方，富子設定好歸航系統，深吸了口氣，朝哈爾費克斯望去。

「我嚇到差點暈了過去。這以前從沒發生過。」

「我也是……沒由來地感到異樣恐懼。」瀚星人說，看起來也確實心有餘悸，彷彿一下老了好幾歲，「沒妳那麼嚴重，但同樣不正常。」

「那是發生在我接觸到他、扶住他的時候。有那麼瞬間，他似乎是清醒的。」

「是因為他的共感能力嗎？……真希望他能告訴我們是什麼攻擊了他。」

像個破損假人般滿身鮮血泥土的歐思登半躺半坐，任由兩人慌亂地將他固定在後座。他們一心只想趕緊離該這座森林。

抵達基地後，迎接他們的只有更多的恐慌。如此無效的殘暴攻擊既陰險又令人摸不著頭腦。由於哈爾費克斯堅持這座星球上絕對不存在有任何動物型態的生命，眾人開始將矛頭指向其他可能性，像是具有知覺的植物、綠色怪物或心靈投射作用。莊珍妮蟄伏的恐懼再次甦醒，現在開口閉口講著陰魂不散的背後邪靈。她、歐樂羅和波洛克都給召回了基地，沒有人打算外出。

歐思登在獨自遇襲、倒地不起的那三、四個小時間大量失血，腦震盪與嚴重的挫傷更引發了休克反應，使他陷入半昏迷狀態。待他甦醒並開始發起低燒後，淒然地喊了好幾聲「漢姆吉爾德博士……」經過漫長的兩天，他終於完全清醒。富子將哈爾費克斯叫進他的艙房。

「歐思登，你能告訴我們攻擊你的是什麼東西嗎？」

那雙蒼白的瞳孔眨了眨，視線穿透哈爾費克斯的臉龐。

「你被攻擊了。」富子柔聲道。那閃爍的目光熟悉到可恨，但她是醫生，對傷者自有一種保護心態。「你可能還想不起來，不過有東西攻擊你，當你在森林的時候——」

「啊！」他驚喊，眼裡忽然精光大作，五官糾結扭曲，「森林——那座森林裡——」

「那座森林裡有什麼？」

他大口喘息，神色顯得更加清醒。片刻後，他說：「我不曉得。」

「你有看見攻擊你的是什麼東西嗎？」哈爾費克斯問。

「我不曉得。」

「你想起來了。」

「我不曉得。」

「你的答案關係到我們所有人性命，你非得告訴我們你究竟看到了什麼！」

「我不曉得。」歐思登回答，軟弱地哭了起來。此刻，心力交瘁的他就連想掩飾自己的隱瞞都做不到，卻仍堅決不肯鬆口。不遠處，波洛克一面啃著他斑白的鬍鬚，一面想要偷聽艙房內的情況。哈爾費克斯湊到歐思登面前，說：「你非說不可——」富子不得不上前攔住他。

哈爾費克斯竭盡全力想要冷靜情緒的模樣令人不忍卒睹。他默默回到自己艙房，不用說，肯定是服下了兩倍或三倍的鎮定劑。其餘人分別散落在這擁有一間長形主艙及十間寢室的脆弱大建築內，誰也沒開口說一句話，但臉上都寫著忐忑與不安。即便到現在，歐思登仍宰制他們，一如往常。富子垂眼望著他，感到一股恨意如苦澀的膽汁在喉頭燒灼。這種拿別人情感餵養自己的唯我獨尊、這分絕對的自私自利，這怪物一般的行為，比任何肉體上的殘畸都還要可怕。就像所有天生的怪物，他沒有資格存活，也不該存活。早該讓他死的。他的頭為什麼還沒被剖開？

他就這麼直挺挺地躺在床上，面如金紙，雙手疲軟地垂落身側，大大睜著那雙蒼白的眼珠，淚水自眼角簌簌滑落，他想要抽身退開。「停止！」他說，聲音嘶啞虛弱，想要舉手抱頭，「別再那麼想了！」

富子在小床邊的一張摺疊凳坐下。片刻後，她伸出一手按在他手上。他想要抽開，然而力不從心。

漫長的沉默籠罩兩人。

「歐思登，」她輕聲道，「對不起，我非常抱歉。我希望你好，請讓我這麼祝福你，歐思登。我不想傷害你的。聽著，我現在明白了。凶手就在我們之中，對不對？不，別回答，若是我錯了再糾正我，但我知道我是對的……這星球上當然有動物——整整十個。我不在乎是誰，那不重要，不是嗎？就在剛才，那人也可能是我。我現在懂了。我不了解那是什麼感受，歐思登，然而你也無法明白要我們了解是多麼困難……但是，聽著，如果是愛，而非恐懼或憎恨……難道你從來都沒感受過愛嗎？」

「從來沒有。」

「為什麼？為什麼不可能？所有人類都如此軟弱嗎？那太可怕了。算了，別放在心上。躺好，別動。起碼你現在感受到的不是恨，對嗎？起碼是同情、關懷與祝福。你有感受到嗎？歐思登？這是你現在感受到的情緒嗎？」

「對……還有其他情緒。」他回答，幾乎細不可聞。

「大概是我潛意識裡的雜音，我猜，還有其他人的……聽著，我們在森林裡找到你後，試著要幫你翻身，那時你恢復了部分神智，而我能感到你身上散發出的恐懼。有那麼瞬間，我驚恐到失去理智。那時，我感受到的是你的恐懼嗎？」

「不是。」

她的手仍覆在他手上。他相當放鬆，漸漸陷入昏睡，就像一個痛苦之人被解除了痛苦。「森林。」他喃喃道，她幾乎聽不真切。「恐懼。」

她沒有追問，只是用掌心覆著他的手，望著他入睡。她知道自己那時感受到了什麼，也知道那一定就是他的感受，她很肯定。這世上只有一種情緒，一種狀態，可以在短短瞬間完全顛倒過來，徹底改變。在博大精深的瀚星文裡，確實有這麼一個詞可以形容：安塔（onta），它意味著愛，也意味著恨。當然了，她不愛歐思登，那完全是另外一回事。她感到的是安塔，極端的恨。她握著他的手，而流動在兩人之間的、接觸時所產生的巨大電流，是他向來所恐懼的。他陷入昏睡，嘴角那圈如解剖圖般的肌肉放鬆了下來。富子望著他，那是一張他們從沒見過的臉，一張帶著笑意的臉，極其隱約。笑容斂去。他依然沉睡。

歐思登很強悍，待得隔日，他便已能坐起身，並感到飢餓。哈爾費克斯想要審問他，但富子暫時阻止了他。她在艙房門上掛了面塑膠布，就像歐思登自己常做的那樣。「這真的能阻擋你的共感力嗎？」她問。而他用他們兩人現在常對彼此使用的那種謹慎、乾啞語調回答：「不能。」

「所以就只是個警示的意思。」

「部分是。更主要是一種信念治療法。漢姆吉爾德博士認為這有幫助……或許吧，大概。」

所以他是感受過愛的，曾經。一名嚇壞了的孩童，受到大人一波波巨大的情緒浪潮侵襲，壓得喘不過氣，眼看就要溺斃。然而有個人拯救了他，那個人教會了他如何呼吸、生活，給予他一切，給他所有的愛與保護。那一個人，是父親，是母親，更是神，再也無其他。「他還活著嗎？」富子問，想起歐思登那極致的孤獨，以及那些偉大醫生的古怪殘酷。而她聽見他發出勉強、微弱的笑聲，吃了一驚。「他起碼在兩個半世紀前就死了，」歐思登回答，「忘了這是哪兒了嗎，協調官？我們全都拋下我們小小的家園，遠走他鄉……」

那面塑膠簾幕外，隱約可見四四七〇號世界上其他八名人類的移動身影，他們的聲音低微且緊繃。伊斯克瓦納睡著了，鮑絲葳・杜正接受治療，莊珍妮試著遮蔽自己艙房中的燈具，以免投射出任何影子。

「他們都嚇壞了，」富子害怕地說，「對於究竟是什麼東西攻擊你，他們有各種稀奇古怪的揣測，像是某種人猿馬鈴薯、長了巨大獠牙的菠菜，等等之類，我也不曉得……就連哈爾費克斯都一樣。或許，你不強迫他們去理解是正確的。失去彼此間的信賴只會讓事情變得更糟。但我們為什麼都這麼害怕、不敢面對現實？為什麼我們這麼容易就分崩離析？我們真的全都瘋了嗎？」

「不用多久，我們還會更瘋。」

「為什麼？」

「因為外頭確實有東西。」他閉上嘴，唇角周圍的肌肉僵硬突出。

「具有知覺的東西？」

「具有知覺的生命。」

「在森林裡？」

他點了點頭。

「那到底是什麼──？」

「恐懼。」他臉上又出現緊繃的神色，焦慮地扭動起來，「妳知道，我倒地的時候，並不是立刻就昏過去，也可能是我又恢復了意識。我不曉得，那感覺比較像是癱瘓了。」

「你是。」

「我倒在地上，無法起身，臉埋在土裡，在那柔軟的發霉葉堆裡，眼裡、鼻子裡全都是。我動彈不得，什麼都看不到，就像被埋進了土裡，半沉了進去。即便沒親眼所見，但我知道自己是倒在兩棵樹之間，我想我能感受到它們的樹根，在我身下、在地底，在地底深處。我兩手上都是血，我感覺得到。我臉旁四周的土壤因鮮血變得黏稠。我感覺到恐懼。那分恐懼不斷膨脹，就像它們終於知道我在那裡，倒在它們之上、之下、之間。它們所恐懼的那個事物，還有部分是它們自身的恐懼。我無法阻止自己將那分恐懼傳送回去，所以那分恐懼便不斷增長。我動不了，無法離開，我陷入昏迷，我想。然而那分恐懼再次喚醒我，可是我還是不能動，就像它們一樣。」

富子能感到寒意在她髮間騷動，就要化為驚恐。「它們？它們是誰，歐思登？」

「它們，它——我也不知道。恐懼吧。」

「他究竟在說什麼？」哈爾費克斯聽完富子的轉述後這麼質問。她還不打算讓哈爾費克斯盤問歐思登，覺得自己必須保護他，不讓他受瀚星人那過分壓抑的強大情緒殘害。不幸的是，這麼做反而助長了持續在可憐的哈爾費克斯心裡延燒的不安與猜疑，他現在認為富子與歐思登沆瀣一氣，共同隱瞞了什麼重要的事實或危機。

「那就像瞎子摸象，歐思登沒聽見也沒看見……那種知覺生命。他和我們大家一樣，都不知道那是什麼東西。」

「但他感覺到了，親愛的葉系協調官。」哈爾費克斯勉強按捺著怒火，「不是靠他的共感力，而是有東西砸在他腦袋上，他清清楚楚感覺到了。那東西前來擊昏他，用某種鈍器毆打他，他難道連一眼都沒有瞥見？」

「你覺得他會看到什麼呢？哈爾費克斯？」富子問，可是他聽不出她的言下之意，就連他都不願去想那種可能。他們恐懼的是異星生物，那名凶手是外來者，是陌生人，而非他們其中一員。我才不邪惡！

「第一擊就把他打暈了，」富子有些疲倦地說，「他什麼也沒看見。但是，等他獨自在林間醒轉時，能感到極大的恐懼。不是他自己的恐懼，而是共感力感受到的恐懼，他很確定，而且絕對不是來自我們任何一人。所以，顯然這裡的原生物種並非完全不具備知覺。」

哈爾費克斯森然注視了她片刻。「妳只是想嚇唬我，葉系。我不了解妳為什麼要這麼做。」他起身，走向他的實驗桌，步伐緩慢且僵硬，宛如一名八十歲的老翁，而非四十歲的男子。

她望向其他人，感到一種絕望與焦慮。她很清楚，自己近來與歐思登之間那種脆弱又深刻的依存關係賦予了她某種新力量。但若是連哈爾費克斯都無法保持冷靜，其他人又怎麼可能呢？波洛克和伊斯克瓦納關在他們的艙房裡，其他人都正各忙各的事，而姿勢都不太對勁。協調官一時說不上來是哪裡不對，然後她就發現了，他們坐著時全面對著附近的森林。和亞斯南弗伊爾下著西洋棋的歐樂蘿悄悄挪動自己的椅子，挪到幾乎要挨在他身旁。

她去找正在解剖一團褐色糾結樹根的曼儂，問他有沒有察覺到什麼不對勁。他立刻就發現，並反常地言簡意賅，只說了句：「這樣才好留意敵人。」

「什麼敵人？你察覺到了什麼？曼儂？」富子忽然感到一線希望。他是心理學家，生物學家不了解神祕的暗示與共感力，但他可以。

「有個特定的方向會讓我感到強烈不安，可是我沒有共感力，所以無法明確說出那分不安是源自特定的壓力——意即組員在森林裡遭受攻擊——或是全面性的壓力，也就是我置身在一個全然陌生的環境裡。而且在這裡，『森林』兩個字隱含了另一個無可避免的隱喻。」

幾個鐘頭後，富子被歐思登噩夢中發出的尖叫聲驚醒。曼儂在安撫他，於是她又回到自己那漆黑分歧、無路無徑的夢境裡。到了早晨，伊斯克瓦納沒有醒來，也無法以刺激性藥物喚醒，只是深陷於睡眠之中，越沉越深、越沉越深，不時喃喃低語，直到完全退化，大拇指含在嘴中，側身蜷曲，再無半點意識。

「兩天就倒了兩人。十個小印地安人、九個小印地安人……」是波洛克。

「而你就是下一個。」莊珍妮氣沖沖地說，「去驗你的尿吧，波洛克！」

「我們都快被他逼瘋了。」波洛克說，起身揮了揮左臂，「妳難道感覺不到嗎？看在老天的分上，你們是聾了還是瞎了？察覺不出他在搞什麼鬼嗎？他散布的那些鬼玩意兒。這一切全來自他——他那間房裡——他的心智。他要用恐懼把我們所有人都逼瘋！」

「你在說誰？」亞斯南弗伊爾問，來勢洶洶又巍然可畏地矗立在矮小的地球人面前。

「還用說嗎？當然是歐思登啊！歐思登！歐思登！你以為我為什麼想殺他？都是為了自保啊！為了拯救我們大家！你們一個個都瞎了眼，看不出他在耍什麼花樣。他讓我們彼此看不順眼，爭執口角，好破壞這趟任務，現在又散播恐懼，想把我們逼瘋，讓我們無法思考，想睡都睡不著。他就像一臺巨大的無線電機，雖然無聲無息，卻不停播送訊息，讓你什麼都不能想，怎樣都睡不著。葉系和哈爾費克斯都已經被他掌控了，但你們其他人還有救。我非那麼做不可！」

「那你做得不怎麼成功啊。」歐思登說，半裸著身子站在他艙房門口，骨瘦如柴，綁著滿滿繃帶，「我自己下手都可以造成更嚴重的傷害。見鬼了，把你們嚇得屁滾尿流的人可不是我，波洛克，而是外頭的東西。就在那片樹林裡！」

波洛克忍不住又撲上前想攻擊歐思登，但沒有成功。亞斯南弗伊爾拉住他，並毫不費力地將他牢牢固定，讓曼儂替他注射鎮定劑。被帶走時，他嘴裡依然大聲嚷嚷著什麼巨大無線電機。不多久，鎮定劑發揮藥效，他與伊斯克瓦納一塊兒陷入安詳的沉靜。

「好了。」哈爾費克斯說，「歐思登，現在把你知道的一切告訴我們。」

歐思登回答：「我什麼也不知道。」

他看起來既憔悴又虛弱，還沒來得及接著說，富子就要他先坐下。

「在森林裡待了三天後，我開始感到自己有時會接收到某種作用。」

「你為什麼沒回報？」

「我以為我快瘋了，就和你們一樣。」

「一樣，就算如此，你也該回報。」

「但你們會把我召回基地，我無法接受。你們都認為我來這裡是個天大的錯誤。我無法和其他九名精神官能者共處一室，我不該自願參加這項極限勘查任務，上頭也不該錄取我。」

沒有人作聲，可是富子看見了，這次她非常確定：當歐思登領悟眾人那難以啟齒的贊同時，肩膀縮了縮，臉部肌肉也變得緊繃。

「總之，我很好奇，所以不想回到基地。就算我快瘋了，但是，在一個毫無知覺生物的環境下，我怎麼會接收到情緒和感受？那時候情況還不糟，只是非常隱約、奇特，就像一陣吹過密閉房裡的穿堂風，或眼角餘光瞥見的一陣閃動，感覺並不那麼真實。」

一時間，他們的聆聽給了他支持與動力。他們願意聽，他便接著繼續說。他只能聽憑他們宰割。若他們對他心生嫌惡，他也只能懷抱怨恨；若他們嘲笑他，他就會變得更怪誕；若他們聆聽，他就能侃侃而談。對於他人情感、反應與情緒的索求，他只能無可奈何地照單全收。而他們共有七個人，實在是太多了，難以應付，只能不停在他們一個又一個興之所至的突發奇想中打轉，找不到任何一致性。就連開口吸引他們的注意力時，也會有人的思緒飄了開。歐樂蘿大概在想他長得真醜，哈爾費克斯在揣測他話裡是否藏著什麼不可告人的用意，而心思難以維持在具體事物上太久的亞斯南弗伊爾又開始想起數字帶來的永恆平靜，富子則是被同情、恐懼分了心。歐思登結巴了起來，思緒被打斷。「我……我想一定是那些樹。」他說，然後便住了口。

「不是那些樹，」哈爾費克斯說，「他們和地球上的瀚星植物後代一樣，不具有神經系統，完全沒有。」

「你就像地球那句諺語說的一樣，見樹不見林。」曼儂打岔，促狹地一笑。哈爾費克斯瞪了他一眼。「那麼，那些讓我們苦思不得其解整整二十天的根節呢？」

「它們又怎麼了？」

「毫無疑問，它們絕對是連結點。樹與樹之間的連結，不是嗎？這樣假設好了，如果你對動物的腦部結構一無所知，而在這種情況下給你一個神經細胞的軸突，或分離出來的神經膠細胞，要你分析研究，你會知道那是什麼嗎？你會明白那細胞是具有感知能力的嗎？」

「不會，因為它不具備那樣的能力。單一細胞能夠對刺激產生機械式反應，但僅此而已。曼儂，難道你是在假設這些單一的木本植物就像某種腦組織中的『細胞』嗎？」

「不盡然。我只是想指出它們之間是互有聯繫的，無論是藉由根節的連結或枝幹上的綠色附生植物，都是一樣。而且那種連結是極其複雜的，在實質結構上亦然。就連曠野上的草本植物也有那些根節，不是嗎？我知道知覺或智慧並非一件具體的事物，你無法在腦部細胞中找到它們、分析它們。那是連結細胞與細胞的一種功能。就某種層面而言，那是一種連結、聯繫。它並不存在。我不是要說它是存在的，只是猜想歐思登或許有辦法描述它。」

聽到這話，歐思登恍恍惚惚地開了口：「不具有感知的知覺能力。看不見、聽不到，動不了。有些較為敏感，會對觸碰起反應，有些則是對陽光、光線、水或根部周遭土壤的化學物質有反應。動物的心智無法理解，而那是一種不具心智的生命，一種無主客觀的意識。那是涅槃。」

「那你為什麼會接收到恐懼？」富子低聲問。

「我不知道。我不明白任何一個對象或其他人的意識是如何形成的：那是一種無知覺的反應……但好幾天來，我能感到一種不安。然後，等我倒在兩樹之間，鮮血灑落在樹根上——」歐思登臉上汗光閃耀，「那種感覺變成了恐懼。」他尖聲道，「只有恐懼。」

「如果這種機能真的存在，」哈爾費克斯說，「它也不可能理解一個會自我移動的實體的存在，或對其產生反應。它們無法想像我們，就像我們無法『想像』無限。」

「『我害怕無窮空間的寂靜。』」富子喃喃道，「巴斯卡[18]就能想像無限——透過恐懼。」

「對森林來說，」曼儂道，「我們或許就像森林大火，或是颶風和災難。對一株植物而言，會快速移動的對象就代表了危險，而無根的物體就是外來者，是可怕的。若它們真具有心智，極有可能變得意識到歐思登的存在。只要歐思登清醒，他的心智就能與其他生命體連結，而他那時就痛苦、害怕地倒在那兒，躺在森林裡，實實在在躺在它體內，也難怪它會害怕——」

「什麼『它』不『它』的，」哈爾費克斯說，「外頭沒有生命、沒有大型生物、沒有人類！充其量只存在著一種機能——」

「我只感到了一種恐懼。」歐思登說。

一時間，所有人動也不動，只是聽著外頭的死寂。

「我一直在背後感到的就是這分恐懼嗎？」莊珍妮壓低音量問。

歐思登頷首。「即便像你們這樣聾聵，也同樣感受到了那分恐懼。伊斯克瓦納是最糟的，因為他實際上也具有部分的共感力。假若學會，他也能傳送，但他太弱了，永遠只能當個媒介。」

「聽著，毆思登，」富子說，「你可以傳送訊息，那就傳給它——那座森林，外頭的那分恐懼——說我們不會傷害它。既然它能影響，或本身即是某種作用，能轉譯成我們感受到的情緒，你難道就不能轉譯回去嗎？送個訊息出去，說我們心懷善意，不會造成任何傷害。」

「葉系，妳一定清楚，沒有人可以送出虛假的感知訊息，妳無法傳送不存在的情緒。」

「但我們無意傷害它啊，我們是抱持著友好的心情。」

「是嗎？在森林裡，妳扶我起來時感覺到的是友好嗎？」

「不，是驚恐。但那是——它的、那座森林、那些植物的，而非我的恐懼，不是嗎？」

---

⑱ Blaise Pascal（1623-1662），法國數學家、物理家、哲學家、文學家，在多種領域都有偉大的貢獻。數學原理「巴斯卡定理」即以他為名。

「有什麼差別？這是你們所有人的感受。」歐思登著惱地提高音量，「妳還不懂嗎，我為什麼不喜歡妳，妳也不喜歡我，你們所有人都一樣。妳難道還沒察覺，打從我們第一次見面，我就把你們對我所產生的所有負面以及挑釁情緒全送出去——而且是滿心感激地把那些敵意原封不動地奉送回去。我是為了自保而這麼做，就像波洛克。這也確實是自我防禦。我原本的防禦方式是把自己完全封閉起來，而這是我唯一培養出的新技巧。不幸的是，它也同時創造出一個閉路系統，能自我強化，也能自我存續。妳最初見到我的反應，就是本能地對一名殘疾者心生排斥。到了現在，不用說，自然演變成了恨意。妳還不理解嗎？外頭那座森林現在傳送出的只有恐懼，而我唯一能傳送給它的訊息同樣只有恐懼。因為與它接觸時，我能感受到的就是恐懼！」

「那我們該怎麼做？」富子問。曼儂立刻回答：「轉移陣地，去另一座大陸。即便那裡同樣存在有植物心智，應該也不會那麼快察覺到我們的到來，就像這裡的植物。或許，它們壓根不會留意到我們的出現。」

「那還真是令人如釋重負。」歐思登面色鐵青地說。其他人現在都帶著一種有別以往的好奇心看著他。他終於展現了真實的自我，他們終於看到了他的真面目：一個困在陷阱中的無助男子。或許，他們都像富子一樣，明白了那個陷阱，以及他那粗暴又殘酷的自我本位主義，一切都是他們建構出來的，而非他。是他們打造了那個牢籠，並把他囚禁其中。就如同一頭困獸，他所能做的，也只有朝著籠外扔穢物。假若見到他時他們能給予信任，假若他們自己夠堅強，能給予他愛，他又會是何樣貌？

可是沒有人做得到，如今也為時已晚。若有足夠的時間、獨處的空間，富子和他之間或許能建立起某種慢火細燉的情感共鳴與協調信任，一種和諧的相處模式。但沒有時間了，他們必須完成這個任務，沒有餘裕能耗費在如此浩大的難題。無論是同情、憐憫或小小的關愛，他們都只能湊合接受。即便只是這樣，也帶給了她不少力量，然而對他而言卻是遠遠不足。此刻，她可以在他那張鐵青的臉上看見眾人的好奇——甚至是她的憐憫——令他多憤怒與怨恨。

「回去躺下吧，傷口又裂了。」她說，而他照做。

翌晨，小隊收拾裝備，融解以噴塗式模具打造出的停機棚與起居間，並將岡姆號駛上機械載具，載著它繞過半個四四七〇號世界，穿越一片片紅綠色的土地，與一座又一座溫煦的綠色汪洋。他們在G大陸上找到個合適的地點：兩萬平方公里的曠野上長滿迎風搖曳的草本類植物，方圓一百公里內沒有半座森林，原野上也不見任何一株樹木或樹叢。這裡所有植物均是以單一物種的大型群落形式生長，沒有任何雜生的情況，除了某些無所不在的微型腐生植物與孢子植物，無一例外。小隊在建築構造體噴上全固沫，到了一天三十二小時中的傍晚時分，便將新基地安置妥當。伊斯克瓦納仍沉睡不醒，波洛克的鎮定劑也尚未退效，可是其餘人都難掩振奮。「在這裡總算可以呼吸了！」他們不停這麼說。

歐思登下了床，顫巍巍地走至門口、倚在門邊，透過暮靄望向那並非青草、又在昏暗邊陲迎風搖曳的草原。空氣中隱隱有股香甜的花粉味，除了那無邊無際的輕柔風聲，萬籟俱寂。他微微偏過包著繃帶的頭顱，動也不動佇立良久。黑暗籠罩，星子浮現，光芒在遠遠的人類之屋窗內閃耀。風止了，再無半點聲響。他豎耳聆聽。

在這漫長的夜裡，葉系富子也同樣在聆聽。她動也不動，躺在床上，聽著血管裡的血液奔流、聽著入睡者的氣息、聽晚風颯颯、聽黑暗的血脈流動、聽夢境逼近。聽宇宙緩緩死去，星辰浩瀚的雜訊漸起，聽亡者行走的聲音。她掙扎下床，逃離艙房那狹小的孤寂。伊斯克瓦納獨自沉睡，波洛克穿著約束衣，用他那含混不清的母語輕聲胡言亂語。歐樂蘿和莊珍妮一臉陰鬱，玩著牌戲。鮑絲葳．杜身上連著醫療管，躺在治療區。亞斯南弗伊爾畫著曼陀羅，質數的第三型態。曼儂和哈爾費克斯守在歐思登身旁照料。

她換了歐思登頭上的繃帶。治傷時並沒有剃髮的必要，但他那頭平直的紅髮現在顯得有些異樣，夾著幾莖斑白。她的手在發抖。至今尚未有任何一個人開口。

「為什麼這裡也能感到那股恐懼？」她問，話語在這鋪天蓋地的死寂中顯得平板又虛幻。

「不只是那些樹，草也是……」

「可是這裡距離我們今早所在的位置足足有一萬兩千公里遠，我們把它留在星球的另一邊了啊。」

「它們都是一體的。」歐思登說，「同一個龐大的綠色思緒。一個念頭閃過你腦袋需要多少時間？」

「它不會思考，它並沒有在思考。」哈爾費克斯無精打采地說，「那不過是一個程序網絡，這裡所有的樹枝、附生植物，還有那些擁有根結的樹木一定都能彼此傳送電化學脈衝。所以，正確來說，這裡並不存在什麼個體植物，就連花粉都是網絡中的一部分，這點無庸置疑，像是某種隨風飄散的知覺生物，能夠飄洋過海，連接大陸。但這極難想像，整座星球的生物圈共享同一個溝通網絡，敏感、不具理性、永恆不朽、完全與世隔絕……」

「與世隔絕，」歐思登說，「沒錯！這就是那分恐懼的來由，不是因為我們會移動或有能力破壞，而是因為我們就是我們。我們是外來者，而這裡從未有過外來生命涉足。」

「沒錯。」曼儂說，聲音幾乎細不可聞，「它沒有同伴、沒有敵人，除了自身外，與萬物均無任何互動，永永遠遠孑然孤獨。」

「那智慧在它的物種存續中又扮演了什麼功能？」

「或許什麼也沒有。」歐思登回答，「你何時如此講究目的性了，哈爾費克斯？你不是瀚星人嗎？對你們來說，複雜不就等同永恆的喜悅嗎？」

但哈爾費克斯沒有上鉤。他鐵青著臉，說：「我們該離開這裡。」

「現在你知道我為什麼老是想要離開、遠離你們了吧，」歐思登的語氣中透著股病態的和善，「這感覺很不舒服，對吧？——他人的恐懼？若這是來自動物就容易了。我有辦法和動物溝通，我能和眼鏡蛇或老虎和平共處，做為智慧較高等的生物就是有這好處。我該去動物園工作，而非和人類共事……如果我能和那愚蠢該死的馬鈴薯溝通就好了！如果那情緒不是那麼強烈……我現在接收到的還是不只恐懼。在它恐慌之前，它——它是寧靜的。那時我還無法理解，沒有領會它是多麼浩瀚，體會那所有的白晝、所有的夜晚、所有的風與靜謐。同時感知冬日與夏日的星辰。擁有根，卻無任何敵人。一個完整的全體。你們明白嗎？沒有侵擾，沒有他者，只有完整……」

他以往從未這樣講過話。富子心忖。

「你在它面前毫無防禦，歐思登。」她說，「你已經被改變了，你對它毫無抵抗之力。我們不離開，或許不是所有人都會被逼瘋，但你會。」

他遲疑了，然後抬頭望向富子。這是他第一次迎視她雙眼，目光悠長、靜謐，清澈如水。

「理智可曾帶給我任何好處？」他譏誚地說，「但是妳說得沒錯，葉系，妳的話不無道理。」

「我們該離開了。」哈爾費克斯喃喃道。

「若我屈服了，」歐思登考慮著，「我就能和它溝通了嗎？」

「我想你所說的屈服，」曼儂不安而飛快地說，「是指不再將你從那植物體上接收到的感知傳送回去，對嗎？不再拒絕那分恐懼，而是接納它、吸收它。可是那麼做不是會立刻殺了你，就是將你逼回完全的心理封閉狀態，重拾自閉症。」

「那又怎樣？」歐思登問，「它傳送出的訊息就是排拒，而排拒就是我的救贖。它不具智識，可是我有。」

「但這是以小博大啊！一個人類的腦子要如何對抗這麼龐大的生命體？」

「人類的腦子能夠理解浩瀚星辰與宇宙的運行，」富子說，「並將它詮釋為愛。」

曼儂的視線在三人間遊走。哈爾費克斯沉默不語。

「在森林裡會比較容易。」歐思登說，「你們誰要載我過去？」

「什麼時候？」

「現在。趁你們全精神崩潰或出現暴力舉動之前。」

「我送你去。」富子說。

「沒有人會送你去。」哈爾費克斯說。

「我不行。」曼儂說，「我……我太害怕了，我會讓飛機墜毀。」

「把伊斯克瓦納一起帶去。如果我能成功，他或許可以當我們之間的媒介。」

「妳準備接受感應員的提議嗎？協調官？」哈爾費克斯正式提出詢問。

「是的。」

「我反對。但我會一同前往。」

「我想我們都是迫不得已，哈爾費克斯。」富子說，望向歐思登的面孔。那張醜陋的白色面具改變了，變得有如情人般熱切。

歐樂蘿和莊珍妮想藉由打牌轉移注意力，逼自己不要去想那陰森的床鋪與高張的恐懼，此刻正如受驚的孩童般竊竊私語。「那東西就在森林裡，它會捉住妳——」

「怕黑嗎？」歐思登嘲諷。

「看看伊斯克瓦納、看看波洛克，甚至是亞斯南弗伊爾——」

「它無法傷害妳。那不過就像一陣脈衝穿過突觸、風吹過林隙，只是一場噩夢。」

四人搭乘直升艇離去，伊斯克瓦納蜷著身子，縮在後方，依舊酣然安睡。富子駕駛飛機，哈爾費克斯與歐思登一語不發，只是望著前方黝暗的森林邊界在星光閃耀的朦朧灰野上綿延。

他們朝那條黑色邊界逼近、跨越。如今，他們腳下是一片漆黑。

富子低飛，找尋合適的降落地點，然而她得竭力抵抗那股想要拉高機身、遠遠逃離此地的瘋狂衝動。森林內，這座植物國度散發的廣大生命力更為強烈，它的驚恐如無邊黑潮，陣陣侵襲。前方有塊白色的空地，那座光禿禿的圓丘頂比周遭最高的黑影輪廓還要稍稍高上幾分——那些非樹的樹、那些盤根錯節的生命體、那屬於整體的一部分。她將直升艇降落在林間空地，但降落得極不平穩。操縱桿上的雙手又溼又滑，好像抹上了層冷皂。

四面八方唯有森林，黑圍攏著黑。

富子縮著身子，閉上雙眼。伊斯克瓦納在睡夢中輕聲呻吟。哈爾費克斯的氣息粗重而短促，就連歐思登伸長手臂、越過他身子，拉開滑門，他仍直挺挺坐在原位。

歐思登起身離座，在門邊彎低了腰，駐足片刻。他的背影與包著繃帶的頭顱在控制臺昏暗的燈光下朦朧難辨。

富子簌簌顫抖，抬不起頭。「不、不、不、不、不、不、不。」她低聲道，「不、不、不。」

歐思登身影猛然一動，無聲無息盪出門外，墜入黑暗之中，消失不見。

我來了！一個宏亮的聲音說，但沒發出半點聲音。

富子尖叫，哈爾費克斯咳了起來，似乎想要起身，卻力有未逮。

富子冷靜下來，將思緒集中在她體內那隻盲目之眼、在她靈魂中央。除了恐懼，外頭再無他物。

停止了。

她抬起頭，緩緩鬆開緊捏的拳頭，挺背坐直。夜色漆黑，星辰在森林上方閃耀。除此之外，什麼也沒有。

「歐思登。」她呼喚，卻發不出半點聲音。她又喊了一次，這次更加響亮，猶如一聲寂寞的蛙鳴。沒有回應。

然後，她發現了，哈爾費克斯不太對勁。她在黑暗中摸尋他的頭顱，因為他從座位上滑脫了。就在這時，在這死寂的寧靜中，在機艙昏暗的後半部，一個聲音響起：「很好。」它說。

是伊斯克瓦納。她「啪」一下打開艙內照明，看見工程師蜷身沉睡，手半掩著脣。那張嘴動了動。「太好了。」它說。

「歐思登——」

「太好了。」伊斯克瓦納嘴裡傳出輕柔的話語。

「你在哪兒？」

靜默。

「回來。」

風勢漸增。「我要留在這。」那輕柔的聲音說。

「你不能——」

沉默。

「只會剩你一個人的，歐思登！」

「聽著，」那聲音變得更微弱，朦朧、含混，彷彿消失在風裡。「聽著，我祝願你們一切安好。」

她又呼喚了他一次，可是再無回應。伊斯克瓦納靜靜躺著，哈爾費克斯更是動也不動。

「歐思登！」她呼喊，倚著門，朝著那座具有生命的森林、那風聲颯颯的漆黑靜謐探出身子，喊道，「我會回來的。我現在必須先將哈爾費克斯送回基地，但我會回來的，歐思登！」

四下寂然，唯有風穿葉隙。

剩下的八人耗費四十一天多的時間，完成了四四七一號世界的指定勘查任務。起初，亞斯南弗伊爾每日會和一名女性隊員進入林內，在那座光禿丘頂一帶搜尋歐思登的下落，只是富子內心並不確定在那晚排山倒海的驚恐中，他們究竟是降落在哪座山丘。他們替歐思登留下大批物資：足夠吃上五十年的糧食、衣物、帳篷，以及工具。最後他們還是停止了搜索，若是有心隻身躲藏在那無止無盡的迷宮、那枝蔓糾纏、盤根錯節的昏幽林廊內，你是不可能將人找出來的。他們很有可能與他擦身而過，卻不自知。

但他確實在那兒，因為恐懼消失了。

在體驗過那不具思想又永恆不朽的可怕存在後，富子更加看重理性的思考，試圖透過理智去了解歐思登做了什麼，只是無法控制自己的思緒。他將那分恐懼吸收進了體內、接納它、超越它，他將自我獻給了那異星生命，毫無保留地屈服，不給邪惡留下任何餘裕。他明白了他人的愛，因此交出全部的自我——但是這並非理性。

勘查小組行進在林蔭之下，穿越這廣袤的生命，包圍在如夢似幻的寂靜中。這分深幽的寧靜似乎察覺到他們的存在，又全然不在乎他們的存在。這裡沒有時間，距離也無關緊要。若我們世界夠大、時間夠多……星球在白晝與浩瀚的黑暗間轉換，冬風夏風徐徐吹來，淡抹的花粉飄過平靜的海。

多年過去，在完成多項任務、遊歷無數光年後，岡姆號回到好幾世紀前曾叫作史邁明港的那個地點。那兒仍有人接收小組的回報（難以置信！）並記錄了船上的傷亡：生物學家哈爾費克斯因恐懼過度而死，感應員歐思登，則成為該星球的拓殖者。

地底星辰

我猜想，一般人普遍認為科幻小說就是一種採納未來可能或不可能存在的科技新發明——如雙豆綠餅[19]、時光機器、潛水艇——並據以發揮的故事。沒錯，當然有部分的科幻小說是如此，但以此定義科幻小說有點像是用堪薩斯州定義美國。

撰寫〈地底星辰〉時，我以為知道自己在做什麼。正如同早先的那篇《師傅》，我所描述的並非一種新發明、裝置、假說，而是科學本身——意即科學的概念——以及當這樣的科學概念碰上另一個強烈反對、力量龐大，並以政府形式具現化的想法時，會產生什麼樣的發展，像是十七世紀的天文學家與教宗，或是一九三〇年代的基因學家與史達林。然而這些都可視為一種心理神話，一種存在於真實時間外的故事，無論過去或未

---

[19] 出自哈里·哈里森（Harry Harrison）一九六六年出版之《讓開！讓開！》（*Make Room! Make Room!*），改編為電影《超世紀諜殺案》（*Soylent Green*）一九七三年於美國上映。故事講述西元二〇二二年因人口爆炸，地球面臨糧食危機，雙豆企業（Soylent Corporation）生產一種號稱以天然海洋浮游生物製成的綠色小餅乾，短缺時常會導致群眾暴動，經主角抽絲剝繭地追查，才發現這種雙豆綠餅實際上是以人肉製成。

來。部分是為了普世化，部分是因為我將科學當作藝術的同義詞使用。當一個具有創造力的心靈被逼得不得不銷聲匿跡，會發生什麼事？

這就是我想提出的問題，我想我也知道答案。一切似乎是如此直接明白，一個單純的寓言，僅此而已。但想要探究那神祕的地底世界並沒有那麼容易。那些被你視為簡單的相似物或符號的象徵有了自己的生命，並獲得你無意也無法解釋的意義。完成這篇故事的許久之後，我在榮格的《論心靈本質》（*On the Nature of the Psyche*）一書中讀到：「我們可將自我意識視為一大群微小發光體的中心……內省直覺……捕捉到的無意識狀態：就像是天幕上點綴的星子、倒映在漆黑水面上的星光，或是散落在黑土間的金塊或金沙。」他並引述了一名煉金術士的句子：「Seminate aurum in terram albam foliatam.」——珍石蘊藏於層層白土之內。

或許，這篇故事並非關乎科學或藝術，而是心智的內窺，無論是我或任何人的心智。

木屋與附屬建築迅速著火，烈焰熊熊燃燒，吞沒了一切，但磚壁上那座以木板及灰泥打造而成的圓頂卻頑固地不肯起火。最後，他們在圓頂下方的地板中央堆起各種儀器、望遠鏡、書本、圖表與圖稿的殘骸，淋上油脂，縱火焚燒。火舌爬上那具大型望遠鏡的木柱與齒輪裝置。山腳下圍觀的村民看著在幽綠夜空下顯得黯淡蒼白的圓頂顫抖、傾斜，先是東倒，然後西歪。火星四濺，黃黑色的濃煙自橢圓形的裂口噴散。這景象既醜陋又怪誕。

天色漸黑，星子在東方浮現。有人大聲發號施令，士兵們呈一路縱隊，走下街道。一列漆黑的甲冑，漆黑的身影，無聲也無息。

士兵離去後，山腳下的村民又多逗留了會兒。在他們一成不變、平淡乏味的生活中，一場大火堪比慶典。他們沒有上山。天色越黑，他們也圍得越緊。一會兒後，眾人開始三三兩兩返回自己村莊，有幾個人回頭向山丘望去，上頭沒有任何動靜。星辰在那如蜂巢般的碳黑圓頂後方緩緩移轉，但並沒有轉向追隨目送他們的步履。

破曉前一個鐘頭，一名男子騎上那蜿蜒陡峭的山坡路，在作坊的斷垣殘壁旁下了馬，徒步走至圓頂之前。門被撞開，透過破口能看見迷濛的紅光，極其隱約，那是來自崩垮的巨大支柱，悶燒了整夜，直至燒入核心。圓頂之內，一股酸臭的餘煙徘徊不去，空氣窒悶難聞。一名高大的人影移動，影子也隨之爬上那陰鬱的黑暗之中。它時而彎腰，時而停駐，然後又跌跌撞撞、緩緩前進。

門邊的男子喊道：「岡納！岡納師傅！」

圓頂內的男子驀然停步，動也不動，朝門口看去。他方自地上的狼藉殘骸中撿起了某樣半焦的物品，僵硬地將那東西收進外套口袋，目光依然沒有離開門口。他朝那人走去，雙眼又紅又腫，幾乎睜不開。氣息粗重嘶啞，頭髮和衣物都燒焦了，沾染著黑色的灰燼。

「你方才躲在哪兒？」

圓頂中的男子茫然指向地面。

「下頭有地窖？起火時你一直在那？老天！躲在地底！我就知道！我就知道你會在這。」博德大笑出聲，顯得有那麼些瘋狂。他拽住岡納手臂。「來吧，看在上帝的分上，快離開這裡，東方天色已經開始亮了。」

天文學家不情不願地走出廢墟。他沒有望向灰濛濛的東方，而是回頭看向圓頂上的裂口。透過縫隙，可以看到燦然的星光。博德將他拉出屋外，逼他一同上馬，旋緊、握緊轡繩，策馬快步下山。

天文學家一手握著鞍頭，另一手緊緊按在大腿上。這隻手在撿起灰燼下方一塊依舊燒紅的金屬殘骸時，掌心與五指都給灼傷了。他並非有意識地這麼做，也非出於疼痛。有時候，他的感官會告訴他：「我正騎在馬背上。」或是「天色越來越亮了。」但這些殘篇斷簡就像是無意義的囈語。清晨的寒風越發強勁，他冷得發抖。兩人一齊噠噠穿過昏暗的樹林，沿著一條深幽的小徑前進，頭頂的枝枒間懸垂著絨草與荊棘，但這些樹木、晨風、透著魚肚白的天空與寒意彷彿都如此遙遠。在他腦海之中，除了那片燒灼著烈火與惡臭的黑暗，再也容納不下其他東西。

博德要他下馬。天色已明，在河谷上方的岩石間拉出長長的光影。這兒有個漆黑的洞口，博德催促他，將他拉進那片黑暗之中。洞裡並不炎熱或封閉，而是寒冷且僻靜。博德一允許他停步，他便頹然跪倒，雙膝再難支撐他站立，燒灼刺痛的掌心感到岩石傳來的沁涼寒意。

「老天，先在這躲一躲吧！」博德說，舉起手上的提燈，環顧四周紋理密布、被礦工鑿得傷痕累累的岩壁。「或許天黑後我會再回來。別出去，也別再往內走。這兒是古老礦場的入口，已經廢棄多年，無人使用了。那些老舊的坑道可能又溼又滑，處處是危險的陷阱。記住，千萬別出去！躲好，別出聲，等那些走狗離開後，我們就送你出邊境。」語畢，博德便轉身離開這座漆黑的窟穴。待腳步聲遠去良久，天文學家抬起頭，環顧四周昏暗的岩壁，以及那根小小的燃燭。不一會兒，他將蠟燭吹熄。瀰漫濃濃泥土氣息的黑暗圍攏而至，無聲無息，沒有絲毫縫隙。黑暗中浮動著幽綠的形體與赭紅的輪廓，然後緩緩褪去。那晦暗而冰涼的幽闇撫慰了他燒灼刺痛的雙眼與心靈。

他坐在黑暗中，即便腦中思緒翻湧，那些念頭也毫無條理。他感到渾身發燙，因為疲憊、因為吸入太多的濃煙，也因為身上幾處輕微的灼傷，只覺心思異常紊亂。但或許，就算他的思緒依舊清晰冷靜，也從不曾正常。有哪個正常人會耗費二十年的光陰研磨鏡片、打造望遠鏡、觀察星辰，只顧著計算、製圖、列表。為了什麼呢？為了那些無人知曉、無人在乎，也無人能夠企及、觸碰並掌握的東西。如今，他畢生心血都已灰飛煙滅，毀滅殆盡。他僅存的一切還不如像此刻一般深深埋在地底。

但埋葬二字並沒有出現在他的思緒裡。他滿腦子能察覺到的，只有那重如千斤並且難以承擔的憤怒與哀戚。這重擔壓垮了他的心智、磨滅了他的理性，但身旁的黑暗似乎緩解了這壓力。他生活於黑夜，早已習慣了漆黑。在這裡，他能感受到的重量只有岩石、只有土泥。這世上沒有任何岩石比得上憎恨堅硬，也沒有任何土壤比得上惡意冷冰。地底漆黑的純摯自四面八方環繞著他，他躺寐其中，因為痛苦，也因為痛苦的緩解而微微哆嗦，緩緩睡去。

光亮喚醒了他。博德伯爵來了，用燧石與鋼鐵點燃蠟燭，他的面孔在火光中如此強烈而鮮明：那對屬於敏銳獵人的湛藍雙眼、那雙性感又執拗的紅唇。「他們正在搜捕你。」他說，「他們知道你逃脫了。」

「為什麼……」天文學家說，聲音細若蚊鳴。他的喉嚨也像眼睛一樣，依舊被濃煙薰得灼痛。「他們為什麼要抓我？」

「為什麼？這還用問嗎？好把你活活燒死啊！因為你散布異端邪說！」博德憤怒的藍眼刺穿平穩的燭光。

「但我所做的一切都沒了，都燒光了啊。」

「沒錯，巢穴是給翻出來了，狐狸呢？他們要的是那隻狐狸！可是我才不會讓他們得逞！」

天文學家用那雙眼距開闊的淺色瞳眸牢牢迎視他目光，問：「為什麼？」

「你覺得我傻。」博德咧嘴一笑。那並不是個親切的微笑，而是狼一般、屬於獵人也屬於獵物的笑容。「我也確實是傻，傻到來警告你，但你從來不聽。也因為我傻，才會聽你說話。可是我喜歡聽你說話。我喜歡聽你談論星辰、談論星球的運行、時間的終結。除了你，還有誰會和我說穀種與牛糞以外的事？這樣你明白了嗎？況且，我不喜歡士兵、不喜歡陌生人，也不喜歡審判和火刑。你有你的真理、他們有他們的真理，可我對真理又知道些什麼？我是個師傅嗎？我了解星辰的運行嗎？了解的人或許是你，或許是他們。我知道的只有你曾坐在我桌邊，和我說話。難道我會眼睜睜看你被燒死？他們說那是上帝之火，但你說星子才是上帝之火。『為什麼？』你怎麼會問我呢？你怎麼會拿傻子的問題去問個傻子呢？」

「對不起。」天文學家回答。

「你對人性有任何了解嗎？」伯爵又說，「你以為他們會放過你，又以為我會讓他們燒死你。」他透過燭光，望著岡納，臉上咧著大大的笑容，彷彿一頭凶猛的狼，但在那雙藍眼中又閃耀著興味盎然的光芒。「懂嗎，我們俗人是生活在塵世之間，而非那高高的星辰之上……」

他帶來了一盒火絨、三根油燭、一瓶水、一球豆泥以及一袋麵包，沒待多久便迅速離去，並再次警告天文學家千萬不可離開礦坑。

待岡納再次醒轉，周身有種極不對勁的異樣感，令他心神不寧。但這並非來自一般人為求保命而藏身洞窟會有的那種惶急擔憂。最令他不安的是，他不曉得現在的時刻。

他想念的並非時鐘，不是村裡教堂那提醒村民晨禱晚禱的甜美鐘響，也不是他觀測所內那些精巧準確的計時器——因為它們的精準，他才能有那麼多的發現。不，他懷念的並非鐘錶，而是天上那獨一無二的偉大日晷。

不見天日，就無從得知地球的轉動。無論是時間的運行、太陽的耀眼弧線、月相、天體的躍動、星座沿著極星繞行或物換星移的廣大軌跡，所有交織成他一生的經緯，統統消失了。

在這裡，不存在時間與光陰。

「主啊，」天文學家岡納在地底的黑暗之中禱告，「讚揚祢為何成了一種冒犯？我透過望遠鏡所見的，都不過是祢榮光中的螢燭之火、祢造物中的一絲半縷。主啊，祢不可能因此心生妒忌！況且，相信我的人寥寥無幾。是因為我傲慢不遜、膽敢描述祢的神蹟嗎？但主啊，是祢讓我看見了無窮的明星，又叫我能如何壓抑？我要怎麼在得見之後又緘默不語？主啊，請別再施予我更多懲罰，讓我重新打造一枚小小的望遠鏡。若那會煩擾祢神聖的教會，我將不再發表、不再言及。我將不再談論任何有關天體運行或星辰本質的話題。主啊，我會保持緘默，只求祢讓我再見光明！」

「搞什麼，岡納師傅，安靜點，我進來沒多久就聽見你的聲音了。」博德說。天文學家睜開眼，瞧見博德手中提燈的明耀火光。「他們開始對你進行全面搜捕了。你現在成了個巫師。他們發誓，抵達你家時明明看見你在屋裡安睡，也封鎖了所有出路，但灰燼裡卻硬是找不到半根骨頭。」

「我是睡著了沒錯。」岡納遮著眼回答，「然後他們來了，那些士兵……我該聽從你的警告的。我躲進圓頂室下的密道。留著那條密道原是為了讓自己能在寒夜裡返回爐火之前。有時候，我手指實在是凍僵了，不回去暖一暖實在不行。」他攤開起了水泡的焦黑掌心，恍恍惚惚地望著它們。「然後，就聽見上頭傳來動靜……」

「喏，我給你帶了更多食物。怎麼回事？你都沒吃嗎？」

「我在這裡多久了？」

「已經過了一天一夜。現在是晚上，外頭正下著雨。聽著，岡納師傅，我宅子裡現在住了兩條黑犬，是議會派來的密探，所以我不接待不行。這裡是我的領地，他們在這兒，而我是領主，所以要抽身過來實在不容易，我也不想派手下跑這一趟。若教士問起他們：『你知道他現在人在何處嗎？你能坦承告訴上帝自己不知道他藏身何方嗎？』因此他們還是不知道為妙。我會盡量抽空過來。你自己在這可以吧?你能再多藏一會兒嗎?等他們離開後,我會送你出去,離開邊界。他們現在就像群揮之不去的蒼蠅。別再像剛才那樣大聲嚷嚷了,他們摸不準會搜索這些老舊的坑道,你該再躲進去一點。我會回來的。願上帝與你同在,師傅。」

「願上帝與你同在,伯爵。」

就在伯爵拾起提燈、轉身離去時,他看見了博德眼中的藍,也看見幽影在斧鑿的巖頂上跳躍。博德轉身,熄滅燈火,光芒與色彩也隨之隱去。岡納聽見他一面咒罵,一面跌跌撞撞摸索前進。

不久後,岡納點燃了支蠟燭,吃了些東西,也喝了點水。先是吞了些放久的麵包,然後掰了塊變硬的豆泥。博德這回帶來了三條麵包、少許醃肉、兩根蠟燭、另一皮囊的清水,以及一件沉重的粗呢斗篷。岡納並不覺得冷。他穿著自己的斗篷,每回寒夜裡必須待在觀測所,他總是穿著它。等到天亮跌跌撞撞地爬上床,也常常就這麼裹著它入睡。那是用上好的羊皮製成,但因他在圓頂室的殘骸廢墟中東翻西找,已變得骯髒不堪,袖口也燒焦了。然而它一如既往地溫暖,就像自己的第二層皮。他縮在斗篷內,一面吃食,一面凝望。目光穿透昏黃的燭光,注視後方地道的黑暗。「你該再躲進去一點。」博德的話在他心頭繚繞不去。吃飽後,他將食糧與物資裹進斗篷內,一手拎著包袱,一手提著點燃的燭火,朝支道前去,走入洞口,往地底深處邁進。

數百步後，他來到一座大型的坑道匯口前，從這兒可見許多短短的支道以及幾座寬闊的穴室或礦坑。他轉向左方，不久後抵達一處三層高的大礦穴。他走了進去，最高的一層距離洞頂大約只有五英尺，洞頂上仍支撐著牢靠的木梁與木柱。在最裡邊的角落上，有塊傾斜突出的石英岩，礦工留著它充作扶壁，岡納就在後方紮起新營，將飲水、食物、火絨匣與蠟燭擺在他於黑暗中也能輕易拿取的地方，並把斗篷鋪在布滿堅硬土塊的地面上，充作床墊，然後吹熄已燒了四分之一的蠟燭，在漆黑中躺下。

待他第三次回到頭先的支道，卻不見絲毫博德歸返的蹤跡，他回到營地，盤點起自己的食糧與物資。他還剩兩條麵包、半囊水、原封不動的醃肉，以及四根蠟燭。他推估博德上回來此已是六天前，但也可能是三天或八天。他口渴難耐，只是沒有其他水源，又不敢喝水。

他決定出發尋找水源。

起初，他還記得要計算步伐。但一百二十步後，他看見坑道的支柱歪斜，還有好些地方的石堆坍落，將通道阻斷一半。他來到一座垂直的礦井前，殘存的木梯讓他能輕易往下攀去。不過到了下方他就忘了要繼續計算步伐。走著走著，他看見了個十字鎬的把手，再之後是礦工棄置的頭巾，與一截仍插在凹洞內的蠟燭。他將蠟燭塞進外套的口袋中，繼續前進。

千篇一律的砍鑿岩壁與鋪板麻木了他的思緒，岡納如行屍走肉般腳步不停，黑暗在前後兩方如影隨形。

燭火將盡，炙熱的蠟油濺灑在手指上，疼痛不已。他鬆了手，蠟燭落地熄滅。

他在突如其來的黑暗中摸索，煙霧的惡臭嗆鼻難聞。他抬起頭，閃避那股焦臭味。在他前方，遠遠的正前方，他看見了星辰。

微小、遙遠、燦亮，就在那窄小的裂隙中，宛如觀測所圓頂上的狹長孔洞：黑暗中一弧星光滿溢的橢圓。

他起身，已將蠟燭的事拋諸腦後。他邁步朝那些星子奔去。

它們閃動、跳躍，就像望遠鏡的發條裝置開始顫抖、或他雙眼極其疲憊時會在鏡頭中看到的那樣。星子跳動，變得更加明亮。

他來到星光之中。它們開口說話。

火光在一張張黝黑的面孔上投射出怪異的光影，映在一雙雙明亮活躍的眼中，顯得神采奇異。

「瞧瞧，瞧瞧，這人誰啊，漢諾？」

「老兄，你跑來這老礦坑做什麼？」

「嘿，他誰啊？」

「搞什麼，攔住他——」

「嘿，兄弟！等等！」

他盲目奔進眼前的黑暗，循來時路折返。光芒尾隨，他緊追著自己在坑道內投射出的那道模糊巨影。待影子被熟悉的黑暗所吞沒、舊有的死寂再度籠罩，他仍踉蹌前行，弓身摸索，以至於不時四肢跪地，或一手伸在前方爬行。終於，他癱倒在地，背倚著牆，緊緊蜷縮成一團，胸口有如烈火焚燒。

四下俱寂，黑暗無邊。

他在口袋的錫製燭臺裡找到那根短短的蠟燭，並用燧石與鋼鐵點燃燭火。藉著火光，他可以看見那道豎井就在前方不到五十英尺外。他回到營地，入睡，醒轉後吃了點東西，喝完最後的水。他本打算起身再次出發尋找水源，可是又睡著了，或只是打了個盹兒，恍惚出神，夢見有個聲音開口對他說話。

「總算找到你了。沒事的，別怕，我不會傷害你。我就跟他們說不是什麼妖精了，啥時看過像人類一樣高的妖精呢？更甭說壓根沒人見過那鬼玩意兒。我說啊，真有的話你才看不見呢。我們看見的是個人，肯定是。那他跑來這礦坑做啥呢？他們問：如果他是鬼怎麼辦呢？當初水壩潰堤，不是有個人給沖進南邊那個舊坑，困在裡頭淹死了，說不準是他現在跑出來陰魂不散了。我說，若是那樣，我就去看看。我這輩子鬼故事聽多了，還沒親眼見過鬼呢。對於不該看到的東西我是沒啥興趣，像是那些妖精什麼著，但如果能再見上泰蒙或老崔普一面，又有啥關係呢？又不是沒在夢裡見過，到頭來還不都一樣，就像他們生前，成天辛勞工作，滿頭大汗。所以跑這一趟又有何妨？所以我就來了。但你不是鬼，也不是礦工。逃兵，或許吧，也可能是盜賊。還是你瘋了呢？可憐的傢伙？別怕。要不你就躲著吧，反正和我沒關係。這兒的空間綽綽有餘。你為啥要躲在這不見天日的地方？」

「那些士兵……」

「我想也是。」

老人頷首，綁在他額前的蠟燭在坑頂投映出跳躍的光芒。他蹲在岡納十英尺遠外，雙手垂落膝間，腰上掛著一綑蠟燭、一把十字鎬，以及一個外型精細的短柄工具。在搖曳不定的燭火星光下，他的面孔與身軀呈現泥土般的色彩，光影參差朦朧。

「請讓我待在這兒。」

「歡迎啊！待啊！礦場又不是我的。你是怎麼進來的？河流上方那個老入口嗎？能找到算你走運。在交岔口那兒轉進這兒，而非往東走。朝東走的話會走進巖穴，知道嗎？那兒的巖穴可大著，除了礦工外沒有人知道。那些洞穴是在我出生前就鑿開，一路循著往地面延伸的舊礦脈開挖。我見過那些洞穴一次，老爸帶我去的。你好歹得去見識一次，他說，看看地底的世界，那兒廣大遼闊、無邊無際，而且就像天空一般深。有道漆黑的溪水不停往下流，直到蠟燭的火光也被吞沒，還是看不見盡頭。那水聲就像黑暗中無止境的低語。在那之後以及下方還有更多洞窟，數也數不盡啊，大概是吧，誰知道呢？洞下又有洞，除了閃亮亮的晶石外什麼也沒有。全是荒石，而且好多年前都給挖光囉。如果沒有撞上我們的話，那也算是個安全的地方了，兄弟，你想找啥呢？食物？還是張人類面孔？」

「我想找水。」

「那可是一點都不缺呢。來吧，我帶你去。這兒下方多的是泉水。你拐錯彎了。我以前在下面工作過，在礦脈挖完之前，那該死的冷泉可是一路淹上我膝蓋呢。好久好久以前的事了，來吧。」

帶他去看過泉水的位置後，老礦工便將岡納一人留在營地。離去前不忘警告他千萬別再循著水流往下走，因為那兒的木料都爛了，只要踏上一步或發出一點聲響，土石就會坍落。下頭所有木材都覆蓋著一層深幽閃亮的茸茸白垢，大概是硝石，或是黴菌：在油亮的水面上顯得特別詭異。又只剩下他一人後，岡納覺得那條盈滿黑水的白色坑道及那名礦工都是一場夢。待他看見坑道遠遠另一頭亮起光芒，他閃身藏到那面石英扶壁之後，手裡握著一大塊石頭——因為，在這黑暗裡，他所有的恐懼、憤怒及悲傷，全化為一股鋼鐵般的意志，他絕不讓任何人傷害自己。那是分盲目的決心，駑鈍、沉重，猶如一枚殘破的石塊，沉甸甸壓在他心頭。

結果，來人只是那名老叟，身上帶著塊要給他的乾酪。

他與天文學家同坐交談。岡納已不剩半點食物，便把乾酪吃了個乾淨，聽老人自顧自地開口。他聽著，覺得那重擔似乎減輕了點，他也似乎又可以多望進那黑暗幾分。

「你不是一般的士兵。」礦工說。岡納回答：「不，我過去曾是個學生。」僅此而已，他不敢告訴礦工自己的真實身分。老人知道這一帶發生的大小事，說起山丘上那棟失火的圓頂屋還有博德伯爵。「他和他們一塊兒進城了，那些黑衣人，說是去議會接受審判。審判啥呢？除了獵豬、獵鹿、獵狐狸外，他又幹過啥事了？是狐狸議會要審判他嗎？是出了啥事了現在？又是打探、又是士兵、又是放火、又是審判的？就不能放老實人清淨嗎？伯爵是個正直的好人，在富人裡算好的了，是個公正的地主。但是你不能相信他們，那夥人一個都不能信。只有在這兒，你可以信任礦坑底下的人。除了自己和同伴的雙手外，咱們什麼都沒有。當礦穴裡出現了個坑洞或礦井忽然坍方，而你被困在封閉的那一頭時，除了同伴的雙手、鐵鍬，以及他們想救人的意志力外，還有什麼擋在你和死神之間？若是在這黑暗底下沒有信任可言，上頭又哪來那麼多銀子可用？在這下頭，你可以信任自己的同伴。除了他們，沒有人會來這裡。你能想像那些穿著錦衣玉服的領主或士兵爬下梯子，沿著巨大的豎井不斷往下爬，深入黑暗之中嗎？怎麼可能！他們是有那膽子在草地上行走啦，但在黑暗中刀劍和吆喝有什麼用？我倒是想看看他們下來這兒……」

他下回來時，身旁多了個男人。他們帶來了一盞油燈、一陶罐的油脂，以及更多的乳酪、麵包，還有些蘋果。「油燈是漢諾的主意。」老人說，「燈芯是麻線搓成的，如果熄了，給它用力一吹應該就能再次點著。這兒還有一打蠟燭。是年輕的派爾從賑濟處那兒偷來的，上頭那兒。」

「他們都知道我在這兒？」

「我們知道。」礦工飛快地說，「他們不知道。」

一段時間後，岡納沿著先前下方那條西向的甬道前進，直到看見礦工的燭光如星辰般閃耀。他走進大夥兒正在開採的礦坑內，眾人與他分享食物，還帶他去看了礦坑周遭的環境、幫浦，以及巨大豎井上的梯子、滑車、以及吊桶。他避開井坑，因為從那座大井吹下來的風聞起來透著股焦臭。他們帶他回到礦坑，讓他一塊兒幹活，把他當客人和小孩一樣對待。他們收留了他。他是他們的祕密。

若是在這黑暗的地底之下什麼也沒有——沒有祕密、沒有寶藏、沒有任何見不得光的事——要如何終其一生、日復一日在這耗上十二個鐘頭？

沒錯，這兒是有銀礦。但過去，曾有十支十五人的隊伍在這些礦坑裡開採。嘟噥聲、談話聲此起彼落、不絕於耳。滿載而歸的吊桶不停匡啷啷往上送，絞盤發出刺耳的摩擦，然後再乒乒乓乓倒進推車沉重的車箱中。如今，卻只剩一支八人的隊伍，而且都年逾四十，除了採礦外，再無其他一技之長的老人。這些堅硬的花崗岩床中仍舊存有少許的銀，就在母岩的小小礦脈之中。有時候，他們會在兩週內又多挖開一英尺長的石礦。

「這兒曾是個上好的礦場。」他們總自豪地說。

礦工們向天文學家示範要如何使用鋼鑿、如何揮動鐵錘、如何用完美平衡且尖銳鋒利的十字鎬開鑿石岩。如何揀選、如何「碎石」、如何尋找純金屬那耀眼異常的支脈與藏量豐富的岩礦碎片。他每天都去給他們幫手，在礦坑內等他們到來，拿起鐵鍬或任何尖銳的工具輪番工作一整天、沿著木軌將礦車推至那巨大的豎井邊，或在坑道盡頭幫忙。他們不會讓他幹上太久的活，自尊與習慣都不允許他們這麼做。「好了，像伐木工一樣，砍到這樣就好了。看，就這樣，明白嗎？」可是之後又會有另一人說：「兄弟，幫我敲一下，這兒，在這鋼鑿上，沒錯。」

他們與他分享自己粗糙又貧乏的食糧。

到了夜裡，待他們爬上那長長的橫梯，「回到草地上」——他們都這麼說——獨留他一人在這空盪的地底，他會躺下來，想著他們。想著他們的臉龐、他們的聲音、他們那沉重厚實、傷痕累累又沾滿泥土的雙手，老人們的指甲因敲擊岩石和金屬變得又厚又黑。這一雙雙靈巧而脆弱的手打通地底，在堅硬的石岩中找到熠熠生輝的銀礦。那些他們從未擁有、從未保存，也從未有機會花用的白銀。這些銀並不屬於他們。

「假如找到新的礦脈、新的礦床，你們會怎麼做？」

「開挖啊，告訴雇主。」

「為什麼要告訴雇主？」

「為什麼？因為我們有挖到東西才有錢賺啊！你以為我們是因為好玩才來幹這苦差

事的嗎？」

「對。」

眾人哄堂大笑，笑聲宏亮而嘲諷，又無半分惡意。一雙雙活躍的眼神在蒙著塵土與汗水的漆黑面孔上閃閃發亮。

「啊，如果能找到個新礦脈就好了！我家婆娘就可以養頭豬，像過去那樣。而且看在上帝的分上，我就可以泡在啤酒裡游泳了！但若真還有銀礦，他們早就發現了，所以才會一路開挖到那麼東邊的地方。可是那兒什麼也沒有，這兒也都挖完了，總而言之就是這樣。」

時光前後綿延，一如礦場內的漆黑坑穴與岔口，全都同時並存，他和他小小的蠟燭在哪兒，它們就在哪兒。只剩他一人時，天文學家時常在老礦坑與坑道內四處遊盪。他已熟悉哪些地方危險、哪些深層礦洞裡淹滿了水，也清楚要如何應付那些搖搖欲墜的橫梯與狹仄的空間。他著迷於燭火映在岩壁與石面上的光影，還有那彷彿來自岩心深處的雲母澤光。為什麼它有時會發出如此光芒呢？就像燭火在那閃耀破碎的表面深處找著了什麼，而它眨眼回應，神祕難解，宛如躲到一片雲朵或某個看不見的星環之後。

「地底裡有星辰，」他思忖，「只要我知道該如何去看就好了。」

他雖不擅使用十字鎬，卻對機械十分拿手。眾人為他的手藝所折服，帶來各種工具給他。他修好了幫浦與絞盤，還替在一條狹長甬道盡頭工作的「年輕的派爾」做了盞吊燈。他先是將充作燭臺用的錫筒敲成一片弧面，接著再用細緻的塵砂與他外套上的羊皮內襯拋光表面，將它改造成一面反射鏡。「太神奇了，」派爾說，「亮的像天光一樣，只是在我後頭，空氣變差時不會熄滅，讓我知道該離開這裡，去呼吸些新鮮空氣。」

他會這麼說，是因為礦工在蠟燭缺氧熄滅後仍能在狹窄的密閉空間中幹上一段時間的活兒。

「你應該在那兒架個風箱。」

「啥，把我當熔爐嗎？」

「有何不可？」

「你有在夜裡上去過嗎？」漢諾問，若有所思地望著岡納。他是個抑鬱寡歡、多愁善感又軟心腸的漢子。「就只是看看？」

岡納沒有回答，只是幫布蘭搭木料去了。過去曾由木工、負責推車和分類篩選的工人等處理的工作，現在都讓礦工給包辦了。

「他打死也不敢離開礦坑。」派爾低聲說。

「就去看看星星，呼吸下新鮮空氣。」漢諾回答，彷彿仍在和岡納說話一樣。

有一晚，天文學家清空了他的口袋，看著打從觀測所燒燬那夜後就一直擱在裡頭的物品，那些他曾揀拾但已不復記憶的物品。那時候，他在餘火未盡時於殘骸中蹣跚摸索、四處尋找……尋找他所失去的……他不再去想自己失去了什麼。那已被一層厚實的火吻瘢疤封鎖在心靈深處。許久以來，這道心靈上的傷疤讓他無法理解如今排列在蒙塵石地上的物體：一綑焦了一整面的紙捲、一片圓形的玻璃或水晶、一條金屬管、一枚做工精細的木齒輪、一小團焦黑扭曲、刻著細線的銅塊——各式各樣的碎屑、殘骸、片段。他並沒有嘗試剝除半燒融於紙上的葉片，閱讀那精巧的字跡，而是直接將紙捲收回口袋。他繼續端詳，偶爾會拿起一樣物品檢視，尤其是那片玻璃。

他知道這是他那具十寸望遠鏡的目鏡，鏡片是他自己親手磨的。他小心翼翼地將鏡片拿了起來，捏著邊緣，以免肌膚上的酸性物質腐蝕玻璃。最後，他用外套上拔下的一束柔細羔羊毛線將它擦拭乾淨。待鏡面被擦得晶瑩透明，他將它高高舉起，以各種角度仔細端詳。他的神情平和而專注，眼距開闊的淺色瞳眸穩定、沉著。

他斜斜舉著鏡片，鏡緣附近映著一小點燈火的耀眼光芒，似乎就在表面的圓弧之下，就像是在觀看了無數晚的夜空，它悄悄把一顆星了藏進其中。

他小心翼翼地將鏡片裹在羊毛內，並在火絨盒騰了個位置給它，然後又一個接一個拿起其他物品。

接下來幾週，礦工們幹活兒時比較少看到他們的這名逃犯了。他常獨自一人四處遊盪，當他們問起時，他說，他是去探勘廢棄的東側礦場了。

「探勘什麼呢？」

「找找看有沒有礦脈。」他回答，飛快皺臉一笑，讓他看起來十足瘋狂。

「喔，小老弟，何必呢？那兒什麼都沒有啊。銀礦都給挖光了，東側那半點礦脈都沒找到。可能會找到些貧脊的礦層或錫石，但都不值得開挖啊。」

「你怎麼知道在這地底裡、在你腳下的石頭裡有些什麼呢？派爾？」

「我懂得怎麼看徵兆啊，老弟，誰能比我更了解呢？」

「假如那些徵兆都給藏起來了呢？」

「那表示銀礦也給藏起來了。」

「但是你知道它就在那兒，只要你知道該去哪裡開挖、只要你能看見岩石裡有什麼。誰知道裡頭還有什麼呢？因為你尋找、開挖，所以才能找到金屬。假使你繼續找、繼續挖，誰知道礦脈之下還藏著些什麼？」

「岩石。」派爾回答，「除了岩石，還是岩石。」

「在那之下呢？」

「在那之下？要我說的話，大概是地獄之火吧。要不為什麼井挖得越深就越熱？他們都是這麼說的，因為越來越靠近地獄了。」

「不。」天文學家字字鏗鏘地回答，「不，岩石之下並不存在地獄。」

「那在地底最深處到底有些什麼？」

「星星。」

「啊。」礦工訝然道，搔了搔粗糙油膩的頭髮，笑了起來，「真是個裝腔作勢的傢伙。」他說，用同情與欽佩的眼神望著岡納。他早知岡納神智不清，只是不曉得他原來這麼瘋，而且瘋得這麼妙。「那你會找到它們嗎？就是那些星星？」

「只要我學會該怎麼找。」岡納回答，語氣平和到派爾無言以對，只能重新舉起鐵鍬，將石塊鏟上推車。

一天早上，當礦工下來，發現岡納還在睡，身子裹在博德伯爵給他的那件破爛斗篷中，旁邊擱著個奇怪的物品，看起來像某種儀器，上頭有銀管、錫桿、用舊頭燈底座敲成的金屬線，以及一組用十字鎬把手組合而成，並經過精心裁切、仔細丈量的骨架，還有齒輪與一小片閃閃發亮的玻璃。這玩意兒難以理解，東拼西湊卻又精巧細緻。瘋狂，卻又複雜。

「這什麼鬼東西啊？」

眾人佇立四周，瞪著那玩意兒，頭燈的光芒全集中在它上頭。偶爾有人轉頭望向那具沉睡的人影，黃色光柱便轉映其上。

「肯定是他自己做的。」

「沒錯。」

「做啥用的呢？」

「別碰。」

「我沒要碰。」

天文學家被眾人的說話聲吵醒，坐了起來。燭火昏黃的光束讓他面孔在黑暗中顯得益發蒼白。他揉揉眼，向眾人招呼。

「那是做啥用的啊，小老弟？」

看見引發眾人好奇的東西後，他臉上流露不安困惑的神色，一手像防衛似的按在那東西上，但一時間自己眼神裡也透著茫然，彷彿不知道那是什麼。最後，他終於皺起眉，低聲回答：「這是臺望遠鏡。」

「那是啥？」

「讓你可以清楚看見遠方景物的一種儀器。」

「怎麼會？」一名礦工不解地問。天文學家逐漸恢復了信心，答道：「利用光和鏡片的部分特性。眼睛雖是一種精密的器官，但是天地間有半數事物我們都無法用肉眼看見——不，遠遠超過一半。夜空漆黑，人們總說星辰間只有虛空與黑暗。若將望遠鏡轉向星辰間的空白，你會看見更多星辰！它們太過遙遠、太過隱約，因此肉眼無法得見，其實則星羅棋布，光輝璀璨，一直綿延至宇宙的極致邊界。在太虛的黑暗中、在人類的想像範圍之外，依舊存在著光明：那是屬於太陽的偉大榮光。我曾親眼見證過，我曾親眼見證，夜復一夜，並描繪出星辰的位置，那一座座上帝矗立於黝黑濱岸的燈塔。而這兒也存在著光！這世上沒有無明的所在，沒有一個地方不存在造物者的撫慰與光采。沒有一個地方是被捨棄、被屏除、被拒於門外的。這世上沒有任何一個地方是完全黑暗。只要上帝目力所及，那兒就必定有光。我們必須走得更深、看得更遠！只要我們有心，就會看見光。不僅僅是透過雙眼，還要憑藉雙手的技能、腦海的智識、內心的信念，方能揭露那不可見的事物，讓祕密光明正大顯現，而所有漆黑的地底都將如沉睡的星辰般光輝閃耀。」

他說得鏗鏘有力。礦工們聽得出，那種權威的語調是屬於教士、屬於在教堂中聲聲迴盪的偉大詞句，但並不屬於這裡，不屬於這個他們賴以維生的地洞，也不屬於一名發瘋逃犯的胡言亂語。之後，眾人談論起這事，不是搖搖頭就是敲敲腦袋。派爾說：「他越來越瘋了。」漢諾附和：「可憐啊可憐！」但是同時間，大家也都相信天文學家說的每一字每一句。

「讓我看看。」布蘭在東側的深坑裡找到獨自忙著研究那精密裝置的岡納，這麼說道。第一個跟蹤岡納、帶食糧給他、並把他介紹給其他人的就是布蘭。

天文學家欣然退開，教布蘭要如何將鏡頭指向坑道地面、如何瞄準、如何對焦，並試著解釋它的功能，以及布蘭可能透過鏡片瞧見的景象。他說得結結巴巴，因為他並不習慣向不知者解說。不過，即便布蘭無法理解，他也沒失了耐性。

「除了地面還有上頭的小灰塵小石頭外，我啥也沒瞧見啊。」老人在鏡頭前認真觀察許久後這麼說道。

「或許是燈火遮蔽了你視線。」天文學家謙遜道，「無光的時候比較容易看見。我看得見是因為經驗豐富，熟能生巧。就像鋼鑿，你們知道該怎麼用，我卻老是犯錯。」

「啊，或許吧。告訴我你都看見了什麼——」布蘭遲疑了。不久前，他終於恍然大悟，猜想到岡納的身分，不過明白他是異端分子並沒有帶來任何差別，只是知道了他是個有學問的人，讓他很難再繼續稱呼他為「同志」或「小老弟」。但是在這兒、在經過這麼些時間之後，他也無法稱他一聲師傅。儘管這名逃犯總是溫和親切，有時候，卻會說出震懾人心的雄渾話語。有時候，很容易尊稱他一聲師傅，但那也令他恐懼。

天文學家一手按在他那具儀器上，輕聲回答：「我看見了……星座。」

「星座？那是什麼？」

天文學家望著布蘭，目光怔忡而遙遠，不久後回答：「夏季時的北斗七星、天蠍座、銀河旁的鐮形星群，這些都是星座，也就是聚集的星辰、它們組成的圖樣、彼此間的親子關係、相似處……」

「你用它在這裡看到了那些東西？」

天文學家依舊用那雙出神而澄澈的眼眸、透過微弱的燈火望著他，點了點頭，沒有開口，只是指向兩人腳下的岩石，這片鑿痕累累的地面。

「它們是什麼模樣？」布蘭壓低音量問。

「我只是驚鴻一瞥、轉眼即逝。這份技藝我尚未習全，它和我過去所熟悉的技巧有些許不同……但它們確實在那兒，布蘭。」

如今，他們上工時，鮮少在開挖的礦坑內見到天文學家的身影，甚至不見他前來一塊兒用餐，可是他們總會為他留些食物。現在，他比他們任何人都熟悉這礦場，甚至是布蘭。他了解的不僅僅是「存活的」礦洞，還有那些「死去的」礦坑，也就是那些廢棄的礦穴，以及往東更深入朝巖窟而去的勘查坑道。他時常待在那兒，而他們並沒有跟隨。

當他現身，他們仍會與他交談，但現在多了分畏怯，也不再說笑。

有一晚，所有人正準備將最後一車礦石送回主井時，他出現了，忽然自他們右方的匯口現身。他同樣穿著那件破破爛爛、被坑道土石與塵灰染髒的羊皮外套，一頭金髮全變得灰白，目光清明而澄澈。「布蘭，」他說，「跟我來，我現在可以帶你去看了。」

「看什麼？」

「星辰，岩石底下的星辰。第四層的老礦坑裡藏著雄偉的星座，就在白色花岡岩貫穿黑色岩脈那兒。」

「我知道那地方。」

「它就在那兒，在我們腳下，在白色岩壁邊，一大群閃耀的星子。它們的光芒穿透黑暗，如同舞者的臉龐、天使的眼瞳。來看看它們，布蘭！」

礦工們佇立原地，派爾和漢諾背抵礦車，以免它滾落。一個個佝僂的身影、一張張疲憊而骯髒的面容、一雙雙因久握鐵鍬、十字鎬與鐵錘而扭曲堅硬的大手。他們臉上全寫著困窘、憐憫，還有焦躁不耐。

「我們要走了，回家吃晚飯了。明天吧。」布蘭說。

天文學家望向一張張的面孔，沉默不語。

漢諾用他那嘶啞而輕柔的語調說：「小老弟，就這麼一次，跟我們一塊兒上去吧。天色已黑，而且八成在下雨。已經十一月了，來我家爐邊坐坐，沒有人會見到你的。就這麼一次，來吃些熱騰騰的食物，睡在屋簷之下，別獨自待在這黑沉沉的地底！」

岡納後退，臉孔吞沒在陰影之間，彷彿燈光瞬時熄滅。「不，」他說，「那會灼傷我的眼睛。」

「讓他去吧。」派爾說，將沉重的礦車朝井坑推去。

「去我說的地方看看。」岡納對布蘭說，「那礦穴尚未死去，你自個兒去親眼看看。」

「好，好，我改明兒個會跟你去看的。晚安！」

「晚安。」天文學家回應，轉身消失在支道內。眾人離去。他手上沒有提燈，也沒有蠟燭。有那麼一會兒，他們仍能看見他，然後，便只有無明的黑暗。

翌晨，他沒在礦坑等待他們。他沒有出現。

布蘭與漢諾前去找尋，起先還有一搭沒一搭的，後來找了整整一天。他們鼓起勇氣，盡可能深入礦場，最後來到窟穴的入口，走了進去，有時還出聲呼喚。但是，即便做了一輩子的礦工，在如此巨大的洞穴內，他們仍不敢高聲叫喊，就怕那黑暗中無窮無絕的回音。

「下頭。」布蘭說，「他在底下更深的地方。他是這麼說的，要找到那光，你就得往下走，往更深處前進。」

「但這兒半點光也沒有啊，」漢諾低聲道，「這兒從來就沒半點光，打從開天闢地以來就是如此了。」

可是布蘭是個不服輸的老頭，耳根子軟，別人說什麼他都照單全收，而派爾又對他言聽計從。有一日，兩人來到天文學家提過的地方，一道堅硬巨大的白色花岡岩脈貫穿黑色岩層。五十年前，因為認定這兒什麼也沒有，所以依舊完好如初，並沒有開採。他們重新鞏固好舊礦坑頂上的老化木柱，開始挖鑿了起來。但挖的並非是白色的石脈，而是從它旁邊往下挖，天文學家在那兒留了個記號，用燭灰在石地上畫了個圖案或符號。一英尺後，他們挖到了個銀礦，在之下是一層石英，而在石英下頭（現在八個人全都來挖了），敲擊的十字鎬鑿出一片天然的裸銀，它的紋理、支脈、瘤塊、節點全都散落在碎裂的岩層與殘破的晶石間，閃閃發亮，猶如一顆顆星子、一團團群星。那深不見底，無窮無盡的光。

視界

我對這篇〈視界〉沒什麼可說的，它就像一種怒氣的昇華、一封忿忿不平的致編輯信、一聲輕蔑的嘲諷。

雪萊被牛津大學開除學籍，據說——我不認為這傳聞是真的，但誰在乎呢？——是因為他在一條死巷盡頭的牆上漆了句標語：**天國由此去**。有時我會覺得他這句話需要再重新漆上一遍。

那夜，我看見了永恆／
猶如一枚蘊藏無窮純淨之光的巨環……

——亨利・沃恩（Henry Vaughan），一六二一至一六九五年

直到歸航期開始前，心靈十四號的回報一直相當穩定，一切依照例行程序執行。忽然間，羅傑斯指揮官以無線電通知他們已離開地表，回到太空船上，開始啟航程序——比原先計畫整整提早了八十二小時又十八分鐘。不用說，休士頓自然要求他們提出解釋，但心靈號的回應斷斷續續，雙方間兩百二十秒的延遲更是令情況雪上加霜。心靈號一而再、再而三地斷訊。羅傑斯有一回表示：「如果我們想返航，現在就非走不可。」顯然是在回應休士頓的問題。可是下一次，就是休斯要求回報某讀數，然後是有關什麼東西的劑量。太陽雜訊干擾相當嚴重，收訊極為不良，尚未結束通話，便不再收到任何回音。

然而船上的自動訊息仍持續回傳。發射程序正常無誤。在二十六天的歸航期內，宇航員利用ＨＫＬ及靜脈注射進入睡眠狀態，回傳的報告也一切正常。心靈號上並沒有醫療監控系統，語音溝通是唯一的聯繫。到了第二日，船上的宇航員仍毫無音訊，休士頓長期以來的緊繃情緒更是一觸即發。

太空船上的自動系統由地勤人員指揮控制，當他們正要引導太空船重新進入大氣層，沉寂已久的擴音機中忽然傳出休斯的聲音。「休士頓，船上視線不佳，請提供讀數。」他們試著要引導他，但他手動矯正的結果卻是災難一場，地面管制中心花了五個鐘頭才將錯誤修補回來。他們要求休斯放棄手動操作，由他們來執行降落程序。可幾乎是才說完，太空船又斷了音訊。

雄偉巨大的白色降落傘在灰色的太平洋上展開，白空中緩緩飄落。高速燃燒的太空船噴發猛烈濃煙，筆直墜跌，在綿長深邃的起伏浪濤上安安靜靜地顛簸搖晃。地面管制中心技術絕佳，太空船降落在加利福尼亞號半公里內，直升機在上空盤旋待命，救生艇也集結完畢。太空船平穩停泊，艙門打開，沒有人倉皇奔出。

他們進入太空船內，將宇航員帶出。

羅傑斯指揮官仍繫著安全帶，坐在他的艙位上，身上也仍連著ＨＫＬ與點滴。他約已死亡十日，其餘組員未脫除他太空衣的原因也顯而易見。

坦姆斯基上尉表面上似乎毫髮無傷，只是像丟了魂般茫然失神，不曾開口說過一句話，對指示也毫無反應。他們必須硬將他帶離船外，不過他完全沒有半分抵抗。

休斯醫師儘管處於崩潰狀態，但是神智完全清醒，兩眼似乎都盲了。

「拜託……」

「你看得見嗎？」

「可以！求求你，把我眼睛矇住。」

「你能看見這光嗎？它是什麼顏色，休斯博士？」

「五顏六色。白色。太亮了！」

「可以請你指出光源位置嗎？」

「到處都是，太亮了。」

「休斯博士，房裡其實相當昏暗。可以麻煩你再次把眼睜開嗎？」

「這裡才不黑。」

「嗯。可能是過度敏感的情況。好，現在這樣呢？夠暗了嗎？」

「我不想看見任何光！」

「不，請你把手放下。放輕鬆。好，我們要把壓力罩戴回去了。」兩眼一有遮蔽，這名死命掙扎的男子便立刻放鬆下來，躺在原位，動也不動，用力喘息。一個月未剃的深色鬍鬚框在他狹長的面孔四周，臉上滿是汗珠和油光。「對不起。」他說。

「你先休息，我們晚些再試。」

「請睜開眼睛。房裡相當昏暗。」

「明明就不黑，你為何要這麼說？」

「休斯博士，你的臉我幾乎都要看不見了，這裡只有儀器發出的朦朧紅光，除此之外什麼都沒有。你能看見我嗎？」

「不！只要有光我就看不見！」

醫生調亮光照的強度，直到自己能看見休斯的臉孔、他那緊繃的下頷，以及眩惑恐懼、睜得大大的雙眼。
「好，這樣有比較暗嗎？」他問，語調中透著無可奈何的譏諷。
「沒有！」休斯緊閉雙眼，面如死灰。「好暈。」他喃喃道，「什麼都在轉。」然後，他開始大口喘息，吐了起來。

休斯未婚，也無任何近親，就他們所知，他最好的朋友是伯納·狄賽勒斯，他們兩人曾一塊兒受訓，狄賽勒斯曾是心靈十二號上的醫師——也就是在那趟任務，發現了火星城——和休斯在心靈十四號上擔任的職務一樣。他們將狄賽勒斯送至帕薩迪納的匯報中心，要他和這位友人談一談。不用說，談話過程都錄了下來。

狄：哈囉，傑瑞。我是狄賽勒斯。
休：伯尼？
狄：你還好嗎？
休：還好，你呢？
狄：很好。任務不容易啊，是嗎？
休：葛洛莉亞好嗎？
狄：很好，她很好。

休：她還在彈〈羅迪阿姨〉（*Aunt Rhody*）嗎？

狄：〔大笑〕喔，老天，不了。她現在會彈〈綠袖子〉（*Greensleeves*）了。起碼她說那是〈綠袖子〉。

休：他們把你找來這鬼地方做什麼？

狄：來看你啊。

休：真希望我也能這麼說。

狄：你可以的。聽著，我來這裡後，已經有三名驗光師——眼科醫師、眼部復健師，什麼都好——向我保證過，你的眼睛一點問題都沒有。實際上，是三名眼科醫生和一名神經科醫師。大陣仗的呢，不過他們都對這診斷非常肯定。

休：所以顯然是我的腦子有問題。

狄：或許是什麼地方錯線了吧，大概。

休：喬．坦姆斯基呢？

狄：不清楚。我還沒見到他。

休：有關他的情況，他們是怎麼跟你說的？

狄：他沒有這麼大隊人馬替他診治，只說他拒絕與外界接觸。

休：拒絕與外界接觸！老天，沒錯，就像塊石頭一樣。

狄：坦姆斯基？那個開心果？

休：一切就是從他開始的。
狄：什麼事？
休：在任務現場那兒。他忽然就停止回應。
狄：出了什麼事？
休：不知道。他就忽然停止回應，不再開口，不再回報。杜威認為他是精神崩潰。他們現在還用這名稱嗎？
狄：有提到這可能性。現場出了什麼不尋常的意外嗎？
休：我們找到了那房間。
狄：那房間，對，你們的報告裡有提到。我讀過了，還有你們帶回來的部分全息投影，了不起。那究竟是什麼，傑瑞？
休：我不知道。
狄：是建造出來的嗎？
休：不知道。那整座城市是什麼情況？
狄：是外力打造而成的，肯定是。
休：你怎麼知道，如果你不知道是什麼建造它的，又怎麼能肯定呢？貝殼是「打造」出來的嗎？如果你一無所知、沒有任何背景知識，也找不到它與其他任何東西的相似處，那麼，當你看著一枚貝殼和一個陶瓷菸灰缸時，你真分得出哪個是「打造」而成的嗎？它的目的是什麼？具有什麼意義？一只以陶瓷燒成的貝殼呢？馬蜂的蜂窩呢？晶洞呢？

狄：好，好，好。那那些東西呢？那些……你在報告中稱為「鴿子洞」的結構？我看過全息投影了。你認為那是什麼？

休：你認為那是什麼？

狄：我不知道。它們很古怪。我想過是否該用電腦分析一下它們的空間結構，找找看有無任何有意義的排列方式……你沒想過？

休：沒。可以啊，但你要怎麼設定何謂「有意義」？

狄：看它們是否具有數學上的關聯。任何幾何上的模式、規律性、暗碼。我也不曉得。那地方是什麼樣子，傑瑞？

休：我不知道。

狄：你常待在那兒？

休：幾乎是無時無刻；在我們發現之後。

狄：你就是在那裡發現自己視力出了毛病？是怎麼開始的？

休：景象開始失焦，像是用眼過度。離開房間後情況變得更嚴重，持續了好幾天。把ML帶上船時我還看得出東西的輪廓，之後就越來越惡化，開始會看見閃光，讓我無法辨別景深，感到頭昏腦脹。杜威和我設定好航線，事情大多是由我們其中一人來操作。可是他開始變得越來越瘋狂，不想使用無線電，也不肯碰船上的電腦。

狄：他……他怎麼了？

休：我不知道。我跟他說起我的視力問題時，他說他也開始出現顫抖的症狀。我說我們最好還是趁著有辦法時趕快回到船上，他說好，因為喬真的無法做事了。我們還來不及升空，他就開始抽搐，像是癲癇症發作——我是指杜威。結束後，他雖心有餘悸，但看起來還算正常。他操作飛行器，升空的過程還算順利，可是一進入太空船他又發作了一次，而且時間越來越長，沒發作時還會出現幻覺。我給了他些鎮定劑，將他固定在座位上。他已筋疲力盡。我也不曉得，等我睡著時，他可能已經死了。

狄：不，他是在沉睡中死去的。降落地球時大約已死了十天。

休：他們沒告訴我。

狄：這事你也無能為力，傑瑞。

休：我不知道，他那種症狀很像是負荷超載，就像所有保險絲都燒壞。他心力交瘁。發作時他說了些話，像是衝口而出，胡言亂語地嚷嚷——就像想在同時間說完一整句子。癲癇症患者在發作時是不會說話的，不是嗎？

狄：我不清楚。癲癇這種疾病現在已經控制得很好，很少聽人談論它了。他們能察覺異常、及早治療。如果羅傑斯真有這毛病……

休：沒錯，他們就不可能讓他參與這任務。老天，他可是在太空中足足待了六個月。

狄：你呢——六天？

休：跟你一樣。進行過一次月球跳躍。

狄：那就不是那原因。你覺得……

休：覺得什麼？

狄：會不會是某種病毒？

休：你是指太空瘟疫？火星熱？還是某種會讓太空人發瘋的古老神祕孢子？

狄：好、好，是很蠢沒錯。但是聽著，那房間一直被封鎖著，而且你們真的很像——

休：杜威的腦容量超載，喬得了僵直症，我視力異常。這三者間有什麼關連？

狄：都是神經系統出了毛病。

休：那為何我們三人的症狀不同？

狄：這個嘛，藥物對每一個人的作用都不盡相同——

休：你是要說我們在上頭發現了某種該死的火星迷幻蘑菇嗎？那兒什麼也沒有，就像火星上所有地方一樣，完全死透了。你也去過，應該很清楚才對！那裡沒有任何該死的細菌或病毒，沒有任何生命，什麼也沒有。

狄：過去可能有啊——

休：何以見得？

狄：因為你們找到的那個房間，我們找到的那座城市。

休：城市！看在主耶穌的分上，伯尼，你說的好像什麼小報記者一樣。你明明就很清楚，就我們所知，那整座玩意兒不過就是一組泥造物，根本無從得知它究竟是什麼。年代太久遠、情況和條件也天差地別，半點脈絡都沒有。我們對它毫無理解，也不可能理解，那超過人類心智所能想像。那座城市、那間房間，所有的一切——我們都不過是在比擬、類推，試圖用我們的語言來解釋。可是它不是我們語言能解釋的，它沒有道理可言。我現在總算明白了，這是我現在唯一看清的事！

狄：你看見了什麼，傑瑞？

休：我睜開眼時看見的東西。

狄：你說什麼？

休：所有不在那裡也無法解釋的一切。喔——我——

狄：好了，冷靜，放輕鬆。沒事的，一切都會好起來的，傑瑞，你會好起來的。

休：〔模糊不清〕光，還有〔模糊不清〕想要看看我碰到的東西，但是做不到，我不懂，我不〔模糊不清〕。

狄：撐著點，我就在這。冷靜，兄弟。

休斯是因其天體物理學背景而進入太空探索任務，並擁有輝煌的履歷——實際上是極其傑出，而這點令許多軍方長官覺得他活像枚燙手山芋。因為，對他們來說，聰明才智就像一種暗號，代表了不穩定性與叛逆。儘管他表現向來優秀，言行舉止也無任何可指摘之處，可是現在他們又不時想起，不管怎麼說，他總歸是個知識分子。

坦姆斯基就比較難解釋了。他是個頂尖的飛行測試員、空軍上尉外加棒球迷，如今行為卻變得比休斯還要反常詭異。

坦姆斯基鎮日就是坐在位置上。他還是有自理的能力，從表現看來也確實是如此——這是指，只要他餓了，面前又有食物，他就會用手抓東西來吃。需要如廁時，也會到角落邊上解手。想睡覺時就直接躺在地上呼呼大睡。然而其餘時間就只是坐著。他生理狀況良好，情緒也相當平靜。無論對他說什麼，他都毫無反應，也對周遭之事沒有半分興趣。他們接了他妻子過來，希望能起些作用，但五分鐘後，又只能把哭哭啼啼的她帶走。

由於坦姆斯基毫無反應，死去的羅傑斯也無法給予任何回答，他們自然把矛頭指向了休斯身上，認為他多少有點責任。

除了近似癔病性失明的症狀外，他一點問題都沒有，因此，他們也預期他能提供理性的答案，並如實說明所有來龍去脈。然而，他卻做不到，或不願這麼做。

他們又找了個精神病理學專家，一位叫做薩皮爾的知名紐約醫師，要求他診治坦姆斯基與休斯兩人。當然了，他們不可能承認任務失敗（連「災難」二字都沒提過）。儘管已做好各種安全預防措施，風聲還是多少走漏到了媒體手中。惟恐天下不亂的記者質問心靈十四號的組員為何遭到監禁，不得與外界接觸，並宣稱美國人民有「知的權利」等等。為此，當局不得不發表聲明，表示由於羅傑斯指揮官因心臟衰竭而不幸身亡，因此所有在太空出勤超過十五天的宇航員都必須接受新式的健康檢查，並發表了一整系列的新聞稿，說明他們對火星上的「小美國」圓頂城市計畫有何打算，以便維持民眾的支持度。不用說，內部人士自然清楚心靈號接下來的任務已是岌岌可危，並指示薩皮爾醫師務必以最審慎的速度診斷並治癒兩名歸來的宇航員。

薩皮爾花了整整半小時與休斯談論醫院的伙食、加州理工學院，以及中國對於南門二星的最新探測報告，全都是些輕鬆無害的瑣事。然後，他問：「你睜開眼時看見了什麼？」

此刻已起身下床、著好衣物的休斯默然靜坐了片刻，不透光的護目鏡完全遮蔽他雙眼，讓他看起來就像那種愛戴深色墨鏡的人，散發一種會直勾勾瞪著人瞧的高傲感。「沒有人問過我這問題。」他說。

「眼科醫生也沒問？」

「好吧，我想克雷問過，一開始的時候，在他們決定認為我瘋了之前。」

「你怎麼回答的？」

「很難解釋。重點就在於，那畫面無法描述。起初是景物開始模糊、失焦，變得透明、消失。然後是光線，太過刺眼的光線，就像底片過曝，所有一切都失了顏色，同時又開始旋轉，事物不停改變位置、關係、角度，不停變化，讓我頭昏眼花。我在想是我的兩隻眼睛一直不斷將訊號送進內耳，就像那種內耳病，只是顛倒過來。那不是會搞亂你的空間認知嗎？」

「我想那是叫做梅尼爾氏症（Meniere syndrome）。對，沒錯，尤其是在樓梯或斜坡上的時候。」

「那感覺就像我站在高處往下看，或是……往極高的方向看……」

「你以前會怕高嗎？」

「不會啊。對我來說根本沒差，太空裡有分什麼上下嗎？不，我不是在描述一幅景象，因為根本就沒有景象。我一直試著想一探究竟，去學著……如何去看……但沒多少用處。」

沉默片刻後，薩皮爾說：「你很勇敢。」

「什麼意思？」宇航員厲聲反問。

「嗯……對知覺來說，最重要的一項感官輸入就是視覺，但它卻向大腦回報了不存在或無法理解，並顯然與其他感官輸入——像是觸覺、聽覺、平衡感等等之類——相互矛盾的事物。每當你試圖睜眼，這種情況就會發生，但你不僅是想辦法協調接受，還試著要調查探究……這聽起來可是一點都不容易。」

「所以大部分時候我只是閉著眼，」休斯沉著臉回答，「就像那隻非禮勿視的該死猴子。」

「當你睜開眼，望向一個你知道它確實存在的事物——像是你自己的手時——你看見了什麼？」

「一陣蓬勃嘈雜的混亂。」

「威廉．詹姆斯[20]。」薩皮爾滿意地說，「他這句話是用來形容什麼——嬰兒如何認知這世界，對嗎？」他語調輕快，有種溫和、委婉的感覺，一點也不激烈，讓人很難想像他高聲叱責或叫嚷的模樣。他點了好幾次頭，思索休斯話中的含意。「你說學習如何去看，嗯，學習，你是這麼感覺的嗎？」

休斯遲疑了，接著忽然開口，語調中透露著先前沒有的信任。「我非這麼做不可，要不然能怎麼辦？顯然我永遠不可能復原——恢復過往的視力，變得像常人一樣，但我還是能看見東西，只是不明白自己究竟看見了什麼，一切都毫無道理。沒有輪廓、沒有區別，甚至沒有遠近。可是那裡確實存在某種東西——不，這麼說不對，因為那並不是物體。它們沒有形狀，我看到的是改變——變形。你明白我在說什麼嗎？」

[20] William James（1842-1910），美國著名心理學家與哲學家。

「我想我明白。」薩皮爾說，「要將第一手經歷化為語言本來就極其困難，尤其是當那經歷完全不同於以往、奇異獨特，又猛烈強悍……」

「而且還不合常理。沒錯，就是那樣。」現在，休斯話語中透露著真誠的感激，「如果能讓你看見就好了。」他遺憾地說。

如今，兩名宇航員被拘留在馬里蘭一所大型軍方醫院的十樓，不得離開該樓層，所有訪客在接觸兩人後也都必須先隔離十天，方可重回外頭世界：目前火星瘟疫理論仍是第一優先。在薩皮爾的堅持下，他們終於允許休斯來到醫院的頂層花園（但那是在把電梯嚴密消毒與封鎖了三天之後）。

他們要求休斯戴上醫療用口罩，薩皮爾則請他摘下護目鏡。休斯順從地用口罩遮掩口鼻，搭上電梯，眼前雖無屏蔽，卻緊緊閉上了眼皮。

就薩皮爾所見，從昏暗的電梯走進開放式頂樓的七月灰霾炙陽下之後，對休斯那雙緊閉的眼簾並無任何影響。休斯並沒有因撲面而來的光芒更緊閉雙眼，反而抬起了頭，彷彿愉悅地享受著灑落肌膚的炎熱暑氣，並透過貼合的口罩深吸了口氣。

「三月之後我就沒踏出室外一步了。」

這是真的。從三月起，他不是封閉在太空衣裡，就是關在醫院病房內，呼吸氣瓶或空調送出的空氣。

「你分辨得出方位嗎？」薩皮爾問。

「完全不行。在室外，我只覺得自己更盲，怕自己摔下屋頂。」在走廊上行進與在電梯內時，休斯都拒絕他人協助，只是熟練地靠自己雙手摸索。而現在，儘管他開玩笑說怕摔倒，仍開始探索起這座頂樓花園。他非常開心，因為終於離開長久的監禁，能自己做些什麼。薩皮爾擔憂地看著他。那些低矮的擺設對他來說是個危險，但他很快就學會如何摸索避開。他的觸覺敏銳，即便目不視物，跌跌撞撞，動作仍有如行雲流水。

「要不要睜開眼？」儘管不願，薩皮爾還是用他那委婉的語調問。

休斯停下動作。「好吧。」他說，只是轉身面向薩皮爾時，仍伸長右手摸索著。薩皮爾上前，讓休斯搭著他手臂。

休斯睜開眼，五指先是緊攏，隨後又鬆開薩皮爾臂膀，退開一步，張開雙臂，發出了聲吶喊。他仰起頭，高舉雙手，睜大雙眼，凝視空盪盪的天幕。「喔，老天！」他喃喃低語，隨即頹然倒地，猶如遭受重擊。

七月十八日，精神輔導療程。席尼．薩皮爾。傑蘭特．休斯。

薩：嗨，我是席尼……我不會待太久。聽著，那實在不是個好主意——我是說頂樓的事。對不起，我不曉得，也沒有那個權利……你希望我離開嗎？

休：不。

薩：好吧……我自己都亂了頭緒，得好好散個步才行。我通常會走很遠，離開辦公室，走上大約兩英里，然後再走回去，後來又開始會繞些遠路。不管別人怎麼說，紐約都是個美麗的城市，適合散步，只要你會挑路線。聽著，我聽說了件有關喬·坦姆斯基的古怪傳聞。好吧，不是傳聞，是古怪的事實。你知道他們在他的紀錄上寫他是「功能性失聰」嗎？

休：失聰？

薩：對，失聰。這讓我開始思考。所以我就去找喬，想和他談一談，你知道，碰碰他，想和他有眼神接觸——任何接觸都好——希望能和他有所交流，但沒成功。我聽過病患用各種方式表達「我聽不見你在說什麼。」像是一種隱喻、一種象徵性的說法；可是如果那不是隱喻呢？這情況有時會發生在幼童身上，他們被當成智能遲緩，但實際上是具有百分之三十、六十，甚至八十的聽力障礙。好吧，或許喬是真的聽不見，就像你看不見我一樣。

休：〔沉默四十秒〕你的意思是他聽見了什麼嗎？他實際上是在聆聽？

薩：有可能。

休：〔沉默二十秒〕但你無法關起耳朵。

薩：我也是這麼想。那可能很痛苦？不是嗎？總之，我在想，何不試著替他隔絕那些聲音，替他戴上耳塞。

休：這樣他還是聽不見你說話啊。

薩：對，可是這樣他就可以專心。如果你得無時無刻看著眼前那些燈光秀，就無法將注意力集中在我或任何事上頭，不是嗎？或許喬也是這樣。或許就是這雜音令他無法顧及身邊其他事物。

休：〔沉默二十秒〕那不會只是雜音那麼簡單。

薩：我想……你應該不會想談在屋頂上發生的事吧……不，算了。

休：你想知道我看見了什麼，對嗎？

薩：當然想。但是你想說的時候再說。

休：是啊，好像除了和你說話之外，我在這裡還有其他事可做一樣。有那麼多書可看、那麼多美女可欣賞。你明明就很清楚，我遲早會和你說的，反正我也沒有其他可說話的對象。

薩：何必呢，傑蘭特。〔沉默十秒〕

休：該死的。對不起，席尼，如果沒有你，我早就完全崩潰了。我很清楚。你對我一直很有耐心。

薩：不論你在上頭看到了什麼，都讓你心煩意亂，這是我想了解的原因之一。但去他的，如果你自己有辦法處理，那就那麼做吧，畢竟那才是重點。我的好奇心是我自己的問題，不是你的！聽著，先別談這事了，讓我讀篇《科學期刊》裡的文章給你聽。是你的伍德上校給我的，他說你可能會有興趣——起碼我有興趣。內容是有關於他們在阿根廷隕石內找到的東西。撰文者表示我們應該進入流星帶，尋找六億年前在我們太陽系失事的星際船艦殘骸。不用說，他們會首先降落在火星。這些人是瘋了嗎？

休：不知道。讀給我聽吧。

塔姆斯基沉沉酣睡，薩皮爾輕而易舉趁著他在睡夢中，將失眠患者用的那種蠟質耳塞塞進他耳裡。塔姆斯基初醒轉時，並沒有表現出任何異常之處。他坐起身，打了個呵欠，伸了個懶腰，搔搔癢，懶洋洋地環顧四周，想看身邊有沒有東西可吃，態度一派從容平靜。薩皮爾心下暗忖，覺得這完全不像任何精神病患者會有的行為舉止。實際上，他沒有在任何人身上見過這種行為。坦姆斯基就像一頭健康、冷靜、知足又溫馴的動物，但不是黑猩猩，是比黑猩猩還要溫和、還要若有所思的模樣。或許是紅毛猩猩。

不過這頭紅毛猩猩開始浮躁起來。

坦姆斯基緊張地環顧四周，東張西望。或許他並非在看，而只是轉動頭顱，想要尋找那些消失的聲音。失落的和弦。薩皮爾心想。坦姆斯基顯得越來越警戒、不安。他起身，依舊不停轉動腦袋。他望向房間另一頭，在這連續七天的接觸以來，他首次看見了薩皮爾。

他那張英俊的面孔扭曲、變形。因為困惑，或是焦慮。

「哪裡，」他說，「在哪——」

他雙手摸向耳朵，發現了聲音消失的原因，也摸到了耳塞，將其中一只拔了出來。這樣就夠了。「啊。」他感嘆，站在原地，動也不動。他雙眼仍望著薩皮爾的方向，但對他視而不見，臉上神情放鬆了下來。

之後的幾次嘗試較為成功。儘管起初仍是不明所以，不過透過人工方式阻絕外界聲音後，坦姆斯基開始能夠合作，對薩皮爾嘗試做出的溝通交流也都能輕易回應，開始先是觸碰、手勢，最後是書寫。在第五次療程後，坦姆斯基同意延長療程時間，並使用一次能阻斷五小時聽覺神經末梢的藥物。

在第二次的延長療程中，他要求與休斯見面。薩皮爾已經收到指示，若有機會，便讓這兩名宇航員當面會談。他們認為，若是讓兩人自由交談，或許能導出更多資訊。由於坦姆斯基處於誘發性失聰的狀態，因此休斯必須要能夠書寫，而他會盲打，所以便以一臺隨身打字機與坦姆斯基進行對話。然而，並非所有在字紙簍找到的內容都能順利吻合坦姆斯基的口說紀錄。兩人的談話內容主要環繞在歸程以及羅傑斯指揮官的疾病與死亡，但坦姆斯基對這些事完全想不起來。休斯如從前般將來龍去脈又說了一遍，並無提供更多新資訊。他們並沒有提起那個「房間」（遺址D）或各自的毛病，除了以下部分：

坦：那不是來自我腦袋裡頭，對不對？

休：如果是的話，耳塞應該會讓你聽得更清楚。

坦：所以就是真的囉。

休：當然是。

坦：聽著，他們第一次幫我塞耳塞、我醒來發現什麼聲音也沒有時，真的嚇壞了，我花了好長時間才回過神，而我不是真的那麼想回到這世界。但聽到薩皮爾告訴我已過了多久、我也終於察覺自己已經回到地球時，才覺得毛骨悚然——我在想，或許這一切都是某種……幻覺，你知道。老天，我是瘋了嗎？我嚇壞了，感覺就像我是兩個不同的人。不過我漸漸開始理解，明白那並非一種分裂，而是……

休：改變。

坦：沒錯，它改變了我，我變得不同了。它是真的，因為當我能聽見時，那就是我聽到的東西。你睜開眼時，那也是你看到的東西，對嗎？換言之，它是真實存在的。我們必須借助外力阻斷視覺或聽覺，才能讓自己聽不見或看不見它。就是這樣，不是嗎？

〔無法辨識休斯扔進字紙簍中的打字回應。〕

休：……

坦：喔，不，那好美麗。我花了好長時間才了解——起碼我現在知道已經過了很長一段時間。起初完全是一團混亂，老天，我一開始真是給嚇得屁滾尿流。你或杜威開口說話，可是你們的聲音四周會出現某種像旋律的東西，就像稜柱四周環繞著虹彩，讓你連那根稜柱都看不到——沒錯，你的情況也是像那樣，對不對？我和你一樣，只是對我的影響在於聽覺。那感覺就像所有一切都變成了音樂，只是那又不是音樂，而是……就像我說的，一開始，我不知道要如何去聽。我還以為是我太空衣上的無線電壞了！老天！〔大笑〕我跟不上其中的模式、音調，或者該說是轉變。一切是如此不同。但你會學著去聽。越仔細聽，就能聽到越多。真希望你也能聽見。你說我們已經離開火星兩個月之類的狗屁，我相信你，但那根本無關緊要，完全不是重點——不是嗎，傑瑞？

休：……

坦：真希望我能看見你看見的東西，一定很驚人。不過我得說，我很高與他們每天能讓我像現在這樣休息一下。我想這是必須的。我有點……我也不曉得……應接不暇了，不堪負荷。這一切實在太多、太難以承受了。我們的構造並不適合，或許是不夠強韌。起碼最初時是這樣，無法一時間完全消化。在我切斷聯繫時，我想試著把其中一部分寫下來。

休：……

坦：不。但那不一定是音樂，懂嗎，那並非旋律或音樂，只是一種說法，因為它是如此之美。我想我可以將它化為文字，或許這樣還更好，說出它所代表的意義。

休：……

坦：怕什麼？

儘管因為隔離的規定，伯納．狄賽勒斯和妻子無法來拜訪休斯，可是兩人每隔幾天就會打給他。七月二十七日，休斯與狄賽勒斯有了一場意義重大的對話，而內容正是有關於心靈十四號於勘查時所發現的遺址D，也就是那所謂的房間。狄賽勒斯說：「如果我無法參與十六號的任務，親眼去看看那該死的地方，我一定會嘔死。」

「眼見為憑。」休斯回答。他已不若先前那般激動，變得比較言簡意賅，態度也比較挖苦。

「聽著，傑瑞，你們在那些鴿子洞裡有找到任何機械裝置嗎？」

「沒有。」

「哈！終於有個肯定的答覆了！還以為除了宣稱遺址D是人類心智無法理解的東西外，其他事你都不予置評呢。你終於軟化了嗎？」

「不，我只是在學習。」

「學什麼？」

「如何去看。」

沉默片刻後，狄賽勒斯小心翼翼地問：「看什麼？」

「遺址D。反正那是我現在唯一能見的。」

「你的意思是，你睜開眼時看到的就是它——」

「不。」休斯勉為其難地回答，語調疲憊，「情況比那更複雜。我看見的不是遺址

D。我看見的是……由遺址D的光芒投射出的世界……一種嶄新的光。你該去問喬．坦姆斯基才對。要不，聽著，你有像你之前說的那樣用代數程式分析過那些鴿子洞了嗎？」

「設定上遇到了些困難。」

「我想也是。」休斯發出短促的笑聲，回答，「把東西送過來，我來設，蒙著眼設。」

坦姆斯基走進休斯的房間，一臉容光煥發。「傑瑞，」他說，「我學會了。」

「學會什麼？」

「我都弄明白了。我能聽見你，不，我不是讀你的唇語。你轉過去，背對我，說些什麼——轉啊！」

「屍鹼中毒。」

「『屍鹼中毒』——對嗎？瞧，我能聽見你的聲音，但一樣能聽見那些旋律。我都弄明白了！」

金髮加上藍眼，坦姆斯基原本就是個英俊的男子，此刻更顯偉岸。儘管休斯看不見他（不過通風格柵內的監視攝影機可以，也確實看見了），卻能聽見他聲音裡的震顫，因此大為感動——而且恐懼。

「摘掉你的護目鏡，傑瑞。」那溫柔顫抖的聲音說。

休斯搖了搖頭。

「你不能一輩子關在體內的黑暗中啊。出來吧，你不能選擇什麼也不看，傑瑞。」

「為什麼不能？」

「在你見過那光之後就不能。」

「什麼光？」

「那道光、那些文字、我們被教導去接收、去了解的那個真理。」坦姆斯基說，語調溫柔，但字字鏗鏘，並透著一股暖意，陽光般的暖意。

「滾，」休斯說，「給我滾，坦姆斯基！」

距離心靈十四號降落海面已過了十二週。所有參與匯報的同仁除了感到無聊外，沒有出現任何更嚴重的症狀。休斯的情況並無惡化，坦姆斯基也已完全痊癒。因此，可以安全假設，無論是什麼影響了心靈十四號上的組員，都不是出於病毒、孢子、細菌或其他實體媒介所引發的傳染病。多數人（包括薩皮爾醫生）雖抱持著各種不同的保留意見，依舊暫時接受了組成那「房間」——也就是遺址D的元素與結構，在小組成員長時間留在現場並進行深入研究的這段期間內，對三人的腦波產生了某種程度的破壞，就像某些特定頻率的閃光燈會對腦功能產生的干擾與影響。然而，嚴格來說，究竟是何「元素」造成了此種破壞，尚屬未解之謎。可是專家們已開始對全息投影展開周詳的檢驗。心靈十五號將對遺址進行更全面的調查，船上的太空人也將獲得更為嚴密的保護與監控。

由於遺址D內可能造成破壞的元素數量龐大，彼此間的連結又緊密複雜，因此嘗試想要組織或彙整都極其困難。部分火星學家確信「房間」內的某些特質純屬地質結構上的意外，那「房間」所要「告訴」我們的一切，就像是岩石層、樹木年輪或光譜等所提供的美麗而精簡的資訊。其餘人則相信那座城市是由某種智能生命體所打造，透過研究，我們或能對它們的本質與思維有所了解——所謂他們，也就是存在於六億年前的那些神祕生命（如今針對遺址的放射性定年結果已是證據確鑿，無庸置疑）。然而，這做法卻存在著極大的問題。來自史密森尼學會（Smithsonian Institution）的T．A．紐曼便解釋得十分清楚：「考古學家已習慣從極其簡單的事物——如陶片、燧石殘骸、一面牆或一座墓葬中汲取大量資訊。但如果，我們自一個古老文明中獲得的是一件極其複雜的文物，複雜的超過科技所能解釋——比方說，一本莎士比亞的《哈姆雷特》——那結果又會如何？假設發現這本《哈姆雷特》的考古學家並非近似人類的生命體，不具書本或戲劇的概念，也沒有語言、文字，思考方式與我們截然不同，它們會如何理解這樣小小一個實體文物？對於它顯而易見的複雜性與目的性，以及部分元素再三出現，但又有部分元素不曾重複，以及每一行列的長度都具有半規律性等等特性，它們會如何詮釋？它們要如何去讀這本《哈姆雷特》？」

對於接受這「哈姆雷特理論」的人來說，顯然，首先必須採取的步驟便是引進電腦這角色，而到了此時，已有許多電腦在分析遺址D的各種組成，像是其空間、大小、深度、「鴿子洞」的結構，以及第一、第二、第三「附屬龕室」的比例，或「房間」整體所能造成極其驚人的音質效果等。目前尚無任何程式能分析出確切的證據，證明遺址D內存在有任何刻意的規劃或條理的模式——完全沒有，除了狄賽勒斯與休斯用美國太空總署第五代新式代數機所設定的程式。這程式確實產出了些成果，只是不知所云。沒錯，其分析結果的確是在太空總署高層間引起了一陣騷動。狄賽勒斯拿給了些科學家看，他們的反應卻是一陣哄笑，認為它就算不是假造，也無疑是個丟臉的東西。結果這份分析結果就這麼被壓了下來。完整內容如下：

執行

鴿子洞　遺址D　火星　第九區

狄賽勒斯　休斯

上帝

仁慈　上帝　上帝　仁慈　汝為上帝

重新設定

重設　整體　理解　無意義
認知　無意義　無感知　真實　仁慈　上帝
認知　接收　方向　指引
進行　通知　無知
上帝　上帝　上帝　上帝　上帝　上帝
執行完畢

薩皮爾走進房內，看見休斯戴著他的黑色護目鏡，躺在床上（他現在有大部分時間都維持這模樣），臉色蒼白憔悴。

「你太折騰自己了。」

休斯沒有回答。

薩皮爾坐了下來，不一會兒後說：「他們要送我回紐約了。」

休斯仍舊沒有回答。

「知道嗎，坦姆斯基出院了，正要去佛羅里達，同行的還有他太太。我打聽不出他們打算拿你怎麼辦，我要求……」沉默許久後，他才接著說完，「我要求再為了你多留兩個星期，但沒成功。」

「不要緊。」休斯回答。

「我想繼續和你保持連絡，傑蘭特。顯然我們不能通信，但還有電話和錄音帶可用。我會留臺錄音機給你，如果你想談的話，請打電話給我。如果連絡不上，就用錄音機錄下來。雖然不一樣，但——」

「你人真的很好，席尼，」休斯輕聲說，「我希望……」片刻後，他坐了起來，伸手摘掉臉上的黑色護目鏡。由於護目鏡緊密貼合在眼窩上，他花了點時間才拿下來。摘掉後，他放下雙手，望向房間另一頭，直直朝薩皮爾看來。由於長期缺乏光線刺激，導致他雙眼中的瞳孔變得斗大，幾乎就像那副護目鏡一樣漆黑。

「找到你了。」他說，「捉迷藏、鬼抓人、偷看遊戲。你想知道我看見什麼了嗎？」

「當然。」薩皮爾輕聲回答。

「一片汙漬、一塊陰影、一個不完全的部分、一座雛形、一種阻礙。某種毫不重要的東西。你能明白嗎，做個好人毫無用處，甚至……」

「那你看自己的時候又看見了什麼？」

「一樣，完全沒有不同，只有妨礙與旁枝末節，視野內的一塊汙漬。」

「視野。什麼視野？」

「你認為呢？」休斯反問，語調極其沉靜、極其疲憊，「真實的視野究竟是什麼？現實，沒錯。我被重新矯正過了，能接收到現實，看見真相。我看見上帝了。」他將臉埋進手中，摀住雙眼，「我是個有思考能力的人，」他說，「我試著保持理性，但當你能看見真理時，理智又有什麼用？眼見為憑啊……」他再次抬頭，向薩皮爾望來，漆黑的雙眼銳利而空洞，「如果你真想要個解釋，去找喬．坦姆斯基吧。儘管他現在按兵不動，靜觀其變，可是能告訴你你想知道的一切。只要時機一到，他就會開口。他能將他聽到的東西翻譯出來，轉化為文字。可是視覺上的畫面就比較難轉譯了。神祕主義者總是很難將他們所見的東西化為文字，除非是接收到『文字』或聽見了『聲音』。他們往往會立刻起而行，不是嗎？坦姆斯基會採取行動，但我不會。我不願那麼做，我不會幫忙布道的，我不會讓自己變成個傳教士。」

「傳教士？」

「你還不明白嗎？你還沒想到那『房間』是什麼嗎？那是個培訓中心，是間簡報室，是個──」

「宗教場所？教堂？」

「可以這麼說。你在那裡接受教導，學習如何看見上帝、聽見上帝、認識上帝、敬愛上帝。那是一個皈依中心，你將在那裡改變信仰！然後你就會想去外頭世界，向其他人——向不信神的人宣揚上帝的存在。因為現在你知道他們有多盲目，而要睜開眼又是何等容易。不，它不僅是間教堂，還是一個傳教任務，唯一的傳教任務。你學習、了解了這任務，然後帶著它離開。他們不是探索者，是傳教士，帶著真相與真理，要傳授給其他種族、未來的種族、所有居住在黑暗宇宙、毫無希望的可憐異教徒。他們找到了答案，也希望我們能夠知道這答案。知道答案後，其餘一切都無關緊要。你這個人是好、是壞，是聰明、是愚蠢，統統不重要。所有有關我們的一切都不重要，只要知道我們是偉大真理的渺小載具就好了。地球不重要，星辰不重要，死亡也不重要，所有一切都不重要。重要的只有上帝。」

「你是說一個來自外星的上帝？」

「不是隨便一個上帝，是唯一的上帝——唯一的真神，祂存在於宇宙萬物之間，存在於每一個角落、每一個時刻。我已經學會如何看見上帝，現在，我只要睜開眼，就能看見上帝的面容。但我願意用我的生命交換，只求再能看見一張人臉、一棵樹就好，或是一把椅子——一把平凡無奇的簡單木椅——它們可以自己留著那上帝、留著那道光。我只想要我原有的世界。我想要的是疑問，而非答案。我想找回我原來的生活，我想擁有屬於我自己的死亡！」

薩皮爾解職後，接手傑蘭特．休斯病例的軍方精神病學家建議他們將休斯送至軍方的精神療養院。由於他大多時候都相當安靜並且配合，因此沒有受到嚴密的監控。不幸的是，監禁十一個月後，他從醫院餐廳偷走一支湯匙，並用床架將握柄磨利，割腕自殺，成功結束自己性命。值得玩味的是，他自盡那天，也正好是心靈十五號結束任務，帶著各種文件與紀錄自火星歸返地球當日。經過第一使徒的翻譯，那些文件與紀錄現已成為《上古啟示錄》（*Revelation of the Ancients*）的前幾章內容。這本經典乃是無上寰宇真主教堂的神聖文本、異教徒的光明啟示、永恆真理的唯一載具。

喔，（我說）愚者啊，寧愛黑夜／
不欲真光……／
但當我講述其痴狂／
一人輕聲對我言／
那戒指新郎不為他人所準備／
只為他的新娘。㉑

㉑ 同樣摘錄自亨利．沃恩〈世界〉（*The World*）一詩。

路的指示

那棵樹就矗立在奧勒岡州十八號公路的分流道、麥克明維爾公路南側。它去年斷了根主要枝幹，但看上去依舊巍峨。我們一年總會開車經過幾次，它始終是如此莊嚴且嫻熟地固守著那分相對性，屹立不搖。

他們過去並不如此嚴苛，至多也不過催促我們趕上馬兒疾馳的速度，但那機會也極為稀少，大多時候只需維持小跑步的速度即可。而當他們步行，上前迎接其實是件愉悅的樂事，我們可以好整以暇、瀟灑寫意地完成這份工作。而對方就在那兒，和所有人一樣擺動手腳，視線大多停留在路面上，但也時常望向兩側的田野，或筆直向我看來。而我會徐徐地、從容地接近，讓自己身影越顯越大、越顯越大，並讓上前的速度與增長的速度保持完美一致。如此一來，待我從遠遠的一小點放到應有的大小時——那時候大約是十六英尺——我便可高高矗立在他身旁，竦峙巍峨、拔地倚天，將他籠罩身下。不過他不會顯露任何懼色，就連孩童也不怕我，只會直勾勾地看著我，望著我經過、遠去，身影逐漸消失後方。

有時候，在炎熱的午後，成人會在我們的交會點擱下我，將背倚在我身上，躺上好些時候。我完全不介意。我擁有一座美麗的山丘、明媚的陽光、溫煦的和風、旖旎的景致，何須介懷動也不動站上一個小時甚或一整個下午呢？畢竟，再怎麼說，這靜止不過是相對的，只要看看日頭，你就會知道自己走得有多快，而且依舊持續成長——尤其是在夏日。無論如何，他們如此信賴我，讓我依偎著他們溫暖的小小背心、在我腳邊酣然入睡，都令我深受感動。我喜歡他們。儘管他們難得像鳥兒般為我們增添優雅，我仍打從心底喜歡他們勝過松鼠。

在過去那些日子裡，馬兒會為他們工作。在我看來，那也是個賞心悅目的景象。我尤其喜歡牠們慢跑的節奏，自己後來也變成箇中高手：那韻律起伏的動作，搖搖擺擺、迅速敏捷地逼近又遠去，幾乎就像在天上翱翔暢遊。但疾奔就沒那麼愜意了，腳步顛躓又沉重，感覺就像一株在強風中被吹得東倒西歪的小苗。況且，那緩緩接近、變大、瞬間雄偉現身、最後再緩緩遠去隱沒的時刻，全都會消失在那狂奔的急驟裡。你必須將全副心神集中在那節奏上，噠噠——噠噠——噠噠！而且人類往往會忙著策馬，馬兒也只顧著馳騁，視線抬都不會抬一下。不過，話說回來，這種情況並不多見。畢竟，馬兒也不過是血肉之軀，就像所有能自由活動的生物，容易疲勞乏累。因此，若非有燃眉之急，他們不會這樣操勞坐騎。再說了，在那些日子裡，也沒有那麼多事好匆匆忙忙。

我已許久不曾疾奔了。坦白說，也不介意再來上一次，畢竟，那滋味相當痛快。

我還記得我瞧見的第一輛汽車。就像我們大部分的同類，起初我也把它當作是血肉之軀，某種前所未見的活動生物。我有那麼些詫異，因為在這一百三十二年來，我以為自己早已熟悉這兒所有的動物。不過新事物總是有趣，它們那些細微瑣碎的存在，因此我好好認真觀察了這輛汽車。我以適當的速度接近，大約是慢跑的節奏，但步態完全不同於以往，以符合那玩意兒的醜陋樣貌：毫不舒適、顛簸搖晃、窒息抽搐。不到兩分鐘，我還沒抽長到一英尺高，就察覺了對方絕非生物，無論能不能自由活動都一樣。它是人類打造的，就像馬兒過去拉在身後的貨車。它的做工如此差勁，一旦喘吁吁地消失在西山後，我就以為自己從此不會再看見它——也由衷希望不會再見，因為我實在不喜歡那種顛躓搖晃的感覺。

但那玩意兒竟然有固定的時程，因此我也不得不配合。每日四點，我都必須上前，自西方一顛一簸、磕磕巴巴地現身，放大、聳立，然後消失。到了五點，我又得再重複一遍，像隻小兔崽般乖乖顯露我六英尺高的身影，自東方蹣跚趨近。直到那討厭的小怪物消失視野後，我才終於可以在晚風中卸下心頭重擔、放鬆肢臂。那機具裡總是坐著兩個人：一名手握圓盤的年輕男性，而他身後則是一名裹著毛毯、滿臉慍容的老婦。即便他們有所交談，我也從來不曾聽見。以往，我常聽見路上的交談，卻聽不見那機具裡傳出的話語。儘管它的頂蓋是敞開的，發出的聲響卻嘈雜到淹沒了其他聲音，就連那年陪著我的麻雀的吱吱喳喳都聽不見。它隆隆的噪音簡直就和那顛簸一樣令人難以忍受。

我來自一個自尊自重並擁有嚴格原則的族類。我們的祕密格言是：「寧折不屈。」而我也一直盡力恪守。因此，你能明白嗎？當我被這樣一個低微的人造物逼得不得不如此顛躓彈跳，它損及的並不僅是個體的虛榮，而是家族的榮耀。

山腳那座果園裡的蘋果樹似乎並不介意。但話說回來，蘋果本就溫順，基因早已被馴化了好幾世紀。更何況，它們是群體生物，沒有一棵樹能有自己的見解。

但我保持沉默，並沒到處張揚我的想法。

不過，待那汽車不再煩擾我們，我還是極為愉悅，整整一個月來都不見它的影蹤。整整一個月來，我只需開開心心地跟著人類行走、跟著馬兒慢跑，甚至還為了個被母親摟在懷裡的小嬰兒搖頭晃腦，以免自己失焦，可惜徒勞無功。

無奈的是，到了下個月——九月了，燕子已在前幾天離去——又有個新機具出現，逼得我、道路、山丘、果園、田野以及農舍屋頂，都不得不匆匆忙忙自東而西抖動現身，搖搖晃晃、顫顫巍巍。我用比快跑還快的速度出現，這輩子從沒這麼快過，而且幾乎沒有時間挺立，就必須再度縮卻。

隔天，又來了輛不同的車。

每一年、每一週、每一天，它們變得越來越是常見，成了這兒景物秩序的主客。路面重新翻修，鋪整拓寬，變得極其平滑又噁心，彷彿有蛞蝓走過。車轍、水窪、石塊、花朵、影子，全都不再復見。過去，路上常可見許多能自由活動的小動物，像是蚱蜢啊、螞蟻啊、蟾蜍啊、老鼠啊、狐狸啊等等之類，但由於體型太小，很難看見，多數車輛都不會刻意閃避。現在，聰明的動物都知道要避開路面，不聰明的就等著粉身碎骨。我見過太多兔子就這麼在我腳下生生輾斃。我很慶幸自己是棵橡樹，儘管可能被風吹斷、被連根拔起、被鑿被砍，但起碼，不管在什麼情況下，我都不可能被輾得七零八落。

由於現在路上同時間總有太多汽車出現，我也連帶需要展現一種不同的新技巧。還是小小一株幼苗時，一旦長得比野草還高，我立刻學會如何朝兩個方向同時現身的基本技巧，而且是想也不用想就在簡單的壓力下學會。那時是我頭一回看見一個人自東方走近，同時間，在他西方正對面又有另一名馬夫迎面而來。我必須同時朝兩個方向現身，而我也這麼做了。我猜，這種事我們樹木不費吹灰之力就能信手捻來。我很緊張，但仍成功地與那騎士錯身而過，逐漸縮小，同時又搖搖晃晃地朝行人逼近，並等到離開騎士視線範圍才與行人擦肩而過（那時候我還不用展現出高大挺立的模樣！）我非常自豪，因首次完成這壯舉時年紀還那麼幼小。不過實際上，這事做起來並沒有聽起來那麼困難。不用說，從那時起，我便又重複做過不知多少次，根本不會再對這事多加思索，我連在睡夢中都能完成。然而你可曾想過，一棵樹在放大自己身影的同時，又要為了四十名對向駕駛分別展現稍有不同的速度與姿態，還要為了更多已然背身離去的旅客縮小身影，更不能忘記在正確的時刻淵渟岳峙地矗立在每一名駕駛面前，而且是從早至晚、直到月上中天，都得分分秒秒、無時無刻這麼做，是得需要多厲害的技巧，才能完成如此了不起的成績。

我的這條道路變得十分繁忙，整天下來幾乎可見到川流不息的車潮。它不得歇息，我也不得歇息。儘管我不再需要像以前那樣搖晃地那麼厲害，卻需要跑得越來越快、越來越快，急遽拉大，並在瞬間高聳挺立，然後又立刻縮小不見，匆匆忙忙，急惶倉促，壓根沒時間好好享受那過程，也沒時間好好喘口氣，只能一遍又一遍不停重複。

鮮少駕駛會抬眼向我看來，連覷上一覷都不肯。實際上，他們好像對什麼都視而不見了，只是直勾勾地瞪著前方，彷彿深信自己有個「目的地」。他們車前都裝著小小的鏡子，讓他們能對後方的來時路瞄上一眼，接著視線隨即又轉回前方。我本以為只有金龜子才有這種自己在前進的錯覺。那些金龜子啊，總是匆匆忙忙，橫衝直撞，從來不曾抬頭看上一眼。我向來不是太看得起金龜子，但起碼牠們不會煩我。

我承認，有時候，在那寧靜的夜裡，當漆黑中沒有明月光耀我樹冠、沒有星辰輝映我枝枒、讓我能稍稍歇息，我會認真思索要不要放下自己對世間常序的責任，也就是動都不能一動。不，我並沒有認真考慮，半認真而已。我只是累了。就連山腳下一株不過三歲大又弱不禁風的愚蠢母柳樹，都不會逃避它的責任，堅持為了路上每一輛汽車顛簸、搖晃、加速、拉大身影，然後又縮小不見。而我，堂堂一棵橡樹，難道會逃避嗎？任重道遠啊，我也相信自己掉落的每一顆橡果都知道自己的本分。

這五、六十年來，我一直努力遵從這世間常序，也一直盡責維護人類對自己「正朝某個目的地前進」的錯覺。我並非心有不甘，只是發生了件可怕至極的事，讓我不吐不快。

我不介意必須同時朝著兩個方向現身，也不介意必須同時拉大又縮小。我不介意自己必須要動，即便是得配合那一小時六、七十英里的痛苦速度。我已做好準備，要這麼長長久久地做下去，直到我被剷平或殞落。那是我的責任，但我確實不願——極為不願——被視為永恆。

永恆與我無關。我是一株橡樹，僅此而已，不多不少。我有我的職責，也一直盡忠恪守。我有我的快樂，也一直樂在其中，儘管鳥兒越來越少，風的氣息變得越來越難聞，樂趣日漸無多。然而，或許我可以活得天長地久，但是消逝依舊是我的權利，死亡依舊是我的殊榮，這一點如今卻被奪走了。

事情發生在去年三月的一個雨夜。

那天，車輛一如往常呼嘯而過，快速移動的道路上車流絡繹不絕，兩個方向皆然。我忙著不停放大、現身、縮小，不巧光線又熄滅地太快，我壓根來不及察覺出了什麼事。其中一輛車上的駕駛顯然認為自己「前進」的需求特別迫切，企圖超越前頭另一輛車。而要這麼做，他就必須暫時脫離應循的路線，進入另一側道路，可是那側道路通常是給另一個方向的車流使用（我必須說我非常欽佩道路這純熟的技巧，要引導這種不具生命的物體、低下的人造物，想必不是件容易的工作）。但當那輛十萬火急的汽車換了線，對面那輛車恰巧與它十分接近，而路上又車滿為患，因此道路也無能為力。為了避免與對向來車相撞，急駛的那輛車完全違反路的指示，逕自朝垂直的方向一扭，逼得我不得不立刻跳到它面前。我別無選擇，非動不可，而且要快——以一小時八十五英里的速度。我縱身一躍，巍然現身，從未如此高大挺拔。然後，我便撞上了那輛車。

我失去大量樹皮，更嚴重的是，我失去不少形成層。但撞擊當時我已有九英尺粗、七十二英尺高，因此並無造成任何實質的傷害。我身上的枝枒搖撼，把去年的知更鳥巢都給震了下來。餘悸猶存的我不由呻吟出聲，那是我這輩子唯一開的一次口。

汽車發出刺耳的尖鳴，被我給撞凹了——其實是面目全非。它的後半部無太大損傷，前半部卻變得像老樹根般糾結扭曲，晶瑩的碎片如細雨飛散四濺。

駕駛什麼也來不及說，當場就被我給撞死了。

但我不吐不快的並非這點。我必須殺了他，我別無選擇，所以也不後悔。真正讓我不滿且無法忍受的是，當我跳到他面前，他看見我了。他終於抬頭望了一眼。從來沒有人見過這樣的我，就連個孩子、連過去人們還懂得欣賞沿路風景時，也不曾見過。他看見完整的我，只有我——那時那刻，永時永刻。

他在那永恆的瞬間看見了我，把我錯認成了永恆。也因為他在看見錯誤的幻象時死去、那一刻再也無法挽回，我於是也被困在其中，永永遠遠。

我無法接受，我無法支撐這樣一個虛假的幻象。若人類無法理解相對性，很好，沒關係，但他們必須理解關聯。

若這對維持世間常序來說是必要的，我會殺了車上的駕駛。儘管一般而言，奪取性命並非橡樹的職責。但要我不只當個殺手，還要我扮演死神，那是不公平的。因為我並非死亡，而是生命：我也是會消亡的。

若他們想親眼在世間見證死神，那是他們自個兒的事，與我無關。我不會為了他們充當永恆。別讓他們錯將樹木當死神。若那是他們想見的，就讓他們凝視彼此的雙眼，在那兒，就能看見。

離開奧美拉城的人

（援用威廉．詹姆斯之論述改寫而成）

這篇心理神話的中心要旨——也就是故事中的替罪羊概念——杜斯妥也夫斯基在他的《卡拉馬助夫兄弟們》中便闡述過。好幾人因此懷疑不解地問我，為何我致獻的對象是威廉．詹姆斯（William James）。實情是，儘管我深愛杜斯妥也夫斯基，但打從二十五歲後，我就再沒機會重讀他的著作，忘了他曾寫過這主題。但當我在詹姆斯的〈道德哲學家與道德生活〉（*The Moral philosopher and the Moral Life*）一文中讀到此概念時，心裡是充滿震撼與認可的。詹姆斯如此寫道：

「又假使，如果我們能獲得一個勝過傅立葉、貝拉米與莫里斯[22]先生所描述的烏托邦世界，其中的數百萬人更能永遠過著幸福快樂的日子，只是須應允一個條件：其中一

[22] 應指作家Edward Bellamy和William Morris，他們都著有知名的烏托邦小說。

個被遠遠排擠在外的失落靈魂必須過著孤獨悲慘的日子。那麼，儘管我們當下會想緊緊抓住這幸福，但是還會感到什麼樣糾結的情緒？當我們經過深思熟慮，接受了這交易的結果，這樣的安逸會是多醜陋的一件事？」

很難有人能將美國人的良知困境做出更好的描述。杜斯妥也夫斯基是個偉大的藝術家，想法也相當激進，但他早期的社會激進主義後來物極必反，使他成了個極端的反動分子。相形之下，儘管來自美國的詹姆斯表面上顯得如此溫和、天真、紳士——看看他是如何使用「我們」二字，假設他所有讀者都和他一樣善良敦厚！——但他一直、也永遠都會是一名真正的激進思想家。講述了「失落的靈魂」後，他又立刻寫道：

「所有更高層次、更有穿透力的理想都是具有改革性的。它們鮮少偽裝成過去經歷所造成的結果，而是在可能對未來產生影響的起因呈現出來，也就是目前為止的環境與教訓，教會我們必須屈服之事。」

無論是在此篇故事、其他科幻小說或所有關於未來反思的作品中，都可看見對於這兩段話的直接應用。將理想視為「影響未來的可能起因」，這是多麼細膩又令人振奮的一句話！

當然，我並沒有在讀完詹姆斯的文章後坐下來說，好，現在我就要來寫篇跟那個「失落靈魂」有關的故事。創作鮮少如此簡單。我會坐下來，開始提筆講述故事，單純是因為我想。而且腦中除了「奧美拉」（Omelas）三個字外，半點概念也沒有。這三個字是來自一面路牌：薩冷（Salem）／奧勒岡州（Oregon）——並將上頭字母拼法顛倒。你不曾把路牌顛倒過來看嗎？「止停」、「行慢速減，進行童孩」、「山金舊」……薩冷等同schelomo（所羅門）等同salaam（平安）等同和平。美拉斯、奧、美拉斯。奧美拉。Homme helas（啊，人類啊。）「勒瑰恩女士，請問妳靈感是打哪兒來的？」還用問嗎，自然是因為我忘了自己讀過杜斯妥也夫斯基，再加上把路牌顛倒過來念，要不然呢？

嘹亮的鐘響驚飛燕雀，夏日慶典也隨之在輝煌巍峨的濱海之城奧美拉這麼拉開序幕。海港裡，可見船上纜繩彩旗飄揚。歡慶的隊伍繞行於紅頂漆牆的屋舍之間，長滿青苔的古老庭園夾道兩旁。人龍陸續穿過一條條林蔭大道、一座座寬廣的公園與一棟棟的公共建築。有些人打扮得隆重體面，長者身穿或紫或灰的硬挺長袍、工匠師傅臉上神情肅穆莊嚴，此外，還有歡天喜地、文文靜靜的婦人帶著奶娃邊走邊閒聊。在其他條街上，樂曲的節奏更為明快，鑼鼓喧天。遊行的群眾手舞足蹈，孩子在人龍間鑽出鑽進，興高采烈的喊叫聲如展翅翱翔的燕雀在鼓樂聲與歌聲上穿梭迴旋。所有的遊行隊伍都朝著城市北方蜿蜒前進，來到那片被稱作綠野的廣闊溼地。草地上，男孩女孩在明媚的陽光下一絲不掛，雙腳、足踝泥跡斑斑，四肢柔軟而纖長，趁著賽前訓練躁動難安的馬兒。馬兒身上不見半點鞍具，只套著條韁繩，連馬銜也沒給咬上。牠們的鬃毛上編著一條條銀色、金色、綠色的絲帶，鼻孔翕張，歡騰跳躍，彼此噴氣誇耀，個個興奮異常。所有動物之中，也只有牠們會將人類慶典看成自己的。在那遠遠的北方與西方，山巒半環繞著濱海的奧美拉城，早晨的空氣清新涼爽，天色湛藍，十八峰上依舊白雪皚皚，陽光輝映，猶如延燒數里的白金色火光。和風習習，吹動賽馬道上的旗幟，輕柔飛揚。在那靜謐的寬廣草地上，你可以聽見樂聲在城市的大街小巷中蜿蜒迤邐，時隱時現，由遠而近，猶如空氣中一道依稀隱約的甜美香氣，輕顫凝聚，最後化為陣陣歡樂喧天的嘹亮鐘響。

多麼的歡欣啊！該如何描述喜悅、描述奧美拉城的人民呢？

儘管歡樂，但他們並不痴傻。如今，人們已鮮少將快樂二字掛在嘴上，因為歡愉的笑容已成明日黃花，而這樣的形容常令人做出特定的假設。聽到這樣的描述，你可能會聯想到一名國王，不是騎在高大駿馬上，尊貴的武士環繞身旁，就是坐在一頂由結實魁梧、肌肉賁張的奴隸高抬的金輦上。但奧美拉城沒有國王，他們不用劍，也不畜養奴隸，並非民智未開的野蠻人。我不清楚他們社會的規令和律法，但想來肯定不多。正如他們沒有君王與奴隸，奧美拉城中也無股市交易、商業廣告、炸彈或祕密警察。不過我必須重申，他們並不痴愚，既非單純敦厚的牧羊人，也不是出身高貴的蠻族，或溫和乏味的烏托邦主義者。他們就和我們一樣複雜。問題在於，我們有個壞習慣，而且在迂腐學究與世故之人的推波助瀾下，我們開始將快樂視為一件愚蠢之事，唯有痛苦才稱得上智慧，唯有邪惡才有意思。拒絕承認邪惡的平庸陳腐與痛苦的窮極無聊，是藝術家的不忠之罪。如果打不贏他們，就加入他們；如果會痛，就再來一回。但讚揚絕望就是譴責喜悅，擁抱暴力就是放棄一切。我們幾乎就要失去一切了。我們已經不知該如何描述一個快樂的人，也不知要如何歡慶喜悅。我該如何描述奧美拉城的人呢？他們並非一群天真快樂的孩童——儘管他們的孩子確實過得無慮無憂。不，他們是一群成熟、智慧、充滿熱忱的成年人，生活幸福而美滿。喔，多美好的奇蹟啊！真希望我能描述地更好，讓你們能夠相信。從我的話聽來，奧美拉城就彷彿童話。好久好久以前，在一個好遠好遠的地方。假若你能想像，或許最好是讓你自己去勾勒，因為毫無疑問，我無法滿足所有人的想像。比方說，科技呢？我猜想，你不會在他們的街道與空中看見什麼車輛或直升機，這點也符合奧美拉城人民幸福快樂的形象。因為快樂是建立在你能明辨什麼是必須的、什麼是非必須但又不具危險性、什麼又是危險的基礎上。然而，在上述的第二大項中——也就是那些非必須但又不具危險，安全舒適、奢侈豪華、充裕富足的東西等等之類——他們仍可擁有中央空調、地鐵列車、洗衣機，以及所有這兒尚未發明的神奇之物，像是漂浮的光源、無燃料動力、能夠治癒感冒的配方等等。又或者，這些東西他們可以一樣也沒有。無所謂，你開心就好。我自己喜歡這麼想像：這些來自濱海城鎮的人是在慶典前幾天，搭乘小小的高速火車或雙層列車來到奧美拉城，而奧美拉城的車站本身也是城裡最美輪美奐的一棟建築，只是比起雄偉壯觀的農夫市集，仍稍顯遜色。但即便有火車，恐怕在你們部分人心中，奧美拉城仍是個天真純潔、充滿粉紅泡泡的地方：笑容、鐘聲、遊行、駿馬……哼，那又怎樣。若是如此，請自行在腦中加上一場雜交派對——如果雜交派對的形容能幫上忙的話，別遲疑。不過，請別想像那是發生在某座神殿之中，美麗的祭司或女祭司已陷入半狂喜狀態，一絲不掛，準備好要和任何男女翻雲覆雨，愛人也好，陌生人也罷，只要能和深具神性的血肉之軀合而為一就好。儘管這確實是我閃過腦中的第一個念頭，但說真的，最好還是別想像奧美拉城中有任何神殿或寺廟——起碼別是有人看管的廟宇。宗教，可以；神職人員，不行。當然了，那些美麗的赤裸胴體大可四處遊盪，將自己當作美味的舒芙蕾般獻身給飢渴的欲望與狂喜痴迷的肉體。就讓他們加入遊行的行列吧，就讓他們在鼓樂聲中交媾，在鑼鈸聲中迸耀欲望的榮光。還有（這並非無足輕重的旁枝末節），別忘了這些歡欣儀式孕育出的後代會得到所有人的關愛與照料。我唯一確知的一件事，就是奧美拉中沒有內疚與愧歉。但除此之外，還該有些什麼？起初，我認為那兒沒有毒品，可這也太清教徒了。對於那些喜愛者來說，「珠籽」（drooz）那隱約而持久的香甜能為奧美拉城增添幾許芬芳。它先是能為頭腦和四肢帶來輕盈與明亮，幾小時後，是一種恍恍惚惚的慵懶感，最後會讓你看見神奇的幻象與宇宙最深奧難解的祕密，並體驗到超出任何想像的性愛快感，而且它並不會使人上癮。對於口味溫和些的人來說，我想奧美拉城中應當有啤酒。除此之外，這座歡樂的城市中還該有些什麼呢？勝利的榮耀？這是自然的，以及對於勇氣的讚揚。但是，就像將神職人員排除在外般，我們也別在奧美拉城中安排士兵。建立於殺戮上的喜悅並不正當。不行，那太可怕了，而且無關痛癢。那分源源不絕、慷慨豐盛的富足感，以及那分巨大輝煌的勝利榮耀，並非來自抵抗外在的敵人，而是與世上所有最美好善良的靈魂和諧共處，與燦爛的夏日交融並存。這才是盈滿奧美拉城人民內心的快樂。他們所慶祝的勝利是屬於生命的勝利。我不認為奧美拉城真有那麼多人需要珠籽。

此刻，多數的遊行隊伍都已來到綠野。誘人的食物香氣自紅色與藍色的炊事帳中傳出。小孩臉上黏呼呼的，極為可愛。有個男人的親切灰鬍間也沾上些許香濃糕點的殘屑。少男少女都已上了馬，開始聚集在賽道的起跑線上。一名笑容滿面、矮小肥胖的老嫗將籃中的鮮花發放給大家，高䠷的年輕男子將她的花佩戴在他們閃閃發亮的髮上。一名年約九、十歲的小孩獨自坐在人群邊緣吹奏木笛。人們駐足聆聽，臉上綻露笑容，但並沒有開口與他交談，因為他只顧自己吹個不停，對眼前人潮視若無睹，那雙黝黑的瞳眸完全沉浸在甜美輕盈的旋律魔法之中。

吹奏完畢，他緩緩放下握著木笛的雙手。

他這分小小的沉默宛若信號，霎時間，起跑線附近的亭子傳出嘹亮的號角鳴號，激昂、惆悵，響徹雲霄。馬兒立起纖細的後腿，其中幾匹還嘶鳴回應。一臉肅穆的年輕騎士撫摸馬兒脖頸，輕聲安撫：「噓，噓，我美麗的馬兒，我的希望……」參賽者開始在起跑線上排成一列，賽場邊的觀眾猶如風中的青青草地與野花。夏日慶典開始了。

你相信嗎？你能想像這樣的慶典、這樣的城市、這樣的喜悅嗎？不能？那麼再讓我多說一件事。

在奧美拉城一棟美麗公共建築的地下室，也或許是一座雄偉私宅的地窖中，有一間房。房前有道上鎖的門，房內沒有半扇窗。灰濛濛的微弱光線先是穿透地窖某扇結了蜘蛛網的窗，才自房牆木板的裂隙鑽滲而入。這間狹仄房內的角落上擱著兩支拖把，拖把頭糾結乾硬，惡臭難當，附近還有只生鏽的水桶。地是泥地，摸上去有些潮溼，就像大部分的地窖一樣。這間狹室約莫只有三步長、兩步寬，就是個掃帚間或廢棄的工具室。一名孩子坐在房內，或許是男孩，或許是女孩，看上去年約六歲，但實際上已經近十歲，智能不足，或許是因天生殘疾，也或許是因恐懼、營養不良和疏於照顧而變得痴傻。他（或她）摳摳鼻子，偶爾心不在焉地摸摸自己的腳趾或生殖器，縮著身子，坐在距離水桶和兩根拖把最遠的角落。他害怕那些拖把，覺得它們很恐怖。儘管閉緊了雙眼，仍知道拖把在那兒，而且門前上了鎖，不會有人來救他。門永遠是上鎖的，也永遠不會有人來，除了有時候——這孩子不了解時間的概念，也不懂時間間隔的計算——門會發出駭人的嘎吱聲，然後打開來，外頭站著一個人或好幾個人。其中一人或許會走進房內，踢踢孩子，要他站起來。其餘人從來不曾上前，只是用驚恐厭惡的眼神在門口窺探。對方會匆匆在飯碗與水罐內裝滿食物和水，然後將門重新鎖上，那一雙雙眼珠也跟著消失不見。門邊的人影從來不曾開口，但這孩子並非一出生就住在這工具間內，而且依然記得陽光與母親的聲音。他有時會出聲哀求：「我會乖的。」他說，「求求你們放我出去，我會乖的！」但他們不曾有過任何回應。孩子過去會在夜裡高聲求助，也很常哭，現在只會發出某種類似嗯嗯啊啊的呻吟，也越來越少開口說話。他瘦到雙腿細如竹籤，肚子圓滾滾，一天就只有半碗的玉米粉和一些油脂可吃。身上沒有半點衣物，而且因為長期坐在自己的排泄物上，臀部和大腿都長滿潰爛的膿瘡。

所有人都知道他的存在，所有奧美拉城的子民。有些人來看過他，有些人只要知道他的存在就夠了。大家都清楚他必須關在那兒。有些人知道原因，有些人不知道，可是所有人都明白他們的幸福、城市的美麗、彼此間相親相愛的友誼，以及孩子們的健康、學者的智慧、匠師的技藝，甚至是豐饒的莊稼與和煦的天氣，完全仰賴這孩子悲慘的不幸。

奧美拉城的人民通常會在孩子八到十二歲懂事時向他們解釋這一切。會來看這孩子的往往都是些青少年，不過也常有大人前來，或再次來看這孩子。無論他們如何解釋，少年人一見到這景象，莫不大為震驚與反感。他們覺得噁心，而他們還以為自己早已超脫這感受。無論聽過多少解釋，他們還是覺得義憤填膺，卻又無能為力。他們想做些什麼，幫幫那小孩，但又無計可施。沒錯，若他們將孩子帶離那可怕的地方，讓他重見天日，把他打理得乾乾淨淨，讓他吃飽喝足，過上舒適的日子，那確實是件好事。但若他們真那麼做了，奧美拉城所有的繁盛、歡樂與美麗都會在轉眼間煙消雲散，化為烏有。這就是條件，用全奧美拉城的快樂與福祉來交換一條小小的生命，解救他於不幸；捨棄數千人的幸福，只為一人或許能有安身立命的機會——這與放任罪惡入侵有何異？

這條件必須嚴格遵守，毫無轉圜的餘地。他們甚至不能給予那孩子絲毫親切的安慰。

親眼見過那孩子並體認到這可怕的兩難後，那些年輕人往往不是帶著淚，就是帶著無淚的憤怒離去。這件事或許會縈繞在他們心頭好幾週，或是好幾年。但隨著時間過去，他們也漸漸理解，即便將那孩子釋放，自由也不會為他帶來多少助益：沒錯，溫飽是會帶來些許模糊的喜悅，但僅此而已。他已太過退化、變得太痴傻，無法體會真正的快樂。他在恐懼中生活太久，無法自恐懼中解脫。那些痛苦與習慣也太根深柢固，無法再體會人道待遇的好處。沒錯，經過這麼久的時間後，若四周沒了牢牆的保護、眼前沒了黑暗的遮蔽、屁股下再沒堆積著排泄物，或許他反倒會覺得難受。待這些人體認並接受現實可怕的公平與正義後，為了那殘忍的不公不義流的淚也就隨之乾枯。然而，或許正是因為這些淚水、憤怒，以及那分寬厚之心與坦誠接納自己的無能為力，他們才能過著光明燦爛的生活。他們的幸福並不愚蠢乏味，也不輕鬆輕率。他們都知道自己就像那孩子般，並不自由。他們不是不懂得憐憫，正是那孩子的存在，還有清楚認知到那孩子的存在，城裡的建築才得以富麗堂皇，音樂才得以動人、科學研究才得以深入。因為這孩子，他們才會對其他孩童如此溫柔。他們知道，若沒有那不幸的孩子在黑暗中啜泣，那麼，當那些小騎士在夏日的第一道晨光下英姿煥發地準備起跑時，就不會有那名吹笛的孩子用歡樂的旋律為他們伴奏。

現在，你相信了嗎？這樣的一座城市是否比較有了可信度？但我還有一件事要說，一件難以置信的事。

有時候，去看了那孩子的少男少女並不會帶著淚水或憤怒返家。實際上，他們壓根沒有回家。還有時候，年紀大上許多的成年男女會沉默一、兩日，然後離家而去。這些人會來到街上，沿著馬路踽踽獨行，不斷走呀走，走出那美麗的城門，離開奧美拉城。

每個人都孑然一身，不分男女，無論老少。夜幕降臨，這些旅者走下村莊的街道，穿過兩旁房舍燈火昏黃的窗，來到漆黑無名的郊野。每個人都形單影隻，朝著西或北方的山間而去。他們不停前行，離開奧美拉城，走進黑暗，再也不曾歸來。他們去的地方，對於我們大部分人來說比起這座幸福之城更難以想像，我無法描述。也或許，它根本並不存在。但他們似乎都知道自己的目的地，那些離開奧美拉城的人們。

革命前夕

紀念保羅・古德曼（Paul Goodman），一九一一至一九七二年

我的長篇小說《一無所有》（*The Dispossessed*）是關於一小群自稱為歐多人的美好人們。這名稱是源自於他們社會體制的創建人：歐多。她生於該小說背景年代的好幾世代之前，因此書中著墨不多。只有幾筆含蓄的描述，暗示一切由她而起。歐多主義即為無政府主義，但並非炸彈客那種玩意兒——無論他們嘗試用什麼名稱來自抬身價，那都叫做恐怖主義——也非極右派的社會達爾文主義者所稱的經濟「自由主義」。所謂無政府主義，正如早期的道家思想所隱示，以及雪萊、克魯泡特金（Kropotkin）、戈德曼（Goldman）與古德曼所闡述，它主要要瓦解的是專制國家（無論是遵循資本主義或社會主義），而本身最重要的道德實踐就在於合作（團結與互助）。它是所有政治理論中最理想，對我而言也是最有趣的一個。

無政府主義過去從未在任何一本小說中具象化過，而要做到這一點，是件漫長而艱苦的工作，我必須全神貫注好幾個月。待我完成，我只覺飄零失落——猶如一名無所依

歸的流民。因此，當歐多自陰影中現身，跨越或然性的那道鴻溝，想要自己的故事被寫出來——不是關於她所創建的世界，而是她自身——我只有滿心感激。

這是那些離開奧美拉城的人們裡，其中一人的故事。

演說者聲若洪鐘，猶如行駛在石子路上的空啤酒貨車，而集會上的人群就如鵝卵石般緊緊挨在一塊兒，嘹亮的話語在他們頭頂上方鼓盪不休。塔維里就在會堂對面某處，她得去找他。她擠過人潮，在摩肩接踵的黑衣群眾間推搡前進。她對臺上的演說充耳不聞，也對眼前一張張面孔視而不見，只意識到那隆隆的鳴響以及相互推擠的軀體。她太矮了，看不見塔維里在哪。一具穿著黑色背心的巨大軀幹猝然出現，擋住她去路。她非找到塔維里不可。她汗流浹背地用拳頭猛力捶向對方，卻像是打中一塊岩石，男人沒有半分動搖，只有巨大的肺葉在她頭頂上方發出一聲轟然巨響，一陣怒嚎。她瑟縮了一下，隨即明白那咆哮並非衝著自己而來，其餘人都在大吼大叫。演說者似乎說了些什麼，大概有關稅賦或庇護的好處。她心神激盪地跟著群眾高喊：「沒錯！沒錯！」並繼續推擠前進。這次毫無阻礙地來到帕西歐軍事演習場的空曠處。頭頂上的夜空黯淡深邃，身旁四周開著白色乾燥小花的高高野草隨風點頭。她一直不知道它們叫什麼名字。花兒在她頭頂上方輕輕頷首，隨著總在暮靄中吹拂原野的風兒起伏搖曳。她在草叢間放足急奔，莖桿柔軟彎折，隨即又搖搖晃晃，無聲地挺起了腰。塔維里佇立在高草之間，身上穿著那套得體的深灰色西裝，讓他看上去像個演員或教授，優雅而嚴酷。他神色不豫，但是在笑，對她說了些什麼。他的聲音令她不由潸然淚下。她伸出手，想要握住他的，但她沒有停步，她無法停步。「喔，塔維里，」她說，「就在那兒！」她上前，白色野草散發的芬芳氣息古怪而濃烈。草上長著刺，在腳下盤根交錯，還有斜坡與坑洞。

她怕失足、怕跌倒。她停下腳步。

早晨熾亮的陽光毫不留情直射眼中。她昨晚忘了拉上窗簾，於是背過身，避開陽光。可是向右側躺並不舒服，沒有用。天亮了，她嘆了兩口氣，坐起身，放下雙腳，穿著睡袍弓身坐在床緣，垂首注視自己腳掌。

腳趾因終年受到廉價鞋子的擠壓，幾乎變得方方正正，雞眼突出，就連趾甲也變形褪色，腫脹的踝骨上爬滿乾燥的細紋，趾根下的小小腳背依舊嬌嫩，但膚色如土，糾結的靜脈清楚可見。好噁心，好哀傷，好令人沮喪，好卑賤，好可悲。她試過一個又一個形容詞，全都適合，就像一頂頂醜陋的小帽。醜陋，沒錯，那也貼切。看著自己，發現自己醜陋不堪，多好啊！但是，當她還不醜陋，她可曾像這樣坐在原位、凝視自己？不，她鮮少這麼做！一具好的軀體並非物品、並非用具，不是要拿來欣賞的。那就是你，只是你自己。唯有當它不再是你，而是屬於你的一件東西，你才會開始為它擔心——它的狀態還好嗎？還堪用嗎？能用多久？

「誰在乎啊。」萊雅忿忿地說，站了起來。

猝然起身令她頭暈目眩。她一手按在床頭櫃上，唯恐跌倒。一念及此，她就想起了那場夢，想起自己朝塔維里伸出的手。

他說了什麼？她記不得了，她甚至不確定自己是否碰著了他的手。她皺起眉，強迫自己回想。她已經好久不曾夢見塔維里，如今連他說了什麼都回想不起！

不見了，消失了。她佇立原地，穿著睡袍，佝僂身子，眉頭深蹙，一手按在床頭櫃上。她多久不曾想起他了（更別說夢見他）即便只是想起「塔維里」三個字？她已多久不曾呼喚他名字？

亞斯歐說。亞斯歐和我關在北方監獄的時候，在我遇見亞斯歐之前，亞斯歐的互惠理論。喔，沒錯，她會談論他，毫無疑問，談論太多了，喋喋不休地談論，把他給牽扯進來。但她說的是「亞斯歐」，那個姓氏，那個公眾人物。私下的他已煙消雲散，消逝無蹤。這世上，還認識他的人已所剩無多。他們都曾坐過牢，那時候啊，他們會拿這點開玩笑，沒有一個朋友不是階下囚。但如今，他們甚至不在監獄裡了，不是在監獄的墓地，就是埋在無名塚。

「喔，我的老天。」萊雅出聲嘆道，跌回床上。回想起在堡壘牢房的頭幾週、在帝奧堡壘監禁九年的頭幾週、得知亞斯歐在議院廣場的衝突中身亡，連同其他一千四百人埋在歐寧門後的石灰溝裡的頭幾週，她雙腳就再也支撐不住。那間牢房。她雙手又如老樣子垂落腿上，緊握的左手牢牢掐在右拳裡，右手大拇指微微使力，來回摩娑左手拇指的指節。每一個小時，每一天，每一夜，她總是會想起他們，他們每一個人，足足一千四百人，是如何埋棄在那兒、生石灰又是如何啃蝕他們的軀體、他們的骨骸又如何在灼亮的黑暗中觸碰。他身旁有誰？那些纖細的手骨而今安在？分分秒秒，年年歲歲。

「塔維里，我從沒忘記過你！」她喃喃低語，而這愚蠢的行為令她回過神來，再次察覺到早晨的天光與凌亂的被褥。她當然不曾忘記他，這對夫妻來說是不言自明的事。她那雙蒼老醜陋的腳掌像先前般再次踩在地上，毫無進展，只是在原地打轉。她站起身來，費力又不滿地呻吟了聲，走至衣櫃前尋找晨衣。

公社內的年輕人越來越沒規矩，即便衣衫不整也毫不在乎地走來走去，可是她年紀大了，不想壞了年輕小伙子吃早餐的胃口。況且，他們從小就習於享有打扮與性愛等等各方面的自由，但她沒有。她所做的是開創這些自由，那並不相同。

就像以「外子」來稱呼亞斯歐時，他們總會蹙眉。不用說，做為一名良好的歐多人，她該用的詞彙是「伴侶」。但她為何他媽的要做個良好的歐多人呢？

她蹣跚穿過走廊，來到澡堂，麥蘿正在盥洗間內洗頭髮。萊雅欽羨地看著她那頭光滑溼潤的長髮。這些日子來，她鮮少離開公社，都忘了自己最後一次見到剃得乾乾淨淨、整整齊齊的頭皮是什麼時候了。然而，看到一頭濃密的秀髮依舊令她心情雀躍，樂不可言。有多少次，別人指著她嘲笑：「長髮鬼、長髮鬼」，或被警察或小流氓揪住長髮，或是每到一所新監獄就要被咧嘴大笑的士兵剃成光頭？然後又再長回來，先是短短的平頭，然後是毛躁的短髮，短髮又變成鬈髮，鬈髮又變成長髮……那些舊時光啊。老天，她今天就打算這麼一直沉溺在過去裡嗎？

她著好裝、整理好床鋪，來到樓下的交誼廳。早餐很美味，但自從那場該死的中風後，她的食欲一直沒有恢復。她喝了兩杯花草茶，卻沒那胃口把拿的水果吃完。小時候，她可是想吃水果想到甚至不惜動手去偷啊。還有在堡壘監獄的時候——喔，看在老天的分上，別再想了！她面帶笑容，回應其他用餐者與今早負責發放餐點的大艾維的招呼和友善的詢問。拿桃子誘惑她的人就是大艾維。「看看這顆桃子，可是我特地為妳留的呢。」聽了這話，她要怎麼拒絕呢？反正她向來喜歡水果，從來沒有吃膩的時候。六、七歲時，她還偷過河街攤販上的水果呢。但想在周遭所有人群情激動地高談闊論時用餐並不容易，夙烏傳了消息來，真正的大消息。起初她只是半信半疑，怕是被人渲染過頭，不過讀過報上的報導、了解那字裡行間的言外之意後，她心底就升起一股異樣的明確感，深沉卻冰冷。她很確定，這就是了，這天終於要來了。而且是在夙烏，而非這裡。夙烏會比這國家先瓦解，革命會先在那兒摧枯拉朽，好像那才是重點！這世上再也不會有國家的存在了。可是那確實重要，這令她感到有那麼點心涼，還有感傷——實際上，是羨慕。在那些無止無盡的蠢事後。她沒有加入談話，不多久便起身離座，回到自己房內，自憐自艾。她無法體會他們的興奮與激動。她是個局外人，徹徹底底的局外人。要接受自己早被剔除在外並不容易，她一面步履維艱地爬上樓梯，一面為自己辯護。尤其是過去整整五十年來，她不僅置身局內，更是中心要角。喔，老天，別再哭哭啼啼了！

她上了樓，將自憐自艾的情緒拋在腦後，走進房內。那是個舒適的房間，自己一個人獨處也很愜意。這是天大的安慰，儘管嚴格說來這並不公平，部分的孩子得五個人擠在一間不比這大的閣樓。總是有更多的人想住進歐多公社，可是公社卻無法安置這麼多人。她能自己擁有這偌大的房間，僅是因為她年紀大了，又曾經中風。又或許是因為她是歐多。若她不是歐多，僅是個中過風的老婦人，還能自己獨享一間房嗎？很有可能。畢竟，誰會想和連口水都控制不了的老太婆當室友？不過這很難說。偏袒、菁英主義、領導崇拜，這些東西又悄悄回歸，四處蔓延。只是她也從來沒冀望過這些事情會在自己有生之年或短短一個世代就徹底抹滅，唯有時間能成就重大的改變。再說，這是間寬敞、舒適，陽光又充足的房間，很適合給開啟世界革命的流涎老婦居住。

祕書一小時內會來幫她分派今日的作業。她蹣跚走至辦公桌前，那是尼歐櫥櫃工匠聯合組織送她的一張華美大桌，因為曾有人聽她說過，她這輩子唯一真正想要的一件家具，就是一張附有抽屜而且桌面夠大的辦公桌……可惡，桌上堆滿了夾著字條的文件，字條上大多寫著諾伊端正小巧的字跡：緊急。——北方各省。——諮詢R.T.？

自從亞斯歐離世，她的字跡就再不相同，想想也真奇怪。畢竟，他死去的五年內，她就完成了整部的《類比》（*Analogy*）。還有那個有雙水汪汪灰眼的高大獄卒——他叫什麼名字來著？算了不重要——兩年來幫她偷渡出堡壘監獄的那些信。大家現在都把它們稱作《獄中札記》（*The Prison Letters*），而且足足有一打不同的版本。人們不斷告訴她，這些作品、這些信充滿如此強大的「精神力量」——大概是指她在寫的時候不過是自欺欺人，想要鼓舞自己振作——《類比》無疑是她最扎實的一部著作。而這一切都是她在亞斯歐死後的幾年在帝奧堡壘的監獄中完成的。畢竟，你得給自己找點事做，而在堡壘監獄裡，他們允許囚犯擁有紙筆……但是每張紙上的字跡都如此潦草倉促，她從不覺得那字跡屬於自己，不像她四十五歲時寫的那本《無政府社會》（*Society Without Government*）中圓潤漆黑的花體字。塔維里不僅將她的身、她的心一併帶進了那些生石灰當中，就連她那美麗工整的字跡也沒放過。

但他留給了她革命。

人們曾對她說，在經過那麼慘烈的失敗運動、在妳伴侶死後，妳還能繼續在獄中熬下去，繼續努力、繼續寫作，實在是太堅強了——這些該死的白痴，要不她能怎樣呢？堅強、勇敢——什麼叫做勇敢？她從來都沒想透過。有人說勇敢就是無所恐懼；也有人說，勇敢是即便恐懼，仍不放棄。但你除了繼續堅持外，還能怎麼辦？這真有得選嗎？死，不過是選擇另一條路繼續走下去罷了。

若你想回家，就得繼續走——當她寫下「真正的旅程即回歸」，就是這意思。然而這僅是直覺的一個想法，現在更不知道要如何解釋這句話。她猝然彎腰，甚至因為過於猛烈，骨頭傳來嘎吱的抗議，她不由小小呻吟了聲。她在辦公桌底層的抽屜內翻找，摸著了一只柔軟老舊的的卷宗，取出來。不用看，光憑觸感她就知道那是什麼：是〈革命變遷時期聯合工會組織〉（*Syndical Organization in Revolutionary Transition*）的手稿。他將標題印在卷宗上，並在下方寫下自己的名字：塔維里・歐多・亞斯歐，IX 741。字跡端莊優美，每個字母都是如此清晰、明確、流暢。不過他向來比較喜歡使用留聲機，手稿的內容也全保存在留聲機內，而且品質極佳，不僅遲疑支吾的部分經過了調整，語氣與咬字也都標準化，完全察覺不出他在北海岸演說時，滾在他喉頭深處的「O」音。除了他的思想外什麼都不剩。除了卷宗上的名字，他已從她生命中消失。她沒有留下他的信，那太多愁善感。況且，她向來沒有保存東西的習慣。她想不起自己可曾擁有過一項物品超過數年……當然了，這是指除了這具搖搖欲墜的衰老身軀之外，而且這東西她想擺脫都擺脫不了。

又在二分法了。「她」和「它」。年老和病痛都會使一個人變成二元論者，開始逃避現實。你的頭腦會告訴你：那不是我、那不是我。但它就是你。或許那些神祕主義者能將身心靈分開，她一直羨慕也嚮往那樣的機會，但也沒真想仿效。逃避從來不是她的作風。她追尋自由，此時、此刻，身心靈皆然。

先是自憐自艾，然後是自誇自滿，而看在老天的分上，她手裡仍握著亞斯歐的名字，坐在原位。為什麼呢？她不用看也知道他姓名，不是嗎？她是怎麼了？她舉起卷宗，毫不遲疑地在那手寫的名字上堅定一吻，放回底層抽屜，關上屜門，在椅子上挺直背脊。她右手感到陣陣刺痛，於是撓了撓，厭惡地甩了甩。中風後，那隻手一直不曾完全恢復，還有她的右腿、右眼、右嘴角也是，全都癱軟無力，遲緩魯鈍，不時刺痛，讓她覺得自己就像個短路的機器人。

時間快到了，諾伊隨時會來。打從早餐後她究竟都做了些什麼？

她起身，但由於過於倉促，不由踉蹌一跌，趕緊抓住椅背，以免自己摔著。她穿過走廊，來到澡堂，望向那一大面鏡子。早餐前她沒將灰色髮髻好好紮緊，現已垂垮鬆脫。她奮鬥了會兒，可是要保持雙手高舉空中的姿勢很是吃力。跑進來想要小解的雅麥見了她，停下腳步，說：「讓我來幫妳吧！」轉眼間便笑吟吟地用她那十隻圓潤、強壯又美麗的手指，默默替她紮了個整齊牢靠的髮髻。雅麥年方二十，不到萊雅年紀的三分之一。她父母都是社運分子，一人在六〇年代的起義中身亡，一人仍在南方各省招募成員。雅麥從小在歐多公社長大，是個革命之子，無政府主義的真命之女。想到她是個如此平和、如此自由、如此美麗的孩子，就足以令人潸然淚下。這就是我們努力的原因，這就是我們奮戰的目標，就是這個：眼前活生生的她，還有那美好寬容的未來。

萊雅．亞斯歐．歐多站在盥洗室與廁所之間，任由那位她從未誕育的女兒替她束髮，幾顆小小的淚珠自右眼滑落。不過依舊堅強的左眼並未哭泣，也不曾察覺右眼有何舉動。

她向雅麥道謝，匆匆返回房內。她在鏡裡注意到了，她的領子上多了塊汙漬，大概是桃子汁。該死的老太婆，連口水都無法控制。她可不想諾伊進房來卻發現她領子沾著唾沫。

套上乾淨的上衣時，她想：諾伊究竟有什麼特別？

她緩緩用左手扣上圓領領口的扣子。

諾伊年約三十，身材精實削瘦，說起話來輕聲細語，還有一雙警醒的深色眼瞳。這就是諾伊與眾不同之處。就是如此簡單。美好又老套的性愛。她從來不覺得英俊、肥胖，或手臂肌肉結實賁張的高個兒有什麼吸引人之處，從不。就連她在十四歲還見一個愛一個的年紀時亦同。黑膚、精瘦、熱情，那才是她喜歡的型。當然了，塔維里就是。這男孩的才智遠遠比不上塔維里，連樣貌都難以媲美，但總是個伴兒。她不想讓他看見她領子上沾著唾沫，也不想他看見她髮絲凌亂鬆脫。

她那頭斑白稀疏的髮。

諾伊進房，在敞開的門口微一駐足——老天，她更衣時連門都沒關上！她望著他，看見了她自己，那個日暮西山的老婦。

你可以梳好頭髮，換好衣服，也可以繼續穿上週的衣物，紮著昨晚的髮辮。或者披上件金縷衣，在剃光的頭皮灑上鑽石粉末。無論怎麼做，都毫無分別，這名老太婆只會看起來沒那麼古怪，或又更古怪了些。

一個人繼續堅持將自己打扮得體，僅僅是出於禮儀、出於理智、出於對他人的尊重。但到最後，連那都會消散無蹤。你會忝不知恥地淌著唾沫。

「早安。」年輕人用他那輕柔的聲音招呼。

「哈囉，諾伊。」

老天，不，那並非出於禮儀。禮儀算什麼。因為她愛過的那個男人、年紀對他而言已不再重要的那個男人，他已經死了——就因為他死了。她就一定要假裝自己過著無性生活嗎？她就一定要像個該死的嚴苛獨裁主義者那樣壓抑真相嗎？即便在六個月中風前，她都能令男人側目欣賞她的存在。而現在，儘管她再也不賞心悅目，起碼可以取悅自己。

她六歲時，爸爸的朋友蓋迪歐有時會在晚餐後來到家裡，和爸爸談論政治，而她會戴上媽媽在垃圾堆裡找到並帶回家給她的一條金色項鍊。鍊子短到總是藏進領子底下，沒有人會看見。但她喜歡那樣。她知道自己戴著那條項鍊。她會坐在門階上聽他們說話，知道自己為了蓋迪歐好好打扮了一番。他膚色黝黑，有著一口耀眼的白牙。有時他會喊她「漂亮的小萊雅」或是「我的萊雅小美人」，在六十六年之前。

「什麼？我腦袋昏沉沉的，昨晚沒睡好。」是真的，她昨晚睡得甚至比平時還要少。

「我問您是否看了今早的報紙。」

她點了點頭。

「對索尼黑的事還滿意嗎？」

索尼黑是夙烏的一省，昨晚宣布脫離了夙烏國。

他很開心，一口白牙在黝黑警醒的面孔上閃耀。漂亮的小萊雅。

「看了，也擔憂。」

「我懂。但這回是來真的了。這是夙烏政府終結的開端。知道嗎？他們甚至沒派軍隊進入索尼黑，那只會引得士兵更快反叛，他們自己也很清楚。」

她同意。她自己也察覺到了這分確鑿的預感，卻無法與他同喜。她一輩子都活在希望之中，因為除了希望外，她什麼也沒有，而這會使人忘卻勝利的滋味。唯有品嘗過真正的絕望，才能真正體會勝利的快感，而她已在許久之前便拋捨了絕望。再也沒有勝利了。你只能繼續往前。

「我們要今日處理那些信件嗎？」

「好。什麼信？」

「給北方人民的信。」他語氣中沒有絲毫不耐。

「北方人民？」

「帕西歐，還有歐埃敦。」

她就是出生於帕西歐，骯髒河流上的一座骯髒城市。一直要到二十二歲，她才來到首都，準備掀起革命。儘管在那時候，在她與其他人深思熟慮前，那不過是個極為青澀與幼稚的革命計畫。罷工爭取更好的薪資、爭取女性的代表權。選票與薪資——權力與金錢。看在老天的分上，五十年來，你總歸會學到些什麼。

但之後，你又必須將它全數遺忘。

「就從歐埃敦開始吧。」她說，在扶手椅上坐了下來。諾伊已在桌邊就位，準備好要開工。他摘錄重點，念出她必須回覆的信件內容。她努力集中思緒，起碼口述完了一整封該回覆的內容，並接著開始下一封。「記住，在此階段，你們的同志極易面臨威脅……不，面臨危險……」她苦苦思索，直到諾伊在旁提議：「面臨到領導崇拜的危險？」

「對。而世上再也沒有什麼比利他主義更易受到權力的侵蝕。不，利他主義——不對——看在老天的分上，你知道我要說什麼，就你來寫吧，諾伊。他們明明也曉得，都是老生常談了，為什麼就不能讀讀我的書呢！」

「因為需要接觸。」諾伊微微一笑，輕聲說，引述歐多主義的中心思想之一。

「好吧，但我厭倦了接觸。只要你寫，我就在後頭署名，不過今早別再來打擾我了。」他望著她，臉上隱隱寫著疑惑（或擔憂）。她惱怒地說：「我還有其他事要做！」

諾伊離開後，她坐在桌前，四處擺弄文件，裝出一副忙碌的模樣，因為她也被自己的話嚇了一跳，感到害怕。她其實無事可做了。她從來都沒其他事可做。這就是她的職志，她畢生的心血。巡迴演說、會議、街頭，如今都已離她遠去，但她仍能寫，而這就是她的工作。況且，假若她真有其他事好做，諾伊也會知道，她的行程都是由他安排，並不著痕跡地提醒她，像是今兒個下午將有外國的學生前來參訪。

喔，該死的。她喜歡年輕人，而且，在外國人身上你總能學到些什麼，但她已厭倦了新面孔，也厭倦拋頭露面。她在他們身上學習，但他們沒有。她想要傳授教導的，他們早已學會，從她的著作，從那場運動。他們只是來開眼界的，好像她是拉德的高塔或土拉維亞的峽谷。一種自然奇景，一種歷史遺跡。他們景仰崇拜，深感敬畏。她會對他們咆哮：用用你們自己的頭腦！——那不是無政府主義，那只是愚民政策！——你們該不會認為自由和紀律是相斥的吧？——而他們會像小孩般心懷感激地乖乖聽她訓斥，好像她是什麼聖母一樣，那慈愛守護的偉大偶像。她！那個炸了賽薩羅造船廠，並在七千人眾目睽睽下羞辱伊諾爾特首相、說他不如切下自己卵蛋、鍍成銅像，拿來當紀念品賣的傢伙——如果他認為這真有利可圖的話。她還曾對著警察尖叫、咒罵、動手動腳。對神職人員吐口水，還當眾在議院廣場前那面寫著「愛依歐（A-IO）獨立國在此創建巴拉巴拉」的巨大銅牌前撒尿！都去死吧你們！現在呢，她卻成了所有人的祖母，慈祥的老奶奶，和藹親切的老雕像，來到這孕育一切的子宮前瞻仰吧。男孩們，火熄囉，上前些，很安全的，不用怕。

「不，我不會那麼做。」萊雅大聲道，「我不會那麼做的。」她並沒有意識到自己在自言自語，因為她總是在自言自語。「萊雅的隱形聽眾。」當她在房裡來回踱步、喃喃自語，塔維里曾這麼說。「你們不必來，我不會在的。」她對隱形的聽眾道。就在方才，她決定了自己要做什麼。她要出去，到街上走走。

讓那些外國學生失望很無禮。那麼做很任性，典型的老人特徵，很不符合歐多精神。但管它去死。一輩子為了自由奮戰，到頭來自己一點自由都沒有，那有什麼好處？

她決定要出去散步。

「何謂無政府主義者？就是選擇接受選擇之責任的人。」

下樓時，她板著臉，決定自己還是要留下來見見這些外國學生。但之後，她就要出去。

他們都非常年輕，非常認真，那些學生。小鹿般的眼睛，頭髮蓬亂，迷人可愛，都是從西半球來的，般畢利以及曼德王國。女孩們身著白色長褲，男孩們則穿著長褶裙，看上去好戰又老派。他們說起自己的希望。「我們曼德人距離革命如此遙遠，但也或許就是因為如此，反而更加接近。」其中一名女孩面帶笑容，嚮往地說，「生命之環！」並用纖細黝黑的手指比出那兩端相會的圓環。雅麥和艾維端出白酒與棕麵包，是公社的一點心意。但這些謙遜的訪客們在短短半小時後便起身離去。「不，不，不。」萊雅說，「留下吧，和艾維與雅麥談談。我只是坐久了，筋骨都硬了，得起來走走。能見到你們我很開心，希望你們很快會再回來看我，我的小小手足同胞們。」她對他們深感同情，他們對她亦然。她笑著親吻大家面頰。那一張張黝黑的年輕臉龐、熱情的眼神、芬芳的髮絲都令她心情飛揚，然後，她便拖著腳步，蹣跚離去。她其實有些累了，可是上樓小憩無異舉手投降。她想出門，她也會出門。她已經——多久呢？——不曾獨自出門走走了？從冬天開始，在中風之前！難怪她越來越消沉喪志，這簡直和坐牢沒兩樣。屋外、街上，那才是她的家。

她悄悄自公社側門離去，穿過菜園，來到街上。城裡那條狹窄酸臭的泥地已化為美麗的菜圃，豆類和栖亞長得蔥蘢肥碩，可是萊雅的目光並未受這些莊稼所吸引。當然了，顯然即便在過渡時期，無政府主義者的社群也必須盡力朝著自給自足的目標邁進。不過，實際上農事要如何執行並不在她考量範圍內，那是農人與農藝學家的工作。她的責任在於街頭，那些嘈雜、惡臭的石子路，她成長並生活了一輩子的地方——除了在獄中的那十五年之外。

她抬起頭，仰望公社，濃烈的情感溢於言表。它原先是間銀行，卻意外符合目前公社居民的需求。他們將一袋袋的食糧貯藏在防彈金庫內，保險箱裡則是存放著一桶桶待發酵的水果酒。面對街道的華美圓柱上仍刻著「投資者暨穀類代理商國有銀行公會」。他們這些社運者並不擅長取名，沒有旗幟，口號和標語也是隨需求來來去去。儘管他們還是會在當局必須看見的牆與街畫上生命之環的標誌，但說到名號，他們完全不放在心上。無論被叫做什麼，他們都全盤接受，也毫不理會。他們並不害怕自己顯得荒謬可笑，他們害怕的是被桎梏、制約。因此，這間最知名、也是歷史第二悠久的合作公社除了「銀行」外，沒有其他任何稱號。

它面對著寬敞靜謐的街道，可是，一條街外，就是坦巴露天市集的起點所在。那兒過去曾是精神病患與殘畸人的黑市中心，現在賣的只有蔬果、二手衣物和一些不忍卒睹的餘興節目。過去那分頹靡的活力已然消失，如今只餘半死不活的酒鬼、毒蟲、殘廢、小販、劣等的娼妓、當鋪、賭場、占卜師、整形郎中與廉價旅館。萊雅轉向，朝坦巴走去，一如水往低處流。

她從不畏懼，也不鄙視這座城市。這是她的國、她的家。若革命勝利，就不會再有這樣的貧民窟，但不幸不會就此離去。這世上永遠都會有不幸、荒蕪與殘酷。她從來不曾假裝自己是要改善人類的境況，當那名解除孩童苦難、以免他們傷害自己的聖母。絕對不是。她在乎的從來只是人們擁有選擇的自由，若他們選擇要喝毒藥、住水溝，那也是他們自個兒的事，只要生活不要被交易所掌控，成為他人獲利的來源與權力的工具就好。在她意識到這一切之前，就已經有所感知了；在她寫出第一份文宣、在她離開帕希歐、在她知道什麼叫做「資本」、在她從未離開過河街，只是頂著瘢疤累累的膝蓋，和其他六歲小孩跪在人行道上玩遊戲前，她就知道了：她，以及其他的孩子、她的父母、他們的父母，和河街上所有的醉漢與妓女，都處於某種東西的最底層——他們是地基，是現實，是根源。但你會將文明拖進泥沼之中嗎？之後那些上層人士如此震駭驚呼。好幾年來，她試著和他們解釋，若你手邊只有泥巴，那麼，若你是上帝，就會把那些泥土捏成人類；如果你是人類，就會用泥巴建造人類居住的房屋。但沒有一個自認優於泥巴的人能理解。如今，水往低處流，泥回歸泥土。萊雅拖著蹣跚的腳步，穿過嘈雜髒亂的街道，覺得自己所有的老邁與醜陋都彷彿適得其所。妓女昏昏欲睡，上了髮膠的髮絲歪斜鬆脫、搖搖欲墜。一名獨眼婦人疲憊叫賣著自己的菜蔬，痴傻的乞丐揮打著蒼蠅。這些都是她的婦女同胞，她們都和她一個模樣，淒涼、噁心、卑賤、可悲、可怕。她們是她的姊妹、她的同胞。

她覺得身子不適。她已經很久很久沒有走這麼遠的路了，獨自一人在吵鬧、擁擠的炎夏酷暑走過四、五條街頭。她想去寇立公園，塔巴市集盡頭的一塊三角形凌亂草地，和其他總是坐在那兒的老人一起坐上一會兒，看看那是什麼感覺，品嘗年老的滋味——但是那兒太遠了。若她現在不回頭，可能會開始頭暈目眩，而她害怕自己會暈厥失足，不支倒地，然後看著人們聚集在她身邊，觀望她這病發的老婦。所以她轉身，踏上歸途，因舉步維艱與自我厭惡眉頭深鎖。她可以感到自己的臉紅透了，耳鳴的感覺來了又去，越來越嚴重，她真的很怕自己雙腿發軟，再也承受不住。她看見陰影下有座門階，趕緊走上前去，小心翼翼地坐下，嘆了口氣。

附近有名果販，他默默坐在自己不新鮮又布滿灰塵的果攤後，人們來來去去，沒有一個停下腳步向他買水果，也沒有任何人對她瞥上一眼。歐多，誰是歐多？舉世聞名的革命家，《社群》（*Community*）和《類比》的作者，等等之類。她，她究竟是誰？一名頂著張紅臉坐在貧民窟一座髒兮兮門階上喃喃自語的灰髮老婦。

是嗎？這真的是她嗎？不用說，看在路人眼中自是如此。但她就只是那位名聞遐邇的革命家或什麼之類的嗎？不，不是。那她究竟是誰？

她是愛過塔維里的那個人。

對，沒錯，但不只如此。那早就煙消雲散，他已死去良久。

「我是誰？」萊雅對著她那些隱形聽眾喃喃嘟噥。他們知道答案，也眾口一聲地回答她。她是那個膝蓋瘢疤累累的小女孩，坐在門階上，透過河街金黃灰濛的霧靄望進那晚夏的酷暑。那個六歲、十六歲、血氣方剛、憤世嫉俗、充滿夢想的女孩，天真純樸，無可撼動。她就是她。沒錯，過去，她一直是那名孜孜矻矻的勞動者與思想家，然而血管裡的栓塞從她身上奪走了那個女人。沒錯，她曾是個愛人，是暢游於生命之中的泳者，可是塔維里的死把那女人一塊兒帶走了。真的。如今，除了根基外什麼也不剩。她已回到了家。她從未離開過家。「真正的旅程即回歸」。貧民窟中的塵沙、泥土與門階。在那之後，在街道的遠遠盡頭，夜幕降臨，荒地上的長長乾草在風中搖曳擺盪。

「萊雅！妳在這裡做什麼？妳還好吧？」

不用說，自然是公社的人。一名好心的婦人，有那麼點歇斯底里，而且總是喋喋不休。萊雅認識她好些年了，只是想不起她的名字。她讓婦人領她回家，對方的嘴一路沒停過。在寬敞涼爽的交誼廳內（過去，銀行的出納員會在武裝警衛的看守下，在擦得光可鑑人的櫃檯後清點鈔票），萊雅找了把椅子坐下。她還沒法爬樓梯，但很希望能獨處。婦人仍在說些什麼，更多群情激動的人潮湧進，似乎有什麼示威活動正在籌劃之中。夙烏的情勢進展迅速，這兒的情緒也被撩動，無法再隔岸觀火。後天，不，明天，將會有場遊行，盛大的遊行，從舊城區到議院廣場——和過去一樣的那條老路。「九月起義再起！」一名年輕人激動地說，哈哈大笑，朝萊雅瞥了一眼。九月起義發生時，他壓根還沒出生，那對他來說只是過去的歷史，如今，他將親自提筆在史書上揮灑。交誼廳內很快變得人潮洶湧，明晨八點將會在這召開一場社員大會。「妳得和大家說說話，萊雅。」

「明天嗎？但我明天不在。」她唐突地說。問她的人揚起嘴角，另一人哈哈大笑，但雅麥瞥了她一眼，神情困惑。其餘人繼續高談闊論、大聲嚷嚷，關於這場革命。她究竟是被鬼迷了什麼心竅才那麼說？她怎麼會在革命前夕說出這樣的話，即便那話半分不假。

她默默等待，最後終於站了起來。不知不覺、笨拙蹣跚地從沉浸於計畫與高昂情緒中的人群間溜走。她來到走廊，抵達樓梯之前，開始一階一階往上爬。「全面罷工！」一個聲音、兩個聲音、十個聲音自她後方底下的交誼廳傳來。「全面罷工。」萊雅喃喃嘀咕，在樓梯間上歇腳片刻。在她上頭前方的寢室裡，等著她的會是什麼？一場安靜私密的中風。這還挺有意思的。她再度邁開腳步，一階一階爬上第二層樓梯，一次跨出一腳，像個小小的稚童。她覺得天旋地轉，但不再恐懼跌落。就在前頭，就在那兒，乾枯的白花在夜中曠野喁喁低語，輕輕頷首。七十二歲了，她始終不知它們名喚什麼。

解說

「閱讀」最大的意義——關於《風的十二方位》

文字工作者　臥斧

二〇〇五年，娥蘇拉・勒瑰恩的「地海」（*Earthsea*）系列作品被改編成同名迷你影集。

一季三集的《地海》影集評價普通，在當年被提名及獲頒的獎項大多是特效、配樂方面的技術項目。觀眾大抵認為這部影集不很差，也不算好，倘若讀過原著，則會明顯察覺雖然影集情節與小說相仿，但就是有什麼東西不大對勁——可能是影集裡的角色形象與閱讀小說時的想像有很大的出入，可能是情節推展當中某些角色的作為沒能表現小說裡的關鍵意義。其實，會讓人覺得不大對勁的最根本原因，或許是影集沒能在影像敘事當中，展現勒瑰恩原著裡地海世界的氛圍。

地海世界，或說勒瑰恩大多數作品的氛圍，是屬於文字的。

這不代表勒瑰恩的作品不該以其他表現形式承載——勒瑰恩的作品曾被改編成廣

播劇、舞台劇、動畫片及影集，她自己也寫劇本。勒瑰恩的文字作品擁有一種抒緩的節奏，敘事方式有時讀起來不大像小說，反倒有點像人類學、社會學或民族誌，就算故事裡出現以魔法或科學技術的拚鬥，對應的想像畫面也不會是商業電影裡常見的眩目聲光特效。這些特色會與故事的主題相互扣接，形成讓讀者沉浸其中的氛圍；也就是說，無論將勒瑰恩的作品改編成哪種表現形式，改編者都不能只處理情節，還必須設法用另一種表現形式構築類似氛圍，少了這層，改編作品就會缺乏原著的重要特色。

從這個角度來說，《風的十二方位》就有重要的閱讀意義。

《風的十二方位》最初在一九七五年出版，是勒瑰恩從一九六三年到一九七二年之間創作的短篇選集。「一九七五」聽起來距今已經接近半個世紀，似乎相當遙遠，但勒瑰恩十歲左右就開始嘗試創作，正式發表第一篇短篇故事的時間是一九六一年，在一九七五年之前，她的重要作品，包括「地海」系列的《地海巫師》（*A Wizard of Earthsea*）、《地海古墓》（*The Tombs of Atuan*）、《地海彼岸》（*The Farthest Shore*）及「伊庫盟」（*Ekumen*）系列的《黑暗的左手》（*The Left Hand of Darkness*）、《一無所有》（*The Dispossessed*）等書都已經出版，成為奇幻／科幻領域的大師級作者。是故，這本在一九七五年出版的短篇選集，是我們追尋勒瑰恩的創作腳步，觀察作家如何一路摸索、思考、反覆實驗而終於成熟發亮的紀錄。

而且，勒瑰恩還在每個短篇之前，都加了短短的前言，或者解釋選擇的原因，或者敘述創作的緣由。

倘若讀者對這類作家成長史沒什麼探究興緻，那也無妨。因為《風的十二方位》當中的十七個短篇，並無劣作，每篇都能帶來閱讀的愉悅，也能引發思索。當然會有讀者認為這是溢美的過譽之詞，例如選集中的第一篇〈珊麗的項鍊〉（Semley's Necklace）情節就相當簡單，主要情節架構幾乎可以視為古早民間傳說的一種變形，結局也並不意外。但在這樣簡單直接的早期創作中，已經可以清楚讀出勒瑰恩如詩一般的敘事韻律，以及將古典社會學研究的方式，置入科幻／奇幻故事的企圖——這個企圖，讓〈珊麗的項鍊〉成為「伊庫盟」系列第一個與讀者見面的故事，也成為奠定勒瑰恩小說風格的礎石。

勒瑰恩作品裡出現這種寫作企圖，或許並不令人意外。

父親是人類學家，母親是心理學家及作家，哥哥也是文學學者——勒瑰恩出身書香門第，家中藏書豐富，從小就養成了閱讀習慣。既然成長於學者之家，勒瑰恩雖然對寫作抱持熱情，但原來仍朝學術之路邁進；她一九五一年拿到學士學位，隔年就拿到碩士學位，本來繼續攻讀博士，但在一九五三年到法國旅遊時邂逅了一名歷史學家，同年結婚，也決定中止學業，全心創作。這個抉擇聽來帶著浪漫色彩一如她十年後創作的〈珊麗的項鍊〉，或許讓學術界少了一名學者，卻讓文學界多了一名重要的作家。

勒瑰恩作品的重要性，放在她擅長的科幻／奇幻類型裡來看，會更加明顯。

無論各種類型小說的源頭可以上溯到什麼時代，二十世紀都是人類史上這些創作發展最快速的時期，輔以教育普及、傳播與交通發達等因素，小說逐漸成為庶民娛樂選項之一。但無論哪種類型小說，成名作家的男女比例都不平等，除了早先女性受教育的限制更多之外，女性在其他領域面對的不成文限制也不少，勒瑰恩在〈死了九次的人〉（Nine Lives）前言裡就提到這個狀況。男性作家不見得會刻意在作品裡打壓女性，但很容易不自覺地以男性為主的視角敘事。

就算是經典作品，這類情況仍十分常見。

例如艾西莫夫的偉大作品「基地」（*Foundation*）系列，最初的三部曲裡真正重要的女性角色算起來只有兩個，而其中一個發揮的最重要功能在於與男性角色的感情關係；托爾金的傑作「魔戒」（*The Lord of the Rings*）三部曲裡，幾乎找不到重要的女性角色——作家瑪格麗特．愛特伍曾半開玩笑地說托爾金作品裡重要的女性角色只有兩個，如果把蜘蛛怪物算進去的話就有三個。除此之外，無論是「基地」或是「魔戒」，都可以明顯看出西方本位的思考模式，例如故事的舞台是「帝國」或者「大陸」。

但勒瑰恩的故事不是如此。

其他男性作家的作品自然也看得到社會制度及人性道德的討論——雖然類型小說成為大眾消遣，但利用架空場景探究現實議題，其實一直是創作者們的焦點；不過勒瑰恩的作品從女性視角出發，類似的討論方向，就呈現出截然不同的觀點，就連論述無政府主義的〈革命前夕〉（The Day before the Revolution），都會顯出意想不到的姿態。而且勒瑰恩不只提供了另一種性別視角，甚至還超越了男女二分的想像，在〈冬星之王〉（Winter's King）裡，雙性同體、會在一年當中特定時段轉為某一性別以利繁衍後代的人種登場，這個人種後來在長篇《黑暗的左手》當中再次出現，從根柢顛覆了許多刻板的性別印象。

除此之外，勒瑰恩也在男性作家的科幻／奇幻領域裡，開闢了全新的想像空間。「伊庫盟」裡跨越星際的巨大聯盟並沒有變成單一帝國或相互征戰的政治體，而是為了相互了解及文明進展而齊心努力；「地海」當中沒有建立在廣闊大陸上的類中世紀王國，而是無邊海洋上由大量島嶼組成、彼此以船交通的聚落，居民長得不像身披盔甲的白人騎士，而像黝黑精瘦的亞洲平民，巫師並不是優於常人、有能力無中生有的存在，而是協助醫療或生產、幫忙行船或耕作，以及維持世間平衡的工作者。諸如此類在勒瑰恩的長篇裡會讀到的特點，都能在這本選集中發現；選集裡也有幾篇作品，就是「伊庫盟」和「地海」系列的前身。因此，沒讀過勒瑰恩其他作品的讀者，會在選集裡讀到精采的故事，而熟悉勒瑰恩的讀者，則會獲得更多樂趣。

此外，選集中的〈腦內之旅〉（*A Trip to the Head*）相當值得一提。

乍看之下，這篇小說讀來有趣，但有點莫名其妙：勒瑰恩在前言裡提到了創作的起因，並稱這篇小說為「拔塞器」，意即創作者本來因為某種原因寫不出東西，後來又忽然像被拔開塞子一樣源源不絕地產出故事。身為以文字為主要創作形式的創作者，我也遇過一模一樣的情況，讀到這篇自然覺得興味盎然；不過倘若讀者沒有創作經驗，也可以從這篇小說裡頭，稍微窺見創作者寫出有條有理故事的腦袋，其實多麼亂七八糟。

無論熟悉勒瑰恩的讀者、不熟悉勒瑰恩的讀者，以及非創作者與創作者，《風的十二方位》都值得一讀。

閱讀勒瑰恩，除了享受奇妙的故事、從中思索她對性別、社會結構及人性道德的看法之外，更要緊的，是感受勒瑰恩以文字搭構的氛圍。那種氛圍不僅出現在故事當中，也會籠罩在讀者閱讀的當下，就算出現緊張驚險的橋段，勒瑰恩的文字仍會維持一種悠然舒緩的節奏；同樣的情節被影像化之後，這種節奏難以呈現，況且，畫面上不斷向前推進的劇情，某部分限制了閱聽者接收資訊及思考細節的能力。勒瑰恩的敘事用詩的韻律放緩速度，如此一來，便會敦促讀者更仔細地品評文字況味與思索箇中寓意。

而這正是「閱讀」最大的意義。

繆思系列 029

風的十二方位：娥蘇拉・勒瑰恩短篇小說選
The Wind's Twelve Quarters: Stories

作者　娥蘇拉・勒瑰恩（Ursula K. Le Guin）
譯者　劉曉樺
社長　陳蕙慧
副社長　陳瀅如
總編輯　戴偉傑
責任編輯　林立文
行銷　李逸文
電腦排版　極翔企業有限公司

出版　木馬文化事業股份有限公司
發行　遠足文化事業股份有限公司（讀書共和國出版集團）
地址　231新北市新店區民權路108 之4號8樓
電話　02-2218-1417
傳真　02-8667-1891
Email　service@bookrep.com.tw
郵撥帳號　19588272 木馬文化事業股份有限公司
客服專線　0800221029
法律顧問　華洋法律事務所 蘇文生 律師
印刷　成陽印刷股份有限公司
初版8刷　2023年8月
定價　新台幣420元
ISBN　978-986-359-703-2

國家圖書館出版品預行編目(CIP)資料

風的十二方位：娥蘇拉・勒瑰恩短篇小說選 / 娥蘇拉・勒瑰恩（Ursula K. Le Guin）著；劉曉樺譯. -- 初版. -- 新北市：木馬文化出版：遠足文化發行, 2019.08
面；　公分. --（繆思系列；29）
譯自：The wind's twelve quarters : stories
ISBN 978-986-359-703-2（平裝）

874.57　　108011771